Netzwerk unabhängiger Verlage

WWW.SCHOENEBUECHER.NET

Der pinguletta Verlag ist Teil des
Netzwerks »schöne bücher«, eine
Vereinigung unabhängiger Verlage.

AF216556

pinguletta

Die Forstau – ein kleines, verborgenes Bergdorf am Fuße der österreichischen Tauern. Drei Frauen – Barbara, die selbstbewusste Hebamme. Ihre schwermütige Ziehschwester Marie, die in der Dreikönigsnacht 1940 eine Tochter zur Welt bringt und in derselben den geliebten Mann verliert. Anna, das Kind mit der besonderen Gabe, die sowohl Geschenk als auch Fluch bedeutet. Jede stellt sich auf ihre eigene Weise dem harten Leben in den Bergen sowie gegen althergebrachte Traditionen in einer männerdominierten Welt und den Schrecken des Zweiten Weltkrieges. Als Roman in Maries Leben tritt, scheint sich alles zum Guten zu wenden. Doch die Verbindung bringt weder Marie noch ihrer Tochter Glück. **Wintertöchter. Die Gabe** erzählt von Hass und Liebe, vom Hinsehen und doch Wegschauen. Über starke Menschen, die gegen ihr Schicksal aufbegehren und dennoch fast verlieren. **Wintertöchter – eine Trilogie wie ein Sog.**

MIGNON KLEINBEK ist 1964 geboren und lebt mit ihrer Familie in Baden-Württemberg. Neben der Schriftstellerei liebt sie Musik, Literatur und ihren Garten, in dem alles wachsen darf, wie es will. Sie publizierte bereits erfolgreich Sachbücher.

Ihr Debutroman **Wintertöchter. Die Gabe**, der erste Teil und **Wintertöchter. Die Kinder**, die Fortsetzung der Bestseller-Trilogie, haben eine riesige Fangemeinde gefunden. **Wintertöchter. Die Frauen** ist das großartige Finale der Forstau-Saga.

MIGNON KLEINBEK

WINTERTÖCHTER
DIE GABE

ROMAN

MIGNON KLEINBEK

WINTERTÖCHTER
DIE GABE 1

ROMAN

ISBN 978-3-9817678-5-8

11. Auflage 2025
Copyright © 2017 by Mignon Kleinbek
© 2017 pinguletta® Verlag, Keltern

Titelfoto: © Fabian Irsara | https://fabianirsara.com
Cover Artwork: © Sabrina Weber
Layout: © Helmut Speer | pinguletta Verlag
Produktion: Helmut Speer | pinguletta Verlag
Lektorat: Elsa Rieger

Druck: www.druckterminal.de
KDD Kompetenzzentrum Digital-Druck GmbH
D-90439 Nürnberg * Printed in Germany

Hersteller: pinguletta Verlag
Durlacher Str. 32, 75210 Keltern, Germany
Tel. +49 7236 932471 |www.pinguletta-verlag.de
Fragen zur Produktsicherheit: verlag@pinguletta.de

Für Juli
2.5.1941 – 26.3.2015

Verdammt ist jede Schuld
schon vor der Tat.

William Shakespeare (1564 - 1616)

Prolog

2004

Die Frau ging mit schleppenden Schritten zum Küchenherd und drehte das Gas ab. Das schrille Pfeifen des Teekessels wurde leiser und verstummte. Sie öffnete den Küchenschrank und nahm die angeschlagene Porzellantasse heraus, aus der sie seit ihrer Kindheit den Morgentee trank. *Anna* stand darauf, in dünnen Goldbuchstaben, umrahmt von Blumenranken. Der Goldrand und die hellblauen Veilchen waren blass verwaschen, kaum mehr sichtbar.

Mit geübtem Ruck zog sie die schwergängige Schublade heraus, in der sie ihre Teemischungen aufbewahrte. Ein feiner Duft stieg aus der Holzlade auf.

Earl Grey, Oolong oder Kräutertee? Sie überlegte einen Moment. Nein, ihren Kräutertee aus eigenhändig gesammelter und getrockneter Kamille, Minze, Anis und Fenchel hatte sie ihr Leben lang getrunken, jeden Morgen. Heute jedoch war der Tag für einen besonderen Genuss. Anna griff nach dem dunkelgrünen Tütchen, nahm die Klammer ab und schnupperte hinein. Sie nickte.

Der Oolong, ›schwarzer Drache‹ oder ›die schwarze Schlange‹ genannt, mit seinem wohlriechenden, blumigen Duft, war genau richtig für die Aufgabe, die schwer vor ihr lag. Der Tee war exotisch, teuer, er gab ihr das befriedigende Gefühl, sich etwas so Kostbares zu leisten, wäre eine kleine Belohnung. Ein Quäntchen Wiedergutmachung für das Leid. Er würde es wert sein und den bitteren Weg in die Vergangenheit ein wenig versüßen. Diesen Luxus hatte sie sich verdient. Also den Oolong …

Während sie sorgfältig einen Teelöffel voll schwarzer Teekrumen in das eiserne Teesieb gab, schweiften ihre Gedanken träge zu ihrer Tante Barbara.

Die Hebamme, Pflanzenkundige und einzige Vertraute hatte ihr alles beigebracht, was sie über das Heilen mit Kräutern wusste. Der Sommertag stieg in ihr auf, an dem sie mit ihrer Dede auf der sonnengewärmten Steinstufe vor dem Haus saß. Die Tante hatte ihr den Arm leicht um die Schulter gelegt. Auf ihrer blauen Schürze lag eine geöffnete Blechdose, und die kostbaren, schwarzen Blättchen darin glänzten schwach. Sie erzählte ihr eine Geschichte; die Legende um die Entstehung des Oolong. Vor Annas Augen erstanden die Bilder, an die sie sich so deutlich erinnerte, als sei es gestern gewesen. Von dem braunhäutigen Teepflanzer, der beim Anblick einer schwarzen Schlange, die sich in den frischgepflückten Blättern zusammenringelte zurückgeschreckt war. Wie er sich nach einigen Tagen wieder vorsichtig zu den getrockneten Blättern hinwagte und bemerkte, dass sie in der heißen Sonne oxidiert waren. Seine Verwunderung, als er nach dem Aufbrühen feststellte, welch einen wunderbaren Geschmack sie ergaben. Die Dede hatte mit zwei Fingern ein paar Teekrumen aufgenommen, hielt sie ihr unter die vorwitzige Nase und legte sie dann auf die kleine rosa Zungenspitze: »Hier Anneli, schau!« Und sie sah …

Ja, der Oolong würde genau richtig sein. Vielleicht würde er die schwarze Schlange, den wütenden Drachen in ihr, besänftigen. Ihn einlullen und ihm etwas Ruhe verschaffen. Ruhe vor den quälenden Erinnerungen und Ruhe ihrem Gewissen. Und mochte sein, er schenkte ihrer Seele mit seinem Geschmack nach Blumen und Sommer einen kurzen, einen süßen Frieden. Würde ihre Gedanken in die Sonne und ins Licht lenken. Es war so viel Dunkel in ihr.

Sie stellte das eiserne Teesieb in die Tasse und goss vorsichtig heißsprudelndes Wasser darauf. Gab einen kleinen

Löffel goldenen Bienenhonig und einige Tropfen fette weiße Milch dazu. Versonnen betrachtete sie, wie Honig, Milch und bernsteinfarbener Tee in braunen Fäden durcheinanderwirbelten, einer geheimen Absprache folgend. Wie sie Spuren und Schlieren durch das heiße Wasser zogen, sich verwoben und eine Koexistenz eingingen. Koexistenz ist der Zustand, in dem sich zwei gleich starke Seiten einander gegenüberstehen. Und irgendwann einsehen, dass sie, um des Friedens und des Überlebens willen, die Überzeugung des anderen dulden, schoss ihr durch den Kopf. Sie hatte das einmal irgendwo gelesen. Der Satz war ihr haften geblieben und nun plötzlich präsent.

Auch sie und er hatten einander die Stirn geboten, sich bekämpft, sich angepasst und geduldet. Sie waren eine Koexistenz eingegangen, hatten miteinander gelebt, einander gehasst bis aufs Blut und sich dennoch verbunden.

Es war genug. Genug des Anpassens und Duldens, genug des Leids. Die Knoten mussten jetzt gelöst werden. Diese letzte Aufgabe wartete auf ihre Erfüllung. Erst dann würde sie gehen können. Und vielleicht endlich frei sein. Die Wahrheit drängte ans Licht und würde sie überleben.

Sie nahm die heiße Tasse vorsichtig auf, trug sie an den blank gescheuerten Zirbenholztisch und setzte sich schwerfällig. Das klumpige Daunenkissen in ihrem Rücken zurechtrückend, ließ sie sich mit einem wohligen Seufzer zurücksinken. Anna blies über den Tee und nahm einen Schluck. Für einen Augenblick ließ sie zu, dass die vertrauten Bilder aufstiegen. Dann setzte sie die Veilchentasse hart und entschlossen auf dem Tisch ab und schlug die schwarze Kladde auf. Sie nahm den Tuschefüller in die von bräunlichen Altersflecken gezeichnete Hand und zog die silberne Metallkappe ab. Sorgfältig legte sie das Käppchen neben den runden Stein und nahm die Brille aus dem weißen Haar, schob sie vor bis zur Nasenspitze. In säuberlichen, steil aufgerichteten Buchstaben begann sie zu schreiben:

Dies schreibt Anna Antonia Hohleitner, Bergbäuerin und Sennerin, Tochter von Marie und Anton Hohleitner, im Alter von vierundsechzig Jahren.

Ich verbrachte mein ganzes Leben auf dem Julianenhof. Er ist mein Zuhause und mein Erbe. Ich bin nie von hier oben weggegangen. Ich konnte es nicht, denn er bot mir Schutz vor der Welt und Schutz vor den Menschen. Wer ist, wie ich bin, braucht einen sicheren Ort.

Ich bin hier groß geworden und dageblieben. Obwohl ich mir immer gewünscht habe, einfach wegzugehen. Ich wollte lernen und fremde Länder sehen. Ein eigenes Leben haben. Der Einsamkeit entfliehen, die mich bewahrte und auch festhielt wie ein schützender Bannkreis. Ich habe vier Kinder geboren und sah keines von ihnen aufwachsen. Ich liebte und hasste. Und ich lud große Schuld auf mich.

Möge der Herrgott mir vergeben.

Ich wurde am 6. Jänner 1940 geboren, in der Nacht zum Dreikönigstag. Während der Mann mit der sich überschlagenden Stimme die Welt und unser kleines Land in einen vernichtenden Krieg zog und die Erde mit Blutopfern tränkte, blutete meine Mutter auf den frisch gescheuerten Küchenboden. Er nahm viele Leben und sie schenkte eines. Sieg und Heil gab es für keinen. Wir mussten alle bezahlen.

Blutgeld ist eine bittere Währung.

ERSTER TEIL

Kapitel Eins
Winter 1940

»Toni?!« Marie stützte sich mit beiden Armen auf dem Küchentisch ab und keuchte auf. Eine krampfhafte Welle ließ ihren runden Bauch erzittern und das Kind in ihr trat so fest zu, dass ihr die Luft wegblieb. »Toni!«

Anton Hohleitner klopfte den Schnee auf dem Steinabsatz von den Holzpantinen ab, drückte die Tür mit dem Hintern auf und schob sich rücklings in den Raum, einen Korb voll Holz an die Brust gedrückt. Er schleuderte die Schuhe von den Füßen in die Ecke.

»Toni, das Kind kommt!«, stieß Marie zwischen blassen Lippen heraus. Die nächste Wehe kam über sie. Sie krümmte den Rücken, beugte sich über den Tisch und stützte sich mit beiden Händen schwer ab, um leichter atmen zu können.

Toni Hohleitner blieb abrupt stehen und sah erschrocken seine Frau an. Der Holzkorb krachte zu Boden und die Scheite fielen heraus, sprangen polternd nach allen Seiten.

»Toni, du musst die Barbara holen. Ich brauche sie. Es geht zu schnell!« Schon den ganzen Tag über hatte sie immer wieder einen ziehenden Schmerz in ihrem Bauch gespürt. Doch die Barbara hatte gesagt, das Kind würde frühestens an Maria Lichtmess kommen. Und zum 2. Februar waren es noch fast vier Wochen hin.

Sie hatten die Weihnachtstage auf dem Julianenhof verbracht, wollten ein wenig für sich sein und hatten vorgehabt, rechtzeitig zur Geburt wieder im Forstaudorf zu sein. Einen kurzen Moment schalt sich Toni dafür, dass er seiner Frau, die selten einen Wunsch äußerte, diesen einen nicht abgeschlagen hatte. Er hatte es nicht fertiggebracht und zudem auf dem Hof nach dem Rechten sehen wollen.

Er wischte den Gedanken und den Anflug von Schuldbewusstsein weg und stürzte zu ihr hin, richtete sie vorsichtig auf, umfing sie mit seinen Armen und hielt sie an sich gedrückt, während sie schwer atmete. »Marie, Schatz, ich komm nicht ins Dorf hinunter. Es schneit immer noch und der Steinbachweg ist zu.«

Es schneite seit gestern Morgen beständig und er war damit beschäftigt gewesen, einen schmalen Gang zum Stall, zum Holzschuppen und zum Abtritt freizuhalten. Ins Dorf hinunter brauchte man zu Fuß mindestens eine Stunde, bei diesem Wetter eher zwei. Auf dem verschneiten Weg war das Motorrad nutzlos und ebenso das kleine Fuhrwerk, mit dem er die Milchkannen und Käselaibe transportierte. Wie es schien, würde es noch die ganze Nacht weiter schneien. Fieberhaft überlegte er. »Die Barbara hat gesagt, das Kind kommt erst in vier Wochen«, sagte er hilflos.

»Es kommt jetzt!«, schrie sie ihn an und ihre dunklen Augen glühten vor Schmerz, Angst und Zorn.

»Gut, gut, beruhige dich«, sagte er sanft, obwohl sein Herz Sprünge schlug. »Ich leg noch einmal Holz nach und dann spanne ich den Braunen an. Mit dem Schlitten wird es wohl gehen.« Er ließ sie vorsichtig los. »Ich hole dir eine Decke, dann kannst du dich näher ans Feuer setzen.«

Toni rannte auf Wollstrümpfen die steile, schmale Treppe hinauf, so schnell, dass die ausgetretenen Holzstufen nicht mit Knarren hinterherkamen.

Als der Schmerz nachließ, tastete sich Marie am Küchenschrank entlang vor den Herd und ließ sich schwer atmend zuerst auf die Knie, dann zur Seite fallen. Toni flog geradezu die Treppe herunter, brachte ein Kissen und das Bettzeug, breitete alles auf dem Küchenboden aus und fasste Marie unter die Arme, um ihr zu helfen, sich darauf zu betten.

»Vergiss es! Ich krieg die Daunen nie wieder sauber!« giftete sie ihn an und stieß seine Hand und die dicke Federdecke weit von sich weg. »Hol die Bettlaken aus dem Kasten in der Schlafstube, von dem Stapel ganz unten! Oh heilige Mutter Gottes! Ahhhh!« Sie stöhnte auf, krümmte sich zusammen und drückte den Kopf fest auf die Arme.

Wieder rannte er los, die Treppe hinauf und in die Schlafstube hinein. In der Kammer war es stockdunkel. Er riss mit einem harten Ruck die verzogene Holztür des Kleiderkastens auf. Der schwere Schlüssel rutschte aus dem Schloss und fuhr mit metallischem Klirren unter das massive Bett aus Kiefernholz. Er ließ ihn liegen. Hektisch suchend glitten seine Augen durch den dunklen Schrank. Seine rauen Hände fuhren über die Borde und blieben an feinem Stoff und weicher Wolle hängen.

Da lagen die Leintücher, auf dem untersten Boden aufgestapelt! Die frischgestärkten Bettlaken unter dem Arm, drehte er sich, schon fast zur Tür hinaus, auf der Schwelle noch einmal um und blickte in der finsteren Schlafkammer umher. Dort stand der Weidenkorb mit den Kindersachen, die Marie schon im Herbst zusammengerichtet hatte: Windeln, ein Schafwollhöschen, schneeweiße Leinenhemdchen mit einer Wollkordel am Halsausschnitt, das baumwollene Einschlagtuch und die gestrickte Decke aus gelber Schafwolle mit dem breiten Zopfmuster. Winzige Strümpfchen, die sie lachend hochgehalten hatten und sich nicht vorstellen konnten, dass es so kleine Füßchen gab, die da hineinpassten. Ein kleines geknotetes Tüchlein aus weichem Stoff mit aufgestickten Augen und einem Schnurrbart aus rostbraunem Garn, mit spitzen aufgenähten Öhrchen aus weichem Fell. Ein zweiter, ähnlich bestückter Korb stand im Haindlhof und wartete dort auf den Neuankömmling. Er warf die Bettlaken darauf, griff sich den Korb und eilte hinunter in die Küche.

Marie hatte sich aufgerichtet und hielt sich mit der Linken am eisernen Handlauf des Herdes fest. Die Ofentür stand weit offen und er sah, wie das Feuer dahinter aufflammte und ein dickes Holzscheit lodernd mit Brand überzog. Vornüber-gebeugt zog sie mühsam das gefüllte Wasserschaff auf die Herdstelle. Dann griff sie in die Schublade und holte eine große Schere heraus, zog die Schneiden auseinander und warf das blinkende Ding in einen zweiten wassergefüllten Topf hinein.

Erstarrt blieb er am Fuß der Treppe stehen. »Was tust du, um Gottes willen?«

Eine weitere Wehe erfasste sie und sie krampfte die Hände um den Herdlauf. Mit erstickter Stimme ächzte sie: »Sei kein Dummkopf! Die Schere auskochen natürlich! Ich werde sie vermutlich brauchen! Wirst du jetzt bitte«, ihr Ton wurde schärfer und ihre Augen angsterfüllter, »endlich die Barbara holen? Ich weiß nicht, wie lange ich das alleine schaffe!« Sie ließ sich vorsichtig auf die Knie herunter, stützte sich mit den Händen auf und stöhnte.

Das riss ihn aus seiner Erstarrung und er stellte schnell das Weidenkörbchen neben die Feuerstelle, damit die Kin-dersachen ein wenig Wärme abbekamen. Dann fuhr er in die Stiefel, riss die Lodenjoppe vom Haken neben der Tür und reckte sich hastig nach Handschuhen, Mütze und Schal, die zum Trocknen auf dem Gitter über dem Herd hingen. Er fiel vor Marie auf die Knie, ließ alles auf den Boden fallen und legte die Hände um ihr Gesicht. Ihr Atem ging schnell und streifte ihn in kurzen Stößen. Kleine Schweißperlen standen auf ihrer Stirn und feine braune Haarsträhnen klebten ihr feucht am Haaransatz.

»Halt durch, Lieblein!«, flüsterte er eindringlich. »Ich mach, so schnell ich kann, alles wird gut.«

Das vertraute Kosewort holte sie aus dem Schmerz und ihre dunklen Augen trafen auf seine grauen. Nase an Nase verharrten sie einen Moment und ihre Blicke verbanden sich. Ihre Wangen sanft umfassend, strich er mit den Daumen zart über ihre Mundwinkel und küsste sie leicht auf die Lippen. »Alles wird gut werden, Marie. Wir werden das schönste Kind haben und sie wird sein wie du.« Er ließ sie los, griff in sein Hemd und holte das Medaillon hervor. »Trag du es, bis ich wieder da bin. Der heilige Leonhard wird euch beschützen.« Er zog die feine Kette über seinen Kopf und streifte sie ihr über, nahm ihre Hand, schloss sie um das geprägte Silberstück und drückte sie noch einmal fest. Dann raffte er die Kleidungsstücke zusammen und sprang auf die Füße. Im Gehen stülpte er die Mütze über seinen hellblonden, zerzausten Haarschopf und warf den Schal um. Zog die Joppe an, stopfte die Handschuhe in die Taschen und schob die Haustür gegen den Wind auf. Nach einem letzten liebevollen Blick auf Marie, die ihm, immer noch kniend, stumm nachschaute, zog er die Tür hinter sich zu, ehe noch mehr wilde Schneeflocken und eisig kalte Nachtluft hereintrieben. Die dunkle Winternacht verschluckte ihn. Marie hörte, wie er die Stalltür dumpf rumpelnd aufzog.

Die feinen Schneekristalle schmolzen auf dem Dielenboden zu glitzernden Tränen. Marie widerstand dem plötzlichen Drang, ihn zurückzurufen.

Sie sah ihn nicht wieder.

Marie öffnete die Hand und schaute das kleine silbern geprägte Heiligenbild an. Das Erbstück der früh verstorbenen Mutter, an die sie keine Erinnerung hatte, war ihr Hochzeitsgeschenk an Toni gewesen. Er wusste, wie teuer ihr das Medaillon war. Der Heilige Leonhard, Kettenheiliger und Bauernherrgott, galt als Schutzpatron für das Vieh, die Gefangenen und Nothelfer für die Wöchnerinnen. Nun, dachte sie mit einem kurzen Anflug von Belustigung, wir beide werden heut Nacht gut zu tun haben. Das Wasser auf dem Herdfeuer begann leise singend zu sieden. Sie zog sich mühselig am Handlauf des Herdes in die Höhe, holte tief Luft und sprach sich Mut zu. Das Kreuz durchgedrückt, schob sie entschlossen das Wasserschaff an die Seite, nahm den Schürhaken auf und fischte die Schere aus dem Topf. Die kurze Zeit bis zur nächsten Wehe ausnutzend, holte sie einen kleinen Stapel weicher Baumwolllappen aus dem

Schrank. Mit denen wurden während der Almzeit die Euter der Milchkühe gewaschen und sauber gehalten, und Marie ließ die tropfende Schere auf das oberste Tuch fallen. Warum hatte sie nur darauf bestanden, über den Jahresübergang hier oben zu bleiben? Tief in ihrem Herzen wusste sie, weshalb. Sie wollten über dem Julianenhof den Segen sprechen und sich in geruhsamer Zweisamkeit auf die Ankunft ihres Kindes vorbereiten. Mit einem duftenden Tannenreis und geweihtem Wasser waren sie beide zur Jahrwende Hand in Hand gemächlich über das alte Gehöft gegangen, hatten Haus und Stall geräuchert und besprengt und den Stallsegen über Vieh und Menschen gesprochen. Möge der Herrgott Unheil von uns fernhalten, betete Marie nun inbrünstig und bekreuzigte sich, wie am Neujahrstag.

Ihr Blick ging zu dem Herrgottswinkel über der Bank. Erst gestern hatte sie das Tuch mit sorgfältig feinen roten Kreuzstichen fertiggestickt, das nun über den geschnitzten Krippenfiguren hing. »Herr, schütze dieses Haus« sprachen die zierlichen Lettern beständig in die heimelige Küche hinein.

Mit ihrem dicken Bauch hatte Marie nicht mehr auf die Bank steigen wollen. Toni hatte das Tuch für sie an der Wand befestigt, mit einem Bein auf dem Tisch und dem anderen auf der schmalen Oberkante der hölzernen Wandbank balancierend. Danach hatte er frische Tannenzweige hingesteckt, während sie von unten, an den Küchenschrank gelehnt, lachend zusah, die Arme über dem hohen Leib verschränkt.

Das Kind trat zu, fest und ungestüm. Marie legte beide Hände auf den Bauch und spürte, ja hörte mit jähem Erschrecken den knackenden Laut, als ihre Fruchtblase platzte. Schon rann ihr das Wasser aus dem Leib. Instinktiv kniff sie die Oberschenkel und den Unterleib zusammen, dennoch schoss die warme Flüssigkeit aus ihrem Schoß, feuchtklebrig die Beine entlang, durchnässte ihre Wäsche und die wollenen Strümpfe. Eine Wasserlache entstand auf dem Fußboden, glänzte schwach im Licht des Herdfeuers und breitete sich fließend aus.

Sie wusste genug über das Gebären, war sie doch mit Kühen, Ziegen und Schafen aufgewachsen, nur darum blieben ihre Gedanken klar.

Bei den Menschen wird es wohl nicht viel anders ablaufen, dachte sie mit grimmigem Humor und verschluckte für einen Augenblick ihre Angst. Sie riss das grobe Handtuch vom Trockengitter über dem Herd und warf es auf die Pfütze. Es sog sich sofort voll und färbte die raue graue Baumwolle dunkel. Dann zog sie das Schürzenband auf, riss die Schürze weg und knüllte sie zusammen. Zielte mit dem Ballen aus glänzendem Stoff auf die Küchenanrichte, wo er mit herunterhängenden Bändern liegenblieb. Sie raffte ihren Rock und zog mit der Linken die klamme Unterwäsche herunter, streifte sie mit dem Bein vollends ab und wollte sie ebenfalls zur Seite werfen. Die nächste Wehe holte sie mitten in der Bewegung ein. Der Schmerz überrollte sie, und ihr entfuhr ein langer, klagender Schrei. Hilflos überließ sich Marie dem unaufhaltsam drängenden Druck in ihrem Unterleib. Ging wieder zu Boden und lag keuchend auf den harten Dielen auf dem Handtuch, das ihren Rock durchfeuchtete, die nasse, lange Unterhose noch am Fußknöchel. Angespannt und gekrümmt wie ein Bogen wartete sie auf das Ende der Wehe.

Irgendwann ebbte die Welle aus Schmerz und Druck ab und Marie zog endlich die nutzlose Unterwäsche von ihrem Knöchel und warf sie nach oben, über die steinerne Kante in den Waschtisch hinein.

Wie unwürdig, sie schüttelte den Kopf, zum Glück sieht der Toni nicht, wie ich mich hier auf dem Fußboden winde wie ein Wurm.

Sie war dankbar, dass er nicht hier war und sie so sah, entblößt und kaum Herr ihrer Sinne, wimmernd und kraftlos. Wieder griff sie nach dem eisernen Handlauf des Herdes und zog sich in eine kniende Haltung hinauf. Sie wusste instinktiv, dass es das Kind so leichter haben und ihr die Schwerkraft zur Hilfe kommen würde.

Für die nächsten Stunden blieb der eiserne Handlauf in Maries begrenztem Blickfeld die einzige Größe, die ihr von Schmerz verschleiertes Bewusstsein wahrnahm. Er stellte eine feste Verbindung in die Wirklichkeit der stillen Küche dar, die nur vom Knistern der Holzscheite und ihrem Stöhnen, ihren immer weiter in die Höhe steigenden und atemloseren Schreien erfüllt wurde. Die Hände um den Lauf gekrampft und die Stirn hin gepresst, kämpfte sie sich durch die Wehen. Dazwischen ruhte sie aus, schöpfte Atem und neue Kraft.

Nun wünschte sie doch, der Toni oder die Base wären an ihrer Seite, um sie zu stützen, zu halten und ihr Mut zuzusprechen.

Dann kamen die Presswehen und immer noch kniend, mit eisernem Griff an den Herd geklammert, stieß Marie Verwünschungen aus, bettelte und wimmerte, fluchte wie ein Bierkutscher und kannte sich selbst nicht mehr. Sie verlor sich in einem wirren Traum aus Schmerz, Geburtsblut, Erinnerungen und Erschöpfung, angetrieben von einer sich erneuernden Energie, wenn die nächste Wehe sie überflutete und letzte Kraft aus ihrem Körper herauspresste.

Mit heiserer Stimme flehte sie Barbara herbei, die doch immer wusste, was zu tun war. In einem Aufflackern von Bewusstsein griff sie mit der Hand zwischen ihre weit gespreizten, krampfhaft zitternden Beine an ihre Scham und spürte das weiche Köpfchen des Kindes, schon halb aus ihr heraus.

»Toni«, Marie schluchzte auf, »verflucht, Toni, wo bist du! Das Kind kommt! Wo bist du?«

Sie hielt die Hand schützend um das Köpfchen gelegt und nach einem letzten, kräftezehrend langen Pressen, einem letzten, nicht enden wollenden gutturalen und heiseren Schrei rutschte der kleine Körper aus ihr heraus; ein letztes Treten der Beinchen nach oben in ihren Bauch, während das Kind schon auf das durchnässte Handtuch unter ihr glitt.

Immer noch hing sie am Griff des Herdes, schluchzte stoßweise und rang nach Luft, zu Tode erschöpft. Endlich löste sie ihre weißen, verkrampften Finger von der Herdstange.

Kraftlos ließ Marie sich zu Boden fallen und rollte sich schützend um den kleinen, reglosen Körper. Sank für einen Moment in tiefe Bewusstlosigkeit.

Eine fast unmerklich flatternde Bewegung holte sie zurück. Das Kind bewegte sich zaghaft und gab einen wimmernden Laut von sich. Maunzend wie ein Kätzchen stieß es die Ärmchen gegen sie. Marie öffnete müde die Augen und betrachtete es voll Staunen, mit schweren Gliedern und unfähig zu jeder Bewegung; sah zu, wie sich der kleine Brustkorb mit den Atemzügen hob und senkte, sich der schmale Körper langsam von dunkelviolett zu einem zarten Rosa färbte und der winzige Rosenmund sich zu einem lauten, lebensbejahenden Schrei öffnete.

»Willkommen, mein Kleines«, flüsterte Marie unter Tränen und küsste die zarte, klebrige Stirn, »wir haben es geschafft, wir beide.« Sie zog das Kind auf ihren Bauch, an ihre Brüste und umfasste es mit einem Arm, spürte, wie das kleine Herz schnell und stark an ihrem pochte.

Eine stürmische Welle des Glücks erfasste Marie und sie lachte laut auf. Sie warf den Kopf zurück, stieß einen kieksenden Schrei aus, lachte und weinte zugleich und rief mit immer noch heiserer Stimme triumphierend: »Oh süßer Jesus, wir haben es geschafft!«

Mit neu erwachter Energie griff sie über die Schulter, holte ihren dunkelbraunen Zopf nach vorn, löste das Bändel, das ihn zusammenhielt und angelte nach der Schere. Sie schnitt das dunkelrote Band, einen Restfaden ihrer Stickerei, durch und band mit bebenden Fingern die Nabelschnur vor dem Bauch des Kindes ab. Noch ein Knoten einige Zentimeter weiter. Mit einem unerwarteten, festen Knirschen glitten die Klingen der Schere durch die bläulich graue, leicht pulsende Nabelschnur. Die Schere fiel klirrend zu Boden.

»Jesus Christus!« Marie ließ sich zurückfallen und versuchte, ihren schweren Atem zu beruhigen. Eine letzte Wehe baute sich auf und sie drehte sich ergeben auf den Rücken, das Kind auf dem Bauch. Halbaufgerichtet und mit aufgestützten Armen presste sie mit einem letzten Stöhnen die Nachgeburt heraus. Es war fast einfach im Vergleich zu den vergangenen Stunden.

Minuten, Stunden später – Marie wusste es nicht, nahm sie das Kleine hoch und erhob sich schwerfällig, mit wackeligen Knien und Beinen, die sie kaum tragen wollten. Nackt und blutverschmiert, das Kind im Arm, stand sie in der Küche und fröstelte ein wenig; das Feuer im Ofen war heruntergebrannt. Sie bückte sich vorsichtig, sammelte zwei Scheite vom Fußboden auf und schob sie ins Feuerloch, blies ein wenig hinein, um die Glut erneut anzufachen. Dann nahm sie die Schürze von der Anrichte, warf sie über den bräunlich-roten Klumpen am Fußboden, schob ihn mit der Fußspitze zu einem runden Häufchen zusammen.

»Durst«, murmelte Marie und schenkte Wasser aus dem Krug ein, trank hastig, mit gierigen Schlucken und goss nach, trank den Becher noch einmal bis zur Neige aus. Du lieber Himmel, sie hatte solchen Durst gehabt! Und sie war so entsetzlich müde! Sie schlug das Wolltuch um die Schultern und wickelte sich und das Kind darin ein, zog die verschmähte Bettdecke und das Kissen dicht vor den Herd, ein Stückchen weg von der Nachgeburt und den nassen Lumpen. Vorsichtig drückte sie ihre Tochter an sich und betrachtete hingerissen das kleine runzelige Gesichtchen: Die hellen Haare, die noch feucht an dem wohlgeformten Kopf klebten. Schräggeschnittene Augen – umrahmt von einem weißblonden Wimpernkranz – die sie nun klar und ruhig ansahen; das kleine Näschen und sanft gerundete Wangen. Ohrmuscheln, die zart behaart und winzig an ihrem Kopf anlagen wie die Ohren einer Maus. Marie berührte mit den Fingerspitzen die feine Haut. Zärtlich strich sie den kleinen Körper entlang, zählte die makellosen Finger und Zehen, küsste sie und atmete den süßen, warmen Duft ihrer neugeborenen Tochter ein. Sie war wundervoll und vollkommen. Wie hatten sie nur so etwas Schönes zeugen können?

Der kleine Mund suchte ihre Brustwarze, fand sie und schloss sich darum, fest und gierig. Mit einem leicht ziehenden

Schmerz in Körper und Herz gab sich Marie dieser neuen Erfahrung hin und genoss das überwältigende Gefühl von Stolz und Glück.

Und dann sah sie, wie das Kind plötzlich die Augen aufriss, und verstand nicht. Es verkrampfte sich, der kleine Körper zuckte und der rosige Mund ließ ihre Brustwarze los, rang nach Atem. Sie sah die gelblichweißen Milchtropfen seitlich aus dem aufgerissenen zahnlosen Mund rinnen und hörte – nein – sie spürte den gurgelnden Schrei, den das Kind ausstieß, mit jeder Faser ihres Körpers. Bevor sie reagieren und irgendetwas tun, das Kind hochreißen oder ihm den Rücken klopfen konnte, schnappte der kleine Mund wieder zu. Nur, um nach dem nächsten Schluck erneut die Augen aufzureißen und tief Luft zu holen. Es keuchte, hustete und versteifte sich. Ein Schauder lief durch den kleinen Leib. Es riss die Arme mit einem Ruck auseinander und würgte. Und dann geschah das Unglaubliche.

Sie traute ihren Augen nicht und doch hatte sie es geahnt. Ein Lächeln verzog den kleinen Mund und breitete sich über dem herzförmigen, noch ein wenig runzeligen Gesichtchen aus. Das Kind saugte sich erneut an ihrer Brust fest und entspannte sich nun. Trank in schnellen, kurzen Zügen, von kleinen Pausen unterbrochen, in denen es hastig atmete. Es sah sie unverwandt an und bannte ihren Blick, hielt ihren Finger mit einem festen Druck der winzigen Faust umklammert.

Und Marie wusste in diesem Augenblick, mit klarer Gewissheit: »Oh, meine Kleine, du auch …!«

❋

Mein Vater erreichte das Dorf nicht. Der Weg zog sich in weiten Serpentinen durch den Wald hinunter in den Ort. Das Pferd war alt und der Schnee tief. Als der Schneesturm gegen Morgen aufhörte, sank die Temperatur und es wurde klirrend kalt.

Zwei Tage später räumten sie endlich den Steinbachweg, der zum Julianenhof hinaufführte. Die Männer wurden von einem Schneebruch aufgehalten. Eine hohe Kiefer hatte der schweren Last nachgegeben und lag quer über dem Weg. Vielleicht hatte mein Vater versucht, den umgestürzten Baum unterhalb zu umgehen, und das Fuhrwerk riss ihn mit sich in die Tiefe. Vielleicht traf ihn ein Huf am Kopf. Vielleicht, vielleicht, vielleicht. Niemand konnte nachher sagen, was geschehen war.

Sie fanden zuerst das Fuhrwerk und das tote Pferd. Der Schlitten war halb den steilen, felsigen Abhang hinuntergerutscht und lag auf der Seite. Die Deichsel war geborsten und verdreht, lange Holzsplitter standen heraus wie die Zahnstocher eines Riesen. Der Braune, das Arbeitspferd, lag tot vor dem Schlitten. Er hatte sich nicht aus dem Geschirr befreien können und seine Beine waren in den Leinen verheddert. Die aufgewühlten Schneeberge um ihn herum zeugten von seinem vergeblichen Kampf, wieder hochzukommen.

Den Vater fanden sie gleich darauf. Er lag einige Meter vom Schlitten entfernt unter einer zentimeterdicken Schneedecke, die ihn in ein kaltes weißes Leichentuch einhüllte. Sein Schädel war auf der linken Seite zertrümmert, das Genick gebrochen. Er musste beim Sturz mit dem Kopf an einen Stein oder einen Baum geprallt sein. Sein Körper lag gefroren da, in einer unnatürlich gekrümmten Haltung, und den Männern grauste es, als sie den steifen Leichnam herauftrugen und auf das Fuhrwerk packten. Die blaugrauen Hände schienen nach ihnen zu greifen und sein starrer Blick aus dem zur Seite gedrehten Gesicht verfolgte sie unablässig.

Der Austätter wollte ihm die Augen zudrücken, doch die eisstarren Lider blieben beharrlich offen. Und so zog der Hansi Hilfinger sein Sacktuch heraus und legte es ihm übers Gesicht.

Mein Vater wurde ins Haus meiner Tante Barbara, der Dede, gebracht.

❄

KAPITEL ZWEI

Es klopfte an der Tür. Barbara Sittler legte den hölzernen Rührlöffel zur Seite und zog den Topf vom Feuer. Der Sud aus Thymian, Salbei, Spitzwegerich und Minze durfte nicht aufschäumen. Ihr war der Hustensaft ausgegangen. Das halbe Dorf hustete und sie brauchte dringend Nachschub. Erneut klopfte es, dieses Mal laut hämmernd und sie hörte, wie schwere Stiefel den Schnee an der Stufe abschlugen und die Haustür geöffnet wurde. Wer es da wohl so eilig hatte? Wahrscheinlich ein besorgter Vater, ein weiteres krankes Kind.

»Ich komm ja schon, ich komm ja schon …« Seufzend griff sie nach ihrer Arzttasche und dem wollenen Umschlagtuch und verließ die warme, duftende Küche.

Im breiten Gang des alten Bauernhauses standen zwei Männer nebeneinander. Ihre breitschultrigen, in dicke Lodenjacken gehüllten Körper hoben sich als scharf gezeichnete Scherenschnitte gegen das helle Sonnenlicht ab, das hinter ihnen gleißte. Barbara kniff die Augen ein wenig zusammen, um besser sehen zu können.

Der Austätter und der Hilfinger, und beide sind bleich wie Käse. Die zwei haben schon besser ausgesehen, dachte sie belustigt.

Der Austätter öffnete den Mund und schloss ihn wieder. Dann sagte er leise: »Barbara.« Er fasste nach ihrem Oberarm. »Barbara. Wir haben den Toni.«

»Was heißt das, ihr habt den Toni?«, gab sie verständnislos zurück. Beide Männer starrten sie an, suchten nach Worten. »Was ist mit dem Toni? Sprich endlich, Jörg!«, herrschte sie den Austätter ungeduldig an.

»Wir haben ihn gefunden, Barbara. Im Wald oben, am Steinbachweg.« Seine Stimme erstarb.

Sie ließ die Tasche zu Boden fallen und schüttelte seine Hand ab. »Was ist mit ihm? Ist er verletzt? Lebt er?«, drängte sie ahnungsvoll und schob sich, als keine Antwort kam, an den beiden Burschen vorbei zur Tür.

Der Austätter packte sie von hinten am Arm und hielt sie zurück. »Bleib!«, sagte er rau. »Wir bringen ihn dir herein. Schaff Platz, damit wir ihn irgendwo hinlegen können.«

Die beiden jungen Männer traten wieder hinaus ins Tageslicht, um ihre grausige Fracht zu holen. Barbara sah erstarrt zu, wie sie das unförmige Bündel vom Karren hoben. Dann drehte sie sich langsam, wie betäubt um und ging einige Schritte in den Flur hinein. Sie öffnete die Tür zu ihrer Linken zu dem großen, hellen Raum, in dem Marie und Toni immer wohnten, wenn sie im Dorf waren. Er war hübsch eingerichtet. Ein breites eichenes Bett, eine Anrichte mit einem hohen, ovalen Spiegel und der in den Tisch eingelassenen Waschschüssel aus hellem Porzellan, ein durchgesessenes Sofa, bezogen mit grünem Samt, und der riesige Bauernschrank mit den aufgemalten Ranken. Hinter einer schmalen Tür war der Abtritt verborgen. Ein kleiner Eisenofen stand in der Ecke. Die Wände leuchteten frisch gekalkt, und die gleichen grünen Ranken wie auf dem Schrank zogen sich unterhalb der Decke an allen vier Seiten entlang. Es war ein gemütliches Zimmer und Toni und Marie waren gerne hier. Eisblumen überzogen die doppelt verglasten Fenster.

Sie schauderte. Nein, hier drinnen war es zu kalt. Sie zog energisch die Tür hinter sich zu und öffnete die nächste, direkt daneben, zu ihrem Behandlungsraum.

Dieses Zimmer war etwas größer. Ein riesiger langer Tisch in der Mitte des Raumes beherrschte es. Regale zierten eine Wand, in denen sie ihre vielen Bücher aufbewahrte. Ein deckenhoher, grob gezimmerter Wandschrank enthielt die Medizinen, Tinkturen und Instrumente, die sie für ihre Arbeit benötigte und als Hebamme benutzen durfte. Und einiges mehr verbarg er, was fremde Augen besser nicht sehen sollten.

Sie lebten in einem abgelegenen Tal und einen Arzt gab es im Dorf nicht. Manches Mal war eben schnelle Hilfe vonnöten. Hackte sich ein Forstarbeiter unvorsichtigerweise ins Bein, musste sie schon einmal zu Nadel und Faden greifen oder ein wenig Chloroform verabreichen, um dem Patienten den schlimmsten Schmerz zu ersparen.

Ihr größter Luxus war der mächtige Waschtisch aus Stein neben der Tür, mit einer Wasserpumpe und Abfluss. Ein Schreibtisch und ein Stuhl davor vervollständigten die Einrichtung.

Der Austätter und der Hilfinger hievten schwer schnaufend ihre Last auf den großen Tisch im Behandlungszimmer und schlugen die steifgefrorene Decke zurück. Knisternd gab der Stoff nach.

Barbara schlug beide Hände vor den Mund, als sie den Leichnam erblickte. »Heilige Mutter Gottes!«, flüsterte sie erstickt.

Der Körper kam langsam ins Rutschen und fiel fast wieder vom Tisch herunter; es war unmöglich, ihn gerade ausgestreckt hinzulegen. Der Hilfinger musste noch einmal zupacken und ihn festhalten. Die Männer drehten den Toten halb auf die Seite, bis er auf einem der gekrümmten Knie liegen blieb. Die beiden Burschen blieben einen Augenblick stehen, bekreuzigten sich und drückten die Hüte vor die Brust.

Barbara zog das Tuch von seinem Gesicht. Tonis tote Augen schauten sie durchdringend an, eine eisige Gänsehaut lief ihr den Rücken hinunter. Sie erschauerte. Es gab keinen Zweifel. Toter konnte man nicht sein.

Der Austätter sagte leise: »Brauchst du uns noch, Barbara?«
»Nein«, erwiderte sie tonlos. »Ich danke euch.«

Die Männer gingen hinaus. Fast geräuschlos zogen sie die Tür hinter sich zu.

Tonis Gesicht war steingrau und belegt von einer Schicht feiner Eiskristalle. Seine Augenbrauen und Wimpern, die blonden Haare, die unter der überfrorenen Wollmütze hervorlugten, steif von weißem Reif überzogen.

Wie ein Winterkönig. Die Tränen kamen und sie konnte sie nicht aufhalten. Sie riss sich mühsam zusammen und wischte den Rotz mit dem Ärmel weg, atmete tief ein und rang um Fassung. Tu deine Pflicht, ermahnte sie sich hart und versuchte, das Entsetzen auszublenden. Der Schock wich langsam der Routine und ihr Gehirn begann wieder zu arbeiten.

Sie umfasste die graue Hand des Toten mit ihren warmen Händen und versuchte vorsichtig, die gekrümmten, eiskalten Finger zu biegen. Sie waren so steinhart durchfroren, dass sie ihm wahrscheinlich eher einen Finger abbrechen würde. Sie ließ die Hand los. Seine Kleider knirschten, als sie an der Jacke zog und ihm den Schal abnehmen wollte, um die Verletzungen genauer anzusehen. Pudrige Eiskristalle fielen leise knisternd von seiner Kleidung ab. Barbara drückte kurz und fest auf den Rücken des Toten, um zu sehen, ob der Körper ebenso tief gefroren war wie seine Hände. Es knackte laut in seiner Hüfte und dem aufgestützten Knie. Erschrocken trat sie einen Schritt zurück.

Sie überlegte. Der Rigor Mortis setzte bei Zimmertemperatur ein bis zwei Stunden nach dem Tod ein und war nach etwa zwölf Stunden voll ausgeprägt. Doch wie verhielt es sich, wenn die Kälte der Totenstarre zuvorkam? Sie wusste es nicht. Er hatte mindestens einen ganzen Tag und eine Nacht in der Kälte gelegen …

Bevor der Gedanke ihr Bewusstsein erreichte, schrie sie schon gellend auf: »Jörg! Hansi! Wartet. Halt – wartet!« Barbara schoss aus der Tür, durch den dämmrigen Gang und riss die Haustür auf.

Die Männer standen rauchend vor dem Fuhrwerk. Erleichtert stieß sie den Atem aus und rannte schlitternd den schmalen, eisglatten Weg zu ihnen hinaus. Die beiden Burschen drehten sich zu ihr um.

»Ist der Weg hinauf frei?«, rief sie und hörte selbst den schrillen Klang in ihrer Stimme. »Der Toni muss einen triftigen Grund gehabt haben, dass er bei dem Wetter raus ist. Er hat mindestens einen Tag und eine Nacht im Schnee gelegen, bis ihr ihn gefunden habt. Vermutlich noch länger. Die Marie ist schwanger. Vielleicht kommt das Kind! Oder sie ist krank geworden und braucht Hilfe da oben! Könnt ihr mich zum Berghof hinaufbringen?«

Die beiden schauten sich an, der Austätter zuckte die Achseln und ließ den schwach glühenden Zigarettenstummel in den Schnee fallen. Mit dem Absatz seines Stiefels trat er nach.

Der schüchterne Hilfinger Hansi, der sich beim Denken meist viel Zeit ließ, überlegte laut und sprach schleppend: »Wir haben dem Obmann Bescheid gesagt, bevor wir zu dir gekommen sind. Er wollte die Forstleute losschicken, um den Baum von der Straße zu schaffen und den Schlitten zu bergen.« Er wischte sich mit der behandschuhten Faust über die laufende Nase. »Wenn der Baum fortgeräumt ist, sind wir mit dem Pferdefuhrwerk schnell oben. Wenn nicht, dann wird's schwierig.«

Der Schlitten. Langsam wurde ihr klar, was geschehen sein musste. Etwas Schlimmes war da oben passiert. Die Marie brauchte Hilfe. Sie saß seit mindestens zwei Tagen mutterseelenalleine auf dem Julianenhof fest. Seit zwei Tagen! Oh, Grundgütiger, wie sollte sie ihr nur beibringen, dass der Toni tot und starr wie ein Eiszapfen auf ihrem Tisch lag? Sie schaute den Hansi bittend an.

»Ich kann momentan nichts für den Toni tun. Er ist zu sehr gefroren. Die Totenwäsche wird warten müssen. Ich hole nur schnell meine Sachen.« Sie drehte auf dem Absatz um und rannte ins Haus zurück, um ihre Tasche zu holen. Es gab noch eine Aufgabe zu erledigen, dann würde sie wissen, was geschehen war.

Barbara betrat den Raum mit eiligen Schritten. Sie nahm schnell ein wenig Anfeuerholz aus dem Korb und öffnete die untere Ofentür, schichtete mit fliegenden Fingern Kienspäne hinein. Riss ein Zündhölzchen an, legte es in die trockenen

Späne und wartete einen kurzen Moment, bis sie qualmend Feuer fingen. Dann öffnete sie das obere Türchen, damit das Feuer atmen konnte. Als das Häufchen prasselte, schob sie zuerst kleinere Holzscheite nach, dann drei große. Das sollte ausreichen, um den Raum etwas zu erwärmen, bis sie wiederkam, um ihre traurige Arbeit zu verrichten. Sie schloss die beiden Ofentürchen, hastete zum Tisch und betrachtete mit wehem Herzen das steinern graue Gesicht vor ihr.

Sie tat nicht gern, was sie jetzt tun musste. Barbara setzte ihre Fähigkeit nur ungern ein, denn ihr wurde sterbensschlecht davon. Doch sie musste wissen, was geschehen war und was sie auf dem Berg erwartete. Mit spitzen Fingern berührte sie eine der blutverklebten Haarsträhnen und zog vorsichtig ein gefrorenes Blutklümpchen ab. Es schmolz auf ihrer warmen Fingerkuppe zu einem winzigen roten Tropfen. Widerstrebend leckte sie das Blut von ihrer Fingerspitze und erwartete die Bilder, die sie überfluteten. In schneller Folge, schemenhaft und unscharf, sah sie die Marie auf allen vieren in der Küche knien. Sah den Mann, der das Pferd am Halfter führte, sah das Hindernis, das dunkel vor ihm aufragte, das steigende Pferd, den stürzenden Schlitten, der ihn mitriss und fühlte den Schmerz, der sein Bewusstsein auslöschte.

Sie ächzte auf, schüttelte die Vision ab und zog gewaltsam den inneren Schutzwall hoch, der sie vor weiteren Eindrücken abschirmte. Genug! Sie wollte nicht mehr sehen. Barbara schluckte die aufsteigende Übelkeit hinunter, griff schaudernd nach ihrem wollenen Tuch, schlug es eng um sich und eilte nach draußen.

Der Pferdeschlitten kroch langsam durch die Schneewehen den Steinbachweg hinauf. Auf halber Höhe erreichten sie die Forstarbeiter, die den sperrigen Baumstamm bereits zersägt hatten, und hielten an. Die klare Winterluft roch nach Schnee, frischem Kiefernholz und duftendem Harz.

Barbara vermied es, den zerwühlten Abhang anzuschauen. Während die Männer einige Worte miteinander wechselten, ging sie hektisch den Inhalt ihrer Tasche durch. Sie hatte Schafgarbe und Arnika dabei, krampflösenden Thymian, Frauenmantel und Hirtentäschel, um Blutungen der Gebärmutter zu stillen. Hoffentlich genügend Schafwolle, Kompressen und Mull. Sterile Nadeln, ein kleines Fläschchen Chloroform, etwas Nahtmaterial und zwei kostbare Ampullen Penicillin. Sie betete, dass es genügen möge.

Es ging weiter. Der Pferdeschlitten kam vor dem kleinen, zweigeschossigen Bauernhaus zum Stehen; der Atem der beiden Tiere stand in weißen Wölkchen in der kalten Winterluft. Der Austätter warf ihnen eine grobe Decke über den dampfenden Rücken.

Barbara sprang herunter. Sie stapfte durch den kniehohen Schnee die letzten Meter bis zur Haustür des Julianenhofs und hob die Hand, um anzuklopfen. Die Holztür ging auf, bevor ihre Fingerknöchel das Holz berührten. Vor ihr stand Marie, hoch aufgerichtet, das Kind im Arm. Die beiden Frauen sahen sich stumm an.

»Marie.« Nur den Namen brachte Barbara heraus, bevor der dicke Kloß in ihrem Hals alle weiteren Worte erstickte.

Sie ließ den Kopf sinken. Barbara trat einen Schritt auf Marie zu. Die beiden Frauen umklammerten sich haltsuchend.

Das Kind zwischen ihnen wimmerte. Der Laut riss sie aus ihrer Umarmung und Barbara trat ein wenig zurück. »Geht es dir gut, Base?«, fragte sie liebevoll und streckte die Hand aus, um das Kind zu berühren.

»Wo ist der Toni?«, gab Marie herb zurück und rückte das Baby in ihrem Arm zurecht. Ihre dunklen Augen bohrten sich in Barbaras grüne und hielten sie unerbittlich fest. Ihre freie Hand schoss vor und krallte sich schmerzhaft in Barbaras Oberarm. »Wo. Ist. Der. Toni?« Jedes Wort stand eisig in der Luft und zwischen ihnen, wie fallende Axthiebe.

Barbara zuckte darunter zusammen und rang nach Worten. Sie krümmte sich innerlich und wusste nicht, wie sie es ausdrücken sollte. »Marie, der Toni …« Sie verstummte.

Marie drehte sich von ihr weg und flüsterte leise: »Es ist ihm was zugestoßen, ja? Sag's einfach.«

Barbara brach das Herz. Die unterdrückten Tränen ließen sich nicht mehr aufhalten. Sie wischte mit dem Ärmel über die Augen. »Der Toni ist tot«, gab sie erstickt von sich. Verfluchte sich im gleichen Augenblick, weil sie es nicht schonender hatte ausdrücken können. Nun schluckte sie schwer und brachte dann endlich heraus: »Er hatte einen Unfall mit dem Schlitten. Auf dem Steinbachweg. Die Burschen haben ihn in den Haindlhof gebracht. Ihr müsst mit mir ins Dorf herunterkommen.«

Maries aufrechte Gestalt gab ein wenig nach. Sie beugte sich unter dem Schlag der Nachricht, die sie schon geahnt hatte und umklammerte das Kind ein wenig fester. »Ja«, gab sie tonlos zurück. Ein Augenblick voll schwerer Stille. Dann drehte sie sich zu Barbara herum. Ihre Augen brannten, voll Tränen und unausgesprochener Not. »Barbi«, schluchzte sie hart auf, »Barbi, sie ist wie du und Mutter!«

Barbara starrte Marie an und spürte, wie der Klumpen in ihrem Bauch zu kaltem Eis gerann.

Der Ruf des Austätters holte die beiden Frauen aus ihrer Erstarrung. »Brauchst du Hilfe, Barbara? Wir müssen zurück!«

Sie schüttelte ihr hilfloses Entsetzen ab und trat vollends ins Haus. »Kannst du gehen? Bist du in Ordnung, Marie?« Sie legte der Ziehschwester den Arm um und schob sie zum Tisch. »Setz dich, ich hole deine Stiefel. Geht es der Kleinen gut?«

Marie nickte nur. Barbara ließ den Blick durch die Küche gleiten, registrierte das Federbett vor dem Herd und in der Ecke, daneben den Blecheimer mit den verschmutzten Lumpen darin. Sie griff sich den Eimer und sah kurz hinein. Dann trug sie ihn hinaus, legte ein Holzbrett darüber und keilte ihn unter die Sitzbank vor dem Küchenfenster fest. Darum würde sie sich morgen kümmern. Sie eilte zurück in die Küche, nahm den Korb auf und inspizierte ihn. »Den nehmen wir mit. Brauchst du sonst noch etwas?«

Marie schüttelte stumm den Kopf. Barbara holte die Stiefel aus der Ecke und kniete sich vor Marie, schob ihre Füße hinein. »Wo ist deine Joppe?«

Marie antwortete nicht. Barbara erhob sich und ging zum Herd, öffnete die Ofentür und schaute hinein. Das Feuer würde ausbrennen. Sie schloss sorgfältig die Herdtür und schob den Wasserkessel zur Seite. Das würde genügen; alles andere hatte Zeit. Sie nahm die grobgewebte Decke von der Bank und zog Marie hoch, legte ihr die Decke um und wickelte sie und das Kind fest darin ein.

»Komm! Wir gehen nach Hause.« Dann schob Barbara ihre Base hinaus in die Kälte, nahm den Schlüssel vom Brett und versperrte die Holztür.

Wärme und Kräuterduft umfingen sie, als sie aus dem kalten Gang in die Stube des Haindlhofs traten. Sie hatten nichts miteinander geredet. Trauer hing zwischen ihnen wie ein lähmender schwarzer Schatten.

»Ich will den Toni sehen«, sagte Marie tonlos. Mehr sprach sie nicht.

»Später, Liebes, erst will ich nach euch beiden schauen«, erwiderte Barbara bestimmt. Sie schob Marie einen Stuhl hin und drückte sie darauf, warf Tasche und Tuch neben sie auf die hölzerne Ofenbank. Nachdem Barbara überzeugt war, dass Marie die Geburt gut überstanden hatte und das Kind augenscheinlich ebenfalls gesund war, zwang sie die Base, ein paar Löffel Suppe zu essen.

Doch Marie brachte kaum einen Bissen herunter. Sie saß reglos auf der hölzernen Bank, an den warmen Kachelofen gedrückt und hielt das Kind fest an sich gepresst. Ihr war kalt bis ins Mark. »Ich will den Toni sehen!«, wiederholte sie.

Barbara verdrängte das Bild ihres Schwagers, der mit zerschmettertem Kopf und verzerrten Gliedmaßen im Nebenzimmer lag. Streng hielt sie sich an, einen klaren Kopf zu bewahren. »Ja, Liebes, später. Zuerst musst du dich ausruhen.« Sie ging in die Küche hinüber, trat an den Herd und legte Holz nach. Dann setzte sie einen Sud aus Fenchel-samen, Anis, Kümmel und Brennnesselblättern an, gab noch ein wenig Bockshornklee hinein. Er würde helfen, die Muttermilch anzuregen. Wenn Marie schon nichts aß, so sollte wenigstens das Kleine nicht hungern. Nach einigem Überlegen gab sie dem Tee ein wenig Johanniskraut und Melisse bei. Es würde dem Kind nicht schaden und vielleicht konnte Marie ein wenig Schlaf finden. Sie goss den heißen Tee in eine große Henkeltasse und stellte sie vor ihr auf dem Tisch ab. »Trink!«, befahl sie und setzte sich. »Und jetzt sag. Wie hast du es bemerkt?«

»Ich will den Toni sehen«, gab Marie stur zurück. Eine Träne rann ihr aus dem Augenwinkel über die Wange und tropfte auf das flaumige Köpfchen des Kindes.

Barbara seufzte auf. »Also gut. Wart einen Moment, ja?« Sie erhob sich und strich die Schürze glatt. »Ich bin gleich wieder bei dir.«

Während sie den kalten Gang durchquerte und ihr Behandlungszimmer betrat, überlegte sie fieberhaft, was sie tun sollte. Der Toni war furchtbar zugerichtet und Marie sollte ihn nicht so in Erinnerung behalten. Sie trat an den Tisch und betrachtete im letzten Licht der schräg hereinfallenden Nachmittagssonne den Leichnam ihres Schwagers. Er lag genauso gekrümmt da, auf ein Knie gestützt, wie sie ihn hingelegt hatten. Das Eis war geschmolzen, doch die Farbe seiner Hände und seines Gesichts war noch ebenso steingrau und wächsern wie heut früh. Die Augen starrten blicklos, fast ein wenig überrascht. Sie ging zum Schrank und öffnete ihn, auf der Suche nach der wollenen Decke. Ein schwacher Luftzug streifte kühl ihren Nacken und sie drehte sich um.

Marie stand vor dem Tisch. Schneeweiß im Gesicht, ohne eine Träne, ohne einen Laut. Sie streckte die Hand aus und berührte vorsichtig seinen Rücken, zog sie wieder zurück und ließ sie fallen. Barbara trat einen Schritt auf sie zu, um sie aufzuhalten, sie zu bitten, wieder in die Stube zurückzukehren. Doch Marie hob erneut die Hand, schoss ihr einen fast feindseligen Blick zu, und Barbara schreckte vor der Kälte in ihren Augen zurück.

»Lass mich«, sagte sie rau. »Er ist mein Mann. Ich habe ein Recht, ihn zu sehen.«

Barbara ließ die Schultern sinken und gab nach, begriff, dass sie nichts mehr tun konnte, um ihrer Base diesen Augenblick zu ersparen. Sie ließ die Decke im Kasten liegen und wandte sich zur Tür. Im Vorbeigehen berührte sie sacht Maries Arm. »Ich bin drüben, wenn du mich brauchst.« Dann verließ sie den Raum.

Marie trat zum Kopfende des Tisches und sah Tonis zerschlagenen Kopf, die tiefe hässliche Wunde und schaute in seine toten Augen. Es war so bitter.

Sie heulte innerlich auf. »Oh Gott, lieber Gott, Herr Jesu und alle ihr Heiligen – warum?«, schrie sie lautlos. Hunderte, tausende Frauen bekamen ihre Kinder allein. Warum hatte sie ihn gedrängt, die Barbara zu holen? Weshalb nur hatte sie darauf bestanden, dass er bei dem schlimmen Wetter ins Dorf fuhr? Das Kind war trotzdem gekommen und alles war gut gegangen. Sein Gang war umsonst gewesen – sie hatte ihn in den Tod geschickt. Der Gedanke quälte Marie, seit sie die Hiobsnachricht erhalten hatte. Ihre Tochter würde ohne Vater aufwachsen. Und sie selbst hatte ihren besten Freund, ihren Beschützer, ihren Liebsten verloren. Den einzigen Menschen, der hinter ihre raue Schale geblickt und die Glut dahinter gesehen hatte. Der Toni hatte erkannt und geliebt, wer und wie sie war. Er war derjenige, der ihren harten innersten Kern berührt und ihn zum Schmelzen gebracht hatte. Sie konnte nicht begreifen, dass sein Lachen mit ihm gestorben war. Sein warmer, vertrauter Körper, der sich in der Nacht an sie schmiegte, nun tot. Seine großen, sanften Hände, die ihr widerspenstiges braunes Haar glätteten, versonnen und träge die Wellen ihres langen Zopfes mit den Fingern durchkämmten und durch ihre Locken strichen, jetzt steif und kalt. Sie konnte nicht glauben, dass sie ihm nie mehr dabei zusehen würde, wie er Hobelspäne von den

Brettern strich, über das Holz blies und stolz mit der Hand über die samtene Fläche glitt.

Marie beugte sich über Toni und küsste seine eisblauen Lippen. Hoffte auf Leben, Wärme und fand doch nur Kälte – Tod und Verlust. Ein nie gekannter Schmerz und unaussprechlicher Zorn wallten in ihr auf. Brennende Wut kochte in ihr hoch.

Verdammt, Toni, warum hast du mich alleine zurückgelassen?

Sie stand über ihn gebeugt, gekrümmt und zitternd. Wie ein sterbendes Tier stöhnte sie auf, in dumpfen Lauten, die aus keiner menschlichen Kehle zu kommen schienen. Lange Minuten stand sie so. Hart schluchzend. Halb auf dem reglosen Körper liegend, ächzte sie ihren Schmerz heraus, versuchte, ein Stück von ihm zu erhaschen, ihn zu sich zurückzuholen. Das Medaillon rutschte aus ihrem Kleid und streifte seinen Körper. Sie umfasste es hart mit der Linken und riss daran. Mit einem knackenden Laut sprang die feine Silberkette entzwei. Marie richtete sich auf und ließ das Medaillon auf ihn herabfallen.

In dem Moment des Abschiednehmens verlor sie ihren Glauben und zischte: »Heiliger Leonhard, ich verfluche dich! Wo warst du, als er dich gebraucht hat!« Zornig wischte sie die Tränen ab. Ihre Zähne knirschten, als Marie sie aufeinanderbiss, um die Säure aus Wut und Pein hinunterzuschlucken.

Innerlich zu Stein geworden, verließ sie mit hoch erhobenem Kopf und aufgerichtetem Rücken die Totenkammer.

Barbara erwartete sie, sah sie forschend und ruhig an.

»Willst du mit mir reden? Magst mir nicht endlich erzählen, was da oben geschehen ist?«

Marie setzte sich schwer auf die Ofenbank und nahm das Baby wieder auf. Sie war noch immer leichenblass und zitterte. Barbara fasste nach ihrer Hand. Eiskalt. Sie fühlte ihren Puls und drückte ihren Fingernagel kurz und fest in das Nagelbett von Maries Zeigefinger. Die Base ließ es geschehen, ohne zu zucken. Das Nagelbett färbte sich weiß und es dauerte einige Zeit, bis es wieder durchblutet war.

Sie hat einen Schock, dachte Barbara nüchtern. Kein Wunder nach alldem.

»Komm, Liebes, du gehörst ins Bett! Gibst du mir die Kleine?« Sie nahm ihr das Kind vorsichtig aus dem Arm und zog sie hoch, fasste sie um die Taille und führte sie in die Schlafkammer. Dort legte sie das Kind auf das breite Bett, zwischen die beiden dicken Daunenkissen und drehte sich dann zu der teilnahmslos dastehenden Base um, zog ihr die Schürze ab und nestelte die Bänder ihres Kleides auf. Schlug die Decke zurück und drückte sie im Hemd auf das Bett herunter.

»Leg dich hin, ich bringe dir gleich eine wärmende Bettflasche.«

Marie reagierte nicht. So nahm sie selbst deren blasse Beine hoch und legte sie hin, schob ein dickes Kissen unter ihre Füße und deckte sie fest zu. Sie eilte in die Küche, füllte die verzinkte Bettflasche mit heißem Wasser und packte ein Tuch darum, lief zurück.

»Dir wird gleich warm werden«, tröstete sie die Ziehschwester. »Lass die Kleine noch trinken. Ich bleib bei dir, bis du eingeschlafen bist.« Sie half ihr, das Kind anzulegen. Es trank gierig und schnell. Barbara sah, wie Maries Gesichtsfarbe sich etwas normalisierte und das heftige Zittern nachließ. Sie atmete erleichtert auf. Das Stillen und der Körperkontakt halfen wohl, den Schock abzumildern.

Marie lag in dem großen Bett und war in einen erschöpften Schlaf gefallen. Barbara hatte das Baby frisch gewickelt und die Kleine in ihr Körbchen gelegt. Es war erstaunlich. Sie hatte noch nie so ein Neugeborenes gesehen. Es schien wohlauf zu sein. Doch es greinte nicht, schrie nicht und sah sie beharrlich aus klaren Augen an. Auf eine seltsame Art weise und wissend. Zu wissend für ein Neugeborenes. Barbara spürte eine eigenartig vertraute Verbindung zu Maries Tochter. Für einen Moment war sie versucht, ihr den Finger an die Lippen zu legen, um zu sehen, was geschah.

Fast im selben Augenblick schrillte der warnende Leitsatz in ihr auf, den sie früh gelernt und tief verinnerlicht hatte: Übertritt nie aus Eigennutz die Grenze zur Seele eines anderen Menschen!

Also beherrschte sie sich und berührte nur die rosige Handfläche. Die winzige Faust schloss sich um ihren Zeigefinger und hielt ihn fest. Geduldig wartete Barbara ab, bis sich der kleine Körper entspannte und die blonden Wimpern über den hellen Augen zufielen. Dann zog sie vorsichtig ihren Finger aus der rundlichen Babyhand. Nach einem letzten Blick auf die beiden Schlafenden drückte sie die Tür leise hinter sich zu und ging entschlossen nach nebenan. Es wartete noch eine Aufgabe auf sie.

Die Totenwäsche.

Der Leichnam war einigermaßen aufgetaut. Nun schnitt sie ihm die Kleider vom Leib und brachte seinen Körper in eine menschliche Haltung. Die Totenstarre hatte bereits eingesetzt und sie arbeitete schwer, bis seine Glieder gerade beieinanderlagen. Sie drückte den mit lauwarmem Wasser vollgesogenen Schwamm so oft über seinen hellen Haaren aus, bis endlich weder blutiges Wasser noch Knochensplitter mehr herausrannen. Schüssel um Schüssel schüttete sie in den Steinausguss. Kupfriger Blutgeruch füllte den Raum.

Vorsichtig trocknete sie Tonis geschundenen Kopf und kämmte die feuchten hellblonden Haare über die hässliche Kopfwunde. Sie wusch seinen schlanken Körper, rieb ihn mit duftendem Ringelblumenöl ein und zog ihm frische Wäsche an. Darüber ein weißes Hemd mit bestickter Borte und seinen Hochzeitsanzug aus gewalktem dunklen Lodenstoff, den sie aus Maries Kleiderkasten geholt hatte. Legte seine weißen Hände übereinander und schob ihren eigenen Rosenkranz dazwischen, schloss ihm zuletzt endlich die Lider über den starrenden grauen Augen.

Als Barbara fertig war, setzte sie sich vor den Tisch und legte ihren Kopf neben den seinen. Sie küsste ihn auf die kalte Wange und fuhr mit dem Zeigefinger zart über seinen geraden, schmalen Nasenrücken, über den hohen Bogen seiner Augenbraue und über die feine Rundung seines Ohrs.

»Du hast eine Tochter, Anton Hohleitner – eine wunderschöne und gesunde Tochter. Sie hat deine blonden Haare, deine hellen Augen und ich find, sie sieht dir ähnlich. Und sie hat die Gabe. Ich werde gut auf sie achten, das verspreche ich dir! Bei meinem Leben«, flüsterte sie ihm ins Ohr. Sie erhob sich müde und schlug das Kreuz über ihm. Dann legte sie ein frisches sauberes Tuch über sein geschundenes Gesicht und den zerschlagenen Kopf. Anschließend nahm sie ein gestärktes Leintuch aus dem Schrank, schüttelte es aus, bedeckte ihn damit und zog es über ihm glatt. Endlich zündete sie rechts und links zu seinem toten Körper eine dicke, weiße Talgkerze an. Flackernd verströmten die Flammen ihr warmes Licht und warfen sanfte Schatten. Barbara zog sich einen Stuhl neben den Tisch, ließ sich schwer darauf nieder und richtete sich auf die lange Nacht der Totenwache ein.

✳

Mein Vater, Anton Hohleitner, wurde am übernächsten Tag zur letzten Ruhe gebettet. Das ganze Dorf nahm Anteil. Die kleine Dorfkirche füllte sich bis auf den letzten Platz, die Männer stoisch schauend auf der einen Seite, die Frauen in ihre Taschentücher schluchzend, auf der anderen. Die Mutter, mit mir im Arm und meine Tante Dede saßen alleine in der vordersten Bank. Der Pfarrer war aus Radstadt gekommen; wir hatten zu der Zeit keinen eigenen im Dorf.

Das Musikkorps spielte auf. Der Vater war Tischler gewesen, hatte für die Dörfler Schränke gezimmert, Küchen und Stuben ausgebaut und im Musikverein die Klarinette gespielt. Er war ein geachteter Mann gewesen, gesellig und fröhlich, und alle hatten ihn gern gemocht. Meine Eltern kannten sich seit ihren Kindertagen und jedermann wusste, dass sie zusammengehörten. An Mutters dreiundzwanzigstem Geburtstag heirateten die beiden. Sie zogen zu meiner Tante

Dede ins Haindlgut; der Vater richtete sich in der Scheune eine Werkstatt ein, denn Platz gab es dort mehr als genug.

Doch meine Mutter liebte den Julianenhof und verbrachte die Sommermonate und jede freie Minute dort oben. Sie erbte die Hochalm, den Julianenhof, von ihrem Vater. Der alte Hallner war zu seiner Zeit ein vermögender Mann gewesen. Ihm gehörte ein großes Anwesen im Dorf, das Haindlgut; ein zweigeschossiges, geräumiges Bauernhaus und ein großer Stall voller samtbrauner Milchkühe, fetten Schweinen und Federvieh, dazu ergiebige Wiesen und Wald, bis hinauf zum Oberhof. Das Haus auf der Alm baute er für seine Frau Juliane. Dort oben über dem Dorf, auf dem Hochplateau, schuf er ihr ein Refugium. Eine abgelegene Heimstatt, in der sie ganz für sich sein konnte. Man munkelte, dass die Juli besonders war, anders als die anderen. Sie war am liebsten für sich allein, mied die Menschen und fühlte sich am glücklichsten, wenn sie auf der Alm sein konnte. Großmutter Juli starb kurz nach der Geburt meiner Mutter Marie, ihres ersten und einzigen Kindes, am Kindbettfieber. Hannes Hallners Seele starb an diesem Tag ebenfalls. Er verwand diesen Schlag nie und gab die kleine Marie als Ziehkind zur Schwester seiner Frau, meiner Großtante Hannah Sittler. Seinen Schmerz ertränkte er im Branntwein. Nach und nach veräußerte er zuerst das Vieh, dann den Wald und die Wiesen an seine Gläubiger. Der Julianenhof blieb ihm; er lag abgelegen und keiner wollte ihn haben. Der Aufwand, ihn gewinnbringend zu bewirtschaften, war zu groß. Er war Mutters einziges Erbe. Vom großen Anwesen des Haindlhofs blieb lediglich das Haus. Bevor er auch das verlor, zahlte ihn sein Schwager, der Florian Sittler, aus. Hannes erhielt Leberecht. Mein Großvater starb an einem Schlaganfall, unverhofft und schnell, mit sechsundfünfzig Jahren.

Die Barbara bekam das Haus von ihrem Vater überschrieben und die Alm fiel an meine Mutter. Die Dede war grad achtzehn, meine Mutter sechzehn Jahre alt. Der Großvater und sie hatten kein besonders enges Verhältnis gehabt, obwohl die Höfe im Dorf nicht weit auseinander lagen. Marie erinnerte ihn zu sehr an seine Juli.

Er blieb ihr fremd und sie vermisste ihn nicht. Ihre wahren Eltern waren Hannah und Florian Sittler, die sie wie ein eigenes Kind annahmen und ihr sehr zugetan waren.

Barbara und Marie wuchsen zusammen auf. Barbara nahm die kleine mutterlose Marie wie eine Schwester an. Sie waren verschieden – wie Zirbe und Kiefer. Die eine neugierig und quirlig; eine rundliche und rothaarige Besserwisserin, die sich nie mit einer Antwort zufrieden gab, immerfort alles hinterfragte und jedes kranke Tier geduldig gesundpflegte. Die andere besonnen und beherrscht, eine hochgewachsene dunkle Schönheit mit langem dunkelbraunem Haar, das sich widerspenstig aus den Zöpfen sträubte, strengen Gesichtszügen und nur selten lächelnd. Fast schroff, verschlossen und trotzdem – auf ihre stille, unaufdringliche Weise ebenso liebenswert. Barbara, strahlend leuchtend und sonnig, auf die Menschen zugehend. Marie ein dunkler Stern; herb, erdig und still, sich selbst genug.

Sie ergänzten sich wie Sonne und Mond und mochten nicht ohne einander sein. Waren inniger verbunden, als leibliche Schwestern es je sein konnten und vertrauten einander.

Marie verliebte sich schon als kleines Mädchen in meinen Vater Toni, während der wenigen Jahre in der kleinen Dorfschule. Er verstand ihr stilles Wesen, schützte sie vor den Hänseleien der anderen Kinder und verteidigte sie, wenn die Kinder sie piesackten und ihr höhnisch ›Säuferkind‹ hinterher riefen. Er haute manch einem Raufbold deshalb eine blutige Nase. Marie war sein Engel, seine große und einzige Liebe, und er ihr Beschützer.

Barbara blieb allein. Sie verliebte sich einige Male, doch sie war nie willens, sich einem Mann unterzuordnen. Ihre Berufung hatte sie früh erkannt und darum war sie nicht bereit, ein einfaches Leben als Bauernfrau zu führen. Ein

Ehemann hätte ihr zu dieser Zeit niemals gestattet, so zu leben, wie sie es sich vorstellte. Ihre Eltern, Hannah und Florian Sittler, hatten keine weiteren Kinder und ließen sie gewähren. Meine Großtante brachte ihr alles bei, was sie über Heilkräuter und Pflanzen wusste. Der Onkel war sehr stolz auf seine wissbegierige Tochter. So oft er aus Salzburg von seinen Geschäften zurückkam, brachte er ein weiteres Buch für sie mit, damit sie ihren Wissensdurst stillen konnte.

Als Barbara fünfzehn Jahre alt war, schickte er sie nach Linz zu den Ordensschwestern der Franziskanerinnen. Bei ihnen erlernte sie den Beruf der Hebamme und Krankenschwester. Drei Jahre später kam sie nach Forstau zurück und richtete sich im leer stehenden Haindlhof ein. Über ihre Besonderheit wurde nicht gesprochen. Nur die Familie wusste Bescheid. Und Barbara selbst sprach auch nicht darüber.

❄

Kapitel Drei

Der Winter 1940 war hart und lang. Schnee türmte sich vor den Häusern bis über die Fensterrahmen und die höher liegenden Höfe waren völlig abgeschnitten vom Dorf. Die Alten redeten, es habe während ihrer Lebzeiten keinen so schweren Winter gegeben.

Knapp dreißig Höfe zählte die Forstau, ungefähr zwanzig Anwesen im Dorf unten, die anderen weit verteilt auf den umliegenden Anhöhen. Im Dorf selber ein Wirtshaus, eine kleine Gemischtwarenhandlung an der Wegkreuzung und die weiße Sankt Leonhardkirche mit dem angebauten Pfarrhaus und angrenzendem Friedhof am oberen Ende des Kirchbichls. Ein paar Schritte unterhalb der Kirche, die in den Fels gehauene Lourdeskapelle. Der Forstaubach durchfloss das Örtchen entlang des Hauptwegs. Das schmale Pongauer Hochtal, abgeschieden gelegen zwischen den Dörfern Radstadt und Pichl, war nur über einen schmalen Weg zugänglich, der sich unentwegt in scharfen Kurven in die Höhe schraubte. Es war einigen wenigen hundert Menschen Heimat. Bewacht von den Bergspitzen der Niederen Tauern und überragt von der scharfzackigen, ewig schneebedeckten Linie des Dachsteinmassivs. Reich an hohen Lärchen und Tannenwald, der die Forstau von allen Seiten umgab. Die Menschen da waren Bauern und Holzfäller. Einfache Leute, die schwer arbeiteten, damit ihnen Almen und Holzfällerei, die wenigen Wiesen und Äcker über den kurzen Sommer ein karges Auskommen schafften, das sie die langen Wintermonate überstehen ließ. Sie lebten ein hartes Dasein, fest eingebunden in die Jahreszeiten und eng verbunden mit der Natur. Sie waren genügsam und ebenso schroff und unbeugsam geworden wie der Fels über ihnen. Doch keiner hätte die Forstau freiwillig verlassen. Sie bildeten eine eingeschworene Gemeinschaft. Mit jeder Faser ihres Herzens liebten sie ihr Dorf, die bewaldeten Hügel und die mächtigen, grauen Berge über ihren Höfen.

Der Toni fehlte an allen Ecken und Enden. Seine Werkstatt im alten Stall des Haindlhofs war verwaist und eine dünne Staubschicht legte sich über Maschinen und das Holz, das am hinteren Ende lagerte. Die beiden Frauen mieden die Werkstatt und betraten sie kaum.

Barbara hatte mit den hustenden und fiebernden Leuten im Dorf gut zu tun. Fast in jeder Familie war jemand erkrankt. Die Kleinsten und die Alten traf es am härtesten. Langsam gingen ihr die Medikamente und Heilkräuter aus. Sie war oft unterwegs – die Wege zu den abgelegenen Höfen waren weit und der hohe Schnee kostete Zeit und Kraft. Kam sie nach Hause, durchgefroren und todmüde, fiel sie ins Bett und schlief wie ein Stein.

Marie kochte die Mahlzeiten und versorgte still und wortlos das Haus, die wenigen Tiere. Die eine magere Kuh, zwei Ziegen, das Schwein und die wenigen Hühner machten kaum Arbeit. Wie ein überschlanker grauer Schatten glitt sie durch Haus und Stall und sprach nur das Nötigste. Sie tat ihre Arbeit wie ein eisernes Uhrwerk, tickte und tickte, ohne hängenzubleiben, weiter und weiter. Der obere Stock stand leer und wurde nicht benutzt. Sie bewohnten nur ihre beiden Schlafkammern, die Stube und die Küche im unteren Stockwerk. Es gab im Winter nicht viel zu tun. Lediglich der Herd in der Küche und der Kachelofen in der Stube wurden eingeheizt.

Marie saß die meiste Zeit über auf der Ofenbank und lehnte den Rücken an die gerundeten grünen Kacheln. Ihr wurde nicht warm. Sie war stiller denn je und wirkte müde. Sie hatte abgenommen, schien magerer als vor der Schwangerschaft und dunkle Schatten lagen unter ihren

Augen. Ihr Gesicht zeigte kaum eine Regung, die vollen Lippen waren blutleer und zu einer dünnen Linie zusammengepresst.

Das Kind hingegen gedieh. Es trank gut und sein Körper hatte sich gerundet, die Beinchen legten sich speckig in Falten. Doch es war ebenso still wie seine Mutter. Das kleine Mädchen schien die Trauer zu spüren, die über ihnen hing. Es weinte kaum, trank und wurde gewickelt, schlief dann wieder, für Stunden.

Barbara beobachtete beide und wurde innerlich immer unruhiger. Die Marie bereitete ihr Sorge; die Ziehschwester entglitt ihr, das konnte sie deutlich spüren.

Doch immer noch hatte Barbara keine Anzeichen entdeckt, dass die Kleine anders war. Wenn sie wach war, schaute sie mit großen Augen umher und schien alles um sie herum bewusst wahrzunehmen. Sie hing wie ein Kätzchen an ihrer Mutter; Ärmchen und Beinchen um sie geschlungen. Marie trug sie beständig in einem festen Tuch überall hin mit. Es war, als ob sie sich gegenseitig Halt geben würden. Barbara stand oft kurz davor, auf ihre eigene Art herauszufinden, was in der Nacht auf dem Berg geschehen war. Doch es kam ihr unrecht vor; der Vertrauensbruch wog zu schwer und so wartete sie geduldig ab.

Marie hatte sich endlich für einen Namen entschieden. Sie nannte das Kind Anna, nach Tonis Mutter. Doch meist rief man sie Anneli.

Die Kleine wurde im März getauft, von demselben Pfarrer aus Radstadt, der den Trauergottesdienst für den Toni gehalten hatte. Es war eine stille Zeremonie. Nur Marie, Barbara und die Zieheltern standen um den steinernen Taufstein in der ungeheizten Kirche. Als der Pfarrer das geweihte Wasser über das blonde Köpfchen der kleinen Anna goss, griff sie zielsicher nach seiner Hand und hielt sie fest. Ihr wacher, durchdringender Blick bannte seinen und er stockte kurz. Dann nahm er sich zusammen und sprach den Segen zu Ende.

Im April brach eine schwache Frühlingssonne den anscheinend endlos dauernden Winter. Schmelzwasser füllte den steinigen Forstaubach, bis er über die Ufer trat und Erde, totes Holz und Gestein mit sich riss.

Sieben Kinder hatten den strengen Winter nicht überlebt und ebenso viele Alte. Auf dem Friedhof konnten nun die Gräber ausgehoben werden. Der Pfarrer blieb eine ganze Woche im Dorf, bis endlich alle Verstorbenen unter der Erde waren. Auch der Toni erhielt nun eine Grabstatt. Es war eine ganze Woche voller Gottesdienste und Tränen. Und traf alle hart.

Barbara wohnte allen Trauerfeiern bei. Noch niemals, in keinem Jahr, seit sie praktizierte, hatte sie so viele Menschen verloren, so viele sterben sehen, ohne helfen zu können. Sie weinte mit den Müttern und Vätern, den Hinterbliebenen und fragte sich unentwegt, wo sie versagt hatte. Am schlimmsten traf es die Familien, die nicht nur ein Liebstes hier im Dorf verloren hatten, sondern auch noch einen Mann oder einen Sohn an diesen unsäglichen Krieg. Sie hatten nicht einmal eine Grabstelle, um an ihr zu trauern. Die Forstau zählte etwas über dreißig Höfe und kaum ein Haus blieb vom Tod verschont.

Der Krieg überschwemmte die Welt, Europa versank im Chaos. Er ließ auch Österreich und die Forstau, das kleine, stille Tal zwischen den Bergen, nicht unberührt. Adolf Hitler gliederte die Alpenregion in den ersten Märztagen 1938 endgültig ins Deutsche Reich ein. Er hasste den Namen seiner Heimat und nannte sie »eine Missgeburt der Geschichte«. Österreich hieß nun die ›Ostmark‹ und wurde in Reichsgaue unterteilt. Eine Flut von über fünfundsechzigtausend deutschen Soldaten überspülte das Land und besetzte es. Das alte Österreich existierte nicht mehr. Die harte, unnachgiebige Faust des Führers und seiner Schergen knechtete die Menschen. Und jeder versuchte auf seine Weise, einfach zu überleben.

Barbara hatte eine eigene Meinung über die Geschehnisse der letzten Jahre, die sie aufmerksam verfolgte. In ihren Augen war der untersetzte, kleine Mann mit den harten Augen und der knarrenden Stimme die scheußlichste Missgeburt selbst, die ihr Land je hervorgebracht hatte. Doch sie hütete sich, ihre Gedanken laut zu äußern. Die Gesinnung eines manchen schien verändert und die Wände waren verräterisch dünn geworden.

Trotz der abgeschiedenen Lage des Dorfes kamen immer wieder Gestaposoldaten und SS-Leute ins Tal. In der Nähe des Haindls, etwas außerhalb am Dorfeingang, hatte man ein Arbeitslager für französische Kriegsgefangene eingerichtet. Die Dörfler mieden es; ja, sie ignorierten die grausige Tatsache, soweit es eben möglich war.

Die Absperrungen und die vernagelten Kammerfenster konnten sie nicht ignorieren, und der eine oder andere Bauer war durchaus froh, wenn er einen der ausgemergelten Franzosen als Arbeitskraft zugeteilt bekam. Abends saßen die Aufseher oft beim Wirt und betranken sich. Die Braunhemden waren immerzu präsent und man war auf der Hut, am Stammtisch allzu laut über den Nationalsozialismus zu debattieren. Die Augen des übermächtigen Führers wachten über ihnen. Und seine vielen Ohren hörten alles.

Die Forstauer waren den Winter über von der übrigen Welt abgeschnitten gewesen, abhängig von den Wochennachrichten aus dem knisternd rauschenden Volksempfänger und der Berichterstattung des ›Völkischen Beobachters‹. Eine Tageszeitung erreichte die Forstau nur alle paar Tage, über die strengen Wintermonate überhaupt nicht. Nachrichten darin hatten sich längst überholt, dennoch las sie jeder begierig. Die verwaltungspolitische Annektion Österreichs hingegen war frisch und brandneu. Bundeskanzler Schuschnigg hatte sich bis zum Ende gegen die Auflösung Österreichs gewehrt. Er vereinbarte mit Hitler Abkommen, nahm dessen Vertrauensleute in sein Kabinett auf und suchte nach Wegen, das Verhältnis zum Deutschen Reich zu verbessern. Erfolglos. Der

Führer drohte ihm mit dem Einmarsch der Wehrmacht, sollte er seinen Forderungen nicht zustimmen. Die Nationalsozialisten hatten die Alpenregion längst unterwandert und so musste er nachgeben. Unter vorgehaltener Hand munkelte man von annähernd drei Milliarden Schilling, die ins Altreich transferiert wurden. Österreichisches Geld, das in eine unersättliche, todbringende Kriegsmaschinerie eingespeist wurde.

Fast alle wahlberechtigten Österreicher stimmten für den Anschluss ans großdeutsche Reich und Barbara wagte es nur unter wenigen Gleichgesinnten, ihre Meinung frei zu äußern.

Am jenem Aprilabend, fast zwei Jahre nach der Verkündung, dass Österreich im Deutschen Reich aufgegangen war, fanden sich fast alle verbliebenen männlichen Dorfbewohner im Wirtshaus ein. Der Clemens Oberndorfer, Obmann und Wirtshausbesitzer, war der Einzige, der einen Radioempfänger besaß. Der Mann war klein und rund, mit einer Glatze, die fettig im Licht der Gaslampe glänzte. Er stakste auf einem Holzbein daher, das ihn davor bewahrt hatte, ebenfalls eingezogen zu werden. Die lange, vormals weiße Schürze schimmerte an den Seiten dunkelfleckig von seinen Händen, die er ständig darin abwischte. Hinter seiner runden Stirn arbeitete jedoch ein wacher Geist. Nicht umsonst war Clemens der einflussreichste Mann im Dorf. Er hatte Augen und Ohren überall und die besten Verbindungen. In der am Wirtshaus vorgebauten Poststation liefen viele Fäden zusammen und in der Trafik gab es weit mehr zu erstehen als Zigaretten und Postmarken.

Im tiefen Gewölbekeller unter dem Gasthof lagerten nicht nur Säcke voller Korn, Salz, Zucker und dunkle Holzfässer voller Kraut; da hingen auch riesige fette Speckseiten und rauchig duftende Ringe mit Kant- und Blutwürsten. Da standen hinter einer verborgenen Wand Kisten voll Schwarzgebranntem und ein hölzernes Regal, gefüllt mit dunkelgrünen staubigen Weinflaschen aus der Wachau.

Und es gab, was nur Barbara und die Oberndörferin wussten, unter einem Haufen Sackleinen versteckt, eine Truhe mit Sturmgewehren. Jene neuen vollautomatischen Maschinenkarabiner, die in wenigen Sekunden dreißig Menschen auf einmal das Leben nehmen konnten.

Der Clemens war Barbaras wichtigster Vertrauter im Dorf, denn über ihn bezog sie die Medikamente, die sie dringend benötigte. Penicillin und Morphium, sterile Nadeln und Verbandsmaterial. Er stand in ihrer Schuld, denn sie hatte seinem jüngsten Kind das Leben gerettet, als es in einen rostigen Nagel getreten war. Ohne das Penicillin, das der Clemens auf dunklen Wegen innerhalb weniger Stunden besorgt hatte, wäre der kleine Leopold verloren gewesen.

Nach außen hielt der Oberndörfer dem Führer die Treue, doch hinter seinem fetten Wanst schlug ein warmes Herz für seine Forstauer und insbesondere Barbara.

Die Männer, die sich an diesem Abend zusammenfanden, waren begierig auf Neuigkeiten. Sie ließen sich nur zu gerne von der allgegenwärtigen Trauer in ihren Häusern ablenken. Lieber diskutieren und sich über Politik, den Krieg und den Führer in Hitze reden, als zu Hause die traurige Stille, die Tränen der Frauen, ertragen zu müssen.

Auch Barbara nahm an diesem Treffen teil. Außer den beiden jungen Mädchen, die bedienten, war sie die einzige Frau. Als Hebamme hatte sie einen Sonderstatus im Dorf und keiner der Anwesenden nahm Anstoß daran. Sie betrat das Wirtshaus kurz vor acht Uhr, roch den beißenden Gestank nach verbranntem Fett und verschüttetem Bier und rümpfte die Nase.

Du liebe Güte, gab es hier keine Fenster? Das stank ja unerträglich! Sie grüßte mit einem kurzen Lächeln die beiden Mädchen, die mit gefüllten Krügen den Raum durchquerten, winkte mit einer Hand ihrem Vater zu und ignorierte die Blicke der Männer. Ließ sich, scheinbar ungerührt, an einem kleinen, noch freien Tisch in der Ecke nieder.

Die Theres kam zu ihr und fragte freundlich: »Was willst trinken, Barbara?«

»Bring mir einen G'spritzten vom Apfelsaft«, erwiderte sie und die Theres ging, um das Gewünschte zu holen. Dabei wackelte sie so aufreizend mit dem Hintern durch die Wirtsstube, dass Barbara die Augen verdrehte. Als sie am Stammtisch vorbeikam, haute ihr der Lechner fest auf den Arsch, sodass sie aufschrie, sich aber trotzdem umdrehte und ihm kokett zublinzelte, schöne Augen machte.

Barbara war belustigt. Du kleines Luder … Du weißt genau, wie man die Männer rumkriegt. Ich hoffe doch, die Verhütungsmittel, die du bei mir erbettelt hast, wirken auch.

Noch bevor ihr Glas kam, drehte der Clemens das Radio lauter und das Stimmengewirr verstummte. Die keifende Stimme des Führers drang aus dem Radioempfänger in die plötzlich eintretende Stille, bannte die Menschen und erstickte ihre Gespräche. Er proklamierte die Heimführung Österreichs und rief das Volk dazu auf, ihm zu folgen.

Barbara lauschte dem endlosen Wortschwall des Psychopathen mit Widerwillen. Bereits im letzten Sommer waren alle tauglichen Männer eingezogen worden; sie fehlten bitter auf den Höfen und in den Familien. Nun würden sie alle die Früchte des Zorns ernten müssen, die der Führer gesät hatte.

Und wer wusste, wie sie diese Zeit überstehen würden. Es war schon an allem knapp gewesen diesen Winter. Einen weiteren in solcher Härte würden sie nur schwer überleben.

Die Ansprache endete und Barbara spülte den bitteren Geschmack der Worte mit dem herbfrischen Apfelsaft hinunter. Sie hatte genug gehört. Genug heiseres Geschrei von Pflicht und Stolz, mehr als genug Fanatismusgeplärr und Siegesgeheul. Ihr Land gab es nicht mehr – nun waren sie alle Großdeutsche. Die übrigen Kriegsnachrichten würde sie in jedem Haus erfahren.

Sie schüttelte sich innerlich, erhob sich abrupt und warf ein paar Schilling auf den Tisch. Beim Hinausgehen blieb sie kurz bei ihrem Vater stehen, der mit einigen älteren Bauern zusammensaß.

Er zog einen freien Stuhl heran. »Komm, setz dich kurz zu mir, Tochter«, bat er und zog sie am Arm. Sie setzte sich widerstrebend. Den Männern den Rücken zudrehend, schaute er sie durchdringend an. »Ist alles in Ordnung bei euch auf dem Hof? Wie geht's der Marie und der Kleinen?« Noch leiser, ohne ihre Antwort abzuwarten, raunte er: »Was ist los mit dir? Warum gehst du schon?«

»Ich kann das einfach nicht mehr hören, Vater!«, zischte sie. »Dieser Bastard ist mir in der Seele zuwider!« Ihre Worte gingen glücklicherweise in scharrendem Stühlerücken unter, als die Männer sich wie ein Mann erhoben, den Arm ausstreckten und laut »Heil Hitler« ausriefen.

Der Sittler beugte sich im Aufstehen zu seiner Tochter und warnte: »Sei vorsichtig, Barbi. Halt dich zurück! Ich komm morgen früh hinüber und bring euch Feuerholz. Dann reden wir.«

Sie stand rasch auf und riss ebenfalls den Arm hoch. Er gab ihr einen Kuss auf die Stirn und sah sie liebevoll an. »Grüß die Marie von mir!«

Sie lehnte sich kurz an ihn, sog seine Wärme und den vertrauten Geruch nach Stall ein, drückte seinen Arm und erwiderte lächelnd: »Und du grüß die Mutter. Wir sehen uns morgen, Vater.« Sie warfen sich noch einen kurzen, verständnisinnigen Blick zu und dann ging sie.

Als Barbara die Wirtshaustür hinter sich zuzog und das Stimmengewirr hinter ihr verstummte, atmete sie tief die klare, kalte Winterluft ein. Es war noch einmal frostig geworden und die Stufen unter ihren Füßen glatt überfroren. Vorsichtig tappte sie die Steintreppe hinunter und ging dann rasch über den verharschten Vorplatz zur Straße hin.

Drei Männer standen rauchend unter der winterkahlen Eiche neben dem Gasthaus. Einer löste sich aus der Gruppe und kam ihr entgegen.

»Gehst schon, Barbara?« Er trat ihr in den Weg.

Der Roman, stöhnte sie innerlich, mir bleibt heut auch gar nichts erspart. »Ja, das ist heut wohl eher ein Abend für euch Männer. Ich geh heim.« Ihr Blick war abweisend.

»Soll ich dich begleiten? Es ist schon dunkel.« Lässig trat er einen Schritt näher zu ihr.

Sie lachte spöttisch auf. »Schick dich, Roman, ich find schon selbst nach Haus!« Sie straffte den Rücken und zwang sich zu Gelassenheit. »Danke. Aber es ist nicht weit. Gute Nacht!«

Sie ließ ihn stehen und ging auf die Straße hinaus, lauschte mit einem Gefühl der Unbehaglichkeit und auch ein klein wenig Neugier, ob er ihr trotz der Abfuhr folgen würde. Doch alles blieb still und sie beschleunigte ihre Schritte im knirschenden Schnee. Hinter dem Kaufladen bog sie in den schmalen Fußweg ein, der am Bach entlang zum Haindlhof führte.

Dass ihr ausgerechnet der Roman Wojtek verkommen musste! Dieser unverschämt gut aussehende Tunichtgut! Er war ein Schmuggler, ein Umherwanderer – mal hier, mal da. Tauchte unversehens im Dorf auf, setzte sich zu den Männern am Stammtisch, lachte und trank mit ihnen und machte den Mädchen schöne Augen. Und dann war er wieder wochenlang weg und keiner wusste, wo er sich herumtrieb. In den Sommermonaten schmuggelte er Vieh über Salzburg nach Deutschland hinaus, Kaffee, Saccharin und Zigaretten herein ins Tal. Er war hochgewachsen und breitschultrig, durchaus ansehnlich mit seinem lockigen, wilden rabenschwarzen Haarschopf, dem breiten Lachen und seinen funkelnden Augen. Küssen konnte er, das musste sie ihm lassen. Sie schmunzelte in sich hinein, als sie an die Kirchweih vor Jahren dachte, und wie sie sich hinter dem Pfarrhaus herumgedrückt hatten. Und doch trug er etwas Dunkles in sich, das sie abgehalten hatte, sich näher mit ihm einzulassen. Obwohl sie damals eine junge Frau gewesen war und schon lange gelernt hatte, ihren Geist zu verschließen, spürte sie instinktiv einen Schatten in ihm und wich davor zurück. Sie konnte es nicht recht greifen, obwohl sie durchaus zugeben musste, dass er ein schöner Kerl war. Barbara schüttelte die lästigen Gedanken ab, betrat das Haus und hörte schon von draußen das unbändige Babygeschrei.

Marie stand mitten in der Küche und hielt das brüllende Kind über der Schulter. Die Kleine schrie mit hochrotem Köpfchen. Rotz troff ihr aus der Nase, die kleinen Augen waren rot verschwollen.

Barbara konnte sich nicht erinnern, sie je an einem Tag so außer sich gesehen zu haben. »Was ist denn hier los?«, fragte sie aufgeschreckt.

»Barbi, endlich kommst du! Sie schreit und schreit. Ich krieg sie nicht beruhigt.« Marie weinte nun ebenfalls und schob das brüllende Kind an die andere Schulter.

Barbara nahm ihr die Kleine ab und versuchte, sie zu besänftigen. Anna schrie unaufhörlich weiter. »Hast du versucht, sie zu stillen?«

»Ja, natürlich, doch sie will nicht trinken. Sie schreit schon seit über einer Stunde!«

»Ist etwas passiert? War jemand hier?«

»Nein.«

Barbara überlegte fieberhaft und wiegte das Kind hin und her. »Gab es etwas Besonderes? Was hast du denn vorhin getan, Marie?«

»Was weiß ich? Was ich sonst auch tu. Ich war im Stall, um die Katze zu füttern und die Milch abzuschütten. Ich hab Holz geholt und den Ofen geheizt, Geschirr gespült und deinen Kräutersud gerührt. Alles Mögliche …«, gab sie aufschluchzend zurück. »Und ich hab noch deine Instrumente ausgekocht.«

Die, mit denen ich heut Mittag dem verdammten Eichler seinen vereiterten Backenzahn gezogen habe! Ein übler Gedanke keimte in Barbara auf. Wenn die Kleine wirklich die Gabe hatte wie sie selbst? Der Alois war ein unangenehmer Kerl und ein Suffkopf. Er verspürte keine Hemmungen, seine Frau, die Kinder und auch sein Vieh zu schlagen. Alle im Dorf wussten das. Er verehrte den Führer und gehörte zu der widerlichen braunen Brut, die beständig darauf lauerte, ob sich einer verplauderte, um ihn dann anzuschwärzen. Neben dem Wirtshaus wohnend, hielt er sich öfter in der Gaststube auf als auf seinem kleinen Anwesen nach dem Rechten zu sehen. Seine Frau Magdalene, verhärmt und verhuscht, wich jedem direkten Blick aus, denn die Wirtshausbesuche endeten meistens in Schlägen und unübersehbaren blauen Flecken.

Dem Eichler stand kein einziger gesunder Zahn mehr im Mund. Einer der verfaulten Stummel hatte ihm arge Schmerzen bereitet und Barbara musste den vereiterten Backenzahn ziehen. Der Alois hatte geschrien wie ein Kind und dabei geblutet wie ein abgestochenes Schwein. Es war eine unangenehme Angelegenheit gewesen und sie hatte Marie gebeten, den Zahn in der Grube zu entsorgen und die Schale mit den gebrauchten Instrumenten sorgfältig auszukochen. Die Instrumente …

Sie schluckte den Speichel hinunter, der ätzend in ihr aufstieg. Nicht das!

»Marie, kann es sein, dass du etwas aus der Schale direkt angefasst hast und der Kleinen dann irgendwie an den Mund gekommen bist? Hat sie womöglich etwas abbekommen?« Das Kind schrie und schrie. »Überleg!«, herrschte sie die Base an. »Vielleicht ist es an der Zeit, dass du mir mal ein wenig mehr erzählst! Ich hab das jetzt satt, dass du mich immer anschweigst!« Sie nahm Marie an der Schulter und rüttelte sie heftig. »Mach endlich den Mund auf, um Himmels willen! Red mit mir!« Erschrocken und unendlich müde zugleich, ließ sie sich auf den Küchenstuhl sinken und schaute Marie flehend an. »Wenn sie wirklich ist wie ich und deine selige Mutter, dann müssen wir vorsichtig sein«, beschwor sie die Ziehschwester. »Eine solche Erfahrung kann sie zu Tode bringen. Der Alois ist ein Säufer, ein Schläger und ein verkommenes, verräterisches Schwein dazu!

Stell dir bloß vor, was die Kleine durchmacht, wenn sie das alles fühlt. Sie kann es doch noch gar nicht begreifen!« Barbara hob hilflos die Hände. »Marie. Bitte! Sprich endlich mit mir!«

»Kannst du nicht was machen, dass sie aufhört zu weinen?« Marie schluchzte.

»Ja, wenn du endlich den Mund auftust!« Barbara hasste sich dafür, dass sie so hart war, doch ihre Geduld war zu Ende. Der ganze Abend war so unsäglich gewesen und ihre Kraft, die der Winter langsam aufgesogen hatte, schien mit einem Mal endgültig aufgebraucht. Sie stand auf und drückte Marie das brüllende Kind in den Arm.

»Setz dich!«, herrschte sie die Ziehschwester an. Barbara öffnete ihre Tasche und nahm ein braunes Fläschchen heraus. Sie ging zum Waschstein und wusch sich sorgfältig im eiskalten Wasser mit dem Stück grober Kernseife, das neben dem Becken lag, die Hände. Dann trocknete sie sich an einem frischen Tuch ab, zog den Korken mit einem leisen Ploppen aus der Glasampulle und wischte mit dem Finger über den feuchten Rand. Das sollte genügen, hoffte sie und steckte dem schreienden Baby ihren Finger in den Mund.

»Was ist das?«, fragte Marie ängstlich. »Was gibst du ihr da?«

»Laudanum, Mohnsaft, Opium – wie auch immer du es nennen magst«, sagte Barbara verärgert, »und ich hoffe bei Gott, dass ich das nicht noch einmal tun muss!«

Das Kind sog an ihrem Finger und sein Schreien ging in ein klägliches Wimmern über. Die Kleine wurde ruhiger. Ihre Gesichtszüge erschlafften und sie dämmerte ein. Barbara beobachtete Anneli noch einen Moment besorgt. Sie korkte das Fläschchen fest zu und steckte es sorgfältig in ihre lederne Tasche zurück. Dann nahm sie den langen Rock zusammen und rutschte auf die Eckbank hinter den Küchentisch, stützte die Ellbogen auf und sah Marie erwartungsvoll an.

»Ich höre«, sagte sie ernst.

Maries mühsam, über Wochen aufrecht gehaltener Rücken gab nach. In ihrem herben, schmalen Gesicht arbeitete es und ihr Mund zuckte. »Ich bring das Kind zu Bett, ja? Danach reden wir.«

Die beiden Frauen saßen sich bis weit nach Mitternacht in der dunklen Küche am blankgescheuerten Küchentisch gegenüber. Zum ersten Mal seit den Geschehnissen der Dreikönigsnacht sprachen sie wirklich miteinander. Barbara verspürte nach langen Wochen endlich ein vertrautes Aufflackern von Nähe zwischen ihnen.

Maries Schuldgefühle um Tonis Tod, ihre unsägliche Trauer, ihr schwelender Zorn und die Angst um das Kind brachen aus ihr hervor. Die Dunkelheit verbarg die Tränen. In Worten voller Schmerz und unter heiserem Schluchzen erzählte sie von der Geburt, ihrer Angst um das Kind, als es den ersten Schluck trank, und sie befürchtete, es ersticke ihr im Arm. Vom stundenlangen Warten auf Hilfe und ihrer wachsenden Unruhe um den Toni. Von ihren eigenen Beobachtungen, wie aufmerksam und dennoch eigentümlich still das Kind schien; dass sie nicht wusste, wie sie es großziehen sollte, ohne dass es wegen seiner Anlage verheerenden Schaden nahm. Von diesem täglich schwerer wiegenden Stein in ihr, ohne den Toni irgendwie weiterleben zu müssen. Ohne ihren besten Freund, Vertrauten, Geliebten. Den Menschen, der ihr Halt und Sicherheit, einen warmen Platz im Leben gegeben hatte.

Irgendwann nahm Barbara sie in die Arme und hielt sie fest, strich beruhigend über den zuckenden Rücken. Die Trauer ihrer vertrauten Ziehschwester lastete schwer auf ihr. Lieber Herr Jesus, betete sie, innerlich selbst weinend. Was soll ich nur tun? Sie zerbricht mir ja darunter. Sie hatte nicht ermessen können, wie schwer Marie getroffen war, wie sehr Tonis Tod sie geschlagen und einsam zurückgelassen hatte. Wie konnte sie auch. Sie hatte niemals in ihrem Leben diese Art tiefer Bindung und inniger, gegenseitiger Liebe selbst erfahren.

Ihre pragmatische Veranlagung gewann schließlich die Oberhand. Sie schob Marie ein wenig zurück und wischte ihr mit beiden Händen die Tränen von den Wangen. Stand auf und warf zwei dicke Holzscheite in das Herdloch. Dann zog sie den Wassertopf auf den mittleren Eisenring und setzte ihren besten Schwarztee an. Das schweigende Warten, bis das Wasser endlich siedete, gab ihr ein wenig innere Ruhe zurück. Barbara füllte zwei große Steingutbecher zu gut zwei Drittel mit dem heißen Tee, lief dann schnell in ihr Behandlungszimmer hinüber und kam mit einer Flasche Rum zurück.

»Medizin«, sagte sie, grinste schief und goss den bernsteinfarbenen Rum in die Tassen, bis knapp unter den Rand. Sie setzte sie fest auf dem Tisch ab, fast schwappten sie über, so voll waren sie, und rutschte wieder neben Marie hin. Der starke, aromatische Geruch des Rums stieg Barbara scharf in die Nase. »Marie, du bist doch nicht allein. Ich bin für dich da, du weißt das! Ich kann dir den Toni nicht zurückbringen. Ich würd es von Herzen gern. Aber mit der Anneli, Marie, das schaffen wir! Ich hab es auch geschafft und lebe damit. Und ich hatte kaum Hilfe damals. Ich bring ihr alles bei, was ich weiß. Und zusammen werden wir sie beschützen!«

＊

So schmiedeten sie den Plan, der mich bewahren sollte. Bis zum Morgengrauen saßen sie am Küchentisch des Haindlhofs vor dem knisternden Feuer und ihren Teetassen, redeten, beratschlagten und weinten miteinander. Fanden sich endlich wieder und verloren sich dennoch endgültig.

Sie konnten nichts aufhalten, denn es war alles längst vorherbestimmt. Wir entkamen unserer Bestimmung nicht.

＊

Kapitel Vier

❄

Meine ersten Erinnerungen sind hell und gut. Sie kreisen um Wärme und Geborgenheit, um den liebevollen dunklen Blick meiner Mutter. Ihre Augen, diese brennenden und so traurigen schwarzen Augen vergesse ich niemals. In meinem ganzen Leben nicht. Meine Mutter liebte mich innig und sie war zärtlich und gut zu mir. Doch sie war auch immer traurig und still. Ich sah sie nur selten unbefangen lachen. Sie war eine schlanke Frau, hoch gewachsen, ging mit stolz erhobenem Kopf und geradem Rücken. Im Innern war sie einsam. Nur ihre Liebe zu mir hielt sie aufrecht und in diesem Leben.

Auf der Alm wurde ein Kälbchen geboren. Die Mutterkuh starb bei der Geburt. Mutter konnte ihr nicht helfen, denn das Kalb lag falsch herum und die Kuh wurde immer schwächer. Ich sehe mich im Stroh sitzen, mit gekreuzten, nackten Beinen und aufgeregt zuschauen, wie sie das Kalb an seinen langen Beinen herauszog und es mit einer Handvoll Streu abrieb. Ich glaube, ich war etwa vier Jahre alt. Die Mutter nahm meine kleine Hand in die ihre und legte sie auf das zarte und noch feuchte Fell des Kälbchens, genau zwischen seine runden Augen. Es schaute mich an, sanft und neugierig zugleich. Ich streichelte es vorsichtig und ließ meine Hand die feuchte Nase bis zu seinem weichen Maul hinabgleiten. Das Kälbchen lutschte schmatzend an meinen Fingern. Das kitzelte und ich musste lachen.

»Anneli, magst du ihm einen Namen geben?«, fragte Mutter. »Und vielleicht möchtest du mir helfen, es großzuziehen.

Es hat keine Mutter mehr und wir müssen es mit der Flasche füttern.«

»Ich will, dass es Elsbeth heißt, Mama!«

»Elsbeth?« Die Mutter sah mich erstaunt an.

»Ja, schau doch, es hat dieselben Augen wie die Elsbeth. Und wie es an meiner Hand lutscht. Wie die Elsbeth an ihrem Brot.«

Meine Mutter stutzte ein wenig, dann begriff sie und wandte den Kopf ab, um ein Lächeln zu verbergen. Erst viel später verstand ich, weshalb. Die Elsbeth war das jüngste Kind des Suterbauern. Die Kleine war ein wenig zurückgeblieben. Die Barbara hatte einmal gesagt, die Suter Kathrin habe beim letzten Kind eine schwere Geburt gehabt. Die Elsbeth war nicht normal wie die anderen Kinder und wurde mit ihren zwei Jahren noch immer getragen oder im Ziehkarren umhergefahren, weil sie nicht gut laufen konnte. Sie lutschte ständig an einem Brotkanten und brabbelte dabei vor sich hin. An ihrem Mundwinkel hing meist ein langer Spuckefaden und tatsächlich glichen ihre runden, erstaunt blickenden Augen denen des neugeborenen Kälbchens.

»Anneli, wenn du mir versprichst, dass du das den Suters nie erzählst, dann darfst du das Kälbchen Elsbeth nennen«, versicherte mir die Mutter, lachte unterdrückt und schüttelte den Kopf. Ich verstand das nicht, doch es war mir gleich und so versprach ich es ihr.

Elsbeth, das braune Kälbchen, wurde meine erste Freundin. Wir fütterten es alle paar Stunden mit gewärmter Milch. Verzückt beobachtete ich, wie es gierig die Flasche leer saugte und mich dabei aus langbewimperten Augen anschaute. Den Arm um seinen festen Nacken gelegt und an den warmen felligen Körper geschmiegt, sprach ich mit ihm wie zu einem Menschen und erzählte ihm alle meine kindlichen Geheimnisse. Es hörte mir aufmerksam zu und ich war fest überzeugt, dass es mich verstand.

Ich hatte ansonsten keine Freunde. Auf der Alm war es einsam.

Elsbeth wuchs viel schneller als ich und nach einem Jahr war sie so groß geworden, dass ich nicht mehr an ihren Rist heranreichte. Doch sie ging mir in diesem Sommer hinterher wie ein Hündchen, sanftmütig und vertrauensvoll. Sie begleitete mich auf Schritt und Tritt. Und als Elsbeth groß genug war, um mit den anderen Kühen auf die Weide zu gehen, war sie immer die Erste, die am Abend auf mich zukam, wenn wir das Vieh heimtrieben. Die Kinder im Dorf spielten mit ihren Geschwistern und ihren Freunden. Bei uns oben gab es keine Kinder. Ich spielte mit einer Kuh.

Mutter und ich lebten fast acht Jahre alleine auf dem Julianenhof. Manche Sonntage wanderten wir ins Dorf hinunter zur Kirche, aßen bei der Dede zu Mittag und am späten Nachmittag machten wir uns wieder auf den langen Heimweg. Wir gingen nicht regelmäßig, denn der Weg war weit und die Mutter hatte es nicht so mit der Kirche. Sie sagte mitunter, der Herrgott wisse schon, warum. Wenn ich seine Allmacht sehen wolle, dann solle ich einfach aus dem Fenster schauen. Ich glaube, dass sie eher den Menschen aus dem Weg ging.

So wurde niemand auf mich aufmerksam. Es waren unsichere Zeiten für ein Kind wie mich. Anders zu sein konnte bedeuten, dass ich ihr weggenommen wurde. Ich schmeckte diese Angst manches Mal in ihr, groß und schwarz.

Sie mochte die Fragen nicht beantworten, wie sie ohne den Vater zurechtkam und weshalb sie sich nicht wiederverheiratete. Und das Kriegsgerede war ihr ein Gräuel. Auf dem Hof lebten wir ebenso sicher vor den Soldaten wie vor den lästigen Fragen und den neugierigen Blicken der Dörfler.

Die Dede kam oft herauf, mindestens einmal in der Woche. In den Wintermonaten natürlich seltener. Da waren wir manchmal wochenlang allein. Für mich war das normal – ich kannte es nicht anders. Wenn die Dede kam, brachte sie Lebensmittel, Neuigkeiten und den Dorftratsch mit. Sie und die Mutter saßen dann auf der Bank vor dem Haus in der Sonne beieinander und schwatzten. Ich spielte zu ihren Füßen mit Kieselsteinen und Stöckchen. Und manchmal, wenn ich zu sehr die Ohren spitzte, schickten sie mich in den Stall zu Elsbeth oder hinters Haus, um das Gemüse in unserem Gärtchen zu gießen. Trotzdem bekam ich einiges mit. Manches begriff ich, manches auch nicht. Ich verstand, was im Dorf passierte; wer krank war oder dass die Liesl ein Kind kriegte und heiraten musste.

Ich mochte die Liesl; sie gab mir oft ihr Haarband zum Spielen in die Hand, wenn ich während der langen Predigt in der Kirche nicht mehr stillsitzen konnte. Und sie hatte mir ein Hüpfspiel beigebracht. Doch ich verstand anfangs nicht, weshalb die Mutter und die Dede immer ins Flüstern kamen, wenn sie über die ›Braunen‹ redeten oder auch weinten, weil wer ›gefallen‹ war. Allerdings hatte ich meine eigene Art herauszufinden, was man vor mir verbarg. Meist reichte das Schnupftuch meiner Mutter, um zu erfahren, warum sie geweint hatte.

Über meine besondere Veranlagung wurde nur wenig gesprochen. In den ersten Lebensjahren war sie mir gar nicht so sehr bewusst. Meine Mutter und die Dede waren ja die einzigen Menschen, die um mich herum waren. Und sie gaben gut acht.

Meine Ausbildung begann mit jenem Abend im Haindl, als sie verabredeten, dass die Mutter mit mir für die nächsten Jahre auf den Julianenhof hinaufgehen sollte. In den Schutz der Berge und in gebührenden Abstand zu den Menschen. Weit weg von den langen Armen des Krieges. Die Sennerei würde ihr ein kleines Auskommen schaffen; es gab noch einige Bauern, die ihre wenigen verbliebenen Ziegen und Kühe lieber heimlich auf eine verborgene Alm gaben, als enteignet zu werden.

Meine beiden Lehrmeisterinnen schulten mich gut. So schnell und so viel es in den wenigen Jahren möglich war.

Die Mutter trug mich anfangs in einem Tuch überall mit hin; sie war immerfort bei mir, bis ich selbst laufen konnte. Ich wurde ihrer Hand schnell überdrüssig. Die Welt war klein und überschaubar bei uns oben und so ließ sie mich los, widerstrebend zwar, doch mit dem Bewusstsein, dass mir hier nicht viel geschehen konnte. Aber es gab Regeln und sie achtete streng darauf, dass ich sie einhielt. Ich lernte früh, nichts in den Mund zu stecken. Nicht am Daumen zu lutschen. Sie hielt mich an, beständig die Hände zu waschen. Und ich durfte von niemanden etwas annehmen. Auf meinen Kittel wurden rechts und links tiefe Taschen aufgenäht und ich musste die Finger darinnen lassen, wenn wir ins Dorf kamen.

Ich glaubte anfangs, man macht das halt so und hielt mich daran. Aber ich sah bald, dass die anderen Kinder das nicht zu tun brauchten. Ihre schmutzigen Hände durften alles berühren und sie wurden auch nicht geschimpft, wenn sie am Daumen lutschten. So wurden die Dorfbesuche noch seltener. Ich war zu neugierig und fragte zu viel.

Nahrung war meine beste Lehrerin. Meine Mutter stillte mich fast zwei Jahre lang. Zu groß war ihre Angst, ich würde am Schock sterben, weil ich die Bilder und Gefühle nicht verstand, die mich überkamen. Die Dede und sie gewöhnten mich sehr langsam und unendlich vorsichtig an normales Essen. Zuerst Wasser aus dem Brunnen. Danach an die Milch unserer Kühe und Ziegen, den gekochten Morgenbrei aus Gerste und Wasser. Später dann Erdäpfel und Möhren, die wir selbst anbauten. Sie gaben mir ein Tröpfchen oder einen winzigen Bissen auf die Zunge und warteten ängstlich ab, wie ich es vertrug, ob ich weinte, die Augen verdrehte oder Krämpfe bekam. Bei unseren eigenen Erzeugnissen war es einfach. Die Eindrücke und Gefühle, die ihnen inne-wohnten, wiederholten sich und wurden mir vertraut. Doch sie wussten nicht, was ein Stück Brot, eine Seite Speck oder eine Süßigkeit, die mir jemand schenkte, in mir auslösen würden. Alles hatte seine besondere Prägung; nicht nur den ureigenen Geschmack, den jeder schmeckt. Nein, ein jedes barg unendlich viel mehr in sich, trug ein Abbild der Substanz oder des Wesens, das es berührt hatte. Manchmal schwach, doch manchmal auch unendlich stark. Gut wie böse. Und es galt, mir beizubringen, wie man die Eindrücke aushält und filtert, welche man zulässt und welche man besser ausblendet.

Milch schmeckte nicht nur süß und rahmig; ich sah die Kuh auf der Weide, spürte die wärmende Sonne auf ihrem glatten Fell und schmeckte grünes Gras und die bittersüßen Kräuter, die sie gefressen hatte. Ich erkannte den eisernen Eimer wieder, in den ihre Milch gemolken wurde, das Holz des Butterfasses, aus dem der Rahm abgeschöpft wurde. Kartoffeln schmeckten ebenfalls fast süß, aber gleichzeitig haftete ihnen erdiges Dunkel und der leicht nussige Geschmack von Würmern und Käfern an. Ebenso wie das feine Echo des Melkfetts an den Händen der Mutter, die sie von den Erdkrumen befreit hatten.

Das Wesen meiner Mutter, ihr ganz eigener Geschmack, haftete an allem, was ich anfangs zu mir nahm und ich lernte sie besser kennen als jeder andere Mensch auf Erden sie je gekannt hatte. Ich war nicht nur ihr Kind, ihr eigen Fleisch und Blut, nein, SIE war mein Fleisch und Blut! Ich sah ihre Gefühle, ihre Gedanken und auch ihre Ängste. Ich schmeckte sie und erfasste instinktiv und immer aufs Neue, wer und wie sie war.

Wasser war und ist einzigartig! Wie Kristall, blauweiß und funkelnd rein. Ich sah es bei jedem Schluck durch Erdschichten sickern, durch tiefe Spalten dringen und hell, klar und sauber wieder aus dem Berg herausrinnen. Bis heute ist das Wasser aus dem Brunnen vor dem Julianenhof für mich köstlicher als alles andere, was ich jemals in meinem Leben erfahren habe. Es gibt keinen reineren Geschmack. Nichts, was nur annähernd so sauber und gut ist. Nichts, was mehr angefüllt ist vom Licht der Sonne, des Mondes und der Sterne, dem felsigen, kalten Stein und den

Windungen des Baches auf seinem langen Weg zu uns. Ich spürte und erblickte die Jahreszeiten darin; schmeckte frühlingsfrische grüne Blätter ebenso wie die sterbenden modrigbraunen, die im Herbst hineinfielen und darin verrotteten. Ich tropfte mit den schweren grauen Regentropfen und schwebte sanft mit den plustrigen weißen Schneeflocken. All das füllte auch mich aus.

Je mehr die Dede und meine Mutter mich abhielten, alles in den Mund zu stecken, desto gieriger wurde ich.

Ich kaute heimlich, gut versteckt auf dem Heuboden kauernd, an störrigen gelben Strohhalmen, um ihr Wachsen und Sterben, ihr Biegen und Neigen unter Wind und Regen mitzuerleben.

Ich streichelte die getigerte Stallkatze, steckte den Finger in den Mund und leckte ihn vorsichtig ab. Und dann wusste ich, wo sie ihre Jungen versteckte, spürte ihren unbändigen Drang nach Mäusen und kostete die Jagd auf sie ebenso aus wie das heiß herausquellende Blut, wenn sie ihnen den Kopf abbiss. Da wurde mir schlecht. Doch es war unvergleichlich aufregend.

Einen langen Nachmittag saß ich im dämmrigen Holzschuppen und leckte übers schmiedeeiserne Blatt der Axt, nur um wieder und wieder zu erleben, wie sie funkensprühend geschmiedet wurde und was sie schlug.

Ich sog an einem harzigen Kiefernzapfen oder kaute auf frischen Kienspänen, die wir zum Anzünden hernahmen. Jeder Baum darin schmeckte anders und ich wuchs mit ihm in den Himmel hinein und wurde schmerzhaft gefällt. Überwältigt fiel ich auf den harten Boden zurück und überließ mich den aufsteigenden Bildern, den Farben und den Gefühlen.

Ich strich über Türen, Fensterbänke und die Hauswand, nur um danach die Finger in den Mund zu nehmen und den Geschichten zu lauschen, die sie mir erzählten. Die Explosionen auf der Zunge und in meinem Geist zogen mich in ihren Bann und ich wollte mehr, mehr, immer noch mehr davon.

Gierte nach diesem schaurig-schönen Gefühl des Hinweg-gerissenwerdens und Versinkens.

Und nichts und niemand konnte mich davon abhalten, mit allen Fasern meiner Sinne und meines Körpers voll-kommen in allem darinnen zu sein. Ich konnte mir nicht vorstellen, dass nicht jeder so empfand wie ich. Das ›Sein‹ aller Dinge zu erfassen war der Sinn meiner Tage, all mei-nes kindlichen Tuns. Unser einfaches Leben und die Reinheit der Natur auf dem Berg bewahrten meinen Geist. Ich lernte viel schneller, als meine Mutter und die Dede ahnten. Ihre Verbote hielten mich nicht ab und ich verbrachte jede freie Minute damit, meinen hungrigen Geist zu sättigen.

Die Dede brachte mir bei, meine Schranken hochzu-ziehen; die Bilder zu verstehen und auszuhalten, die mich überkamen. Auszusortieren und wegzublenden, was mensch-lich oder unsäglich war. Sie erklärte mir, wie sie selbst mit ihrer Gabe umging und wie sie gelernt hatte, sie zu beherr-schen. Ihre Mutter hatte ihr beigebracht, damit zu leben und vor allem, sie zu nutzen, um den Menschen zu helfen. Nun gab sie ihr reiches Wissen, alle ihre Erfahrungen an mich weiter. Doch ich glaube, dass ihre Gabe bei Weitem nicht so stark ausgeprägt war wie bei mir. So nannten wir es – eine Gabe. Ein Geschenk Gottes. Besser zu verstehen und mehr sehen zu dürfen als andere Menschen. Sie heilend zu nutzen und nicht darüber zu reden. Weil es gefährlich war, anders zu sein.

Die Frauen in Dedes Familie hatten alle als sonderbar gegolten. Die Mutter runzelte bei diesen Gesprächen oft die Stirn, doch sie schwieg dazu. Sie hatte die Gabe nicht, das machte es schwer für sie, mich zu verstehen. Sie fühlte Angst um mich, da sie nur die Auswirkungen sah. Die Krämpfe, das Augenverdrehen, die Schweißausbrüche und das Erbrechen. Doch meine herrlichen und köstlichen inneren Erfahrungen konnte sie nie nachvollziehen. Das Eintauchen in die Natur, in die Materie der Welt; dieses überwältigende Gefühl, mit dem Universum verbunden und eins mit ihm zu *sein, blieb ihr verwehrt. Ameise und Baum, Erde und Wasser zugleich zu werden. Noch bevor mein kindlicher Geist das Wort Universum kannte und aussprechen konnte, hatte ich schon so viel davon erfasst und erlebt.*

Bei allen ihren Besuchen brachte die Dede etwas mit, um mich zu lehren. Frisch gepflückte Beeren, ein Stück Honigwabe, würzigen, scharfen Käse oder frischgebackenes, hefiges Brot, auch Wein oder Kräuter und Öle. Und dann später die Dinge, die Menschen geschaffen oder berührt hatten. Leder, Stoffe, Bücher, Arzneien. Sie bereitete mich behutsam darauf vor, was das alles mit mir machen könnte. Denn die menschlichen Abgründe sind viel tiefer, vielschichtiger und gefährlicher, als die Natur es jemals sein kann. Ich hatte nie Schwierigkeiten damit, Pflanzen oder Tiere zu erfassen, sie zu spüren und zu verstehen. Im Gegenteil, denn all das lehrte mich, achtsam mit unserer Schöpfung umzugehen. Alles hat eine Schwingung, eine ganz eigene Prägung. Alles war ein Teil des Universums und meiner kleinen, vollkommenen Welt.

Mit den Menschen war es unendlich schwieriger. Sie waren unberechenbar und in ihnen wohnte viel mehr als nur Wachsen und Werden. In diesen Zeiten wurden sie beherrscht von Hunger, Not und Hass. Ihre Gefühle und Gedanken auszuhalten und sich nicht mitreißen zu lassen, bedeutete harte Arbeit für mich.

Die Dede hieß mich an den Tisch sitzen, mit gewaschenen Händen und reinem Gesicht. Da standen ein Krug voll Brunnenwasser, ein Becher, damit ich mir hernach den Mund spülen konnte und eine irdene Schüssel, um das Wasser hineinzuspucken. Sie verbot mir zu schlucken, was ich im Mund hatte. Das war meine erste Lektion überhaupt, nichts herunterzuschlucken. Vor uns lag ein ovaler, glatter Stein, immer derselbe, wir nahmen ihn nur für die Unterrichtsstunden her. Ein Stein, den wir zusammen im Bach gefunden hatten. Rundgeschliffen von Millionen Jahren und Abermillionen Wasserströmen, grau und spiralförmig durchzogen von hellglänzenden Ringeln. Die Dede nannte ihn Silberauge. Er war sehr selten in den Tauern, wo es sonst nur Schiefer und Kalk gab. Ich musste während der Übungen das Silberauge fokussieren, durfte die Augen nicht schließen oder gar den Blick abwenden. Ich musste wach und konzentriert bleiben, durfte mich nicht den Eindrücken hingeben, die mich überströmten. Nur das Silberauge anschauen. Das Silberauge anschauen. Einzig und allein das Silberauge anschauen ...

Mich schaudert noch heut, wenn ich daran zurückdenke. Ihre warme Hand hielt meine fest und ihre ruhige Stimme führte mich durch die Bilder, streng und geradeaus. Sie wies mich an, die Stimmungen und Gefühle der Menschen von außen zu betrachten, aber ja nicht hineinzugehen, mich nicht darinnen zu verlieren. Nur vorbeigehen und beobachten. Nicht in sie hineinschlüpfen oder gar ein Teil von ihnen werden. Das war schwer, denn ich wollte ja genau das. Ich wollte sie spüren, sie kennenlernen; ich wollte alles, alles von ihnen wissen, und ihre tiefsten, allergeheimsten Gedanken ergründen.

Die Dede lehrte mich, eine Hülle um meinen Geist zu bauen. Wir schufen zusammen ein Bild, das mir dabei helfen sollte. Eine schillernde Seifenblase, eine hauchzarte Grenze zwischen mir und ihnen, fest und doch so leicht zu durchbrechen. Ich sollte nur ein stiller Besucher sein, ein unsichtbarer Beobachter. Und durfte nicht zu nahe an sie herankommen. Nicht meinen und nicht ihren eigenen Schutzraum durchbrechen. Sie verbot mir streng, jemals eigenmächtig in den Geist eines Nächsten einzudringen. Das gelang mir lange nicht.

Eine alte Zeitung, die Dede aus dem Haindlhof mitgebracht hatte, warf meinen Geist und meinen Körper zu Boden. Zu viele Hände hatten sie berührt. Zu viele Persönlichkeiten waren darauf eingestanzt und hatten ein Abbild hinterlassen. Sie irrlichterten in einem wilden Reigen um mich herum und durchbrachen meinen Schutz. Brachten die schillernde, schützende Blase zum Platzen und ließen mich wehrlos zurück. Ich war nackt, völlig meiner sicheren Hülle beraubt. Sie fassten mich an und schubsten mich rüde hin und her, bis ich nicht mehr standhalten konnte und nur noch zu ihrem Spielball wurde. Griffen nach meinen Haaren und rissen schmerzhaft daran, berührten meine nackten Gliedmaßen und meine bloße Haut. Jeder gab mir seinen Teil an Ängsten und Gedanken mit und ich war doch schon so übervoll, so angefüllt von ihrem Leiden und hartem Leben, dem Hass auf den Krieg und seine Helfer, der Not ums tägliche Überleben, ihrer Trauer um geliebte Menschen, die nicht mehr wiederkommen würden. Aus ihren Herzen quoll das Böse, das Ungute, das Traurige über und hüllte alles in einen atemraubenden schwarzen Nebel ein, der mich schier zu ersticken drohte. Dazwischen gab es nur wenig Glück; nur ab und zu erhaschte ich ein kurzes Streiflicht an einen schönen Moment. Ich stürzte hin und sie fielen über mich. Die vielen, schweren Leiber auf mir und ihre Schreie in meinem Kopf erdrückten mich fast und ich spürte Todesangst. Ich bekam keine Luft mehr, die pestartige Schwärze ihrer Empfindungen drang in meine Lungen und presste alles Leben aus mir heraus.

Die Dede riss mich mit harter Stimme und einer Ohrfeige in die Wirklichkeit der Küche zurück. Das Silberauge tanzte vor meinen Augen und ich wurde ohnmächtig. Als ich hustend und spuckend wieder zu mir kam, knieten die Dede und meine Mutter besorgt und erschrocken neben mir auf der Bank. Ich lag in meinem Erbrochenen, Gesicht und Zöpfe waren klatschnass, das Kissen unter mir besudelt und unangenehm kalt. Sie hatte mir den Wasserkrug übergeschüttet. Hernach, während ich erschöpft im Bett in meiner Dachkammer lag, hörte ich die Mutter und die Dede unter dem Fenster in hartem Flüsterton miteinander streiten.

Die Zeitung war meine härteste Aufgabe, die schlimmste und schwierigste von allen. Sie quälte meinen Geist, schlug meinen kleinen Körper und dennoch bildete sie mich mehr aus als sämtliche Lektionen jemals zuvor.

Wir gingen immer wieder daran, und ich begann die Besuche der Tante zu fürchten. Hasste bald den nebelgrauen Geschmack des Papiers, den bitteren der Druckerschwärze und den darauffolgenden, alle meine Sinne überwältigenden Ansturm der Seelen, die sie berührt hatten. Wieder und wieder wurde mir danach speiübel und ich erbrach mein Mittagsmahl. Würgend befreite ich mich damit auch von der Bitternis meiner Erfahrungen. Wusch und wusch meinen Mund aus, trank literweise reines Wasser, um den ekelerregenden Dunst in mir loszuwerden.

Die Dede ließ nicht nach und ich musste hindurch. Woche für Woche aufs Neue, gnadenlos, bis mir das Silberauge im Traum nachging und mir schon beim Anblick der Zeitung saurer Speichel hochkam. Hernach konnte ich nicht aufhören zu zittern und war müder als der Tod. Doch irgendwann schaffte ich es, eingehüllt in meine bunt schillernde Blase, durch die vielen Seelen hindurchzugleiten, ohne ihnen zu nahe zu kommen, ohne dass meine Hülle aufplatzte und mich schutzlos zurückließ.

Ich lernte, sie nicht direkt zu berühren, sondern im Geist eine Verbindung, eine Art glitzernden Faden herzustellen. Mit ihm eine kristallene Brücke zu bilden, auf der mein Bewusstsein gehen konnte, ohne mitgerissen zu werden. Ihre Gefühle an mir abfließen zu lassen wie silbriges Wasser.

Danach war ich erschöpft, schwach und musste einige Stunden schlafen. Die Dede gab mir nach den schlimmsten Sitzungen einen Löffel Honig. Seine Süße und das Licht in ihm halfen ein wenig über die ärgste Schwäche und die unvermeidliche Übelkeit hinweg. Das sorglose Brummen der samtbraunen Waldbienen lullte meine Gedanken ein und half mir, die Bilder endlich loszulassen und mich zu beruhigen.

Nach diesem harten Gang hatte ich meine Gabe besser im Griff als jemals zuvor. Bevor ich den Menschen aus dem Dorf Aug in Aug gegenüberstand, kannte ich sie schon und wusste längst um ihre kleinen Geheimnisse. Ihre Gedanken, ihre Not, ihre Ängste und ihr bescheidenes Glück waren mir ebenso vertraut wie ihnen.

Und nicht einmal die Dede ahnte, wie viel ich wusste. Mit meinen fünf Lebensjahren hatte ich schon mehr Berührung mit Kummer und Schmerz gehabt als mancher Erwachsene in diesem Jahr. Denn 1945 war das schlimmste Kriegsjahr überhaupt. Die Forstau entkam dem Grauen nicht, trotz dem Schutz der Berge und der einsamen Geborgenheit, die sie uns schenkten. Die Menschen auf den wenigen Höfen litten wohl unter nagendem Hunger, den langen Wintern und unter dem harten Verlust ihrer Söhne und Männer, doch es fielen weder Bomben noch Granaten in unserem Tal. Der Herrgott hielt andere Prüfungen für sie bereit. Und die waren nicht minder schrecklich. Bevor der Krieg endete, traf er uns doch noch mitten im Herzen.

KAPITEL FÜNF

1945

Barbara erwachte und setzte sich mit einem Ruck auf. Es war stockdunkel in der Schlafkammer. Ein fremdes, ungewohntes Geräusch drängte in ihr Bewusstsein. Sie schüttelte benommen die Reste ihres Traums ab und lauschte in die Dunkelheit. Stampfende Schritte, das dumpfe Tuckern eines Motors, Kinderweinen. Und gleich darauf das Aufheulen einer Frau. Ein ungutes Gefühl, ja, Angst, regte sich in ihr. Sie lauschte noch einen kurzen Moment in die Nacht, rutschte dann aus dem Bett und griff sich schlaftrunken ihr wollenes Umschlagtuch, das über der Bettkante lag. Von draußen drangen nun harsche Männerstimmen, blechernes Zuschlagen einer Autotür und das Brummen und sich entfernende Motorengeräusch eines schweren Wagens herein. Das Heulen ging in ein Wimmern über und wurde vom Zufallen einer wuchtigen Tür verschluckt.

Barbara ging auf nackten Füßen durch den breiten, ausgekühlten Gang des Bauernhauses. Sie drehte den schweren Schlüssel im Schloss, zog die knarrende Eingangstür einen Spaltbreit auf und spähte hinaus.

Ein fast runder Maimond stand hoch über der Wiese vor dem Haus und tauchte sie in silberhelles Licht. Es musste weit nach Mitternacht sein. Fröstelnd trat sie auf die kalte Steinschwelle und zog das Tuch enger um sich. Da war wieder das Weinen, leiser nun und dennoch durchdrang es die klare Nacht, klagend und weh. Sie lauschte noch einen Moment, ging ein paar Schritte auf den gekiesten Weg heraus und sah zu den beiden benachbarten Höfen hinüber. Es herrschte Verdunkelungsgebot, darum waren die hölzernen Fensterläden von außen fest geschlossen und, wie sie nur zu gut wusste, zusätzlich von innen mit Decken und Tüchern verhängt. Beim Alois nebenan rührte sich nichts, doch sie spürte die Unruhe im übernächsten Haus, beim Suter, mit allen Sinnen.

Sie ging noch einen Schritt weiter, die Augen zu Schlitzen zusammengekniffen, um besser sehen zu können. Unter dem Türstock des gemauerten, unteren Stockwerkes vom Suterhof fiel ein schmaler Lichtstreifen heraus. Einem inneren Impuls folgend, drehte Barbara sich um, schloss die Tür schnell wieder ab und lief den breiten Gang zurück in ihre Schlafkammer. Eilig warf sie sich das Gewand übers Hemd, glitt mit beiden Füßen zugleich in die Holzpantinen, griff dabei mit einer Hand nach ihrer Tasche, mit der anderen nach dem Umschlagtuch und verließ das Haus durch die Hintertür. Während sie hinter dem Waschhaus über die Weide rannte, über Maulwurfshügel stolperte und fluchte, schnürte sie ihr Kleid zu. Die übergehängte Ledertasche schlug ihr bei jedem Schritt hart an die Hüfte. Auf dem gekiesten Weg fuhr langsam ein weiteres Auto vorbei, ein grauer, offener Lastwagen. Auf der Ladefläche erkannte sie im Schein des Mondes zwei Soldaten, die aufmerksam die Umgebung beobachteten. Helle Scheinwerfer glitten über die Biegung vor der Brücke und sie warf sich instinktiv hinter dem Viehgatter zu Boden. Mit den Händen voraus landete sie mit beiden Knien im Morast, den das Vieh aufgewühlt hatte. Kaum war der Wagen vorbei, stand sie wieder und wischte sich, erneut fluchend, den klebrigen Schlamm von den Händen. Sie schlich eilig weiter. Das Haus des Waldhauers lag dunkel und still, doch aus dem Suterhof drangen Geräusche.

Barbara pochte leise an die Hintertür. Kein Laut drang mehr aus dem Haus. Sie klopfte ein wenig fester und raunte: »Ich bin's, die Barbara.«

Die Holztür ging knarrend auf und der Suter spähte heraus, ein Auge angstvoll auf sie gerichtet, das andere von einem milchweißen Schleier überzogen. Als Kind war ihm ein Ast ins Auge gefahren und seither war er darauf blind.

»Barbara, dem Himmel sei Dank.« Er griff sie am Ärmel und zog sie schnell herein. »Sie haben die Elsbeth mitgenommen!« Er war kreidebleich, zitterte am ganzen Körper und sein Gesicht war nass. Barbara zog scharf die Luft durch die Zähne. Sie hatte es geahnt …

In der niedrigen Stube lag die Kathrin auf den geschwärzten Bodendielen, zusammengerollt wie ein Fötus und stieß lange klagende Laute aus. Die drei Kinder saßen auf der Ofenbank, eng aneinandergedrängt und schauten ängstlich.

»Die Braunen?«, fragte Barbara kurz.

Der Suter nickte nur und blieb in der Tür stehen, hilflos und geschlagen bis ins Mark.

»Du bringst die Kinder zu Bett, ich kümmer mich um die Kathrin«, befahl sie ihm, zog im Hinknien die Tasche auf und holte das Laudanum heraus. »Habt ihr heißes Wasser?« Er nickte wieder. »Gut. Bring mir einen Löffel. Zuerst die Kinder.«

Der Suter verschwand in der Küche, es klirrte, dann kam er wieder in die Stube und streckte den Löffel vor sich her wie ein fremdes Ding, das er noch nie gesehen hatte. Sie nahm ihm den Löffel ab.

»Ein Becher warmes Wasser!« Sie öffnete das braune Fläschchen.

Wieder schlurfte er in die Küche und kam mit einer angeschlagenen Steinguttasse zurück.

Sorgfältig maß sie ein paar Tropfen des zähen schwarzen Saftes in den Löffel und rührte ihn hinein.

»Ihr kennt mich«, wandte sie sich an die Kinder, »ich will euch nichts Böses. Ihr habt etwas Schreckliches erlebt, doch jetzt müsst ihr ausruhen. Das hier wird euch helfen, gut zu schlafen.« Sie hielt dem Kleinsten den Becher an den Mund. »Morgen wird Zeit sein zu reden. Doch jetzt, ich bitte euch, trinkt die Arznei und dann wird euer Vater euch zu Bett bringen.«

Eins nach dem anderen nahm gehorsam einen Schluck aus dem Becher mit dem Schlafmittel. Der Bauer nahm seinen Ältesten, den Mathis, an der Schulter und alle drei standen ohne ein Wort auf und folgten ihm aus der Stube.

Drei kleine, verängstigte Geister. Herrgott, hört es nie auf? Was kommt denn noch? Barbara schluckte hart den aufsteigenden Zorn hinunter und drehte sich zur Kathrin.

»Kathrin, schau mich an«, sprach sie sanft zu der Frau am Boden und nahm behutsam ihre Hand. »Du kannst nicht da liegen bleiben. Komm, setz dich auf. Sag mir, was geschehen ist.«

Die Suterin rührte sich nicht, ihre Hand lag kalt und schlaff in Barbaras. Ihr herzzerreißendes Stöhnen war verstummt, nur ab und zu entfuhr ihr ein Schluchzen und ließ ihren Körper beben. Barbara beugte sich zu ihr und umfing sie mit den Armen, versuchte, sie aufzusetzen. Die Kathrin war mager und nicht groß, doch Barbara schaffte es nicht, sie hochzuziehen. Sie ließ die Frau zu Boden gleiten, stand auf, nahm eins der Kissen von der Bank und schob es ihr unter den Kopf. Es gab keine Decke, also nahm sie ihr wollenes Tuch ab und breitete es über die Frau.

Im Becher war noch Mohnsaft. Mit dem Löffel flößte sie ihr ein wenig davon ein. Das meiste rann den Mundwinkel herunter. Der Suter kam in die Stube zurück. Noch immer bleich, doch ein wenig gefasster.

»Was ist geschehen?«, fragte Barbara leise und ahnte schon, was er sagen würde. »Wer war es? Jemand aus dem Dorf?«

Jakob Suter schüttelte den Kopf. »Die kamen aus Schladming.« Er kniete sich zu seiner Frau, legte seine schwielige Hand zärtlich auf ihre wirren Haare und strich unbeholfen darüber. »Wie geht es ihr?«

»Du musst mir helfen, sie in die Kammer zu schaffen. Sie kann da nicht liegen bleiben.« Zusammen richteten sie die schlaffe Gestalt der Kathrin auf. Jakob hob sie auf die Arme. Barbara öffnete die Tür und sah ihm sorgenvoll nach, wie er seine Frau die Treppe hinauftrug.

Während sie wartete, bis der Suter wiederkam, schuf sie mit einigen Handgriffen ein wenig Ordnung, räumte das Kissen zurück und wusch sich in der Küche den verkrusteten Schlamm von den Händen. Ihre Gedanken flogen, was war nur mit der kleinen Elsbeth geschehen? Sie setzte noch einmal Wasser auf und suchte in den Schränken nach Kaffee. Jakob und sie konnten eine Tasse gebrauchen. Doch es war nichts da und Barbara schalt sich selbst. Wer hatte noch echten Kaffee in diesen Zeiten? Wohl keiner – der Aufguss aus gemahlenen Eicheln war nur ein widerlicher Ersatz und sie hatten ihn alle über. Sie ging an ihre Tasche und holte das Rumfläschchen hervor. Ein kleiner Rest war noch darin. Das musste reichen.

Die Stimme des Suterbauern ließ sie erschrocken zusammenfahren. Sie hatte ihn nicht hereinkommen hören. Er stand unter dem Türstock zur Küche, die Arme um sich geschlungen, so als ob er sich selbst festhalten wollte.

»Sie haben an die Tür geklopft und als ich aufgemacht hab, sind sie einfach an mir vorbei. Einer hat mir ein Papier vors Gesicht gehalten und gesagt, dass sie die Elsbeth nach Linz ins Schloss bringen sollen. Zwei sind gleich an mir vorbei ins Haus und hoch. Sie haben die Elsbeth aus unsrem Bett geholt. Die Kathrin ist ihnen nach und hat an ihnen gerissen, da hat ihr der eine einen Fausthieb gegeben, dass sie hingefallen ist.« Er wischte sich mit dem Ärmel über die Augen. »Der an der Tür hat die ganze Zeit über sein Gewehr auf mich gehalten und ich hab nicht gewusst, was ich tun soll«, brach es aus ihm heraus. »Wo bringen sie unsre Elsbeth hin? Sie ist doch erst drei Jahre alt. In Christi Namen, das Kind hat doch keinem etwas zuleid getan!« Der grobschlächtige Mann würgte an seinem Kummer und Barbara blieb ihm eine Antwort schuldig.

Der entsetzliche Gedanke, der in ihr aufgekeimt war, wurde zur grausigen Gewissheit. Euthanasie. Sie hatte davon gehört. Auch in Mandling war ein Kind geholt worden, mitten in der Nacht, genau wie hier. Der Junge hatte an der Fallsucht gelitten. Mirl, eine befreundete Krankenschwester, hatte ihr hastig unter vorgehaltener Hand zugeflüstert, wie der kleine Junge von der Miliz ins Heim gebracht wurde, auf steckendürren Beinen und verängstigt eine Lumpenpuppe an sich gedrückt. Die Mirl und sie hatten zusammen gelernt. Barbara war ins Dorf zurückgegangen und die Mirl arbeitete hernach in Schloss Hartheim und betreute dort behinderte Menschen. Nur war Hartheim schon lange keine Behinderten-einrichtung mehr; das Schloss war in eine Euthanasieanstalt umfunktioniert worden. Die Mirl hatte dort Schreckliches gesehen und ihre Arbeit bald aufgegeben. Krankenhäuser und Pflegeanstalten waren von der neuen Regierung aufgefordert worden, jeden zu melden, der an Formen des Schwachsinns litt oder sonst in irgendeiner Art behindert war. Man holte sie bei Nacht und Nebel ab, brachte sie, Kinder wie Erwachsene, nach Linz ins Schloss und stellte dort unmenschliche Versuche mit ihnen an. Keiner kam zurück, trotz aller Eingaben und Versuche ihrer Familien. Am Ende starben sie im Gas, malträtiert und geschunden. Ohne zu verstehen, weshalb sie all das erdulden müssen. Im nationalsozialistischen Reinheitsdenken der neuen Herren war kein Platz für die Schwachen und Unvollkommenen.

Wie gottlos ist diese Welt geworden, dass sie nicht einmal mehr vor den Unschuldigen Halt macht! Barbara wurde übel und sie musste sich setzen. Hartheim, oh lieber Gott, wenn die Elsbeth auf Hartheim kam, war sie nicht zu retten.

»Jakob«, begann sie zögernd und verstummte wieder. Er löste sich vom Türsturz und kam zum Tisch herüber, ließ sich schwer auf die grobgezimmerte Bank sinken, die unter seinem Gewicht protestierend knarrte. Sie schob ihm das Fläschchen hin. »Hier, mein Letzter. Ich glaub, du kannst ihn gebrauchen.«

Er schaute sie mit seinem sehenden rotgeränderten Auge an, ergriff das Fläschchen und roch daran. »So viel Schnaps gibt's nicht, wie ich brauch«, entgegnete er bitter. Mit einem tiefen Zug leerte er die Flasche, er schluckte geräuschvoll und atmete tief ein.

Erneut setzte Barbara an. »Jakob«, sie sprach leise und eindringlich, suchte seinen Blick und hielt ihn fest. »Sie bringen die Elsbeth auf Schloss Hartheim, glaube ich. Und das ist nicht gut.«

»Warum, Barbara? Was wollen sie von ihr?«

Diese Frage hatte sie gefürchtet. Was sollte sie ihm nur sagen? Sie biss sich auf die Lippen und entschied sich für die Wahrheit. Er würde sie ohnehin erfahren. Zögernd sprach sie weiter, behutsam nach den rechten Worten suchend. »Kennst du Schloss Hartheim?«

Er schüttelte den Kopf.

»Das ist eine Anstalt für behinderte Menschen gewesen, für solche Leute wie die Elsbeth halt. Und …« Sie hielt inne, beugte sich näher zu ihm und fasste nach seinem Ärmel. Mit rauer Stimme fuhr sie fort: »Die Nazis haben aus dem Heim eine Euthanasieanstalt gemacht. Weißt du, was das heißt?« Sie hatte seine Reaktion vorhergeahnt. Als er auffuhr, drückte ihre Hand eisern auf seinen Arm und hielt ihn auf die Bank. »Find dich damit ab, dass ihr die Elsbeth nicht wiederbekommt, Jakob. Bet für sie, dass es schnell geht. Mehr könnt ihr nicht tun.«

Sie sah ihm an, wie es in ihm arbeitete und wie sehr er sich beherrschen musste. Jakob schluchzte auf und bedeckte sein kreidebleiches Gesicht mit beiden Händen, drückte die schwieligen Handballen auf die Augen, um die Tränen aufzuhalten. Sie tropften ihm zwischen den Fingern heraus und seine breiten Schultern zuckten. Es brach ihr das Herz, diesen großen Mann in seinem Schmerz zu sehen. Sie schwieg. Was sollte sie auch sagen. Hitlers Schergen hatten ganze Arbeit geleistet.

»Können wir nicht irgendetwas tun, Barbara? Ich werde morgen zum Bürgermeister gehen, gleich in der Früh. Oder ich fahr gleich nach Salzburg hinaus und spreche beim Gauleiter vor!«

»Das wird nichts bringen, Jakob. Was glaubst du, was aus deiner Familie wird, wenn sie dich auch noch verhaften?

Dort oben liegen deine Frau und deine drei anderen Kinder. Du hast schon verdammtes Glück gehabt, dass sie dich deines Auges wegen nicht eingezogen haben!« Wieder legte sie die Hand auf seinen Arm: »Eure Elsbeth ist in Gottes Hand. Versuch das zu akzeptieren. Deine Familie braucht dich nun nötiger! Der Hof braucht dich! Wenn du jetzt Aufmerksamkeit auf dich ziehst, machen die kurzen Prozess mit dir.« Sie stand auf. »Versuch zu schlafen. Ich komme morgen früh herüber und schau nach der Kathrin. Und Jakob«, beschwor sie ihn, »tu nichts Unüberlegtes. Ich red mit dem Vater, vielleicht weiß er einen Weg.«

Der Suter blieb sitzen, als sie ihre Tasche aufnahm. Bevor sie ging, legte sie ihm kurz ihre Hand auf den gesenkten Kopf. »Behüt dich Gott, Jakob. Dich und die deinen.«

Als sie die Holztür behutsam hinter sich zuzog, hörte sie seinen Schrei, laut und mit unverhohlenem Schmerz. Und am liebsten hätte sie mit ihm geschrien. Ihr war danach.

Unbehelligt, wie sie gekommen war, mit einer Wut im Bauch, die sie schier auffraß, eilte sie nach Hause. Es dämmerte schon, als sie zu Bett ging. Doch Ruhe fand sie keine, warf sich unruhig von einer Seite zur anderen. Die vertrauten Geräusche des Hauses, das Knacken im Gebälk, das sie sonst so anheimelnd und beruhigend fand, kamen ihr nun unheilverkündend und beängstigend vor. Das warme Federbett erdrückte sie und sie strampelte es weg, nur um es gleich darauf wieder über sich zu ziehen. Ihre Gedanken flogen. Sie hatten sich sicher gefühlt. Zu sicher. Sie musste morgen gleich zum Julianenhof hinauf. Die Anneli musste dort oben bleiben. Sie durfte auf keinen Fall ins Dorf herunter, bis alles vorbei war. Und nur Gott wusste, wann das war.

Barbara kam nicht mehr dazu, die Marie zu warnen.

Sie war gerade dabei, sich die Haare zu einem Zopf zu flechten und aufzustecken, als es an der Tür hämmerte. Gleich darauf hörte sie, wie jemand ins Haus polterte.

»Barbara?« Die tiefe Stimme ihres Vaters.

Zwei braune Haarnadeln im Mund und den Kamm noch in der Hand, schaute sie aus der Schlafkammer. »Vater! Was machst du so früh ...«

Er wischte ihre Frage beiseite. »Barbara, du musst schnell kommen. Beim Wirt gibt's Ärger. Und nimm deine Arzttasche mit!«

Sie spuckte die Haarnadeln aus. Der Kamm landete auf dem Bett. »Was ist geschehen? Was brauch ich?«

»Alles, was du hast. Den Suters haben sie heut Nacht die kleine Elsbeth abgeholt.«

»Ja, ich weiß.« Barbara eilte in ihren Behandlungsraum und riss den Wandschrank auf. Er folgte ihr und sah zu, wie sie eilig den Inhalt ihrer Tasche inspizierte und noch einige Utensilien aus dem Arzneischrank holte, um sie dazu zu packen. »Ich war drüben heut Nacht. Und ich sag dir, es war schrecklich. Die Kinder waren völlig verängstigt und die Kathrin ... Die Braunen haben die Elsbeth nach Linz ins Schloss gebracht. Zum Glück ist die Anna auf der Alm. Ich muss heut unbedingt hinauf, um die Marie zu warnen.«

»Dafür ist keine Zeit, Barbi! Der Jakob hat in der Früh den Bürgermeister herausgeklopft. Ein paar SS-Leute haben dort übernachtet. Erst gab es ein Geschrei. Dann eine Schießerei.«

Barbara erstarrte. Sie drehte sich langsam um. »Eine Schießerei?«, echote sie und starrte ihren Vater entsetzt an. »Eine Schießerei? Gott im Himmel!« Sie drückte die beiden Metallbügel der Ledertasche zusammen und das Schloss klickte laut in der plötzlichen Stille. »Verflucht, ich hab ihm gesagt, er soll Ruhe bewahren!«

Florian Sittler nahm ihr die Tasche aus der Hand. »Komm, ich bin mit dem Motorrad da. Das geht schneller.«

Erst als sie hinter dem Vater auf dem Motorrad saß und die kalte Morgenluft an ihrem Nacken spürte, wurde ihr bewusst, dass sie weder die Haare aufgesteckt noch ein Tuch umgelegt hatte. Der Zopf hing ihren Rücken herunter bis zur Taille und sie spürte, wie der Fahrtwind die Flechten aufriss. Die alten Weiber werden sich wieder einmal das Maul über mich zerreißen, dachte sie mit einem grimmigen Anflug von Ironie, als das Motorrad zwei Minuten später auf dem Vorplatz zum Wirtshaus bremste und der Kies nach allen Seiten spritzte. Sie sprang herunter.

Mit einem schnellen Blick erfasste sie die surreale Situation. Eine atemlose Atmosphäre lag über allem. Die strahlende Morgensonne tauchte die unwirkliche Szene vor ihr in scharfe Farben. Überall standen Leute, verharrten regungslos an den Türen ihrer Häuser. Das halbe Dorf schien auf den Beinen zu sein. Und doch war es totenstill auf dem Platz. Am oberen Ende des Kirchbichls stand eine kleine Gruppe schwarzgekleideter Frauen beieinander, die wohl gerade aus der Frühmesse gekommen waren und sich nicht die Straße herunter getrauten. Ein offener Jeep parkte am Hauptweg neben der mächtigen Eiche, die den Vorplatz überschattete. Der Milchwagen hielt seitlich vor der Trafik, der Kutscher saß mit ausgestreckten Beinen davor. Aus einer blechernen Kanne auf dem Laderaum rann aus einem kleinen Loch Milch zu Boden und bildete einen weißen See im Kies. Die Oberndörferin hockte auf den Stufen, die zur Poststation hinunterführten und hatte den Kopf in die Hände vergraben. Ihre beiden Töchter, Theres und Leni, die in der Wirtsstube halfen, schauten mit kalkweißen Gesichtern aus der halb geöffneten Tür, die eine die Hände am Mund, die andere die Finger in die Schürze gekrallt. Der Clemens saß am Fuß der Treppe in einer Blutlache neben zwei Gestalten, die am Boden lagen. Fünf Braunhemden standen in weitem Halbkreis um ihn und hielten die Gewehre auf Brusthöhe. Sie hatten die Gewehre angelegt und zielten auf den Clemens!

Barbara fasste nicht, was sie sah. Sie nahm allen Mut zusammen und ging auf den Soldaten zu, der ihr am nächsten stand. Der Eichler neben ihm flüsterte auf ihn ein, sein wieselhaftes Gesicht eine einzige unterwürfige Dienstbeflissenheit. Als er sie kommen sah, verengten sich seine lauernden Frettchenaugen, und sein gekrümmter Rücken beugte sich erneut zu dem SS-Mann hin.

Barbara stieg die Galle hoch. Du Hundsfott, dachte sie angewidert. Du Speichellecker versprühst wieder dein Gift. Was hast du hier zu suchen?

Sie ignorierte ihn und wandte sich an den Soldaten. Das Herz klopfte ihr bis unter die Haarspitzen. Auf dem Kragenspiegel erkannte sie die Runen und die gelb unterlegten Schulterstücke. Er musste Sturmbannführer sein.

»Heil Hitler, Sturmbannführer!«, grüßte sie knapp. »Barbara Sittler, ich bin Hebamme, man hat mich gerufen, um zu helfen.« Ihre schweißfeuchte Hand umklammerte krampfhaft die Bügel der Tasche.

Er musterte sie abschätzend aus kalten Augen über einer scharf hervorstehenden Hakennase und winkte wortlos mit dem Gewehrlauf zur Treppe hinüber. Sie nickte, nahm sich zusammen und lief los. Die Blicke und die schussbereiten Gewehre im Rücken, fühlte sie sich schutzloser als jemals zuvor in ihrem Leben. Die wenigen Schritte über den Vorplatz kosteten sie alle Überwindung, die sie aufbringen konnte.

»Schaff den Eichler weg, sonst vergess ich mich«, raunte sie ihrem Vater zu, der beharrlich an ihrer Seite geblieben war, und kniete sich neben dem Clemens zu den beiden reglosen Gestalten.

Der Jakob war tot. Ein kleines Einschussloch verunstaltete seine Stirn, die Kugel hatte ihm den Hinterkopf zersprengt. Er lag in einer glänzenden Masse aus Blut und Hirn. Für ihn konnte sie nichts mehr tun. Traurig legte sie ihm kurz die Hand auf die Brust und flüsterte einen Segen. »Geh in Frieden, Jakob. Du hast es versucht …« Dann rutschte sie hastig auf den Knien durch die Lache zu Kathrin hinüber. Sie war bewusstlos und atmete in kurzen, keuchenden Stößen.

Clemens hielt seine Hände auf ihr blutgetränktes Mieder gedrückt und stieß hervor: »Tu was! Sie verblutet!«

Barbara schob ihn zur Seite, riss mit beiden Händen und einem festen Ruck das Mieder auseinander. Sie stöhnte auf.

Kathrin hatte zwei Einschüsse auf Brusthöhe; aus beiden quoll mit jedem schweren Atemzug hellrot schäumendes Blut. Mit einem schnellen Griff öffnete Barbara ihre Tasche und holte eine Handvoll Kompressen heraus, um sie auf die Wunden zu drücken. Zu spät. Ein krampfhaftes Zittern erfasste die zierliche Frau, sie riss die Augen weit auf und ihr geöffneter Mund rang pfeifend nach Luft. Ihre Fersen zuckten konvulsivisch auf dem Kies, das Zittern erfasste ihren ganzen Körper. Und dann war es zu Ende.

Barbara schrie auf. »Nein! Nein! Komm, Kathrin! Atme! Atme!« Sie verschränkte die Hände und drückte sie auf Kathrins Oberkörper, zählte und presste, zählte und presste. Die Sekunden verschwammen.

Bis Clemens sie sanft an der Schulter nahm und sagte: »Barbara, lass es gut sein. Es ist vorbei.« Sie schüttelte seine Hand ab und wollte erneut beginnen. Da griff er hart ihr Kinn und zog es zu sich her. Er schaute ihr direkt in die Augen, seine Finger quetschten ihre Haut und sie kam zu sich. Er herrschte sie an: »Lass sie, Barbara! Du kannst nichts mehr für die Kathrin tun.«

Sie ließ die blutverschmierten Hände sinken. Starrte ihn wie betäubt an und konnte nur denken: Oh Gott. Oh Gott.

»Der Michel ist auch verletzt. Du musst dich um ihn kümmern. Ein Querschläger hat ihn am Knie getroffen.«

Nur zäh drangen Clemens' Worte in ihr paralysiertes Denken. Schwerfällig stand sie auf und schaute benommen zum Milchwagen hinüber. Ihr Rock war blutgetränkt und schlug ihr kalt an die Knie.

Dort saß der Michel noch immer, mit weit von sich gestreckten Beinen. Sie reichte dem Clemens die Hand, damit er sich aufrappeln konnte. Stand einen winzig kleinen Moment da und fragte sich, ob sie noch mehr ertragen wollte. Ihr Kopf dröhnte.

Der Oberndörfer gab ihr einen auffordernden Stoß. Wie in Trance griff sie nach ihrer offenstehenden Tasche und ging zu Michel hinüber. Und dachte noch immer nur: Oh Gott. Oh Gott.

Er war nicht schwer verletzt. Die Kugel hatte seine Wade nur gestreift. Barbara tat ihre Arbeit wie eine Marionette. Mit einem scharfen Skalpell schnitt sie Michel die verschmutzte Hose am Knie ab und versorgte die glatte Fleischwunde. Sie tupfte den Riss mit Alkohol ab, säuberte ihn und verabreichte ihm eine Penicillinspritze. Während sie eine Mullbinde um sein Bein wickelte, spürte sie noch immer die Blicke der Soldaten und die angelegten Gewehre in ihrem Rücken. Doch es war ihr nun gleichgültig. Ihre Angst war von bloßem Entsetzen aufgefressen.

Der Jakob und die Kathrin waren tot, erschossen, unter ihren Händen verblutet. Menschen, die sie kannte und schätzte, seit sie denken konnte. Ihre Nachbarn, mit denen sie so viele Jahre Tür an Tür gelebt hatte. Deren Kindern sie auf die Welt geholfen hatte. Was sollte nun aus den Kleinen werden? Die Elsbeth war nun wahrscheinlich endgültig verloren. Barbara steckte den Verband fest.

Sie hob die Augen und schaute den Michel an. »Geht's? Oder ist es zu fest?«, fragte sie abwesend.

Er nickte. »Es ist schon gut so. Danke, Barbara.«

Etwas bewegte sich unter dem Milchwagen. Sie sah es aus dem Augenwinkel. Barbara bückte sich ein wenig und schaute genauer hin. Ein brauner Bergstiefel, ein dünnes nacktes Bein – eine kleine schmutzige Kinderhand. Sie traute ihren Augen kaum, wollte es nicht begreifen. Aus dem Versteck schaute Anneli sie an, mit schneeweißem Gesicht.

Im selben Augenblick brach das Inferno los.

✳

Als das Flugzeug abstürzte, lag ich unter dem Milchwagen. Sah zu, wie Jakob und Kathrin Suter vor dem Wirtshaus erschossen wurden. Wie die Dede kam und den Soldaten die Stirn bot. Sie versuchte, den Suters zu helfen, und es war ihr gleich, dass ihre langen roten Haare im Blut hingen und ihr Kleid besudelt wurde. Obwohl ich große Angst hatte, war ich sehr stolz auf sie und wünschte mir, ich würde eines

Tages so sein wie sie. So stark, so mutig und immer wissend, was gerade zu tun war. Ich hatte keine Ahnung, wie ihr zumute war. Doch ich sah es in ihren geweiteten Augen, als sie mich erblickte.

Und einen Moment darauf zersprang die Welt um uns herum.

Schon vor Tagesanbruch hatte die Mutter mich geweckt und angeheißen, mich schnell anzuziehen. Sie war unruhig und wollte ins Dorf. Wohl hatte sie nicht die Gabe wie die Dede und ich, nicht in dieser Form. Doch ein untrügliches Gespür für Situationen. So schnürte ich meine genagelten Stiefelchen zu – seit Kurzem konnte ich Schleifen binden – und ging an ihrer Hand den Berg hinunter. Die Stiefel hatte ich von Großtante Hannah geschenkt bekommen.

Auf der Alm sprang ich im Sommer meist barfuß, doch der Weg war steinig und ich sehr glücklich über die festen Schuhe, die auch noch passten. Das war nicht selbstverständlich.

Wir gingen also über den Berg herunter ins Tal und nahmen die Abkürzungen über den Steilhang, weil es trocken war. Eine halbe Stunde später kamen wir an der Kreuzung im Dorf an und gerade fuhr der Milchwagen her. Der Michel Kirchgassner war mein Freund und ich freute mich, ihn zu sehen. Er hatte so eine lustige, stets gerötete Kartoffelnase. Seine kurzen grauen Haare standen wie Drahtborsten von seinem Kopf ab und er machte immer Späße mit mir. Jeden zweiten Tag holte er zu Mittag die Milch bei uns ab. Ich kannte ihn gut. Während er mich also an den Zöpfen zog und witzelte, ich sei eine kleine wilde Gams, ermahnte mich die Mutter, hier bei ihm zu bleiben, und stieg die wenigen Steinstufen zur Trafik hinunter. Durch die Glasscheibe erkannte ich den Onkel Florian und die Oberndörferin. Der Onkel winkte mir zu. Eine schrille Klingel ertönte, als Mutter die schwere Ladentür aufzog und die sich wieder hinter ihr schloss.

Der Jakob und die Kathrin Suter kamen über den Vorplatz gegangen und stiegen die Treppe zum Wirtshaus hinauf.

Sie erwiderten unseren Morgengruß nicht und das kam mir schon sonderbar vor. Es war noch zugeschlossen, darum klopfte der Jakob. Er pochte an die Wirtshaustür wie ein Verrückter. Der Clemens kam heraus. Ich konnte nicht verstehen, was sie miteinander redeten, doch ich sah, dass der Jakob wie wild umher fuchtelte und die Kathrin weinte. Wir sahen neugierig zu. Neben dem Wirt schoben sich einige Männer heraus und drückten ihn zur Seite.

Soldaten, erkannte ich beklommen. Sie hatten Gewehre und das machte mir nun wirklich Angst. Ich hatte manches Mal solche Männer in den Visionen gesehen und wusste, was sie damit anrichten konnten. Ich schob meine Hand in die grobe vom Michel und der hielt sie ganz fest. So fest, dass es richtig wehtat. Die Soldaten, fünf waren es, polterten die Treppe herab und drängten die Suters vor sich herunter. Einer baute sich vor ihnen auf. Der Jakob schrie auf ihn ein und hob die geballte Faust. Ich sah, wie die Kathrin ihren Mann von hinten an der Jacke packte. Der Soldat holte ebenfalls aus und stieß den Jakob um. Im Fallen riss der die Kathrin mit und beide landeten rücklings auf der Erde. Der Jakob rappelte sich wütend hoch und stürzte sich auf den Mann in Uniform. Mit beiden Fäusten prügelte er auf ihn ein. Plötzlich schoss der Soldat neben ihm in die Luft.

Der scharfe Knall ließ uns alle erstarren. Der hatte geschossen!

Nach einer Schrecksekunde fing der Suter erneut an zu schreien und dieses Mal hörte ich deutlich den Namen der Elsbeth. Er bedrängte den Mann erneut und der schlug den Jakob mit einem festen Fausthieb nieder. Packte ihn am Kragen seiner Jacke und zerrte ihn zurück auf die Knie. Er setzte sein Gewehr an Jakobs Stirn. Die Kathrin schrie auf. Es knallte. Der Jakob fiel lautlos um. Wie ein Stein. Die Kathrin zerrte heulend an ihm und fiel auf ihn drauf.

Wir sahen alle geschockt zu.

Dann kam sie wieder auf die Beine, stürzte sich auf den Hauptmann und riss kreischend an seiner Uniformjacke. Er ließ sein Gewehr fallen. Sie hing an ihm wie eine tobende Furie. Da packte er sie mit beiden Händen, schüttelte sie so fest, dass ihr Kopf von einer Seite auf die andere flog und stellte sie aufrecht hin. Einen Moment stand sie da und dann – spuckte sie ihm ins Gesicht. Ich sah, wie er die Hand hob und sich angewidert den Speichel aus dem Gesicht wischte.

Er bückte sich sehr langsam und hob sein Gewehr auf. Der Eichler neben ihm hielt plötzlich ebenfalls eine Pistole.

Michel ließ meine Hand los, drückte mich fest am Kopf zu Boden und zischte: »Ab, unter den Wagen mit dir! Schnell!«

Ich folgte ohne Widerrede und krabbelte unter das Fuhrwerk, schürfte mir dabei Hände und Knie auf. Die Klingel kreischte; aus meinem Versteck sah ich uniformierte Hosenbeine und bestrumpfte Füße in Bergschuhen, wehende Röcke vorbeihasten. Ich verrenkte den Kopf, um besser sehen zu können. Und zog ihn sofort wieder zurück.

Ein Schuss knallte und noch einer. Und dann schoss es überall! Pfeifend zischte etwas vorbei. Das Pferd vorm Milchwagen wurde getroffen und brach in die Knie, der Wagen senkte sich vorn ein wenig ab und ich zog schnell die Beine an, um nicht eingeklemmt zu werden. Mit einem blechernen ›Klonk‹ schlug ein Geschoss über mir ein. In meinen Ohren klingelte es. Ich war fast taub. Ich presste beide Hände auf die Ohren und fühlte die Tränen meine Wangen hinunterlaufen.

Der Michel kam in mein Blickfeld; er saß plötzlich vor dem Rad und hielt sich das Bein. Ein Motorrad heulte auf. Etwas tropfte vor mir herunter und bespritzte mich mit feuchten, weiß auf dem staubigen Kies zerplatzenden Stäubchen.

Ich brauchte einen Moment, um zu begreifen, dass es nur Milch war. Nur Milch. Schreckenssteif lag ich da. Eine Bewegung an meinem Rücken ließ mich zusammenfahren. Und dann umschlang mich ein schlanker gebräunter Arm ganz fest.

Meine Mutter! Sie zwängte sich vollends unter den Wagen und rutschte an mich heran, zog mich nah zu sich her. Ich hörte ihr Keuchen und spürte ihr jagendes Herz an mir schlagen. Sehr still lagen wir da; ich schmiegte mich in die warme Mulde ihres Bauches und machte mich ganz klein. Zwei weitere Schüsse krachten.

In dem schmalen Ausschnitt zwischen Erdboden und Fuhrwerk sahen wir die Kathrin auf dem Boden aufschlagen. Meine Mutter stöhnte unterdrückt auf und ich spürte, wie sie ihr tränennasses Gesicht an meinen Hals legte und ihre eiseskalte Hand sich über meine Augen schob. Ich drückte den Kopf zur Seite und wand mich aus ihrem Griff.

»Schau nicht hin, Anneli«, flüsterte sie. Und doch musste ich schauen.

Es war noch nicht zu Ende. Ich sah, wie die Dede kam. Ich sah die Kathrin sterben. Sah, wie die Tante vor meinen Augen dem Michel sein Bein verband. Sah, wie sie alle stumm dastanden und spürte den unbändigen Hass, der sich breitmachte, auseinanderfloss und sie alle erfasste. Wie Gülle, die mit ihrem beißenden Gestank die klare Herbstluft durchdringt. Ich musste nichts schmecken und in den Mund nehmen. Zu sehen genügte. Es war unsäglich und schlimmer als alles, was ich bisher erlebt hatte. Todesangst füllte mich aus.

Dann kam der Flieger. Er sprengte das, was ich für meine Welt hielt, in Stücke.

Motorengeräusch drängte sich in unsere Sinne. Erst ein unheilvolles, tiefes Brummen – wie eine verrückt gewordene überdimensionierte Hummel; dann ein pfeifendes Heulen, das sich zu Höllenlärm steigerte, bis wir uns wimmernd die Hände auf die Ohren pressten, um das Geräusch nur irgendwie zu ertragen. Es kreischte bis in mein tiefstes Innerstes. Die Luft, die feste Erde unter mir vibrierten und das Beben übertrug sich in meinen Bauch. Wir schauten zum Himmel; ich war halb unter dem Fuhrwerk hervorgerutscht, wie auch die Mutter neben mir, die Hälse nach oben verdreht, um zu begreifen, was das für ein irres Geräusch über uns war. Die Dede und der Michel schauten ebenfalls nach oben. Alle starrten hinauf. Mit offenen Mündern sahen wir ungläubig zu, wie der Bomber unter einem strahlendblauen Himmel durch die engen Berge hindurch in unser Tal hereinraste. Zu tief. Viel zu tief! Er war zu tief!! Und er kam direkt auf uns zu.

Die Menschen um uns herum schrien. Sie rannten los, suchten Schutz und warfen sich zu Boden. Das Kreischen und Pfeifen steigerte sich ins Unerträgliche.

Das Flugzeug schmierte ab und stürzte, mit der Schnauze voran, direkt in den reißenden Forstaubach hinein! Genau vor unseren Augen, vor unseren Häusern, in der Mitte des Dorfes. Es explodierte in einem ohrenbetäubenden grellorangeroten Feuerball. Heißes Zischen erfüllte die Luft.

Die Dede war plötzlich da, drängte sich vor mich, stieß mich noch tiefer unter den Wagenboden und rollte sich ebenfalls darunter, die Arme vor dem Gesicht. Ich haute mir den Kopf an und stieß mit den Händen nach ihr. Da war kaum mehr Platz, doch die Wucht ihres Körpers trieb mich noch tiefer unter den Wagen. Die Explosion warf uns aneinander. Schutzsuchend drängten wir uns zusammen, ein wirres Knäuel aus Beinen, Armen und Leibern. Die Hitze versengte uns Brauen und Wimpern, glitt in einem langen Atem, feurig, über uns hinweg. Sie verschmorte unsere Haare, die sich kräuselten. Menschen schrien und rannten um ihr Leben. Brennende Teile stürzten vom Himmel; etliche schossen durch zwei nebeneinanderliegende Fenster des Wirtshauses und kristallene Glassplitter stoben durch die Luft, funkelnd wie todbringende Sterne, heiß und spitz wie die Hölle. Die Hitzewelle zog einen Regen aus Glas und Mauerbrocken nach sich. Der Jeep ging in einem gleißenden Feuerball auf. Vor unseren entsetzten Augen verbrannten die Kathrin und der Jakob Suter in einer mannshohen Feuerlohe. Ein unbeschreiblicher Geruch hing in der Luft. Verbranntes Fleisch *und glühendes Metall, schmelzendes Plastik. Eine dampfende Mischung, die uns den letzten Atem aus den Lungen presste, uns husten und würgen ließ. Ein riesiges, brennendes Trümmerteil traf den Milchwagen, die Kannen explodierten. Panisch zogen wir die Köpfe ein und duckten uns noch tiefer in unser unzulängliches Versteck. Ich kreischte und weinte und hörte zugleich die Schreie der anderen. Heiße Milch zischte auf den Kies. Sie vermischte sich mit Michels Blut, den es vor unseren Augen auseinanderriss. Tropfen aus Blut und Milch, vermischt mit schwarzen Ascheflocken, schwebten taumelnd herab und legten sich wie ein öliger Teppich auf alles nieder. Sie trafen mein Gesicht, meine Lippen, meine Zunge. Gewaltig schossen die Bilder in mir hoch und überfluteten mich. Zu viele auf einmal, zu übermächtig und zu schnell. Ich griff nach der Barriere in meinem Geist, wollte das Tor schließen. Dann weiß ich nichts mehr.*

Es gibt keine Worte, um das Furchtbare zu beschreiben. Mir fehlen sie noch heute, sechzig Jahre später. Dieser entsetzliche Tag brannte sich tief in meine Seele ein.

Es ist eine Sache, mit der Gabe, dem Geist zu reisen und die hässlichen Empfindungen der Menschen zu berühren. Und doch eine völlig andere, den realen Schrecken leibhaftig mitzuerleben, das wirklich abgrundtief Böse.

Sehr lange konnte ich keine Milch mehr trinken.

❊

Kapitel Sechs

Wenige Tage später war der Krieg vorbei.

Das Dorf und seine Bewohner standen noch zu sehr unter dem Eindruck dieses elenden Maimorgens, der sie so sehr erschüttert hatte, als dass sie darüber hätten jubeln können. So hielt sich der Freudentaumel in Grenzen.

Außer Kathrin, Jakob und Michel gab es noch weitere Opfer und viele Verletzte. Der Sturmbannführer hatte überlebt, er war nahezu unversehrt geblieben. Doch drei seiner SS-Leute waren gestorben. Den Vierten verletzten umherfliegende Glassplitter am Kopf und nahmen ihm das Augenlicht. Dem Eichler hatte es die rechte Hand abgerissen. Er würde nie wieder eine Pistole halten oder seine Frau schlagen. Barbara versorgte seinen blutigen Armstumpf. Sie trennte die faserigen Überreste von Sehnen und Fleisch ab und nähte einen Hautlappen über die Wunde. Sie fand, dass der Herrgott in diesem Fall gerecht entschieden hatte. Er überlebte, obwohl er tagelang im Fieber lag. Die alte Vreni Gruber war panisch weggelaufen und dabei unglücklich gestürzt. Sie hatte schlimme blaue Prellungen im Gesicht und war danach ein wenig verwirrt. Am Abend fiel sie einfach tot um.

Barbara vermutete, dass sich in ihrem Kopf ein tödliches Blutgerinnsel gebildet hatte. Sie arbeitete ohne Unterlass. Wie betäubt wusch sie Wunden aus, kauterisierte stinkendes Fleisch, nähte und verband.

Fast alle, die auf dem Platz gewesen waren, hatten schwere Verbrennungen erlitten, Abschürfungen und tiefe Schnittwunden. Doch sie kamen mit dem Leben davon.

Dem Clemens Oberndörfer hatte es das Bein zertrümmert. Es war eh das Holzbein. Die nächsten Tage thronte er am Stammtisch vor den notdürftig mit Brettern vernagelten Fenstern. Von dort aus kommandierte er die Aufräumarbeiten; die Hose hatte er unter der fleckigen Schürze aufgesteckt, bis ihm der Dorftischler endlich ein neues gedrechselt hatte.

Irgendjemand hatte drei einfache, kieferne Holzkreuze gezimmert und sie vor der Eiche in den steinigen Boden gehauen. Keiner ging vorbei, ohne sich schaudernd zu bekreuzigen.

Der Forstaubach schäumte um die ausgebrannten Trümmer des Bombers. Die beiden amerikanischen Piloten hatten den Absturz nicht überlebt. Es war nichts von ihnen übriggeblieben. Der Sturmbannführer, Wilhelm Hofer hieß er, führte bellend ein Telefonat in der Trafik. Sonst sprach er wenig, doch seine kalten Augen beobachteten; sie schienen alles zu durchdringen und ein jeder ging ihm furchtsam aus dem Weg. Der eisige Blick in seinem kantigen Gesicht erstickte jegliches mitfühlende Wort. Bald darauf fuhren Lastwagen und Jeeps vor und spuckten mehr Soldaten aus, als die Forstau jemals während der ganzen Kriegsjahre gesehen hatte. Innerhalb weniger Stunden bargen sie das Wrack. Sie sammelten alle Flugzeugteile und Trümmer ein. Die Überreste der toten Soldaten legten sie in schlichte Holzsärge und hievten sie auf einen Lastwagen. Einen Tag später rückten sie ab. Übrig blieb nur, was dem Dorf gehörte. Schwarze, versengte Erde.

Marie, Anna und Barbara hatte der Milchwagen geschützt. Ihnen war nichts geschehen. Wie durch ein Wunder überlebten sie das Inferno. Ein von blutigen Schnitten übersätes Gesicht mit schwarzgrau verschmortem Bart schaute unter das Fuhrwerk. Der Florian Sittler. Er zog die Frauen und die ohnmächtige Anna darunter hervor. Sein geliebtes Motorrad war ein Opfer der umherfliegenden Trümmer geworden, doch er und die Tante lebten.

Sie schafften Marie und Anna in den Sittlerhof, während Barbara blieb, um den Verletzten zu helfen. Der Sittlerhof lag ein wenig oberhalb der Kirche. Dort war alles weitgehend heil geblieben. Nur ein Stallfenster war geborsten.

Hannah richtete Maries Bett in ihrer alten Schlafkammer her. Seit Marie den Toni geheiratet hatte, war sie nicht mehr über Nacht zu Haus gewesen.

Eine schmale Verbindungstür verband den Raum mit Barbaras Mädchenkammer. Früher hatte die Tür immer offen gestanden und die beiden bewohnten die Zimmer gleichermaßen. Florian hatte jeder ein überbreites Bett aus duftendem Zirbenholz gezimmert; oft lagen die Mädchen zusammen in dem einen oder dem anderen beieinander und redeten die halbe Nacht hindurch.

Nun waren alle froh um die breiten Betten, denn Marie wollte nicht zulassen, von ihrer Tochter getrennt zu werden. Sie hatte ihr die mit Brandlöchern übersäten Kleider ausgezogen und mit warmem Seifenwasser den schmierigen Film aus Blut und Asche abgewaschen. Anna war zu Bewusstsein gekommen, doch sie lag teilnahmslos in den dicken Kissen. Hannah Sittler flößte ihr Honigwasser ein, während Marie ihre kleine Tochter fest in den Armen hielt und nicht loslassen wollte.

In der Nacht begann Anna zu fiebern. Als Barbara um Mitternacht todmüde und erschöpft ins Haus taumelte, fand sie die Stube erleuchtet vor. Trotz der lauen Mainacht brannte ein prasselndes Feuer im Herd und Hannah Sittler war gerade dabei, eine kupferne Wärmeflasche mit heißem Wasser zu füllen.

Barbara betrat die Küche. Sie ließ sich auf die Bank sinken und legte ihren schweren Kopf auf die verschränkten Arme über der Tischplatte ab. Sie wollte nur noch schlafen. Schlafen und diesen unsäglichen Tag vergessen.

Ihre Mutter trat neben sie und berührte sie sacht an der Schulter. »Barbi? Du musst nach der Anna schauen. Sie ist krank.«

Barbara hob den müden Kopf, bekam kaum mehr die Augen auf. »Sie ist doch nicht verletzt, oder?«, fragte sie langsam, nicht mehr fähig zu denken.

»Nein, das nicht«, antwortete ihr die Mutter und Barbara hörte die Sorge aus ihrer Stimme heraus, »aber irgendetwas stimmt nicht mit ihr. Sie war lange bewusstlos und jetzt hat sie hohes Fieber.«

Widerstrebend stemmte Barbara sich hoch. Herrgott, wie konnte man so müde und erschöpft sein. Sie wollte einfach nur schlafen.

Oben erklangen Stimmen. Eine Tür schlug zu und jemand kam die Treppe herunter. Florian streckte seinen grauen Kopf durch die Küchentür, die Wangen mit blutigen Kratzern übersät.

»Hannah, wo bleibst du mit der Wärmeflasche?« Sein fragender Blick verwandelte sich in pure Erleichterung, als er Barbara sah. »Du bist da! Geht es dir gut, Mädchen?«

Sein Anblick riss sie aus ihrer Müdigkeit. »Vater!« Sie fiel ihm in die Arme und umklammerte ihn. Ein Schluchzen stieg in ihr auf. Etwas Hartes, tief in ihr drinnen, war dabei, sich endlich aufzulösen.

Er legte die langen Arme fest um sie und drückte sie an seinen breiten Brustkorb. Für einen kurzen Moment fühlte sie sich aufgehoben und beschützt, wie früher, als sie noch klein gewesen war. »Komm und schau nach der Anneli, Barbi«, sprach er leise in ihr verschmutztes, aufgelöstes Haar. »Es geht ihr nicht gut.«

Sie verharrte noch einen Moment und zog Kraft aus seiner verlässlichen Umarmung. Dann löste sie sich widerstrebend von ihm und nickte. Zu dritt stiegen sie hintereinander die schmale Stiege hinauf.

Marie saß mitten auf dem breiten Bett, noch immer in ihren dreckigen Kleidern, und hielt das Kind in den Armen. Das dunkle Haar hatte sich längst aus dem geflochtenen Kranz gelöst und hing ihr zerzaust um die Schultern. Anna hatte man gewaschen und in ein übergroßes Hemd gekleidet. Ihre langen weißblonden Haare waren auf einer Seite versengt, der Rest stand um ihren Kopf wie ein zerrupfter Heiligenschein. Sie war blass und auf ihrem Gesicht stand in jeder Pore ein Schweißtropfen.

Barbara kniete sich auf das Bett und legte ihr die Hand in den Nacken. Die Kleine glühte. Ein weiterer, prüfender Griff nach den Händen und Füßen. Eiskalt.

»Keine Wärmeflasche!«, gebot sie. »Das Fieber wird noch weiter steigen. Wir müssen sie kühlen. Bring kaltes Wasser, Mutter. Und Tücher. So viele du hast. Und meine Tasche!«

Sie kämpften die ganze Nacht gegen das Fieber. Wickelten den bebenden, kleinen Körper in eiskalte, nasse Tücher, um die Hitze herauszuziehen. Sie flößten ihr Honigwasser ein und rieben sie mit einem Sud aus Kampfer und Minze ab, um den Schock zu mildern. Als die Temperatur in den frühen Morgenstunden weiter anstieg und das Kind in zitternden Krämpfen lag, das Gesichtchen hochrot, wusste sich Barbara keinen Rat mehr. Anna hatte keine sichtbaren Verletzungen, nur eben dieses höllische Fieber.

Sie warf den nassen Lappen, mit dem sie Annas Stirn gekühlt hatte, in die Schüssel zurück und richtete müde ihren verspannten, schmerzenden Rücken auf. Einer Eingebung folgend wischte sie mit dem Zeigefinger einen Schweißtropfen ab, der an Annas Schläfe herunterrann und führte ihn an ihre Lippen.

Die Vehemenz der schnellen Bilder brachte sie für einen Moment ins Wanken. Dann wusste sie Bescheid. Eine letzte Möglichkeit gab es. Bevor alles zu spät war, würde sie die anwenden müssen. Sonst konnte sie Anna nicht mehr helfen, das wusste sie.

Sie selbst hatte als Kind ebenfalls Fieber bekommen, wenn Eindrücke über sie kamen, die sie nicht verarbeiten konnte. Doch niemals in diesem Ausmaß, nicht in dieser Heftigkeit. Nach einigen Stunden war es immer abgeklungen und sie hatte sich schnell erholt.

Das hier dauerte schon viel zu lange. Für diese Art von Behandlung, die ihr als letzter Ausweg schien, gab es keine Bücher oder Ratgeber. Nur die mündlich weitergegebenen Worte aus den Erfahrungen der Großmutter Juli, die Barbara wiederum von ihrer eigenen Mutter gehört, doch nie selbst ausgeführt hatte. Eine Schwester von Juli Hallner war am Fieber gestorben, an der Schwelle zum Erwachsenwerden. Hannah hatte es überlebt. Weil die Juli eben diese Prozedur, dieses Ritual durchgeführt hatte. Auch sie hatten die Gabe gehabt; doch sie waren nie richtig ausgebildet und ihren Visionen überlassen worden. Juli war mutig genug gewesen, das alt überlieferte Wissen einzusetzen. Und sie hatte gewonnen, zumindest bei ihrer kleinsten Schwester.

Barbara musste es tun! Annas Geist war bereits zu weit entfernt; Wadenwickel und Kampfer erreichten sie nicht mehr.

Ihre heisere Stimme durchbrach die Stille der Kammer, ließ Vater, Mutter und die Marie hochzucken. »Geht hinaus! Ich will mit der Anneli allein sein!«

Maries Augen weiteten sich angstvoll.

Barbara schaute ihrer Ziehschwester in die rot geränderten Augen. »Vertrau mir. Ich lass sie nicht sterben! Nicht, wenn ich es verhindern kann. Geh rüber, die Tür ist offen. Versuch auszuruhen, ich bleib bei ihr.« Sie blickte zu den Eltern hin.

Ihre Mutter hob fragend die Augenbrauen. Dann nickte sie wissend und sagte leise: »Versuch es, Barbi. Und ruf mich, wenn du Hilfe benötigst.«

»Ja, Mutter. Ich bin mir sicher, dass ich alles richtig weiß. Geht schlafen! Ich brauch euch morgen früh. Und nehmt die Marie mit hinüber.« Erstaunlicherweise befolgten sie ihre Weisung ohne einen Einwand. Die Mutter half Marie vom Bett herunter. Die küsste ihre Tochter auf die schweißfeuchte Stirn und beugte sich dann zu Barbara. Sie legte beide Arme um sie und drückte sie fest.

»Ich weiß«, flüsterte sie, »ich weiß, du würdest nie etwas tun, was ihr schadet. Ich vertrau dir. Gib sie mir nur wieder.«

Hannah und Florian begleiteten Marie ins angrenzende Zimmer und lehnten die Tür nur an. Barbara hörte die Kissen rascheln, als Marie sich niederlegte. Ihren langen Seufzer. Dann klappte die Tür zum Gang und die Eltern tappten die Treppe hinunter.

Stille breitete sich im Raum aus. Barbara zog die tropfende Wachskerze näher zu sich. Sie nahm eine Ampulle aus ihrer Tasche und wog sie in der Hand. Suchte währenddessen nach einem passenden Gefäß, bis ihr Blick an zwei bemalten Porzellantellerchen hängenblieb, in denen sie früher ihre Haarnadeln aufbewahrt hatte. Eilig stand sie auf und holte die beiden Tellerchen von der Anrichte. Wischte sie sorgfältig aus und stellte sie dann neben Annas hochrotem Gesichtchen auf dem Bett ab. Nun wühlte Barbara in ihrer Tasche und fand endlich das schmale Papierbriefchen, das sie gesucht hatte. Leise raschelnd fielen blassviolette Lavendelblüten auf das Tellerchen. Lavandula beruhigte und konnte Angst nehmen. Es würde den überreizten Strömen in Annas Geist helfen, wieder in den Fluss, ins Gleichgewicht zu kommen. In das zweite Schüsselchen gab sie sorgfältig drei schwarze, sich zäh lösende Tropfen der öligen Substanz aus der Ampulle. Aus dem Krug gab sie ein wenig Wasser hinzu, rührte die dunkle, tranige Lösung mit einem Holzstäbchen um. Sie überlegte sorgfältig, dachte nach, hellwach nun.

Schwarze Tollkirsche war gefährlich und hochgiftig. Drei Beeren reichten, um einen Menschen zu töten, bei einem Kind genügte eine einzige. Die Hexenbeere verursachte Rauschzustände und Halluzinationen und konnte zum Herzstillstand führen, doch in geringerer Konzentration senkte sie auch Fieber. Barbara gab noch ein wenig Wasser hinzu, nicht zu viel, damit die Lösung nicht zu dünn und damit unwirksam wurde. Sie wollte nichts riskieren und musste dennoch die rechte Mischung finden, um sie nicht beide zu töten.

Barbara arbeitete schnell und hochkonzentriert. Die Müdigkeit war von ihr abgefallen und machte einer durchscheinenden Klarheit Platz. Sie hatte diese Behandlung noch nie durchgeführt, ihre eigene Gabe noch niemals so weit herausgefordert. Sie kniete sich auf das Bett, setzte sich auf die Waden zurück und legte die Hände in den Schoß. Faltete sie und betete lautlos: Heilige Mutter Maria, steh uns bei!

Mit ruhigem Blick überprüfte sie noch einmal alles, bevor sie begann. Was hatte sie vergessen? Erneut ging sie alle Schritte durch, schlug sich dann vor die Stirn und glitt vom Bett, durchwühlte hastig die abgewetzte Ledertasche.

Da war er! In einem abgenähten Seitenteil steckte der Stein. Sie zog ihn heraus und betrachtete ihn einen Moment. Er glich Annas Silberauge wie ein Ei dem anderen. Die hellgrauen Ringel glänzten sanft im Kerzenlicht. Sie kletterte zurück auf das Bett, legte den runden Stein in die fieberheiße Hand und drückte die kleinen Finger darum zu. Mit einem brennenden Kienspan zündete Barbara die Lavendelblüten an, die schwach glimmend Feuer fingen. Ein feiner grauer Rauchfaden stieg auf. Leise knisternd verbrannten die violetten Blüten. Sie gab eine weitere Handvoll dazu. Würzig-süßer Duft erfüllte den Raum.

Aus der angrenzenden Kammer hörte sie Maries schweren Atem, blendete das Geräusch aus, beugte sich vor und nahm Annelis heißen Kopf zwischen beide Hände.

Einen Moment hielt sie inne und betete noch einmal innig: »Maria, hilf!«

Dann senkte sie ihren Mund auf die ausgetrockneten, rissigen Lippen ihrer Nichte. Verharrte und wartete ab. Nichts. Sie spürte keine Reaktion. Sie würde noch weitergehen müssen. Mit der Spitze ihres Zeigefingers tippte sie in das Tellerchen mit der Belladonna-Lösung und strich sich einige Tropfen der schwarzen Brühe auf den Mund. Es schmeckte bitter und herrlich süß zugleich. Ihre Lippen wurden ein wenig taub. Wieder drückte sie ihren Mund fest auf den ihrer Nichte. Schob ihre kribbelnde Zungenspitze ein wenig weiter vor und strich damit sacht über Annelis leblose Lippen, teilte sie und glitt in ihren fieberheißen Mund. Ihre Zunge traf auf Annas.

Sie erschauerte und löste sich abrupt von dem Mädchen. Das war widernatürlich! Sie versündigte sich! Und doch war es der einzige Weg, um zu erfahren, wo Anna war und wie sie zurückgeholt werden konnte. Barbara schüttelte sich, ein Gefühl der Abscheu überkam sie wie eine aufschäumende Welle. Herrgott, wenn das hier vorbei war, würde sie der Lourdeskapelle im Dorf eine Heiligenfigur spenden. Und beichten konnte sie das nie im Leben! Der Pfarrer würde sie exkommunizieren.

Beherzt nahm sie den kleinen Porzellanteller in die Hand und ließ die Flüssigkeit in Annas halb geöffneten Mund tropfen. Den Rest leckte sie ab, gierig die süße Schärfe aus-kostend. Dann blendete sie jeden weiteren Gedanken aus. Schnell jetzt! Ihre Lippen trafen auf die des Kindes. Ihre Münder verbanden sich fest, ihre fast taube Zunge fand Annas plötzlich zuckende.

Und dann glitt Barbara in die andere Welt. Spürte, als sie ihren Geist aussandte, wie ein wahnsinniger Sog sie ergriff, über ihr zusammenschlug und sie mitriss. Ihr Geist taumelte. Er wurde in grauen Wirbeln immer tiefer gezogen, bis sie nachgeben musste und mitging. Sie fiel. Fiel und fiel immer weiter, immer noch tiefer. Sie sah sich selbst fallen. Sah sich um die eigene Achse drehen, die Arme hilfesuchend ausge-streckt; die langen kupfernen Haare peitschten um ihr Gesicht und ihr Rock blähte sich dunkel auf. Sie wusste nicht mehr, wo oben oder unten war. Wann der Fall enden würde.

»Aaaannaaa«, schrie sie in langgezogenen Vokalen, hilflos durch das Grau wirbelnd. »Aaaannaaa«, rief sie ein weiteres Mal klagend in das Dunkel hinein und streckte suchend die Hände aus. Sie fiel noch immer …

Doch irgendwo spürte sie Annas Präsenz, ihre reine, klare Seele, die sie nur zu gut kannte. Im Fallen nahm sie alle Ener-gie zusammen und sandte ihre gesamte noch verbliebene

Kraft aus. Barbara schickte ihren letzten Willen ab, um Anna zu erreichen. Ein kleiner Funken löste sich von ihr; er schoss los und fiel noch schneller als sie, verschwand glimmend weit unter ihr in dem scheinbar bodenlosen Tunnel. Und ließ sie kraftlos zurück. Damit überließ Barbara sich dem wirbelnden Grau, gab sich hin und endlich auf. Fast nur. Die winzige Flamme beleuchtete eine kleine zusammengekrümmte Gestalt, die ebenfalls im kreisenden Sog hing; eingehüllt in eine schwach schimmernde, regenbogenfarbene Blase. Barbara sah sie. Und bog sich ihr entgegen.

»Nimm meine Hand, Anna! Aaannaaaa!«, schrie sie und streckte suchend die Finger aus, bog sich, bis alle ihre Knöchel knackten.

»Deeeedeee«, kam ein gehauchtes Echo.

»Anna, da bist du ja«, weinte Barbara auf, erleichtert und dennoch voller Angst und fiel noch immer. Mit letzter Kraft kreischte sie: »Schau das Silberauge an! Das Silberauge!! Erinnere dich! Es ist in deiner Hand! Das Silberauge …« Ihr Schrei verhallte.

Dann schlug sie hart auf. Die Regenbogenhülle zerbarst und Annas Empfindungen strömten über sie und in sie hinein. Im letzten Moment dachte sie: Wie kann sie das nur aushalten? Dann verging sie.

Der durchdringende Duft des Lavendels holte sie zurück. Die verkokelten Überreste der Blütenblätter stachen ihr in der Nase. Schwerer Geruch hing süßlich, fast widerlich, in der Kammer. Als Barbara die Augen aufschlug, fand sie sich noch immer in innigem Kontakt mit Annas Mund.

Sie ließ sich zur Seite fallen, würgte und erbrach sich neben das Bett. Mit dem Kopf nach unten hing sie da und ihre langen Haare lagen ihr wirr über die Schulter, die Spitzen schwammen in Erbrochenem. Ihr war speiübel. Sie drehte die roten Haare mit beiden Händen im Nacken zusammen und wälzte sich auf das Bett zurück, ließ sich kraftlos auf den Rücken fallen und nahm einen tiefen Atemzug, um die

Übelkeit zu beherrschen. Ängstlich schaute sie zur Seite, zu dem Kind hin.

Anneli atmete ruhig, ihr spitzes Gesicht hatte eine normale Farbe angenommen. Barbara rappelte sich ächzend hoch und schob ihr prüfend die Hand in den Nacken. Keine Hitze mehr!

Danke, Gottesmutter, danke! Mit diesem Gedanken ließ sie sich erleichtert zurücksinken. Ihr tat jeder Knochen im Leib weh. Schlafen. Endlich schlafen … Mit einer Hand tastete sie nach der Bettdecke und zog sie über sie beide. Mitten in der Bewegung schlief sie ein.

✳

Ohne das Silberauge wäre ich niemals zurückgekommen. Als ich erwachte, lag es, tröstlich und warm glühend, in meiner Hand. Ich war in Dedes Bett und auf der Bettdecke vor mir sah ich Mutters Gesicht, im Schlaf halb zur Seite gedreht. Ein rotgoldener Sonnenstrahl fiel durchs Fenster und lag wie ein Finger aus Licht auf ihrem offenen, dunkelglänzenden Haar. Versonnen betrachtete ich die Stäubchen, die lautlos auf der schmalen Bahn aus Sonnenlicht tanzten. Es war so still hier, so friedlich.

Der Schrecken war vorbei; nur sein schwaches Echo schwebte noch irgendwo. Doch er ängstigte mich nicht mehr. In mir war eine große Ruhe. Ich berührte sacht Mutters Wange und sie schreckte hoch, fiel über mich und küsste mich ab, lachte und weinte zugleich. Warum weinte sie? Es war doch alles gut.

Die Kammertür sprang auf und der Onkel Florian und die Tante Hannah stürmten fast zugleich herein. Sie kamen herbei und nun lachten und weinten alle durcheinander. »Anneli, Kleines, du bist wach!« Der Onkel zog mich in eine feste Umarmung und drückte mir schier die Luft ab.

Und dann stand die Dede in der Tür. Über der Schulter des Großonkels trafen sich unsere Blicke. Für einen Augenblick blieb die Zeit stehen und wir schauten uns stumm an.

Und da wusste ich wieder alles. Wusste, was sie getan hatte. Der Funke war noch da. Spannte einen untrennbaren silbernen Faden zwischen uns. Worte? Die brauchten wir nicht mehr. Unsere Seelen hatten sich erkannt und aneinandergebunden. Es war eine köstliche Sekunde, ein ewig dauernder Moment, in dem ich noch einmal empfand, was sie eingesetzt hatte, um mich zurückzuholen. Sie hatte sich selbst für mich aufgegeben.

Dann nickte sie und lächelte sanft. Sie kam zum Bett herüber und nahm meine Hand. Löste das warme Silberauge daraus und legte es auf den Nachtkasten. »Du weißt nun, dass du es immer bei dir tragen musst, ja?«, fragte sie ernst. »Falls so etwas noch einmal passiert.«

»Ja, Dede. Ich weiß es. Ist die Elsbeth da?«

Alle schauten mich mit großen, verständnislosen Augen an.

Ich war zu schwach, um aufzustehen. Meine Beine trugen mich nicht. Es dauerte einige Tage, bis ich so weit war, um das Bett selbständig zu verlassen. Doch in mir drin fühlte ich mich stark. Ich hatte so viel über mich selbst und meine Gabe gelernt. War am Rand des Abgrunds gestanden und ihm gerade noch entkommen. Ich würde niemals wieder zulassen, dass die Gabe mich dahin trieb, wo ich gewesen war.

Ich hatte viel zu spät meinen Schutz hochgezogen. Hatte mich zu sehr von meiner Neugier leiten lassen, anstatt mich abzuschirmen. Da waren so viele Leben auf einmal über mich gekommen; die Suters, die beiden amerikanischen Soldaten und all die Leute auf dem Dorfplatz. Auch die Elsbeth, die kleine brabbelnde Elsbeth mit den ewig erstaunt blickenden, runden Augen. Der Michel ... oh, der Michel; mein Herz weinte um ihn und sein Nachhall lag mir noch bitter auf der Zunge und der Seele. Wie der all der anderen. So viel war im Herzschlag einer Sekunde auf mich eingestürmt und ich hatte mich zu weit geöffnet, nicht achtgegeben. Mich mitreißen lassen. Weil ich alles auf einmal haben wollte. Mein Leben lang hatte mir die Dede eingebläut, wie wichtig es war, mich abzuschirmen. Ich konnte das längst und tat es dennoch nicht. Ich wusste nun, dass ich noch mehr üben musste, um die Gabe zu beherrschen.

❄

Die Elsbeth wurde in einem Lastwagen gebracht, fünf Tage nach Kriegsende. Er fuhr vor und hielt knirschend vor dem Friedhof. Ein amerikanischer Soldat trug sie auf den Armen in die Kirche. Am Sonntagmorgen, als das gesamte Dorf da versammelt war und der Predigt des Pfarrers lauschte, der sie zur Vergebung anhielt.

Sprachlos saß die Gemeinde da und sah zu, wie die Türflügel aufschlugen und der uniformierte Mann mit dem blonden Bürstenschnitt die Kleine hereintrug. Breit lächelnd setzte er sie neben dem Hochaltar ab. Genau an der Stelle, an der im Advent immer die Krippe stand.

ZWEITER TEIL

KAPITEL EINS

1948

✻

Im Spätsommer, mein Geburtstag hatte sich an Dreikönig zum achten Mal gejährt, veränderte sich mein Leben. Ich saß an der Felskante und ließ die nackten Beine baumeln. Hinter mir lag der steinige Platz vor dem Haus in gleißendem Sonnenlicht und nur das leise Plätschern des Wassers in den Holzbrunnen vor dem Stall durchbrach die nachmittägliche Ruhe. Ich sah ihn schon von Weitem kommen. Der Herr Pfarrer hatte sich auf den Weg zu uns herauf gemacht und ich fragte mich, weshalb …

✻

»Anneli, komm weg von da vorn!«, rief Marie, als sie vor das Haus trat und ihre kleine Tochter am Abgrund sitzen sah.

»Der Herr Pfarrer kommt uns besuchen, Mama«, schrie Anneli zurück. Marie runzelte ungläubig die Stirn und schritt über das Plateau zu ihrer Kleinen an die Felskante, um ebenfalls hinunterzuschauen. Tatsächlich, es war wirklich der Pfarrer. Gleichzeitig griff sie nach unten und packte das Mädchen am Halsausschnitt ihres Kittels, um es festzuhalten.

»Komm jetzt da weg, Anneli! Ich mag nicht hinuntersteigen, um dich drunten zusammenzuklauben. Geh dich waschen und bind dir eine frische Schürze um.«

Das Kind zog gleichzeitig beide Beine an und sprang flink wie eine Bergziege auf die Füße. Anneli umfasste Marie mit beiden Armen und drückte ihr kleines Gesicht kurz an ihren Bauch, schaute dann hoch und strahlte sie mit ihren grauen Augen an, kindlich offen und rein. »Ich geh schon, Mama.« Sie ließ die Mutter los und hüpfte flink zum Haus.

Marie blickte ihr lächelnd hinterher. Dieses kleine Menschenkind war so besonders.

Anneli hatte keinen Schaden genommen, ganz im Gegenteil. Rein äußerlich schien sie ein völlig normales Kind zu sein; ihr Naturell war lebhaft und fröhlich wie das ihres Vaters, und sie ging ihr fleißig zur Hand. Das Kind war ein Geschenk und mit jedem Tag schien Marie die Ähnlichkeit zu Toni deutlicher zu werden. Anneli hatte dieselben fein geschwungenen Augenbrauen, strahlende hellgraue Augen und weißblondes Haar, genau wie er. Es war längst nachgewachsen und wand sich immerfort fedrig aus den Zöpfen. Zierlich und schlank schien sie mit derselben kraftvollen Energie angefüllt, die dem Toni eigen gewesen war. Und sie war gesegnet mit einem wachen Geist. Anna konnte längst lesen und schreiben; Marie hatte es ihr beigebracht und staunte über ihren unersättlichen Wissensdurst.

Barbara kam nach wie vor herauf, brachte Bücher mit und unterwies sie weiter darin, ihre Gabe noch besser zu beherrschen. Die beiden hatten seit den Geschehnissen eine engere Bindung zueinander als je zuvor. Marie akzeptierte das und neidete es ihnen nicht. Sie liebte ihr Kind mit jeder Faser ihres Herzens, ebenso wie sie die Ziehschwester liebte. Sie wusste, dass Barbara ihr Leben für Anna geben würde. Genau wie sie selbst. Hier, auf der Alm, durfte Anna den Schrecken vergessen und wieder heil werden. Hier oben konnte sich ihr Geist entwickeln und ihre Gabe sich entfalten. Hier war sie sicher. Ihre kleine Tochter war jedes Opfer wert und sie bereute es keinen Tag, dass sie die Einsamkeit des Julianenhofs dem Dorf vorgezogen hatte.

Marie seufzte. Anscheinend war es damit nun vorbei, denn sie wusste nur allzu genau, warum der Herr Pfarrer kam.

»Gott zum Gruß, Pfarrer«, hieß sie ihn willkommen und verbarg ihr Unbehagen unter einem schmalen Lächeln. »Was bringt dich her?«, fragte sie und wusste es schon.

Er zog ein rotkariertes Taschentuch aus seinem Habit und wischte sich die schweißbedeckte Stirn. »Weit ist es zu dir herauf, Marie.« Er schnaufte und ließ den Blick schweifen. »Und schön habt ihr es heroben.«

Ja, das war es wirklich. Wohin das Auge ging, sah man nur dichten Wald und weiter herunten grüne Wiesen. Und wenn man den Blick hob, lag da das mächtige steinerne Massiv des Dachsteingebirges vor einem, in der klaren Luft fast zum Greifen nah. Die Augustsonne schickte sich an, über die Berge zu gehen, und tauchte die graue Felswand in ein warmes, rosiges Licht. Seine fernen Schneefelder glänzten im Licht der späten Nachmittagssonne.

»Du bist bestimmt nicht gekommen, um die Aussicht zu bewundern«, sagte Marie knapp. »Komm vors Haus und setz dich. Ich bring dir eine frische Buttermilch.« Sie begleitete ihn zur Bank.

Noch immer schwitzend ließ er sich ächzend nieder und streckte seine Beine unter dem langen Talar aus. Marie roch den scharfen Schweiß, der aus seinen Kleidern heraussieg und kräuselte die Nase.

Angewidert wandte sie sich ab und betrat das Haus, um die Milch zu holen und eine Jause zu richten. Während sie die Milch aus dem Butterfass abschöpfte, feine Scheiben Speck abschnitt und sie mit Brot auf dem Holzbrett anrichtete, überlegte sie, was sie ihm sagen sollte.

Ihre Tochter kam die Treppe heruntergehüpft und nahm ihr das Jausenbrett aus der Hand. »Ich bring's dem Herrn Pfarrer hinaus!« Sie verschwand mit dem Brett durch die geöffnete Tür und Marie hörte sie fröhlich zwitschern: »Wohl bekomm's, Herr Pfarrer!«, und gleich darauf: »Wir beten immer vor dem Mahl.«

Marie lachte in sich hinein. Die Kleine zeigte dem Pfaffen gleich, wo es lang ging. Sie wischte sich die Hände ab, nahm den Becher und ging ebenfalls nach draußen. Anna saß neben dem Pfarrer auf der sonnengewärmten Bank, die Hände brav im Schoß gefaltet und sah ihm zu, wie er sich über die Brotzeit hermachte.

»Ein gutes Brot habt ihr. Ganz frisch«, er sprach mit vollem Mund, eine Speckseite in den feisten Fingern haltend.

Marie stellte den Becher so fest vor ihm ab, dass ein wenig Milch herausschwappte. Dann verschränkte sie die Arme vor der Brust und sah ihn herausfordernd an. »Schön, wenn es dir schmeckt. Aber auch deshalb wirst du nicht den weiten Weg heraufgekommen sein. Wo du doch noch nie heroben warst. Wir hätten schon manchmal geistigen Beistand brauchen können.«

Mit grimmigem Vergnügen sah sie, dass ihm der Speck schier im Hals steckenblieb. Er kaute und kaute auf einer zähen Stelle herum, die nicht weich werden wollte. Mühsam schluckte er den Brocken und spülte ihn mit Milch hinunter. Er klopfte mit der Hand neben sich auf die Bank.

»Setz dich her, Marie«, bat er sie und rutschte zur Seite, wobei er einen neuerlichen Schwall Schweißgeruch von sich gab. »Es gibt etwas zu bereden.«

Widerstrebend nahm sie Platz und legte, wie ihre Tochter, die Hände im Schoß zusammen. Er schob das Brett zur Seite und wischte sich die fettigen Finger am Talar ab.

»Deine Anna ist jetzt acht, ja? Sie hätte schon im Frühjahr zur Heiligen Kommunion gehen sollen. Und auch in die Schule. Du möchtest doch in die Schule gehen, oder?«, wandte er sich an Anna.

»Red mit mir und nicht mit meinem Kind«, antwortete Marie scharf. »Sie liest und schreibt. Rechnen kann sie auch und wahrscheinlich besser als alle anderen Kinder im Dorf.«

»Ja, aber sie sollte trotzdem in die Schule gehen, Marie. Und in den Kommunionsunterricht.« Begütigend fasste er nach ihrer Hand, die sie sofort zurückzog. »Marie, sei nicht dumm. Deine Tochter muss zur Schule. Und sie sollte auch im katholischen Glauben unterwiesen werden.« Wieder richtete er das Wort an Anna. »Du willst doch zur heiligen Kommunion gehen, oder?«

Marie spürte, wie Wut in ihr aufstieg. »Red mit mir, Pfarrer! Und lass das Kind!« Sie nahm sich zusammen und bat ihre Tochter mit mühsam beherrschter Stimme: »Anneli, bitte geh und hole die Kühe von der Weide herein. Ich möchte mit dem Herrn Pfarrer allein sprechen.«

Anna rutschte gehorsam von der Bank und knickste vor dem Pfarrer. »Behüt euch Gott. Und ich würde sehr gern zur Schule und zur Kommunion gehen.« Dann flitzte sie um die Hausecke.

Schweigen breitete sich zwischen ihnen aus. Dann brach der Pfarrer die Stille. »Du hast sie gehört, Marie. Es geht einfach nicht an, dass du dich dem verweigerst. Im kommenden Frühjahr ist sie schon neun Jahre alt. Sie hätte schon in diesem Jahr zur Kommunion gehen sollen. Sei doch vernünftig.«

Marie schnappte nach Luft und schoss von der Bank hoch, stemmte beide Fäuste vor ihm auf den Tisch und brachte ihr Gesicht direkt vor seines. »Vernünftig? Du sagst mir, ich soll vernünftig sein? Hier hat sie alles, was sie braucht. Sie lernt. Und sie arbeitet. Sie ist ein gutes Kind. Wo warst du, als ich den Toni verloren hab? Wo war die Kirche, als wir sie gebraucht hätten? Wenn ich alleine hier oben am Tisch gesessen bin und mir verzweifelt gewünscht hab, jemand wär da. Ich hab hier keinen gesehen, weder den Schulmeister noch dich noch sonst wen! Was ist daran vernünftig?«

Der Pfarrer schluckte und wich vor ihrer Vehemenz zurück. Weit kam er nicht, die weiß gekalkte Hauswand in seinem Rücken hielt ihn auf. Es war so; er hatte sich nicht sonderlich um die Marie gekümmert. Wohl bemerkt, dass sie die Gottesdienste selten besuchte und nach Tonis Tod kaum in der Kirche erschien.

»Marie, schau, da war der Krieg und …«

Sie schnitt ihm das Wort ab. »Ja, da war der Krieg. Aber der ist lange aus. Wir waren immer hier und du hast nie nach uns gefragt. Und plötzlich stehst du da und willst, dass wir …« Sie unterbrach sich selbst mitten im Satz, denn nun wurde ihr bewusst, dass der Pfarrer nicht wissen konnte, weshalb sie den Julianenhof dem Dorf vorgezogen hatte.

Sie setzte sich wieder hin und glättete mit fahrigzitternden Händen ihre Schürze, versuchte, sich zu beruhigen. Fragte einlenkend: »Wie soll das denn gehen, mit der Schule? Im Winter sind wir oben allein und wenn der Schnee hoch liegt, können wir nicht hinunter und tagelang keiner herauf. Da kommt man nicht so einfach ins Tal. Und im Sommer brauch ich die Anna für die Sennerei. Sie arbeitet gut mit.«

»Die Anna könnte über den Winter bei der Barbara im Haindlhof bleiben«, gab er vorsichtig zurück. »Und du auch. Die Alm liegt im Winter brach. Bei der Barbara ist genug Platz. Ihr könntet genauso gut dort wohnen. Im Sommer ist die Anna schnell unten im Tal und herauf könnte sie der Stückl Hans im Milchwagen mitnehmen. Oder an zwei oder drei Tagen ist sie hier oben bei dir, aber an den anderen geht sie zum Unterricht. So machen es einige andere Bauern von außerhalb auch. Wenn es zum Heuen geht oder an die Ernte, müssen die andern Kinder ebenfalls zu Haus helfen. Das weißt du doch.« Er ließ die Worte auf sie wirken und sah sie fest an. »Marie, es ist nicht mehr wie vor dem Krieg. Es hat sich so viel getan. Unsere Kinder müssen lernen! Die Welt verändert sich und wenn sie nicht genug wissen, dann werden sie keine Möglichkeit auf ein gutes Leben haben. Und was die Kommunion angeht … lass die Anna zur Unterweisung gehen und sie ihre eigene Entscheidung treffen.«

Dieser letzte Einwand traf sie. Und erstaunte sie auch. Eine solche Einstellung hatte sie vom Pfarrer nicht erwartet. Hatte sich das Leben da draußen tatsächlich so sehr gewandelt? War diese Entwicklung an ihr vorbeigegangen, ohne dass sie die Veränderung mitbekommen hatte?

»Seit wann darf ein Mädchen selbst für sich bestimmen, Pfarrer?«, fragte sie und lachte ungläubig auf. »Da hab ich wohl was verpasst!«

Wie man sich kleidete und die Haare trug, mit wem man zum Tanz ging, sich zu benehmen oder zu verhalten hatte, war ein festgeschriebener Kodex. Die meisten Mädchen durften nicht einmal selbst wählen, mit wem sie sich verheirateten.

Der Pfarrer schaute sie ernst an und klaubte mit spitzen Fingern die letzte Speckseite vom Brett. »Marie, du bist in einem Haus aufgewachsen, wo das nicht so streng gehandhabt wurde. Sei gerecht. Und gesteh deiner Tochter dasselbe Recht zu.«

Sie nickte. Nun, das war wahr. Ja, ihre Tochter sollte selbst entscheiden dürfen, ob sie zur Erstkommunion ging. Sie konnte nichts dafür, dass ihre Mutter mit dem Herrgott haderte. Und natürlich war ihr klar, dass sie Anna nicht mehr viel beibringen konnte. Lernen war wichtig. Wer war sie, dass sie dem Kind dies versagte? Sie gab sich einen Ruck. »Kann ich mir das überlegen? Ich muss das mit der Barbara besprechen.«

»Lass dir nicht zu viel Zeit, Marie. Das neue Schuljahr fängt bald an. Und die Lehrstunden für den Kommunionsunterricht haben schon im Frühjahr begonnen.« Er trank aus und wischte sich den Mund. »Wenn du öfter im Dorf herunten wärst, wüsstest du das.«

»Was du nicht sagst!«, gab sie barsch zurück, stand auf und schob die Hände unter die Schürze. »Ich geb dir Bescheid.«

Er verstand den Wink und erhob sich ebenfalls. »Gut! Behüt euch Gott und danke für die Brotzeit.« Sein scharfer Achselschweiß stieg auf, als er mit zusammengelegtem Daumen und Zeigefinger ein Kreuz auf ihre Stirn zeichnete. Sie zuckte ein wenig zurück, ließ es dann doch über sich ergehen. Fast hätte sie geknickst.

Ihre dunklen Augen verfolgten ihn, bis er um die Wegbiegung verschwunden war.

Langsam schritt sie über den steinigen Platz zur Felskante und setzte sich nieder, ließ die Beine über dem Grat baumeln; genau wie ihre Tochter eine Stunde zuvor. Ihre Augen wanderten zum Berg hinüber. Die Sonne war bereits hinter dem Dachstein verschwunden, doch die gezackte Felslinie leuchtete noch feuerrot, glühte scharf umrandet im Abendlicht. Die tieferen Hänge lagen schon im Schatten. Und wie so oft, wenn sie da saß, hielt sie Zwiesprache mit ihrem Mann.

Ach, Toni, ich wünschte, du wärst hier. Alles wär viel einfacher für uns. Hilf mir doch, das Rechte für unser Mädchen zu tun. Was wird nur aus ihr, wenn sie merken, wie sie ist? Ich hab solche Furcht um sie.

Eine kleine Gestalt glitt leise neben sie. Annelis Finger schoben sich in ihre Hand. Warm spürte sie den kindlichen Körper, der sich an sie schmiegte und atmete tief ihren reinen, süßen Duft ein.

»Mama?«, wisperte Anna. »Darf ich zur Schule gehen? Und in den Kommunionunterricht? Bitte.«

Marie strich ihr zärtlich eine blonde Haarsträhne hinters Ohr und nickte zustimmend: »Ja, mein Kind.«

Anna legte den Kopf an ihre Schulter. Zusammen saßen sie da, Hand in Hand und sahen zu, wie sich der Abend über die Stille des Bergs senkte.

Kapitel Zwei

Marie schaute um sich und überprüfte die Schlafkammer. Alles schien in Ordnung. Die Betten waren mit Leintüchern abgedeckt, die hölzernen Fensterläden geschlossen. Im Kleiderkasten lagen nur noch Bettwäsche und die schafwollenen Winterdecken. Sie ging über den schmalen Flur und öffnete die Tür zu Annas kleiner Dachkammer. Die Tür klemmte und Marie stemmte sich leicht dagegen, sodass sie knarrend nachgab. Eine Bodendiele stand etwas hoch, sie war aufgequollen und verzogen.

Wenn sie im Frühjahr wieder heraufkamen, musste sie danach schauen. Sie durchquerte den Raum und öffnete den Fensterriegel, um die Läden zu schließen. Die Arme auf den Fenstersims gestützt, betrachtete sie die Umgebung. Von hier oben sah man die Rückseite des Anwesens. Über die saftigen Wiesen bis zum Waldrand hin, auf denen im Sommer die Kühe und Ziegen weideten, und deren sanft klingelndes Glockengebimmel die klare Luft erfüllte. Die Tiere waren längst im Tal. Es war Ende September und regnete seit Tagen. Seit dem Almabtrieb, der Viehscheid, schüttete es ohne Unterlass und es war kühl geworden. Der Winter würde hier oben wohl bald Einzug halten.

Marie zog fröstelnd die Läden herein und verriegelte das Fenster. Das Prasseln der Regentropfen wurde dumpfer. Sie zog das Schutzlaken über dem Bett glatt. Eine kleine Beule wurde darunter sichtbar. Unter dem Laken lag das kleine Stofftierchen, das sie vor Jahren für Anna genäht hatte. Mittlerweile war es abgegriffen und abgeliebt, die Farben des Stickgarns verwaschen und verfilzt. Marie drückte ihre Nase in das weiche Tuch und sog den Duft ein; es roch nach ihrer Tochter.

Anneli weilte seit Anfang des Monats im Haindlhof und sie vermisste das Kind. Sie riss sich wehmütig los, steckte das Tierchen unter die Decke zurück und verließ die Kammer. So schwer es ihr fiel, von der vertrauten Umgebung Abschied zu nehmen, so sehr freute sie sich darauf, den Winter mit Anna und Barbara zu verbringen.

Marie hörte das Fuhrwerk vor dem Haus. Florian Sittler kam, um sie abzuholen. Eilig stieg sie die schmale Treppe hinunter. In der Küche standen schon die gepackten Körbe bereit. Sie stellte die Holzschuhe ordentlich neben den kalten Herd und schlüpfte in ihre Lodenjacke.

Als der Onkel hereinkam, war sie gerade dabei, die Schuhe zu schnüren. »Bist du fertig, Marie?« Er drückte ihr einen Kuss auf die Stirn.

Sie gab sein Lächeln zurück. »Ja, ich bin bereit.«

Während er die beiden Körbe mit den Kleidern aufnahm und sie nach draußen schaffte, ließ sie ihre Augen noch ein letztes Mal durch die Küche wandern. Ihr Blick blieb am Herrgottswinkel hängen, an dem hölzernen Kruzifix und dem Tuch mit dem Segensspruch daneben.

Der Abend stieg in ihr auf, als der Toni das bestickte Leinentuch angebracht hatte. Es schien ihr, als sei es der letzte, wirklich glückliche Tag gewesen. Wo wäre das Leben mit ihnen hingegangen, wäre der Toni in der Dreikönigsnacht zurückgekommen? Über kurz oder lang hätte man ihn ohnehin zur Wehrmacht eingezogen und wer weiß, ob er wiedergekehrt wäre? Vielleicht stünde sein Name dann auch auf der Tafel in der Kirche, neben denen der sechzehn anderen Gefallenen. Doch vielleicht hätte er den Krieg überlebt …

Du hast uns wahrlich schlecht beschützt, du Jesus da oben an deinem Kreuz, dachte sie traurig. Achte jetzt auf mein Haus. Vielleicht bekommst du wenigstens das hin.

Marie schüttelte die Gedanken von sich und nahm den eisernen Schlüssel vom Bord, zog die knarrende Tür fest von außen zu und schloss sorgfältig ab. Sie ließ den Schlüssel in die Tasche ihrer Jacke gleiten und spürte sein Gewicht. Während sie über den steinigen Boden ging und mit langen Schritten den Pfützen auswich, steckte sie die Hand in die Joppe und schloss ihre klammen Finger um das kalte Metall.

❊

Ich liebte mein neues Leben. Ich liebte die Schule, in die ich jeden Morgen seit Anfang September ging. Ich liebte den Haindlhof mit all seinen stillen Ecken, die ich nun endlich erforschen konnte, und vor allem mochte ich es, der Barbara zur Hand zu gehen. Sie sprach zu mir wie zu einer Erwachsenen und ihr Behandlungszimmer mit den Tinkturen und Kräutern und Büchern war täglich ein Hort neuer Erkenntnisse. Ich durfte nur hineingehen, wenn sie dabei war. Da war sie streng. Doch alle anderen Räume standen mir offen. Vier herrlich lange Wochen konnte ich, wenn die Schule aus war, tun und lassen, was ich wollte. Ich war harte Arbeit gewohnt; auf der Alm begann der Tag früh und endete erst, wenn es dunkel wurde. Es gab immer viel zu tun: Die Tiere mussten gemolken werden, die Weidezäune ausgebessert, der Käse angesetzt und die Laibe mit Salzlauge abgewaschen und gedreht werden. Zu meinen Aufgaben gehörte es, das Milchgeschirr sauber zu halten und die Tiere zu hüten. Hatte sich Vieh in unwegsames Gelände verstiegen, so galt es, das Tier zu finden und es dann vorsichtig herunterzuholen. Ein gebrochenes Bein konnte seinen Tod bedeuten und das wäre ein arger Verlust gewesen.

Die Sennerei sicherte unser Auskommen und Mutters würziger Bergkäse wurde geschätzt und gerne gekauft. Wenn ich nicht mit Arbeit im Stall oder auf der Weide beschäftigt war, dann lernte ich. Jeden Nachmittag saß ich zwei Stunden neben der Mutter am Küchentisch und übte das Schreiben und Lesen. Und danach war es schon wieder an der Zeit zum Melken.

Im Haindlhof hatte ich freie Zeit mehr als genug. Ich durfte später aufstehen, denn die Schule begann erst um acht Uhr. Ich kam im Unterricht gut mit und mochte den Schulmeister recht gern.

Er war groß und hager, ging leicht gebeugt und hatte ein gütiges Gesicht mit warmen Augen, die mich immer anzulächeln schienen. Ich glaube, er mochte mich auch leiden. Im Krieg hatte er den linken Arm verloren, doch er kam mit dem verbliebenen ganz gut zurecht.

In der Früh traf ich mich an der Brücke mit Maria und Loisl Suter, die ungefähr in meinem Alter waren, und wenn wir uns beeilten, erreichten wir das Schulhaus in einer knappen Viertelstunde.

Der Drexler Anderl und seine Frau Walpurga hatten den verwaisten Hof des Jakob und der Kathrin übernommen. Sie waren kinderlos und so war es allen recht. Der Älteste, Mathis, arbeitete als Knecht auf dem eigenen Hof; die Kleineren mussten auch viel mithelfen, aber immerhin brauchten die Kinder so ihre gewohnte Umgebung nicht zu verlassen. Die Drexlerin kümmerte sich auch um die Elsbeth. Doch ich glaube, arg gut meinte sie es nicht mit ihr; ich sah manches Mal, wie sie ihre eine Kopfnuss gab.

Wenn die Schule mittags aus war, erledigte ich schnell meine Aufgaben. Danach war die Dede für mich da, bis ihre Patienten kamen. Die späten Nachmittage gehörten mir allein.

Anfangs schlief ich in Mutters Kammer im unteren Stock. Das Haus war so groß. Die Dede erklärte mir, dass man es Zwiehaus nannte; das war ein mittelgängiges Flurhaus, wie man es überall im Pongau baute. Der Erdstock war aus Naturstein gemauert und weiß gekalkt. Da lagen Stube und Küche, die Rauchkuchl zur einen Seite des Ganges, auf der anderen befanden sich Schlafkammern und Vorratsräume. Und eben ihr Behandlungsraum, der seiner Größe nach früher wohl der Schlafraum des Großbauern und seiner Frau gewesen sein musste.

Der Hof war teilweise unterbaut. Über eine steile Treppe neben der Küche gelangte man hinunter in den lehmgemauerten Keller, in dem auf Regalen Winteräpfel lagen, die seinen erdigen Geruch mit ihrer Süße durchbrachen. Auch Käse lagerte da, Rüben und Kartoffeln; eben alles, was kühl bleiben sollte.

Das Obergeschoß war aus Holz aufgesetzt und das Stallgebäude schloss sich direkt daran an. Im darüber liegenden Dachgeschoß hatte man eine kleine Firstkammer eingebaut, in der Werkzeug, Vorratsmittel und Pferdegeschirre aufbewahrt wurden.

Ein hölzerner Balkon zog sich über die gesamte Vorderseite entlang. Ich getraute mich anfangs kaum hinaus; die Dielen knirschten und knackten unheilvoll und ich hatte Sorge, durch das morsche Holz zu brechen. Doch sie trugen mich und dann saß ich oft da draußen und las, den Rücken an das schwarzbraune Holz hinter mir gelehnt. Das Geländer war verwittert; doch es schützte mich vor neugierigen Blicken und ich konnte sehen, wer da unten kam und ging.

Ich schaute neugierig hinter die vielen Türen des Obergeschosses und fand Räume, vollgestellt mit alten Schränken, leeren Bettgestellen und Kleiderkästen mit muffig riechender Wäsche. Grobes vergilbtes Tuch und von Hand gewebt.

In einem Zimmer stand eine Kiste, angefüllt mit Papieren. Ich konnte die krakelige Schrift nicht lesen und erzählte der Dede davon. Zusammen stiegen wir hinauf und die Dede suchte die Kiste neugierig durch. Sie zog erstaunt uralte Wirtschaftsbücher des Haindlhofs heraus. Abends sah ich sie in der Küche sitzen und die Aufzeichnungen studieren.

Verborgen zwischen den Büchern lagen zwei Pergamente. Es waren Abschriften der Besitzurkunde des Haindlguts, seine Überschreibungen an die nachfolgenden Kinder und die Urkunde des Julianenhofs. Das Haindl war 1431 von einem Johannes Haindl erbaut worden und die Dede staunte sich die Augen heraus, als sie die Urkunde herauszog und die verblassten Buchstaben mühsam entzifferte. Sie freute sich unbändig, dass sie nun sicher wusste, woher das Haus seinen Namen hatte und nahm sich vor, die Jahreszahlen auf dem Türstock einschnitzen zu lassen. Dass wir in einem über fünfhundert Jahre alten und so geschichtsträchtigen Haus wohnten, erschien uns unglaublich.

Die Urkunde des Juliananenhofs war neueren Datums. Er war erst nach der Jahrhundertwende erbaut worden. Die Dede verstaute die kostbaren Dokumente sorgfältig in einer eisernen Kassette in ihrem Medikamentenschrank. In einem weiteren kleinen Raum fand ich Truhen voller Kleider und Leibwäsche, Hüte und abgetragene Schuhe.

Ich zog aus einer ein mottenzerfressenes Rassröckl heraus; eine Männerjacke aus grauem Loden. Der raue, kratzige Stoff war am Halskragen mit verschossenem dunkelgrünem Samt benäht und mit Hirschhornknöpfen verziert. Und eine grünsamtene Weste mit runden angelaufenen Silberknöpfen, die man darunter tragen konnte. Dabei lagen eine abgetragene, ziegenlederne Bundhose und ein Reindl; der kreisrunde schwarze Filzhut mit einem speckig glänzenden, dunklen Seidenband darum herum, den die Männer zu ihrem Festtagsgewand trugen. Ganz unten in der Truhe ruhte unter all den Kleidern eine grobgliedrige, silberne Uhrkette. Sie war dunkel verfärbt, doch als ich sie herauszog, klirrten die Glieder leise und mir war, als erzählten sie aus alten Zeiten. Ich konnte nicht widerstehen! Ich blickte um mich durch den dämmrigen, staubigen Raum und lauschte nach unten.

Die Dede war mit ihren Patienten beschäftigt, das wusste ich. Es hatten einige gewartet und sie würde wohl nicht gleich nach mir rufen. Das Metall lag kühl in meiner Hand. Ich tastete mit der anderen nach dem Stein in meiner Rocktasche und umschloss ihn fest. Vorsichtig leckte ich mit der Zungenspitze über das Gehäuse der Uhr und schmeckte die angelaufene Legierung. Darunter fand ich die Prägung des Mannes, der sie getragen und daher oft mit seinen Händen berührt hatte. Sein Schweiß lag noch immer auf dem Silber *und ich spürte, wie mich der Geschmack davontrug. Bereitwillig überließ ich mich dem Empfinden.*

Ein Gesicht stieg vor mir auf, ein kantiges Antlitz mit schwarzen, buschigen Augenbrauen und einem breiten Mund. Eine kräftige Männergestalt formte sich vor mir und im selben Augenblick war ich er. Ich saß am Stirnende eines langen Tisches, neben mir rechts und links Männer und Frauen. In der Mitte des Tisches stand eine eiserne Pfanne.

Alle hielten die Köpfe gesenkt und ich sprach ein Tischgebet. »Herrgott, segne diese Speise und sei uns und diesem Haus gnädig. Und sei mit der Bäuerin, die dich in dieser Stunde besonders braucht.«

Mein Geist schlug einen Haken und ich sah eine Frau, die fiebernd und schweißgebadet in einem breiten eichenen Bett lag, gestützt von Kissen. Ein kühlendes Tuch lag auf ihrer Stirn. Sie war schön, trotz ihres Zustandes; ihre langen hellen Haare lagen aufgelöst um ihren Kopf, fein wie Spinnweben. Ich wanderte weiter und schlüpfte in sie. Und fand einen Geist, der dem meinen so sehr glich, dass ich instinktiv und angstvoll zurückwich. Mit einem Ruck glitt ich aus ihr heraus.

Ich fand mich auf dem staubigen Boden der Kammer. Lauschte einen Moment der lebhaften Vision nach. Wer war die Frau gewesen? Sie hatte sich angefühlt wie eine vertraute Seele, wie ein Abbild meiner selbst. Ich ließ die Kette in die Truhe auf die muffigen Kleider zurückfallen, schloss den Deckel und erhob mich, um hinunterzugehen.

In dieser Nacht schlief ich unruhig. Die Vision ließ mich nicht los und am nächsten Nachmittag wartete ich ungeduldig, bis die Dede das Haus verließ. Sie wollte nach Radstadt hinaus und Besorgungen erledigen. Ich saß über den Schulaufgaben und hoffte, dass sie endlich ging. Am Abend würde die Mutter kommen und mir war klar, dass meine freie, ungebundene Zeit dann erst einmal dahin war.

Kaum fiel die Tür hinter ihr zu, sprang ich auf und ließ die Schiefertafel liegen. Ich rannte ins obere Stockwerk, betrat die schmale, vollgestellte Kammer und zog die Tür hinter mir ins Schloss. Neugierig schaute ich mich um. Das kleine Zimmerchen gefiel mir; ich würde die Dede fragen, ob ich darin wohnen dürfte. Wenn der alte Kram ausgeräumt war, schien genug Platz für ein Bett und einen Kleiderkasten zu sein, womöglich sogar noch für einen Tisch; genau wie der, der in der Werkstatt des Vaters stand. Oder eine schmale Kommode.

Das Fenster war blind vor Dreck und es drang kaum Tageslicht herein. Neben der Tür stand ein kleiner, völlig verrosteter gusseiserner Ofen mit einem kunstvoll geschmiedeten Gitter. Den fand ich besonders hübsch. Ich stellte mir vor, wie gemütlich es sein würde, unter der halbschrägen Decke im warmen Bett zu liegen und dem Knistern der Flammen zu lauschen.

Doch zuerst würde ich die restlichen Truhen inspizieren. Ich schob mich seitlich an der ersten vorbei, die ich am gestrigen Tag geöffnet hatte und klappte erwartungsvoll den Deckel der danebenstehenden hoch. Eine Staubwolke erhob sich und ich musste niesen. Sie barg Wäsche, lediglich vergilbte Bettwäsche. An den Ecken verziert, mit einem von Hand gestickten, geschwungenen ℐℋ. Ich ließ den Deckel fallen und schob mich weiter zur nächsten. Die enthielt einen alten ledernen Jagdbuckelsack mit groben Metallschnallen, einen speckigen Lederbeutel, den man wohl am Gürtel tragen konnte, und mehrere Paare durchgelaufener Stiefel. Ich hatte keine Lust, an abgetragenen Schuhen zu lecken, und warf die Truhe zu. Die vorletzte Kiste in dem kleinen Raum sah ein wenig anders aus. Sie war besser erhalten und nicht so abgeschabt wie die vorigen, glänzte satt in einem dunklen Mahagoniton, trotz dem auf ihr liegenden Staub. Eine aufgemalte Initiale in Kurrentschrift zierte die vordere Kante, ein schwarzes, in sich verschlungenes, breites ℐℋ. Die Farbe war vom Alter aufgeworfen und rissig, *doch noch gut lesbar. Schon wieder diese Buchstaben ... Ob sie zu der Frau aus meiner Vision gehörten? Das Schloss war fein ziseliert gearbeitet und schien aus Messing zu bestehen. Das war keine einfache eiserne Verbindung wie bei den andern Truhen. Nein, man hatte kunstvoll eine breite, verzierte Klappe und einen Ring gehämmert, der sie in der Mitte durchbrach und herausstand. An dem Ring konnte man wohl ein Schloss einhängen oder einen Stab hindurchschieben.*

Ich zog die leicht verbogene Messingplatte hoch und schob sie über den Haltering, hob neugierig den schweren Deckel auf. Diese Kiste stank nicht nach Moder und Staub. Sie verströmte einen Hauch von Lavendel und Kampfer. Obenauf lagen ein trockenes Lavendelbüschchen, die Blüten längst abgefallen und ein kreisrunder, steifer Hut. Eine goldene Schnur umlief ihn und endete in einer Quaste. Ich nahm ihn heraus und drehte ihn in den Händen; lange, breite Taftbänder fielen leise raschelnd herab. Ich kannte diese Art von Hüten, die älteren Frauen trugen sie an hohen Festtagen. Bei einer Witwe war die Schnur schwarz und die Quaste ebenfalls. Der Hut war aus Hasenwolle gefertigt und wenn es regnete, brachte man sich möglichst schnell in Sicherheit. Er verformte sich dann und sah einfach unmöglich aus. Dieser hier schien selten getragen worden zu sein. Ich legte den Hut behutsam zur Seite und kramte weiter in dem Kasten. Schwarzes Tuch lag breit gefaltet darin. Ich griff in die Truhe, hob mit beiden Händen den Tuchballen heraus und ließ ihn auseinanderfallen. Knisternd entfaltete sich die schwere Tracht und ich hielt verzückt den Atem an. Das Mieder hatte seidene Schnürungen. Goldene Borten und feine Stickereien zierten den Rock. Ich zog bewundernd die Luft durch die Zähne. Das war kein billiges Tuch! Der Stoff glänzte sanft und tiefschwarz; er sah kostbar aus und schmiegte sich mit einem raschelnden Geräusch hauchzart an meine Haut. Ich legte das Kleid sorgfältig über den Arm, griff in die Truhe und zog ein weiteres Stück hervor. Ich schüttelte es aus und knisternd entfalteten sich gestärkte Bänder und sich aufbauschende Fülle – eine seidene Schürze! Erwartungsvoll breitete ich das nachtschwarze Dirndlkleid über der Truhe aus und legte die elfenbeinerne Schürze über die Tracht. Das Kleid war so wundervoll, der Stoff füllte raschelnd meine Hände. Ich stand schnell auf und band mir mit fliegenden Fingern die einfache Schürze los, zog mir das Alltagsgewand über den Kopf und streifte die Holzschuhe ab. Im leinenen Hemd stand ich da und hob, fast ehrfürchtig, das schwere dunkle Gewand auf. Es glitt über mich wie eine zweite Haut; ich fühlte förmlich, wie ich hineinwuchs. Ich legte die seidene Schürze um und knüpfte die Schleife mittig, wie es die Mädchen tun.

Dann beugte ich mich vor und schaute in die Truhe. Da lag noch ein schimmerndes Stück – ein seidenes Brusttuch; ich nahm es heraus und wand es um meine Schultern. Kühl und glatt lag es mir um den Hals, seine goldenen und silbernen Stickereien glänzten wie eben frisch angefertigt. Ich strich bewundernd darüber und steckte die Enden tief in das zu weite Mieder.

Auf dem Boden der Truhe ruhte ein Beutel aus braunem Samt, mit einer dünnen Kordel zugezogen. Vorsichtig, um das Kleid nicht zu beschmutzen, kniete ich mich hin und hob ihn auf. Gespannt öffnete ich das Täschchen und ließ die Stücke darin auf meinen Schoß gleiten. Eine goldene, verzierte Haarspange, zwei lange Ohrgehänge mit einem blutroten Stein am Ende und eine silberne Halskette mit prächtig verzierter Schließe. Ein schlichter Ring aus breitem Gold. Staunend betrachtete ich den Schmuck. Die langen Ohrringe waren wundervoll; das Silber war über die Jahre schwarz geworden, doch konnte man die kunstvolle Handwerksarbeit noch deutlich erkennen. Oben war eine hübsch gestaltete winzige Rose mit einem gerundeten Silberhäkchen dahinter, das man durch die Ohren steckte. Ornamentale Bögen und zarte Blattformen umfassten einen dunkelroten Stein, der in sich zu glimmen schien. Ich trug einfache

Ohrstecker; die Dede hatte mir die Löcher mit einer glühenden Nadel durchgestochen, als ich noch sehr klein gewesen war. Ich zog meine eigenen Ohrringe ab, legte sie in meinen Schuh und schob die feinen Bögen vorsichtig durch meine Ohrläppchen. Vorsichtig bewegte ich den Kopf und spürte die Ohrgehänge sanft hin und her schwingen. Die Halskette … ich wog sie in der Hand und legte sie dann um meinen Hals, bekam aber die Schließe nicht zu. Das kleine Schloss klemmte. Das Geschmeide lag kalt auf meiner Haut und verrutschte. Ich zögerte und entschloss mich, es vorerst einzustecken. Das schwere Gewand hatte seitlich tiefe Taschen; ich ließ die Silberkette in eine davon gleiten. Den breiten Ring schob ich über meinen Mittelfinger. Er war mir zu weit und ich krümmte den Finger, um ihn nicht zu verlieren. Dann wand ich die Haare auf und steckte sie hoch auf dem Kopf mit der Klammer fest. Einer Eingebung folgend, griff ich nach dem Hut und setzte ihn auf, zupfte einige Haarsträhnen darunter heraus.

Ein Spiegel, ich brauchte einen Spiegel! Die Dede hatte einen in ihrer Kammer, über dem Waschtisch. Hoffentlich erwischte sie mich nicht! Sie mochte es nicht, wenn ich allein hineinging und ich hatte keine Ahnung, wie spät es war. Ich rauschte aus dem Raum und über den leise knarzenden Boden zur Treppe hin. Das lange Gewand bauschte sich um meine nackten Füße und ich musste es anheben, um nicht hinzufallen. Wie eine Königin aus den Märchen, die mir die Mutter erzählt hatte, schritt ich langsam die Treppe hinunter, Stufe um Stufe. Hob den schweren, verzierten Rock und genoss das Gefühl, erwachsen und schön zu sein.

❉

Barbara, Florian Sittler und Marie trafen vor dem Haindlhof aufeinander. Gemeinsam betraten sie das Haus, in ein angeregtes Gespräch vertieft. Barbara hatte Marie mit einer herzlichen Umarmung begrüßt; sie freute sich ehrlich, dass sie endlich da war. Zu dritt traten sie in die Diele und blieben sprachlos im breiten Flur des alten Bauernhauses stehen. Aus großen Augen starrten sie Anneli an.

Das Kind stand mitten auf der Treppe, gekleidet in die alte Tracht. Die kleine Gestalt sah hoheitsvoll auf sie herab. Durch ein kleines Fenster im Gang fiel hinter ihr Sonnenlicht herein und umstrahlte sie gleißend. Und obwohl sie von kindlicher Statur war, erschien sie ihnen übergroß, fast majestätisch. Etwas Unwirkliches, Mächtiges ging von ihr aus.

Marie überlief ein eisiges Frösteln. Sie erkannte ihre Tochter kaum wieder. Auch Barbara brauchte einen Moment, um sich in Erinnerung zu rufen, dass da Anneli stand. Für einen Moment hatte sie geglaubt, eine Frau zu sehen; eine hochgewachsene, stolze Frau aus einer anderen Zeit. Eine der Altvorderen, die mit fester Hand die Geschicke dieses Hofes gelenkt hatte.

Der Florian war der Erste, der seine Fassung wiedergewann. Er stemmte die Arme in die Seiten und dröhnte: »Da schau her, unser Madl!« In seiner Stimme schwangen belustigte Überraschung und ein wenig Stolz. »Wo hast du denn das ausgegraben?«

Während die beiden Frauen Anna noch anstarrten, ging er zur Treppe hin, reichte ihr galant die Hand und führte sie herunter. Er geleitete sie in die Stube hinein, Marie und Barbara folgten schweigend, und half ihr, auf der Ofenbank Platz zu nehmen. Dann verschränkte er die Arme über der Brust, lehnte sich genüsslich an den Tisch und wartete gespannt ab.

Anna ordnete den dunklen Rock um sich herum und senkte kleinlaut den Kopf. Unsicher nestelte sie die Ohrgehänge ab, die ihr plötzlich viel schwerer vorkamen als vorhin.

Marie und Barbara setzten gleichzeitig zum Sprechen an. Doch bevor sie etwas sagen konnten, hob Anna den Blick und in ihren grauen Augen blitzte es wagemutig auf.

»Bitte Mama! Du warst noch nicht da und mir war langweilig. Ich hab das schöne Kleid oben in einer Truhe gefunden. Meine Aufgaben sind fertig. Und endlich kommst du!« Sie sprang auf, trat einen vorsichtigen Schritt auf Marie zu und schlang die Arme um sie. Marie umfasste sie und drückte sie an sich.

Anna drehte den Kopf ein wenig und schaute zu Barbara hin: »Und Dede, nicht böse sein. Ich hab doch die Papiere gefunden und … ich dachte, da ist vielleicht noch mehr, was dich freut.«

Anna spürte, wie die eigenartige Anspannung der Frauen nachließ. Sie löste sich aus Maries Armen und hob sich auf die nackten Zehenspitzen, drehte sich um die eigene Achse, sodass der überlange Rock raschelnd um sie schwang. »Und ist es nicht einfach herrlich?«, juchzte sie. »Ich hab noch nie so eine wundervolle Tracht gesehen!« Ihr verspieltes Glück machte sie wieder zu dem kleinen, achtjährigen Mädchen, das sie war und die beiden Frauen konnten sich ihrem kindlichen Zauber nicht entziehen.

Barbara und Marie ließen sich von ihrer überschäumenden Freude mitreißen und lachten nun ebenfalls; das Gefühl einer anderen Präsenz war unmerklich dahingegangen. Sie war nur ein Kind, nur ihre Anneli, die ein wenig in alten Kisten gekramt hatte.

Florian Sittler schmunzelte in sich hinein. Die kleine Hexe verstand es wohl, die beiden an der Nase herumzuführen. Und doch blieb auch in ihm ein winziger Hauch von Unbehagen zurück.

Marie half Anna, die Kleider sorgfältig gefaltet in die Truhe zurückzulegen. Mit einem verträumten Seufzer schloss Anna den Deckel und sagte bestimmt: »Wenn ich einmal heirate, dann nur in diesem Kleid!«

Marie antwortete belustigt: »Bis dahin fällst du auch nicht mehr über den Saum.«

Anna kicherte und deutete auf die Initialen: »Mama, schau. Was glaubst du, wem die Sachen gehört haben?«

Marie betrachtete die Inschrift und zuckte die Achseln. »Ich weiß es nicht, Kind. Vermutlich einer unserer Vorfahren.

❄

Frag deine Dede, vielleicht steht etwas in den Büchern, die ihr gefunden habt.« Sie legte ihr den Arm um die Schultern. »Jetzt komm, wir wollen essen. Und dann erzählst du mir, wie es in der Schule geht.«

Barbara hatte unten den Kachelofen angeheizt; es war schon empfindlich kalt im Haus. Sie setzten sich in der Stube zum Nachtmahl nieder. Die dicke Kartoffelsuppe wärmte sie und während sie schwatzten, wurde es dämmrig im Zimmer.

»Es ist schön, euch beide wieder hier zu haben«, sagte Barbara endlich und legte den Löffel hin. Sie stützte die Arme auf. »Abends hab ich mich manchmal schon einsam gefühlt. Das Haus ist zu groß für mich alleine.«

Marie schaute sie nachdenklich an. »Ich weiß, Barbi. Doch es ist nur für diesen Winter. Und dann sehen wir weiter.«

Die beiden Frauen wussten, was sie damit sagen wollte.

Barbara stand auf und zog die Vorhänge zu. Marie sammelte Teller und Besteck ein und trug sie in die Küche.

»Bringst du die Schüssel, Anneli?«, rief sie nach draußen in die Stube. »Und dann wird es Zeit fürs Bett.«

»Mama, es ist noch nicht einmal dunkel! Ich bin noch nicht müde«, gab Anna protestierend zurück und schaute Barbara hilfesuchend an. Die hob die Schultern und griente sie an, ihre Mundwinkel zuckten vor unterdrücktem Lachen.

»Tut mir leid, mein Mädchen, da mische ich mich nicht ein. Gewöhn dich daran, dass es nun wieder andersherum geht.«

Anna verzog widerwillig den Mund und Marie, die gerade hereinkam, um den Tisch abzuwischen, sah es.

»Genau«, sagte sie bestimmt und stemmte die Hände in die Hüften. »Ihr beiden Frauenzimmer habt euch hier gemütlich miteinander eingerichtet. Höchste Zeit, dass euch jemand auf die Finger schaut. Und du, kleines Fräulein«, sprach sie streng, zu Anna gewandt, »gehst dich jetzt sofort waschen und gehorchst. Ohne Widerrede!«

Barbara sah lächelnd zu, die Arme unter der Brust verschränkt, wie Anna missmutig den Kopf einzog und hinausstapfte. Sie zog die Stubentür heftig hinter sich zu, fing sie im letzten Augenblick auf und ließ sie betont leise ins Schloss gleiten, anstatt sie zufahren zu lassen.

Marie und Barbara sahen sich an und prusteten dann unterdrückt los.

Barbara zog die Ziehschwester an sich. »Was hab ich dich vermisst, du! Ich glaub, ich hab sie zu sehr verwöhnt.«

»Das glaub ich auch, Barbi. Doch nun bin ich ja da!« Marie drückte ihr einen festen Kuss auf die Wange und ließ sie los. Ihr herbes Gesicht verzog sich zu einem spitzbübischen Lächeln. »Wie wär's, wenn ich jetzt Teewasser aufsetze und du schaust nach, ob noch etwas Rum da ist?«

Barbara grinste koboldhaft. »Könnte schon sein, dass ich was find. Der Prechtl hatte ein gemeines Furunkel am Allerwertesten und mir eine Flasche vom feinsten Stroh-Rum dagelassen, weil ich ihm das sauber herausgeschnitten hab.«

»Wollen wir mal hoffen, dass seine Marei das auch findet«, antwortete Marie süffisant, gab der Barbara einen herzhaften Stoß vor die Schulter und ging, um Wasser aufzusetzen.

Kapitel Drei

Ein ungemütlicher feuchtkalter Herbst zog ins Land, gefolgt von schweren Stürmen. Es gab keine goldenen, sonnigen Oktobertage in diesem Jahr, nur endlosen Nebel, Regen und Wind. An manchen Novembertagen schien es kaum richtig hell zu werden, der Sturm heulte ums Haus und riss klappernd an den Fensterläden.

Marie richtete sich mit Anna in ihrem alten Zimmer ein und übernahm wieder die Führung des Haushalts. Barbara bereitete sich auf einen strengen Winter und die unvermeidliche Erkältungswelle vor, die ein solcher stets mit sich brachte. Sie fuhr mehrere Male nach Radstadt hinaus und besorgte Arzneien, um ihren Vorrat aufzustocken. Auf dem Herd brodelten beständig Töpfe mit verschiedensten Suden, manche übelriechend und andere wiederum einen harzigen, süßen Duft verströmend.

Des Abends saßen sie zu dritt in der geheizten Stube. Während Marie vor der Ofenbank Flachs und Schafwolle spann, sortierten Barbara und Anneli die Kräuterbuschen, die in der Firstkammer zum Trocknen gehangen hatten. Sie brachen Blüten und schüttelten über baumwollenen Tüchern Samen aus, mörserten, zerstießen und pulverisierten, fachsimpelten über die Wirkungen und probierten so manches aus.

Annas Wissen über Heilmittel stand dem von der Dede in fast nichts mehr nach; sie begriff schnell und vergaß kaum etwas Gelerntes. Sicher benannte sie die heimischen Kräuter und wusste, wo sie zu finden waren, wann man sie am besten erntete und welche Wirkung sie hatten. Barbara legte großen

Wert darauf, dass sie besonders gut um die giftigen Pflanzen Bescheid wusste. Der Versuch, solche am Geschmack zu erkennen, konnte böse, ja tödliche Folgen für sie haben.

Marie ihrerseits hielt Anna zur Haus- und Stallarbeit an und so waren Annas Tage bald wieder so gut gefüllt wie auf der Alm. Nach wie vor war es ihre Aufgabe, die Milchgeschirre rein zu halten. Doch da nur zwei Kühe im Stall standen, ging ihr die Arbeit schneller von der Hand als auf der Alm, wo sie viel mehr Tiere zu versorgen hatten.

Außerdem fütterte sie allabendlich das kleine Schwein mit Kartoffelschalen, Rübenschnitzen und den Resten aus der Küche; eine Aufgabe, die sie gerne tat. Denn das kluge Tier kannte sie bald und polterte solange gegen den Koben, bis sie endlich stehenblieb und es hinter den Ohren kraulte, dass es wohlig grunzte.

Das Melken und Buttern übernahm Marie selbst; Kinder hatten noch weiche Knochen und sie wollte nicht, dass ihre Tochter frühzeitig so krumme Hände bekam wie viele andere Kinder aus dem Dorf. Doch beim Misten musste sie mithelfen. Die schmutzige Arbeit machte dem Mädchen nichts aus, im Gegenteil. Anna fehlten die langen Wanderungen auf der Alm, und der körperliche Ausgleich zu den langen Stunden des Lernens tat ihr gut. Zudem war sie gerne bei den Tieren.

Doch so umsichtig und fähig sie beim Lernen und der Arbeit im Stall war, so tollpatschig stellte sie sich an, wenn es um Nadel und Faden ging. Marie versuchte erfolglos, ihr das Stricken beizubringen. Beide kamen schier an den Rand der Verzweiflung. Annas stümperhaftes Machwerk schien ein Wust aus verfilzter Wolle zu sein. Und ständig war sie auf der Suche nach einer der fünf Nadeln, die ihr aus den lockeren Maschen rutschten und verloren gingen. Wenn keiner hinschaute, warf sie lieber der Katze das Wollknäuel zu und ließ sie damit spielen. Marie gab es irgendwann auf – es war hoffnungslos. Sie verschob den Strickunterricht auf den nächsten Winter.

Mit dem Nähen ging es aber keinen Deut besser. Annas Stiche purzelten kreuz und quer, die Fäden verknoteten sich auf ihrem Weg durch den Stoff und sie riss unmutig an der Nadel.

Marie schimpfte und doch blieb ihr nichts anderes übrig, als die Arbeit ein ums andere Mal aufzutrennen. »Du liebe Güte, Anneli, du musst dir wirklich mehr Mühe geben! Wenigstens deine Strümpfe solltest du irgendwann einmal selbst stopfen können!«, schalt sie, als sie Anna bei ihrem unfähigen Versuch, ein kleines Loch zu stopfen, über die Schulter schaute. Das Kind warf missmutig den Socken samt Stopfei in die Ecke der Ofenbank und schmollte.

Barbara griff sich den Strumpf mit spitzen Fingern und begutachtete die ungeschickte Arbeit. »Ich weiß schon, wen ich nicht an meine Patienten lass, um eine Wunde zu nähen«, schulmeisterte sie ernsthaft, doch in ihren Augen blitzte der Schalk. »Denen geht's nachher noch dreckiger als vorher, wenn du sie dermaßen zerstichelst wie das arme Ding hier.«

»Kannst ja die Mutter dazu holen, die näht noch eine Taftschleife oben drauf!«, gab Anna verdrossen zurück.

Barbara gluckste, doch Marie hob warnend die Augenbrauen und drohte mit dem Finger. »Sei nicht so ungehörig, Anneli! Es schickt sich nicht. Und bilde dir bloß nichts darauf ein, dass du mehr in deinem kleinen Kopf hast als die anderen Kinder. Oder möchtest du mit der Maria nebenan tauschen? Die stopft und strickt Strümpfe für sechs Leut, seit sie eine Nadel halten kann!«

Anna zog beschämt den Kopf ein und nahm Barbara ergeben den Wollsocken aus der Hand. Nein, mit den Suterkindern wollte sie nicht tauschen, nicht um alles in der Welt.

Zu Martini fiel der erste richtige Schnee. Als Marie bei Tagesanbruch aus dem Fenster schaute, war draußen alles weiß und dick verschneit. Seufzend richtete sie sich darauf ein, dass sie nun zuerst hinaus musste, um den Weg in den Stall und vor dem Haus zu räumen, bevor sie an ihr Tagwerk ging.

Anna jubelte, als sie die Tür aufriss und beeilte sich mit dem Morgenmahl. Früher als sonst war sie fertig angekleidet und wollte zur Brücke, um sich dort mit den Nachbarskindern zu treffen. Der Schulweg würde heut ein richtiger Spaß werden.

Marie schlang ihr fürsorglich den Wollschal enger um den Hals und zog ihr die Strickmütze über die Ohren. »Hast du deine Schuhe eingefettet?«, fragte sie ihre Tochter, die gerade den Tornister aufsetzte. »Ansonsten hast du gleich nasse Füße und das Leder geht kaputt. Ich hab dir ein trockenes Paar Socken eingepackt. Zieh sie sofort an, wenn du in der Schule bist, damit du nicht krank wirst.«

»Ja, ja, Mama«, antwortete Anna ungeduldig. Sie hob sich auf die Zehenspitzen, was in den derben Schuhen nicht so ganz einfach war und gab ihr einen schnellen Abschiedskuss. Dann wirbelte sie durch die Tür und schlitterte juchzend den Weg entlang.

Lächelnd blickt Marie ihr nach. Sie gönnte ihr die Freude von Herzen. Der erste Schnee war immer etwas ganz Besonderes.

Barbara kam verschlafen aus ihrer Schlafkammer in die Diele geschlurft und hob schnuppernd die sommersprossige, blasse Nase. »Kaffee?« Sie gähnte.

»Ja, du Schlafmütze. Es ist spät geworden heute Nacht, oder? Ich hab dich heimkommen hören.«

Barbara gähnte erneut ausgiebig und machte sich nicht die Mühe, ihre Hand vor den Mund zu halten. Sie schlang sich das Wolltuch fester um die Schulter. »Die Sanne ist mit dem zweiten Kind niedergekommen. Dass sich die Kinder immer in der Nacht auf den Weg machen, werde ich wohl nie verstehen. Unsereins braucht doch auch seinen Schlaf.« Grummelnd tappte sie in die Küche.

Marie goss Kaffee in zwei dickbauchige Steinguttassen und stellte sie auf dem Tisch ab. »Magst du etwas essen?«

»Nein, danke. Nur Kaffee.« Barbara nahm mit beiden Händen die Tasse auf und blies über den kochend heißen

Inhalt. Dann steckte sie die Nase in das Häferl und sog dankbar das starke Aroma ein. Vorsichtig nahm sie einen Schluck, noch einen und schaute Marie dann über die Tasse hinweg an. »Weißt du, über den Krieg hab ich das am meisten vermisst. Dieses eklige Zeug aus Zichorie war einfach widerlich.« Sie stellte das Häferl ab, hob theatralisch die Hände und deklamierte mit dramatisch tiefer Stimme: »Herr im Himmel und alle ihr hohen Engelfürsten, habt Dank! Es gibt wieder echten Kaffee! Die Barbara Sittler ist auferstanden und ein neuer Mensch geworden! Halleluja!«

Marie lachte hellauf und tippte sich an die Stirn. »Barbi, du bist nicht gescheit.«

Barbara ließ die Arme sinken und blitzte sie aus ihren schrägen grünschimmernden Katzenaugen an, den breiten Mund zu einem spöttischen Lachen verzogen. »Ach so, das hab ich ganz vergessen. Du bist ja die Ungläubige unter uns.«

»Ja, und du die ›Heilige Barbara‹. Also lass das ketzerische Geschwätz.« Marie kicherte und nahm ebenfalls einen Schluck von dem kostbaren Gebräu.

Barbara machte es sich wieder auf der Bank gemütlich. Sie stopfte sich eines der Kissen in den Rücken und zog die Beine unter das Hemd. Ihre ungekämmten kupferroten Haare lagen in dichten Wellen um sie und hingen bis auf die Bank herunter.

Marie betrachtete sie versonnen und dachte: Wie schön sie ist. Sie fühlte eine große Zärtlichkeit für die Ziehschwester in sich aufwallen und griff nach ihrer Hand.

»Was ist?«, fragte Barbara.

Marie drückte kurz ihre Finger und zog dann die Hand zurück. Sie konnte nicht wie Barbara so leicht mit Worten umgehen. »Nichts. Alles ist gut.« Doch ihre dunkelbraunen Augen blickten die Base warm an. In einträchtigem Schweigen schlürften sie ihren Kaffee.

»Du, Marie«, hob Barbara dann langsam an, »ich hab da schon lang einen Gedanken. Was hältst du davon, wenn wir die kleine Kammer im Obergeschoss für Anneli herrichten? Ich find, das Kind ist zu groß, um noch bei dir im Bett zu schlafen. Und ich glaub, das könnte ihr gefallen. Wenn du einverstanden bist, dann frag ich den Vater, ob er uns zwei Burschen herüberschickt. Die könnten uns die Kammer ausräumen und ein wenig herrichten. Möbel stehen da oben genug umeinander.«

»Ich weiß nicht, Barbi. Meinst du?«

»Ach geh her, du brauchst doch deine eigene Kammer. Und sie würd es bestimmt freuen. Jetzt, wo sie auch eigene Sachen hat. Ihre Bücher liegen überall herum.« Sie setzte sich gerade hin und überlegte laut: »Das wär doch ein schönes Geschenk für das Madl zum Weihnachtsfest. Wir schauen uns das gleich einmal an.« Sie drehte den Kopf und deutete mit dem Zeigefinger nach draußen. »Bei dem schiechen Wetter kommt heut sowieso keiner. Ich hab also Zeit genug.« Sie sprang behände auf die Beine. »Ich zieh mich an. Und dann gehen wir hinauf und schauen uns oben um!«

Marie nickte. »Also gut. Meinetwegen.«

Wenige Minuten später standen sie in der Tür zu der kleinen Dachkammer und schauten ratlos in das staubige Durcheinander aus Truhen und Kisten.

»Höchste Zeit, dass ich hier Ordnung schaffe«, befand Barbara und nieste schallend. »Ob die Anneli hier einzieht oder nicht, der alte Mist muss endlich ohnehin raus.« Sie öffnete die nebenliegende Tür und stöhnte. Hier sah es ähnlich aus, eine wirre Ansammlung von Möbeln und Kisten. »Wir schaffen erst einmal alles hier herein. Und wenn die Kammer erst leer und sauber ist, suchen wir die Einrichtung zusammen.«

Marie ließ sich zu gern von ihrem Eifer anstecken. Im Geist nahm sie bereits Maß für Vorhänge und richtete den Raum ein. In der Werkstatt stand noch ein schmaler Tisch aus Lärchenholz, an dem der Toni immer gezeichnet hatte. Der passte wunderbar herein. Es gab ihr etwas, dass Anneli am Tisch ihres Vaters sitzen würde. Ihrer Tochter würde die Kammer gefallen, dessen war sie gewiss!

※

Es ging auf die Festtage zu und ich freute mich auf Weihnachten wie nie zuvor. Zum ersten Mal würde ich das Christfest im Tal verleben. Die Kinder, die im Frühjahr zur Heiligen Kommunion gingen, durften dem Pfarrer helfen, in der Kirche die Krippe aufzubauen. Morgen war der erste Sonntag im Advent und das neue Kirchenjahr begann. Aufgeregt trugen wir die Kisten aus der Sakristei. Zuerst kam ein samtenes, dunkelrotes Tuch auf das breite Podest und darauf setzten wir die Teile des Stalls zusammen. In einem Korb lagen Moos, Steine und Rindenstücke bereit. Damit legten wir den Boden darum herum aus. Die Figuren, länger als mein Arm, lagen sicher in Holzwolle verwahrt und waren zu ihrem Schutz in weiße Tücher eingewickelt. Andächtig packten wir sie aus und strichen ehrfürchtig über die Gewänder aus echtem Stoff. Die Heiligen Drei Könige trugen mit Goldlitzen verzierte Umhänge aus rotem und braunem Samt; das Gesicht des Mohrenkönigs glänzte schwarz wie Ebenholz und er hatte einen nachtblauen Turban auf dem Kopf. Ich wurde es nicht satt, ihn anzusehen und mit dem Finger vorsichtig über den weichen Samt zu streicheln. Er war wunderschön. Die kniende Maria trug ein himmelblaues Tuch über dem blonden Haupt und sah so lieblich aus, dass mir ganz heilig zumute wurde. Der Josef, mit seinem langen Bart aus Flachs, hielt eine Laterne in der Hand, in die man eine echte Kerze stellen konnte. Die andere ruhte auf Marias Schulter. Hirten mit Felljacken und leinenen Hosen, Kamele, Schafe, Ochs und Esel, aus hellem Holz geschnitzt, vervollständigten die farbenprächtige Szenerie. Ich war völlig hingerissen.

Als der Pfarrer zum Schluss das kleine Jesuskind sorgsam in die Krippe auf das Heu bettete, kamen mir vor Rührung die Tränen. Es sah so herzig und so süß aus in seiner rundlichen rosigen Nacktheit, ein Ärmchen ausgestreckt, dass mir aus lauter Liebe zu ihm heiße Tränen aufstiegen. Den andern Kindern ging es wohl ebenso, denn keines machte einen dummen Scherz oder lachte. Wir waren alle tief ergriffen von dieser sichtbaren Schaustellung unseres Glaubens.

Auf dem Nachhauseweg durch die Dunkelheit des Novemberabends redeten wir aufgeregt durcheinander und beschrieben uns gegenseitig die herrlich anzusehenden Figuren.

Und dann kam endlich der lang herbeigesehnte Weihnachtstag. Die Barbara nahm mich auf den Gang zu den Tagelöhnern mit. Sie alle erhielten einen Gabenkorb, gefüllt mit Schmalzgebäck, Kantwurst und einem Stück Käse sowie Äpfel und Nüsse für die Kinder. Die Dede hatte noch jedem ein Tiegelchen mit goldgelber Ringelblumensalbe dazu gepackt. Als wir am späten Nachmittag durchgefroren auf den Hof zurückkamen, wartete im Waschhaus bereits der Badezuber auf mich. Die Mutter stand mit roten Wangen am Herd und aus der Herdklappe drang der Duft nach gebratenen Äpfeln. Sie hatte schon gebadet und ihre braunen Haare, die sie sonst in einem geflochtenen Kranz trug, hingen ihr dunkelschimmernd bis über die Hüfte herab.

»Da seid ihr ja endlich!«, rief sie uns entgegen, als die Dede mich vor sich her in die warme Küche schob. »Auf, auf, sputet euch! Das Wasser wird sonst kalt.«

Ergeben drehten wir auf dem Absatz um und suchten das Waschhaus auf. Wallende Dampfschwaden empfingen uns. Unter dem wassergefüllten Kessel, in dem wir sonst die Weißwäsche auskochten, prasselte ein hohes Feuer. Die Mutter schlüpfte hinter uns ins Waschhaus herein und zog eilig die Tür zu, damit die Wärme nicht nach draußen entwich. In der Mitte stand der zu drei Vierteln gefüllte hölzerne Badezuber. Dede und die Mutter nahmen gemeinsam den schweren, eisernen Waschtopf an den Henkeln hoch, hievten ihn von der Feuerstelle und schütteten das kochende Wasser in den Zuber.

Ein Bad war selten, meist wusch ich mich in der Wasch-schüssel oder am Brunnen. Es bedeutete viel Arbeit, so viel Wasser zu erhitzen und darum badeten alle Familien-mitglieder hintereinander im selben Wasser. Man schöpfte nur einige Eimer ab und gab frisches hinzu.

Mir war richtig kalt und so streifte ich schnell meine Kleider ab und ließ mich wohlig erschauernd in den Zuber gleiten. Das heiße Wasser war herrlich und meine halb erfrorenen Füße und Hände fingen sofort an zu kribbeln. Die Mutter ging hinaus. Inzwischen war auch die Dede aus-gezogen.

»Rutsch ein wenig«, wies sie mich an, »ich hab keine Lust, zu warten, bis du fertig bist. Wir haben da drin auch zu zweit Platz.« Sie schwang ihre Beine über den Rand und setzte sich hin, worauf das Wasser ebenfalls beschloss, Platz zu machen. Es schwappte in einer großen Welle über den Rand des Zubers und ich musste lachen.

»Dede, wenn das die Mutter sieht, gibt es Ärger«, kicherte ich und zog die Knie an, während sie versuchte, ihre langen Beine in der Wanne unterzubringen.

»Sie hat es gesehen und ihr werdet es selbst aufwischen«, hörte ich die Mutter trocken hinter meinem Rücken sagen und die Dede rollte vielsagend die Augen hoch und grinste frech. Ich musste schon wieder lachen.

Die Mutter war mit zwei Bündeln frischer Wäsche hereingekommen. Sie legte die Kleider auf dem Holzschemel ab und drückte der Dede ein Stück brauner Kernseife in die Hand.

»Waschen!«, befahl sie, doch auch in ihren Augen funkelte es fröhlich. Eisige Winterluft drang herein und ließ den Dampf erneut aufwirbeln, als sie die Tür öffnete und wieder hinter sich schloss.

»Dreh dich um, Anneli«, hieß mich die Dede.

Ich stand auf und ein neuerlicher Schwall Wasser ging über den Rand, als ich mich platschend zurücksetzte. Wir mussten schon wieder gackern und ich rutschte ein wenig hin und her, bis wir unsre Gliedmaßen sortiert hatten und einigermaßen bequem saßen. Sie löste meinen Zopf und kämmte mit den Fingern die Flechten aus. Mit beiden Händen schöpfte sie warmes Wasser über mich und seifte meine Haare ein. Dann schrubbte sie mir mit einem Tuch Hals, Rücken und Arme ab, bis meine Haut prickelte.

Sie gab mir einen Klaps auf die nackte Schulter. »Jetzt raus mit dir, Mädchen!«

Ich stieg gehorsam aus dem Zuber, angelte nach dem groben Baumwollhandtuch, das an einem Haken an der Wand hing und rieb mich trocken. Neben der Feuerstelle standen zwei Wasserkannen. Ich nahm eine auf und brachte sie der Dede herüber. Während ich den Kopf über den Zuber beugte, spülte sie mir mit dem lauwarmen, klaren Wasser die Seife ab. Dann wand sie mir die Haare zusammen und drückte die Nässe heraus.

»Wickel dir das Handtuch um den Kopf, wenn du hinüber ins Haus gehst. Und jetzt gib mir noch ein paar Minuten, Anneli, ich komm gleich nach.«

Derweil ich mir das frische Hemd überstreifte und das Wolltuch umschlug, ließ sie sich aufseufzend in das warme Wasser zurückgleiten und wackelte wohlig mit den Zehen.

Als ich das Waschhaus verließ, sah ich mit einem letzten Blick zurück, wie sie die Knie anzog, nach vorn rutschte und das Badewasser über ihrem Gesicht zusammenschlug. Ihre üppigen Haare bedeckten sie ganz und schwammen auf der Oberfläche wie ein feuerroter Teppich aus flüssigem Gold.

Frisch geschrubbt und rosig glänzend fanden wir uns zur Bescherung in der Wohnstube ein. Der Großonkel hatte uns eine kleine Tanne gebracht und sie in der Stube vor dem Fenster aufgestellt. Während die Dede und ich unterwegs gewesen waren, hatte die Mutter sie mit Wachslichtern, Sternen aus zusammengebundenen Strohhalmen und roten Äpfelchen geschmückt. Darunter lagen die Gaben, bedeckt von einem braunen Tuch.

❇

Pünktlich zur Bescherung am Heiligen Abend klopften der Florian und Hannah Sittler an und traten ein.

Die beiden Frauen und das Kind saßen auf der Ofenbank, festlich gekleidet und steckten die Köpfe zusammen. Ihre Haare fielen offen und seidig glänzend herab; eine ebenholzbraun, eine feuerrot und die Kleinste, in der Mitte sitzend, weißblond. Sie scherzten miteinander; das nahm Hannah zuerst wahr und sie lächelte zufrieden in sich hinein.

Marie und Barbara begrüßten die Eltern mit einer herzlichen Umarmung und boten ihnen Platz an. Anna tanzte um alle herum wie ein Irrwisch. Der Tisch war festlich gedeckt und aus der Küche strömte herrlicher Bratenduft, vermischt mit Zimt und Apfelaroma.

Marie hatte sich mit dem Mahl selbst übertroffen. Zufrieden sah sie zu, wie sich alle über Braten und Semmelknödel hermachten und den Rest der sämig braunen Soße genüsslich mit Brot auftunkten.

Florian lehnte sich zurück und strich sich behaglich über den wohlgefüllten Bauch. »Jetzt noch ein Stamperl und dann ein Kanapee. So gut hab ich seit Jahren nicht gegessen«, ächzte er und rülpste laut.

Barbara lachte und stand auf, um den Enzianschnaps zu holen.

Seine Frau haute ihm den Ellbogen in die Rippen. »Nichts da! Jetzt wird beschert und wehe, du schläfst dabei ein.«

Anna schoss vom Stuhl hoch und kniete sich vor den Christbaum. Sie brannte darauf, endlich unter das Tuch zu sehen.

Ihre Enttäuschung wurde größer und größer. Denn hervor kamen gestrickte Schals und Wollsocken, ein neuer Geldbeutel für den Großonkel und ein hübsch bestickter Tischläufer für die Tante. Die Barbara bekam ein ledergebundenes Büchlein, in das sie hineinschreiben konnte, und die Mutter feine weiße Strümpfe. Doch Anna selbst ging leer aus. Für sie lag nichts unter dem Baum außer einer neuen Schreibfeder. Den Tränen nah, setzte sie sich still vor den Ofen.

Marie kam zu ihr herüber und nahm neben ihr Platz. Sie zog sie sanft an einer Haarsträhne. »Was ist los mit dir? Freust du dich nicht?«

»Doch, Mama.« Anna seufzte abgrundtief.

Die Dede trat neben sie und zog ihr Brusttuch aus dem Mieder. »Mach die Augen zu«, befahl sie ihr und band ihr das Tuch um. Die beiden Frauen nahmen sie bei der Hand und führten sie zwischen sich in die Diele und die Treppe hinauf. Oben angekommen und einige Schritte weiter, knarrte leise eine Tür und Marie zog ihr mit einem festen Ruck das Tuch ab.

Die kleine Dachkammer war wunderschön geworden und Marie sah sie durch die staunend aufgerissenen Augen ihrer Tochter an.

Die Fensterscheiben glänzten blankgeputzt, rotkarierte Vorhänge bauschten sich zu beiden Seiten, gehalten von breiten Bändern. Da war zur Linken, unter dem Fenster, eine Bettstatt aus dunkel gebeiztem Holz, Kissen und Oberbett bezogen mit schneeweißem Leinen. Daneben ein bemalter Kleiderkasten und gegenüber der schmale Tisch aus der Werkstatt; darauf standen Annas Bücher, der Größe nach aufgereiht, Tusche und Federn fein säuberlich davor geordnet. Auf dem hölzernen Dielenboden vor dem Bett lag ein buntgewebter Flickenteppich. Gleich neben der Tür stand der Ofen mit dem schmiedeeisernen Gitterornament, das Metall schwarz aufgebürstet. Und auf der anderen Seite die mahagonifarbene Truhe – vom Staub befreit, frischpoliert und satt glänzend.

Anna stockte der Atem vor Entzücken. Sie schaute Marie an und flüsterte ungläubig: »Darf ich etwa hier wohnen?«

Marie nickte, umarmte sie und gab ihr einen zärtlichen Kuss auf die Stirn. »Gesegnete Weihnachten, mein liebes Kind. Bedank dich bei der Dede, es war ihre Idee.«

Anna warf stürmisch die Arme um die Tante. »Woher hast du das nur gewusst? Ich hab es mir so sehr gewünscht!«

Barbara wehrte lachend ihre feuchten Küsse ab. »Ein wenig kenn ich dich, du Fratz. Schließlich warst du ständig hier oben. Und eigentlich bist du zu alt, um wie ein Kleinkind bei deiner Mutter zu schlafen. Wir dachten uns, dass du eine eigene Kammer haben solltest.« Sie schob das Mädchen ein wenig von sich weg und sah sie liebevoll an: »Du hast hart gearbeitet und gut gelernt. Und du sollst dich hier daheim fühlen.« Dabei bebte ihre Stimme ein wenig und sie bekam feuchte Augen.

✳

Ich erlebte noch nie zuvor ein solch wundervolles Weihnachtsfest! Und auch hernach nicht mehr. Ich tanzte vor Freude und mir zersprang schier das Herz vor Glück. Die Kammer sah genauso aus, wie ich sie mir in Gedanken ausgemalt hatte. Sie bekamen mich kaum mehr heraus; ich musste alles berühren, die rot und weiß karierten Vorhänge auf- und zuziehen, über das gestärkte Leinen streicheln und sofort den kleinen Ofen einheizen. Am liebsten hätte ich auch gleich den bemalten Kleiderkasten eingeräumt, doch Großtante Hannah rief mehrmals von unten und versprach, sie würde mir später dabei helfen. Doch ich solle jetzt endlich kommen, denn die Bratäpfel warteten.

Wir hatten selten Äpfel, weil es bei uns nicht viele Apfelbäume gab, und wir sie kaufen oder eintauschen mussten. Während ich mir glückselig Marmelade und Zimt von den Fingern schleckte, erzählten sie, durcheinanderredend und ausgelassen, wie sie in den letzten drei Wochen den Raum hergerichtet hatten.

Ich hatte nichts davon mitbekommen. Winters war es im oberen Stock eiskalt, weil dort nicht geheizt wurde. Dede hatte die Türen verschlossen; ich dachte mir nichts dabei. Mutter und sie hielten mich außerdem gut beschäftigt mit all den herrlichen Dingen, die man in der Adventszeit eben so tat. Wir backten Lebkuchen und Kipferl, spielten abends miteinander, und zum ersten Mal besuchte uns der Krampus im

Haindlhof. Immer, wenn ich nichtsahnend in der Schule gesessen war, kamen zwei Knechte vom Sittlerhof herunter. Sie räumten die Dachkammer aus, reparierten den Fensterrahmen, weißten die Wände und schliffen den Holzboden ab. Die Dede malte die blauen Ranken, die sich unter der Decke an den Wänden rundum zogen. Der Großonkel höchstpersönlich ließ es sich nicht nehmen, das Öfchen vom Rost zu befreien und die alte Truhe aufzuarbeiten. Die Großtante webte aus Stoffresten den bunten Flickenteppich, während die Mutter an den Gardinen und der Bettwäsche nähte. Sie wachste, auf den Knien rutschend, die alten Dielen und polierte sie. Und zuletzt hatten alle vier miteinander die Möbel ausgesucht und sie aufgestellt, Vaters alten Zeichentisch aus der Werkstatt geholt und heraufgebracht.

Nun redeten sie in einem fort und erzählten und ich fand, ich hatte meine Mutter und die Dede noch nie so ausgelassen gesehen.

Gegen neun Uhr verließen uns Hannah und Florian Sittler, um nach Hause zu gehen. Meine Mutter hatte Räucherwerk vorbereitet, denn es war eine der zwölf Raunächte um die Jahreswende herum und ein alter Brauch, in der Christnacht die bösen Geister fortzujagen. Sie hielt ein kupfernes Gefäß in der Hand; darin glimmten Weihrauch, Palmzweige vom letzten Osterfest und geweihte Kräuter. Und so gingen wir drei durch das alte Haus und über das Anwesen, um den Segen über Mensch und Vieh zu sprechen. Mir war dabei sehr feierlich zumute.

Um Mitternacht betraten wir die dunkle Kirche. Am Eingang stand der Messner und gab uns ein Wachslicht in die Hand. Das Kirchenschiff lag im Dunkel, nur von den flackernden Kerzen erleuchtet; doch ich spürte, dass es voller Menschen war. Da war ein Rascheln und Wogen und Rauschen von Röcken und Gewisper. Wir schoben uns in die letzte Bank. Ich spürte Barbaras gelassene, ruhige Präsenz neben mir und auf der anderen Seite die meiner Mutter; vorsichtig und zurückhaltend.

Ein Glöckchen erklang, silberhell. Und dann erhob sich die Orgel über uns und ihr mächtiger Klang erfüllte mein Herz. Wir standen auf.

»Frohlocket, jauchzet und triumphiert«, sangen wir alle inbrünstig und die Melodie des alten Weihnachtschorals füllte die weite Kirche aus. In mir war so viel fröhliche Seligkeit, die auf einmal herausströmen wollte, dass ich glaubte, ich würde gleich zerplatzen. Ich fasste nach Mutters Hand und griff zugleich nach Barbaras. Beide drückten meine Finger und zu dritt standen wir eng beieinander.

Das Kyrie sang ich ebenso begeistert wie laut mit. Bis sich die Marei Austätter irritiert zu uns herumdrehte und die Dede mir darauf einen Stoß in die Rippen gab. Sie neigte den Kopf zu mir herüber und flüsterte mir halblaut ins Ohr: »Anneli, du singst noch fürchterlicher als du nähst. Hab ein Erbarmen!«

Und während die Gemeinde dem Pfarrer stoisch nachsprach: »Herr, erbarme dich. Christus, erbarme dich. Herr, erbarme dich«, musste ich so sehr lachen, dass mir die Tränen aus den Augen liefen und ich in meinen Ärmel biss, um das Glucksen zu ersticken.

Es war der herrlichste Tag in meinem Leben! Ich war so angefüllt mit Glück und Freude. Nach der Christmette wanderten wir untergehakt durch die Winternacht zum Haindlhof zurück. Flocken fielen leise, der Schnee knirschte unter unseren Schuhen und ich fühlte mich zufrieden und reich gesegnet. Ich war müde; doch ich wusste, ein warmes Bett wartete auf mich. Wir hatten gut zu essen und ein schützendes Dach über dem Kopf. Nach all den harten Hungerjahren und den Schrecken des Krieges konnten wir endlich wieder leben.

✱

KAPITEL VIER

1949

Marie legte den Kamm zur Seite. Sie nahm den weißen Kranz vom Tisch und steckte ihn vorsichtig auf dem hellen Haar fest.

»Fertig!«, befand sie und nickte zufrieden. Sie drehte ihre Tochter an den Schultern zu sich herum. »Lass dich anschauen, Kind!«

Anna drehte sich einmal um die eigene Achse und das wadenlange weiße Kommunionkleid schwang raschelnd um ihre weiß bestrumpften Beine, bevor es sich wieder in seine gestärkten Falten legte. »Schön ist das Kleid, Mama, oder nicht?« Erwartungsvoll sah sie ihre Mutter an. »Und die feinen Schuhe sind auch so wunderbar!«

Die Großtante war mit Anna nach Schladming hinausgefahren und hatte tief in die Tasche gegriffen. Es waren nun bessere Zeiten und sie übernahm leichten Herzens die Ausstattung der Enkelin. Das Kind sollte einen rechten Freudentag haben. Die meisten Frauen in den Bergregionen trugen an hohen Festtagen noch immer die Tracht oder das übliche einfache Dirndlkleid; doch wo ein wenig Geld vorhanden war, sah man mitunter jetzt auch vereinzelt feine Lodenstoffe und Röcke, die nur noch knapp die Waden bedeckten. Die Jahre der schwarzen Gewänder schienen endgültig vorüber zu sein und die Sittlerin begrüßte dies aus tiefstem Herzen.

Sie hatte es sich nicht nehmen lassen, auch ihre Töchter neu einzukleiden. Marie und Barbara trugen gestärkte weiße

Blusen mit feiner Bruststickerei und halblange schwarze Röcke aus Seidentaft, darüber dunkle Lodenjanker mit hellen, eingenähten Biesen. Sie brachte den beiden Frauen dünne Seidenstrümpfe und neumodische Unterwäsche aus der Stadt mit.

Mit spitzen Fingern hatte Marie den steifen weißen Büstenhalter aufgehoben, sich unwillkürlich an die Brust gefasst und ehrlich entsetzt gefragt: »Das soll ich tragen? Nie im Leben!«

Barbara hingegen warf ihrer Mutter einen anerkennenden Blick zu, während sie den fein gewirkten Strumpf über den weißen Schenkel aufrollte, das Bein hob und gefällig ihre festen Waden begutachtete. »Nicht schlecht, oder?« Sie stupste Marie mit dem lang ausgestreckten Zeh an. »Sei nicht so eine hausbackene Jungfrau. Es ist an der Zeit, dass du das Schwarz ablegst! Und wenn es nur *darunter* ist. Es sieht doch eh keiner.« Sie schnappte ihr mit einem flinken Griff das verschmähte Stück aus der Hand. »Und wenn du den nicht haben willst?« Sie grinste. »Trag du nur weiter dein Hemd und langweilige lange Unterhosen …«

Letzten Endes überzeugten Barbara und die Sittlerin eine widerstrebende Marie, die neuen Kleider doch wenigstens einmal anzuprobieren. Barbara erkannte neidlos, dass die Ziehschwester hervorragend ausschaute.

Ihre schlanke Gestalt wurde durch den schmal geschnittenen Janker und die tief eingenähten Falten des Rocks betont, die weit unterhalb ihrer schlanken Hüfte aufsprangen. Der Stehkragen der feinen Jacke betonte die stolze Linie ihres schlanken Halses; sie hatte das schwere, dunkle Haar in einem breit geflochtenen Kranz um den Kopf gelegt. Und natürlich trug sie am Festtag den zuerst geschmähten Büstenhalter unter der gestickten Bluse …

Mit zittrigen Fingern zupfte Marie ihrer Tochter eine helle Haarsträhne unter dem schneeweißen Blütenkranz zurecht. Sie musste sich räuspern; ihre Stimme wollte ihr nicht recht gehorchen. »Dein Vater wäre stolz auf dich, Anneli! Und ich bin es auch!«, sagte sie heiser und blinzelte die aufsteigenden Tränen weg.

Toni, schau unsere Kleine an. Unser Kind. Ach, wenn du nur da wärst, dachte sie mit wehem Herzen.

Sie zog Anna an sich und legte das Gesicht in ihre warme Halsbeuge. Nur kurz, dann nahm sie sich zusammen, hob den Kopf und strich ihr über die Wange.

»Magst du denn wirklich nichts frühstücken?«, fragte sie besorgt.

Anna schüttelte den bekränzten Kopf. »Ich hab keinen Hunger, Mama. Die Milch liegt mir schon im Magen und essen kann ich jetzt wirklich nichts.«

»Nun denn, hier sind deine Schuhe.« Sie hielt ihr die flachen, weißen Lackschuhe hin und Anna setzte sich, um hineinzuschlüpfen.

Die Stubentür klappte auf und Barbara steckte den Kopf herein, ähnlich wie die Schwester festlich in schwarzen Taft und feinen hellgrauen Loden gekleidet, die kupfernen Haare ebenfalls zu einem geflochtenen Kranz frisiert. »Komm endlich, du Braut Christi, wir müssen los«, rief sie fröhlich.

Anna sprang geschwind auf; Barbara hakte Marie unter und gemeinsam verließen sie das Haus. Marie war froh, dass Barbi da war und neben ihr die Dorfstraße hinaufging. Ihr war so sonderbar zumute und der warme Arm ihrer Ziehschwester gab ihr ein Gefühl der Sicherheit.

Die Schwestern nahmen nebeneinander in der Kirche Platz, recht weit vorn, gleich in der dritten Reihe. Die Eltern saßen schon dort und begrüßten sie mit einem kurzen Händedruck und einem warmen Lächeln.

Glockengeläut hub an und die Messfeier begann. Die Gemeinde erhob sich. Der Pfarrer ging den Kommunionskindern mit gemessenen Schritten voraus. Die fünf Kommunikanten schritten feierlich hinter ihm drein, dicke, brennende Wachslichter in den Händen haltend. Anna ging an vierter Stelle, hinter Maria Suter, ihrer Spielkameradin, und schaute verstohlen zu ihrer Familie hin.

»Das Kind ist ein wenig blass um die Nase«, flüsterte Hannah Sittler über Barbara hinweg zu Marie herüber. »Sie hat nicht frühstücken wollen«, gab die leise zurück und beobachtete ihre Tochter besorgt. Noch immer war ihr so eigenartig zumute; ihre Hände wollten nicht aufhören zu beben und sie schränkte sie fest zusammen, um das verräterische Zittern zu unterdrücken.

Der Pfarrer küsste die goldene Monstranz, drehte sich zu der Kirchengemeinde um und sprach mit sonorem Bass den Eingangssegen. »Im Namen des Vaters, des Sohnes und des Heiligen Geistes.«

Marie hob aus einer tiefsitzenden Gewohnheit heraus die Hand, um sich zu bekreuzigen und antwortete wie alle anderen mit »Amen«.

»Der Herr sei mit euch«, hub er erneut an.

»Und mit deinem Geiste«, murmelten sie gemeinsam.

Die Kinder stellten die Kerzen vor dem Altar ab und setzten sich nieder, die Mädchen sorgsam darauf bedacht, ihre weißen Kleider so auszubreiten, dass sie nicht zerdrückten.

Die Liturgie begann und Marie versuchte, sich zu entspannen. Sie lehnte sich an die unbequeme Kirchenbank zurück und ließ ihre Gedanken wandern. Die Predigt interessierte sie nicht weiter; sie war nur hier, weil ihre Tochter sich gewünscht hatte, den Segen zu erhalten. Gott allein wusste, weshalb. Sie hatten wohl zu den Mahlzeiten die Hände zusammengelegt und ein kurzes »Herr Jesu komm, sei unser Gast und segne, was du uns bescheret hast« gesprochen, doch eher aus Gewohnheit und Tradition heraus. Mit ihrem eigenen Glauben war es nicht mehr weit her seit jener Dreikönigsnacht. Und darum hatte sie ihrer Tochter weder die Heiligengeschichten erzählt noch sie in der katholischen Religionslehre unterwiesen. Sie wünschte, sie könnte in der Predigt Ruhe und Erbauung finden; genauso, wie sie sich wünschte, sie hätte ihrem Kind mehr Glauben mitgeben können. Und doch schien ihr gerade dies unmöglich. Sie hatte sich innerlich längst von der Kirche losgesagt. Wenn Anna das anders empfand und diesen Weg gehen wollte, nun, dann würde sie ihr nicht im Weg stehen. Die Eucharistie gab ihr selbst nichts mehr und sie war schon viele Jahre nicht zur Beichte gewesen. Sie würde auch heute nicht zur Kommunion gehen. Warum sollte sie auch? Sie fand nicht, dass sie ein sündiges Leben führte. Mechanisch betete Marie das Schuldbekenntnis mit und kam erst wieder zu sich, als die Musikkapelle auf der Empore zu spielen begann. Die Gemeinde erhob sich und stimmte in den feierlichen Choral ein.

»Kommt her, ihr Kreaturen all,
soweit das Weltall reichet.
Kommt her und schauet allzumal,
was diesem Wunder gleichet ...«

Ja, nur Kreaturen sind wir vor dir, Herrgott, und nichts weiter, dachte Marie mit beißendem Spott und schreckte im selben Augenblick vor dem Gedanken zurück. Sie nahm sich zusammen. Es war Annas Tag und sie wollte ihn nicht mit ihrer Bitterkeit verderben.

Die Kinder knieten vor dem Pfarrer und sagten das Glaubensbekenntnis auf. Zuerst unsicher, doch immer fester werdend, durchdrangen die hellen Kinderstimmen das Kirchenschiff. »Ich glaube an Gott, den Vater, den Allmächtigen, den Schöpfer des Himmels und der Erde und an Jesus Christus, seinen eingeborenen Sohn, unsern Herrn, empfangen durch den Heiligen Geist, geboren von der Jungfrau Maria, gelitten unter Pontius Pilatus, gekreuzigt, gestorben und begraben, hinabgestiegen in das Reich des Todes, am dritten Tage auferstanden von den Toten, aufgefahren in den Himmel; er sitzt zur Rechten Gottes, des allmächtigen Vaters; von dort wird er kommen, zu richten die Lebenden und die Toten. Ich glaube an den Heiligen Geist, die heilige katholische Kirche, Gemeinschaft der Heiligen, Vergebung der Sünden, Auferstehung der Toten und das ewige Leben. Amen.«

Barbara neben ihr sprach flüsternd das Bekenntnis mit, den Kopf demutsvoll gebeugt. Marie schüttelte den leisen

Anflug eines schlechten Gewissens ab und richtete ihre Aufmerksamkeit nach vorn.

Anna kniete da, ihre einzige und geliebte Tochter; sie beugte andächtig den hellblonden Kopf unter dem weißen Kranz. Der Pfarrer segnete die Kinder und reichte ihnen nacheinander die Hostie. Als Anna an der Reihe war und mit weit geöffnetem Mund erstmals Leib und Blut Christi empfing, sah Marie sich selbst dort stehen, an ihrer eigenen Erstkommunion und wusste genau, wie Anna in diesem Moment empfand. Damals hatte auch sie noch an die Vergebung der Sünden und das Opfer Jesu geglaubt und dieses erste Abendmahl, naiv gläubig, angenommen.

Sie sah Annas Schultern zucken und dachte zuerst, sie weine vor Ergriffenheit. Doch dann hustete ihre Tochter erstickt und ihr schmaler Rücken krümmte sich. Sie hörte nicht auf zu keuchen und griff sich mit beiden Händen zugleich an die Kehle. Hatte sie sich an der Hostie verschluckt? Marie zögerte noch einen Moment und wartete ab, ob Anna sich beruhigen würde.

Plötzlich geschah alles zugleich. Anna beugte sich ächzend nach vorn. Sie presste die Hand vor den Mund und stöhnte laut auf. Der Pfarrer stellte schleunigst den Kelch ab und nahm sie besorgt an der Schulter. Die kleine Suter schaute mit weit aufgerissenen Augen auf die Freundin neben sich. Und während Marie und Barbara sich noch aus der Bank schoben und die wenigen Schritte nach vorn hasteten, öffnete Anna den Mund. In einem weiten Strahl erbrach sie würgend den Inhalt ihres Magens. Saure Milch und die halbgekaute Hostie schossen aus ihr heraus. Übelriechende Flüssigkeit ergoss sich auf den Steinboden und zu einem guten Teil über das Messgewand des Pfarrers, der ungläubig an sich herabsah und schockiert einen stolpernden Schritt zurücktat. Er fasste sich schnell und griff nach dem Kind, das nun auf dem Boden lag und sich in Krämpfen wand.

Marie und Barbara waren bei ihr angelangt und auch Roman Wojtek stand plötzlich da. Während Barbara nach Annas Puls suchte und ihr die Hand auf die kaltschweißige

Stirn legte, Marie neben ihr kniete und ihr mit einem Taschentuch Erbrochenes vom Mund wischte, schob er die Frauen beiseite und hob das Mädchen mit beiden Armen auf.

Die Gemeinde saß wie vom Donner gerührt und schaute atemlos gespannt zu, wie die kleine Prozession die Kirche verließ. Vorneweg der Roman mit der reglosen weißen Gestalt auf den Armen, hinter ihm Marie und Barbara, ebenso schreckensbleich wie das Kind und zuletzt Florian und Hannah Sittler.

Hannah blieb im Mittelgang kurz stehen, beugte sich nieder und hob den kleinen weißen Schuh auf, den Anna verloren hatte. Dann richtete sie sich auf und nahm stolz die Schultern zurück. Sie ließ den Blick über die Gemeinde gleiten und sagte entschuldigend: »Sie hat nicht gefrühstückt.« Die Flügeltüren schlugen hallend hinter ihnen zu und ein leises Tuscheln hob an.

❋

Es war die Signatur des Pfarrers, die mich aus dem Gleichgewicht brachte. Wieder einmal war ich nicht vorsichtig genug gewesen. Hatte zu spät die Schranken hochgezogen, um mich abzugrenzen. Ich hätte mich hernach ohrfeigen können! So gedankenlos und dermaßen ungeschützt war ich, seit jenem furchtbaren Tag auf dem Dorfplatz, nicht mehr in eine Vision hineingestolpert. Mein Silberauge lag zu Hause im Nachtkasten. Das Kleid hatte keine Taschen und mir war nicht der leiseste Gedanke daran gekommen, dass ich ihn überhaupt brauchen würde, dass so etwas geschehen mochte. Es überkam mich einfach. Meine Nervosität und der grummelnde Bauch trugen dazu bei, dass ich für einen Moment unachtsam war.

Mir war schon zuvor schlecht gewesen; die Morgenmilch rumorte in meinem Gedärm und ich hätte wohl besser vor dem Gottesdienst noch etwas Nahrhaftes zu mir genommen. Doch ich war viel zu aufgeregt zum Essen, wo es doch der lang ersehnte Tag meiner Erstkommunion war.

Am Vorabend ging ich zum ersten Mal in meinem Leben zur Beichte. Ich saß in dem dunklen Beichtstuhl und wusste gar nicht so recht, was ich denn gestehen sollte. Ich war einige Male ungehorsam gewesen und hatte gegen die Mutter aufbegehrt. Doch ansonsten? Ich fand nicht, dass ich eine arge Sünderin oder gar verderbt war.

Der Herr Pfarrer trug mir auf, fünf Ave Maria zu beten und bußfertig zu sein. Und ich sollte meine Gedanken rein halten. Ansonsten wäre ich nicht würdig, um das erste Mal die Kommunion, Leib und Blut Christi, zu empfangen. Es ging mir nicht recht auf, was die Ave Marias damit zu tun haben sollten. Und unreine Gedanken? Ich war neun Jahre alt! Doch ich küsste die Hand des Herrn Pfarrers, kniete mich folgsam auf die harte Bank und betete die Aves brav herunter, tastete dabei über die braunen Holzperlen des Rosenkranzes

»Gegrüßet seist du, Maria, voll der Gnade, der Herr ist mit dir. Du bist gebenedeit unter den Frauen und gebenedeit ist die Frucht deines Leibes, Jesus. Heilige Maria, Mutter Gottes, bitte für uns Sünder jetzt und in der Stunde unseres Todes. Amen.«

Immerhin hatte ich danach das Gefühl, der Buße genüge getan zu haben. Es war schon eine recht langweilige Angelegenheit, fünf Ave Marias hintereinander zu beten. Ich wollte so sehr den wahren Glauben finden, doch in meinem Herzen fand ich nur Fragen. Einerseits war ich noch jung und andererseits hatte ich schon viel mehr gesehen als meine Altersgenossen. Der Tod war mir nicht fremd. Ich hatte ihn erlebt, in all seiner Schwärze. Und auch das ohnmächtige Gefühl, nichts tun, ihn nicht aufhalten zu können. Meine Erwartungen an die Unterweisungen hatten sich nicht erfüllt. Es war andächtig und schön in der Kirche, ja, doch was hatten Gold und prächtige Krippenfiguren mit dem Glauben zu tun? Ich hatte weder Maria, die Gottesmutter, gespürt noch den Heiland. Den Heiligen Geist schon gar nicht. Der echte Glauben dahinter blieb mir irgendwie verschlossen. Ich konnte meine Mutter fast verstehen, die sich von Gott abgewandt hatte. Wo war die Kirche, wenn es um das einfache Leben ging? Da gab es keinen goldenen Zierrat und schöne Gesänge, nur harte Arbeit. Und doch wollte ich nur ebenso normal sein wie die anderen Kinder und dieses Fest feiern. Vielleicht würde morgen, bei der Einsegnung, die Erleuchtung über mich kommen ...

Ich war aufgeregt und schlief schlecht in dieser Nacht. Das weiße Kleid und die blanken Schuhe geisterten durch meine Träume; die hohle Stimme des Pfarrers im dunklen Beichtstuhl neben mir und die Ave Marias, in denen ich mich ständig verhaspelte, und sie endlos wiederholen musste. Mitten in der Nacht erwachte ich. Aus einem Impuls heraus stand ich auf und nahm die Tracht aus der Truhe. Ich grub meine Nase in das dunkle Tuch und dachte an den Tag zurück, als ich sie gefunden hatte. Das Halsgeschmeide steckte noch in der Seitentasche; ich zog es heraus und ließ es im Dunkeln durch die Finger gleiten. Ich unterdrückte das Bedürfnis, zu der schönen Frau hinzugehen, die ich in dem Bild gesehen hatte, wie ich es den ganzen Winter über verdrängt hatte. Ich döste über dem Nachsinnen ein und erwachte erneut, warf mich herum und fand nicht wirklich Ruhe.

So war ich fast froh, als die Mutter in der Früh hereinschaute und mich aus meinen fahrigen Träumen weckte. In die neuen Kleider zu steigen und mich so fremd zu sehen, verwirrte mich noch mehr. Natürlich fand ich sie wunderbar und schön, doch das war nicht ich, die mich aus dem Spiegel heraus anschaute. In der alten Tracht hätte ich mich wohler, ja, mehr als mich selbst gefühlt.

Alles war so unwirklich. Ich spürte den erwartungsvollen Stolz meiner Familie und auch die widerstrebenden Gefühle meiner Mutter, ihre Trauer und auch Glück. Und selber rang ich in mir mit dem aufregenden Gefühl, ein weißes Kleid und einen Kranz zu tragen und zugleich derart zu zweifeln. Der Hoffnung, in diesem Weihgottesdienst endlich die Hingabe an den Glauben zu fühlen, nach dem ich so sehr suchte. Und mit meinem sauer aufbegehrenden Magen, der sich dann über den Pfarrer ergab. Es war wirklich nicht lustig, obwohl wir in späteren Jahren noch oft darüber lachten. Dem Pfarrer vor der gesamten Dorfgemeinschaft aufs Messgewand zu kotzen, grenzte an Frevel.

Die Hostie und sein Geschmack darauf gaben den Ausschlag und der beißende Weihrauchgeruch tat sein Übriges. Von diesem Tag an war mir Weihrauch zuwider. Für einen Moment rissen mich die Bilder hinweg, die machtvoll aufstiegen. Ich überwand die Grenze zwischen unseren Körpern mit einer Leichtigkeit und fiel in den Pfarrer. Zu spät, mich zurückzuziehen. Es zog mich in sein Wesen hinein. Ich spürte mit jähem Erschrecken zu viele Seelen, zu viele Eindrücke. Und allem voran ihn selbst. Lange Abende mit sorgenvollen Gedanken über den Notizen der Predigt und seine tiefe Einsamkeit, wenn er allein zu Bett ging. Eine unerreichbare Liebe, deren Entsagung ihn schier den Glauben kostete. Seine Trauer über die große Not der ihm anvertrauten Menschen. Letzte Ölungen über Greisen und Jungen, Trauerfeiern für die Gefallenen und Gestorbenen. Ich sah ihn vor dem Kreuz in der Kirche knien, liegen, so sehr geschlagen und bitterlich weinen. Mein Herz litt mit ihm. Ich musste mich seinem Leid ergeben.

Und der schöne Tag, auf den ich mich so sehr gefreut hatte, endete in Erbrochenem und fiebrigem Unwohlsein. Schlimmer als all das war das Gefühl, nicht nur mir selbst, sondern auch allen anderen den Tag gründlich verdorben zu haben. Ich war eine Schande für meine Familie und das ganze Dorf und schämte mich sehr.

✳

Kapitel Fünf

Das Festmahl beim Dorfwirt fiel aus. Niemandem aus der Familie war zum Essen zumute, geschweige denn, sich Geschwätz und spöttischen Augen zu stellen.

Anna lag in Maries Bett und war in einen erschöpften Schlaf gefallen. Barbara und Marie saßen noch bei ihr.

Florian Sittler wusste, wo Barbara den Enzianschnaps verwahrte und bediente sich selbst. Nachdem er sich zum dritten Mal kurz hintereinander eingeschenkt und das gut gefüllte Stamperl in einem Zug geleert hatte, zog die Sittlerin Flasche und Glas zu sich herüber und goss sich selbst ein. Sie keuchte auf, als die scharfe Flüssigkeit ihr die Kehle hinunter rann und eine brennende Spur bis in ihre Eingeweide zog. Mit einem harten Ruck stellte sie das leere Glas auf den Tisch zurück. Sie öffnete den Mund, um etwas zu sagen, und schloss ihn dann wieder.

Marie trat ein, gefolgt von Barbara. Sie zog einen Stuhl heran und ließ sich schwer darauf fallen, stellte die Ellbogen auf und barg ihr Gesicht in den Händen.

Barbara nahm die Flasche hoch und betrachtete sie stirnrunzelnd. »Sei's drum«, sagte sie achselzuckend, ging zum Schrank und holte drei weitere Schnapsgläser heraus. Dann stellte sie die vier Gläser eng nebeneinander und schenkte sie in einem Schwung voll, ohne auch nur einen Tropfen zu vergießen.

Der Sittler grinste schräg und schaute sie aus verhangenen Augen an. Etwas undeutlich nuschelte er: »Sauber, Madl.« Auch er hatte nicht gefrühstückt und der scharfe Alkohol auf den nüchternen Magen stieg ihm bereits ins Hirn.

Barbara setzte sich und schob jedem ein Glas hin. Sie nahm ihres auf und prostete den anderen zu: »Nun denn, das Kyrie und Gloria haben wir verpasst. Das müssen wir jetzt wohl selbst singen. Wohl bekomm's!« Sie stürzte den Enzian auf einmal hinunter und schenkte sich sofort nach. Dann hob sie das Glas erneut: »Auf dich, Pfarrer. Ich hoffe, dir schenkt auch einer ein Stamperl ein. Du kannst es bestimmt gebrauchen«, schob sie trocken hinterher und leerte das Glas.

Marie hob den Kopf und sah sie ungläubig an. Der Florian ließ sich in seinem Stuhl zurückfallen, nahm ergeben das Stamperl auf und schüttete es in seinen Schlund. Hannah stand ihm in nichts nach und trank, ohne Keuchen dieses Mal. Zögernd nahm Marie das Gläschen und trank es ebenfalls aus. Barbara schob die leeren Schnapsgläser vor sich zusammen und schenkte erneut ein. In einem Schwung, ohne Verlust. Sie schob jedem seines hin. Sie sahen sich stumm an und der Florian prustete grunzend los.

Mit einem Mal mussten sie alle lachen. Sie lachten wie irre; gaben sich noch einmal der Vorstellung des entsetzten Pfarrers, der an seinem beschmutzten Talar herunterschaute und der vor Neugierde atemlos starrenden Gemeinde hin. Haltlos wieherten sie, bis ihnen die Tränen liefen, lachten die Schande und den Druck weg, die zentnerschwer auf ihnen gelastet hatten.

Mit unsicherer Zunge sagte der Sittler: »Auf unsere Anneli! Die sie alle das Fürchten lehrt.«

Sie hoben erneut die Gläser und brennend schoss ihnen der scharfe Enzian durch die Kehle.

Marie setzte ihr Glas ab und sprach leise, fast unhörbar in das Glucksen und verrückte Lachen hinein: »Morgen gehen wir wieder auf die Alm.«

Sie blieb unerbittlich. Am nächsten Morgen begann sie zu packen. Anna ging es wieder einigermaßen gut; sie fühlte sich zwar noch schwach, doch sie hatte kein Fieber mehr und konnte aufstehen. Niemand machte ihr einen Vorwurf, im Gegenteil, alle kümmerten sich rührend um sie. Doch der vorangegangene Tag lag auf ihnen wie zäher Morast. Anna wich den Frauen aus, so gut es ging. Stillschweigend verrichtete sie ihre Arbeit und strengte sich an, alles recht zu machen.

Am Nachmittag kam es zu einem bösen Streit zwischen den Schwestern. Barbara beschwor Marie, im Dorf zu bleiben und es einfach auszustehen. In einigen Wochen würde keiner mehr darüber reden. Sie brachte sämtliche Gründe vor, die ihr einfielen. Anna hatte sich doch gut eingelebt und ging ihr fleißig zur Hand. Und sie sollte weiter zur Schule gehen.

Marie blieb hart und ließ sich nicht umstimmen. Ihr einziger Beweggrund war unschlagbar; Anna musste in Sicherheit gebracht werden. Nur das war wichtig! Es würde immer wieder eine andere, eine nächste Situation geben, in der dieser Fluch unversehens zuschlug. Wer wusste schon, was beim nächsten Mal geschehen würde? Sie war die Angst davor leid. Bevor Anna ihre vermaledeite Gabe nicht ebenso sicher beherrschte wie die Schwester das offensichtlich tat, war sie auf der Alm besser aufgehoben.

Je hartnäckiger Barbara auf sie einredete, desto sturer und härter wurde Marie. Irgendwann antwortete sie Barbara überhaupt nicht mehr und drehte ihr den Rücken zu.

Anna wusste nur zu gut, dass sie die Ursache des Zwistes zwischen der Mutter und der Tante war und zog den Kopf ein. Als sie nach der abendlichen Stallarbeit in die Waschkammer hinter der Küche trat und ihr Kopftuch und die Stallkleider an den Haken hängte, sah sie den geflochtenen Weidenkorb da stehen.

Marie steckte den Kopf durch die Tür: »Anneli, wenn du gewaschen bist, essen wir zu Nacht. Danach musst du deine Sachen packen.«

Anna seufzte schwer. Der Mutter war es wirklich ernst. Ihr war klar, dass weder Flehen noch Schmeicheln noch Tränen helfen würden, die Mutter umzustimmen. So fügte sie sich. Doch es ging sie hart an.

*

Meine wenigen Kleider waren schnell in dem bauchigen Weidenkorb verstaut. Zwei Werktaggewänder, mein Sonntagsdirndl, ein wenig Weißwäsche und fünf Paar gestrickte Strümpfe sowie einige bunte Haarbänder. Das Kommunionkleid hing zum Trocknen am Kleiderkasten; die Mutter hatte vergeblich versucht, es zu säubern. Es war wohl verdorben. Der feine Stoff hatte Scheuerbürste und scharfe Seifenlauge nicht überstanden. Das vormals gestärkte Tuch hing schlaff auf dem Holzbügel, völlig zerknittert. Ein breiter gilbiger Flecken zog sich über die Vorderseite. Die weißen Strümpfe packte ich ein, doch die Schuhe ließ ich stehen. Auf der Alm waren sie unnütz. Nur das Kränzel legte ich obenauf, bevor ich den geflochtenen Deckel des Korbes schloss. Das wollte ich mitnehmen, obwohl mich die unschuldigen weißen Blüten auf ewig an den gestrigen Tag erinnern würden. In einer kleinen hölzernen Kiste verstaute ich meine Bücher, die Schreibfedern, das Tuschefässchen, Kreide und Schiefertafel. Und mein kostbares Herbarium, das ich mit Dedes Hilfe über den Winter angelegt hatte.

Auf jeder Seite des dicken grauen Papiers hatten wir in stundenlanger Arbeit mit Mehlkleister ein Kraut aufgeklebt. Daneben trug ich in steil aufgerichteten Buchstaben sorgfältig ein, wo es wuchs, zu welchen Zeiten man es am besten pflückte und wie es schließlich wirkte. Wie man Samenstände, Blätter und Blüten verarbeiten musste, um den größtmöglichen Nutzen daraus zu ziehen. Die letzten Seiten waren den giftigen Pflanzen vorbehalten und mit dunkler Tusche umrahmt, die wir eigenhändig aus Galläpfeln und Hagebutten hergestellt hatten. Sorgfältig gab ich die Pressrahmen und mein Büchlein in die Kiste hinein, die mir der Großonkel zur Erstkommunion geschreinert hatte.

Dann war ich fertig. Einen Moment schwankte ich, ob ich die Truhe mit dem Gewand ebenfalls mitnehmen sollte. Ich entschied mich dagegen. Sie hatte so viele Jahre hier gestanden und es kam mir falsch vor, sie aus dem Haindlhof zu entfernen.

Ich warf mich auf mein Bett und schlug wütend mit der Faust auf mein Kissen. Bittere Tränen stiegen in mir hoch. Es war so ungerecht! Das ganze Leben war so ungerecht! Ich wurde für etwas bestraft, für das ich nichts konnte. Ich hasste diese gottverfluchte Gabe, die man mir ungefragt aufgelegt hatte. Eine offene Tür wurde hart hinter mir zugeschlagen und ich musste dahinter bleiben. Ich hatte einen winzigen Zipfel Freiheit erhascht und es aus tiefstem Herzen genossen, in die Schule zu gehen und Spielkameraden zu haben, ein Teil des Dorfes zu sein. Nun zwang man mich, auf die einsame Alm zurückzugehen, um Kühe zu hüten und für den Rest meines Lebens Mist zu kratzen. Ich wusste, dass ich da verkümmern würde. Wo ich doch gerade erst begonnen hatte, nach Wissen und dem richtigen Leben zu greifen. Ich war nicht wie meine traurige Mutter mit ihrem schweren Gemüt, die zufrieden mit der Einsamkeit und sich selbst schien. Ich wollte im Tal bleiben!

Zornig stieß ich mit den Füßen das Federbett weg und stand auf. Es schien still im Haus, doch die Dede war sicherlich noch wach. Wir schätzten beide die stillen Nachtstunden, in denen man nicht beim Lesen und Nachdenken gestört wurde. Auf Zehenspitzen schlich ich die Treppe hinunter und mied behutsam die Stellen, von denen ich wusste, dass sie besonders laut knarrten. Unter der Tür von Dedes Behandlungszimmer fiel ein matter Lichtstreifen heraus. Ich klopfte vorsichtig an und wartete auf ihr leises »Herein?«

Ich drückte die Tür einen Spaltbreit auf. »Dede? Kann ich mit dir sprechen?«

Die Tante saß vor ihrem Schreibtisch und schrieb. Sie winkte mich herein und ich huschte durch die Tür und drückte sie lautlos hinter mir ins Schloss, um die Mutter nicht aufzuwecken. Die Tante zog einen Stuhl herbei und deutete wortlos mit dem Finger darauf. Da saßen wir nun, beide im Hemd und aufgelösten Haaren, und ich sah ihr an, dass sie ebenso ratlos war wie ich selbst.

»Dede«, hub ich unsicher an, »kannst du nicht noch einmal mit der Mutter reden? Ich will nicht auf den Berg! Ich kann nicht!«

Die Dede schaute mich an, in ihrem Blick sah ich Verständnis und Mitgefühl, doch sie erwiderte bedauernd: »Anneli, du weißt, dass du deiner Mutter gehorchen musst.« Sie zog die Beine hoch und stellte die Füße nacheinander an der Tischkante auf. »Wer weiß, vielleicht ist es erst einmal das Beste für uns alle, bis sich der Aufruhr gelegt hat«, sagte sie sinnend, griff nach einer Schreibfeder und begann, sie wieder und wieder in den Fingern drehen. »Die Leute reden schon genug und die Kinder in der Schule werden dich schief anschauen und verspotten. Schließlich hast du den Pfarrer vollgespien!« Sie lachte bei der Erinnerung daran kurz auf. »Und wo ich meiner Schwester recht geb«, sie sah mich direkt an, »du musst es endlich in den Griff bekommen.«

Ich senkte beschämt den Kopf. »Ja, ich weiß.«

Sie setzte die Beine ab und warf die Feder auf den Tisch zurück, rutschte in einem Ruck nach vorn und fasste mich hart unters Kinn. Ihre grünen Augen bohrten sich streng in die meinen. »Was hast du gesehen? Wo ist es schiefgegangen? Ich hab dir doch gezeigt, wie es geht. Wie du die Barriere hochziehen musst. Wir haben das tausendmal geübt und ich war mir sicher, du kannst es! Wie konnte das passieren?«

Ich wurde unter ihrem unnachgiebigen Blick ganz klein und die Schuld kam erneut über mich. »Ich weiß auch nicht … Es war alles so verwirrend«, erwiderte ich kleinlaut. »Es ging so schnell. Er legte mir die Hostie in den Mund und gleich darauf riss es mich. Ich hab nicht damit gerechnet, dass …«, ich zögerte und fuhr, ein wenig mutiger nun, fort. »Es war so stark. Und weißt du, Dede, er ist sehr allein und furchtbar traurig. Und er…«

Die Dede wischte mit einer schnellen Handbewegung meine holperige Erklärung beiseite. »Es ist völlig gleichgültig, wie und was er ist. Du musst endlich lernen, deine Fähigkeit zu meistern, Anneli! Wenn du dich nicht abgrenzen *kannst, wird es immer wieder geschehen. Du weißt, was das bedeutet. Einer findet heraus, wie du bist und was du kannst und gleich drauf wissen es alle. Und dann können weder deine Mutter noch ich dich schützen. Dann sperren sie dich weg.«*

Ich begehrte auf. »Ja, aber Dede, ich will es doch lernen. Nur auf der Alm ...«, meine Stimme blieb mir schier im Hals stecken, »... da kann ich es nicht.«

Die Dede nahm meine Hand und sie wurde ganz eindringlich, fast ein wenig harsch: »Du hast mich nicht verstanden, Anneli! DU MUSST SIE BEHERRSCHEN! Und zwar schleunigst. Es ist gleich, wo du es lernst. Wenn dir hier so etwas noch einmal passiert, kommen wir alle in Teufels Küche. Da hat deine Mutter mehr als recht! Ich hab dir alles gezeigt, was ich weiß. Lern endlich damit umzugehen! Erst dann kannst du wieder herunterkommen.«

Ich schluckte. Sie hatte recht – ich wusste es.

Ich würde es nun auf meine eigene Weise versuchen. Und so öffnete ich meine Studierkiste, räumte sie noch einmal ganz aus und legte noch etwas dazu, ganz unten hinein, bevor ich Bücher und Pressrahmen wieder darauf schichtete und den Deckel darüber schloss.

❊

Kapitel Sechs

Am Morgen verließen sie den Haindlhof in aller Frühe. Der Abschied zwischen den beiden Frauen war kurz und wortkarg. Anna schaute über die niedrige Rücklehne des Pferdefuhrwerks, bis es um die Ecke bog und sie das Haindl und ihre Tante, die mit verschränkten Armen vor dem Haus stand und ihnen nachblickte, nicht mehr sehen konnte.

Florian Sittler half ihnen, ihre Sachen ins Haus zu tragen, und machte sich dann wieder auf den Weg.

Marie war fast einen Monat früher dran als vorgesehen. Sie hatte vorgehabt, zum ersten Mai auf den Julianenhof hinaufzugehen, um das Anwesen für den Almsommer herzurichten. Wenn die Tiere im Juni heraufgetrieben wurden, sollte alles bereit sein. Jetzt, zu Anfang April, lag oben noch Schnee und es würde unwirtlich sein. Noch waren Osterferien und so schob Marie den Gedanken daran, wie es mit Annas Schulunterricht weitergehen sollte, weit nach hinten. Sie wollte nur – so schnell als möglich – das Dorf hinter sich lassen. Und so glich der Ortswechsel eher einer hastigen Flucht.

Die nächsten Tage verbrachten sie mit Scheuern und Putzen. Sie lüfteten das alte Bauernhaus durch und bezogen die Betten neu, fegten die Dielen und staubten die Wandborde ab. Mit einem Lappen, den Marie um einen Besenstiel wickelte, holte Anna die Spinnweben aus allen Zimmerecken herunter und danach kalkten sie die Wand hinter dem Herd frisch. Marie strich die hölzernen Fensterrahmen mit Leinölfarbe neu an; Anna wusch die Scheiben und polierte sie mit altem Zeitungspapier, bis sie in der Frühlingssonne glänzten. Nach dem Haus kamen die anderen Gebäude an die Reihe. Sie leerten die Sickergrube unter dem Abtritt und schleppten Eimer voll vergorener Exkremente hinters Haus, um sie auf den halb gefrorenen Misthaufen zu kippen.

Anna konnte noch tagelang den Gestank an ihren Händen riechen, doch sie erledigte die schmutzige Arbeit ohne Murren. Das Häusl wurde ebenfalls neu gestrichen, der dunkle Holzsitz mit einer Bürste und heißer Seifenlauge abgeschrubbt. Dann kam der Schuppen an die Reihe. Sie setzten das Feuerholz ordentlich auf und fegten die Späne zusammen.

Die meiste Arbeit gab es im Stall. Er war seit Jahrzehnten nicht so gründlich gesäubert worden. Sie schleppten Unmengen eiskalten Wassers vom Brunnen herein und schütteten es in die leeren Standplätze der Kühe, scheuerten den steinernen Boden und befreiten ihn von altem Unrat. Sie säuberten die Lachenrinne und die Futterkrippen, kratzten klebrige Mistreste aus allen Fugen und schrubbten die mit Steinplatten bedeckte Stallgasse sauber ab. Auch im Stall wurden die Fenster geputzt und Anna konnte sich nicht erinnern, dass sie das jemals getan hatten. Zum Schluss zerteilte sie mit einer hölzernen Heugabel die Strohballen und warf die Streu durch die Luke nach unten, wo Marie sie mit einem groben Rechen in die Stellplätze verteilte.

Sie scheuerten mit heißem Wasser Milchgeschirr und die Zentrifuge aus; auch das Butterfass und die Käseformen wurden vom Winterstaub und saurem Geruch befreit, sauber ausgewaschen und zum Trocknen in die Frühlingssonne auf den Kopf gestellt. Mit einer Mischung aus Öl und Pech strichen sie den Kuhstall von außen an. Hernach sah der Stall aus wie neu.

Marie schien wie getrieben. Sie fand keine Ruhe und arbeitete ohne Unterlass. Bei Tagesanbruch stand sie auf und ging erst zu Bett, wenn es längst dunkel war. Anna konnte kaum mithalten. Sie schufteten den ganzen Tag über. Und jeden Abend fielen sie bleiern müde in ihre Betten, körperlich verausgabt und völlig erschöpft.

Es war eine eigenartige Zeit. Obwohl sie stundenlang Hand in Hand miteinander arbeiteten, sprachen sie nur das Notwendige. Mit keinem Wort erwähnten sie den Weißen Sonntag, obwohl es Anna auf der Zunge brannte und sie die Mutter zu gerne gefragt hätte, wie es nun weitergehen sollte mit der Schule und allem. Doch Marie schien wieder in ihr altes Schweigen zu versinken und entgegnete den vorsichtigen Versuchen, das Gespräch darauf zu bringen mit augenscheinlich Wichtigerem.

»Anneli, leg Feuerholz nach, wir brauchen noch mehr heißes Wasser« oder »Wir müssen unbedingt dem Hiasl Bescheid sagen. Es regnet im Schuppen durch das Dach.« Die Mutter, die mit einem fröhlichen Lächeln auf den Lippen und manchmal fast ausgelassen durch die Wintertage gegangen war, schien wieder verschwunden zu sein. An ihre Stelle trat die frühere, herbe Marie, die umsichtig, aber wortkarg ihrem Tagwerk nachging.

Als alle schwere Arbeit auf dem Julianenhof getan war, kamen die Weiden an die Reihe. Sie besserten die Zäune aus und klopften Maulwurfshügel glatt. Anna sammelte tausende Steine auf und schichtete sie neben den Zäunen zu niedrigen Mauern und Haufen. Und nicht wenig Zeit verbrachte sie damit, die Weidealmen abzugehen und nach giftigem Jakobskreuzkraut und Hahnenfuß Ausschau zu halten, um die Pflanzen sorgfältig auszustechen. Eine Kuh, die versehentlich davon fraß, lief Gefahr, jämmerlich zu verenden.

Die langen Gänge über die feuchten Wiesen brachten Anna ein wenig innere Ruhe zurück. Ihre Gedanken, die sich im Haus nur um und um gedreht hatten, entwirrten sich im frischen Aprilwind. Sie entkam dem bedrückenden Alltag aus Scheuern und Bürsten, und ihre rissigen geröteten Hände konnten sich endlich wieder mit den geliebten Kräutern und all dem Grünzeug beschäftigen, die sich unter der Frühlingssonne aus dem feuchten Boden schoben. Sie nahm ihren

Lieblingsplatz wieder in Besitz, einen kleinen, mannshohen Felsen hoch über dem Haus. Dort hörte sie, wenn die Mutter nach ihr rief und war in wenigen Minuten unten. So oft es ging, saß sie aber da, den Rücken an den schroffen Stein gelehnt, kaute auf einem Grashalm und dachte nach.

Ihr nächtliches Gespräch mit Barbara ging mit ihr um; sie konnte es nicht vergessen. Barbara hatte ratlos gewirkt, so als ob sie die Gewalt von Annas Visionen nicht recht verstehen konnte. Was war das nur für eine Gabe, die gerade in ihr so mächtig war und sie manches Mal geradezu hinwegfegte? Die Generationen ausließ, nur um sich dann in einer folgenden umso stärker zu manifestieren.

Auch die Großtante Hannah besaß die Gabe, doch anscheinend weitaus schwächer als ihre beiden Schwestern, die ebenso unter ihren Visionen und dem Fieber gelitten hatten wie Anna selbst. Die eine starb daran und Großmutter Juliane war schwermütig geworden.

Die Dede besaß sie und hatte gelernt, sie zum Heilen der Menschen zu nutzen. Doch sie ging so selbstverständlich, so leicht damit um; es schien sie nicht weiter zu plagen. Nicht so, wie es Anna bedrängte.

Und dann war da noch die Mutter; ihr fehlte die Gabe gänzlich. Doch hatte sie ein untrügliches Gespür für Gefahr. Und weshalb wurde sie nur über die Frauenlinie vererbt? Überhaupt, gab es denn gar keine Söhne unter ihren Vorfahren?

Sie zermarterte sich den Kopf und versuchte, eine Erklärung oder Verbindung zu finden. Doch umsonst, nicht eine kam ihr und sie nahm sich vor, bei der nächsten Gelegenheit die Dede zu fragen.

Anna nahm heimlich ihre Übungen wieder auf, ohne dass Marie davon wusste. Sie arbeitete sich Stück für Stück durch alle alten Erfahrungen hindurch, das Silberauge vor sich auf der Schürze. Wasser, die verhasste Milch, Holz, Stein, Erde und in ihr Gewachsenes. Es fiel ihr alles leicht; sie musste die Bilder fast zum Emporsteigen zwingen, so sehr war ihr alles vertraut und gewohnt. Die Menschen waren es, die ihren Geist durcheinanderbrachten und ihre Schranken brachen, das erkannte sie nun deutlich. Und so fasste sie am letzten Maitag den Entschluss, endlich einen Schritt weiterzugehen. Sie hatte es schon zu lange aufgeschoben.

❄

Ich überlegte Tage hin und her, wie ich es angehen sollte. Was brauchte ich dazu und wie konnte ich die Dinge in meine Dachkammer schaffen, ohne dass die Mutter etwas bemerkte. Sie schien mich ständig mit Argusaugen zu beobachten. Eine Waschschüssel hatte ich eh oben, einen Wasserkrug ebenfalls. Der Stein war immer bei mir, er ruhte sicher in meiner Rocktasche. Räucherwerk durfte ich keinesfalls benutzen, denn die Mutter würde es sofort riechen. Ich spielte mit dem Gedanken, heimlich ein Laken aus ihrem Kleiderkasten zu nehmen, um mein Bett damit abzudecken. Ich hatte keine Lust, mich zu erklären, warum ich es neu beziehen musste, falls ich mich erbrach. Doch ich war sicher, sie würde es bemerken und so ließ ich das Leintuch. Der Fußboden war zwar unbequem, doch er würde genügen. Blieb mir nur, dafür zu sorgen, dass sie mich nicht hörte, falls ich dabei redete, stöhnte oder womöglich sogar schrie. Auch dafür fand ich eine Lösung.

Und so entschied ich mich, nichts weiter vorzubereiten. Die schlimmsten Visionen hatte ich aus heiterem Himmel gehabt. Ich hoffte nur, dass die Mutter müde genug war, um sehr tief zu schlafen. Der Zufall kam mir zu Hilfe. Sie bereitete sich nämlich am Abend einen Würzwein zu. Der war anscheinend so stark, dass sie auf der Eckbank über ihrem Strickstrumpf einnickte. Ich saß neben ihr, über mein Herbarium gebeugt und beschloss, dass heute die beste Gelegenheit war. Eine passendere würde wohl so schnell nicht kommen. Ich stand auf und räumte mein Buch auf das Bord über der Bank und dabei erwachte sie. Müde rieb sie sich über die Augen, erhob sich ebenfalls und legte den Riegel vor. Wir wuschen uns über dem Waschstein; sie kämmte sich die langen Haare aus und flocht sie zu einem Zopf. Ich tat dasselbe und dann gingen wir nach oben. Sie wünschte mir eine gute Nacht und küsste mich auf die Stirn.

Ich schloss die Tür hinter mir und bedauerte fast, dass sie keinen Riegel hatte. Doch womöglich war es besser so. Ein paar Minuten hörte ich die Mutter noch in ihrer Kammer umhergehen und das Bettgestell knarzen, als sie sich niederlegte. Dann war es still im Haus.

Während ich wartete, bis sie fest eingeschlafen war, goss ich Wasser in den Becher und stellte ihn auf dem Nachtkasten neben der Kerze ab. Ich zog meine kleine Holzkiste unter dem Bett hervor, vermied dabei jedes verräterische Kratzen und Schaben, klappte den Deckel hoch und holte den Samtbeutel heraus. Dann setzte ich mich mit gekreuzten Beinen auf die Holzdielen, holte das Silberauge vom Nachtkasten und legte es in meinen Schoß, zog die verblichene Kordel auf und schüttete den Inhalt auf mein Nachthemd. Im flackernden Licht der Kerze schimmerten die alten Schmuckstücke verheißungsvoll neben dem schlichten Stein und ich spürte, wie sie mich anzogen. Ich überlegte einen Moment, wählte die Kette aus und schob die Ohrringe mit den blutroten Steinen, den Goldring und die breite Haarklammer zurück in den Beutel. Die Samttasche legte ich in die Kiste zurück.

Dann griff ich unter das Laken und holte mein spitzohriges Schmusetier hervor. Ich hatte vor, es mir in den Mund zu stecken, um nur ja keinen Laut von mir zu geben. Es war mir vertraut und sein Geschmack würde mich nicht von meinem Vorhaben ablenken oder in eine andere Richtung führen.

Ich nahm die Kette von meinem Schoß. Das Geschmeide glitt schwer und kalt durch meine Finger. Die Silberkette war rundum besetzt mit durchbrochenen, filigranen Rosetten, in deren Mitte jeweils ein winziger dunkler Granatsplitter eingearbeitet war. Als ich sie an beiden Enden hochhob, klingelten die Rosetten fein aneinander. Ein etwas größerer Stein zierte die kastenförmige Silberschließe. Die Halskette war wunderschön und das Kerzenlicht ließ die kleinen Steinchen funkeln, als ob sie von einem inneren Feuer erfüllt seien. Ich widerstand der Versuchung, das Geschmeide umzulegen und riss mich vom Anblick des Halsbands los; schließlich konnte ich nicht die ganze Nacht hier sitzen und es bewundern. Eine Aufgabe lag vor mir.

Ich hob die Kette an meinen Mund. Die Rosetten glitten kühl über meine Lippen und doch empfand ich in ihnen eine innere Hitze, verheißungsvoll und glühend. Meine Zunge glitt zögerlich über die Schließe und schmeckte das angelaufene Silber.

Es brauchte keinen Herzschlag. Der metallische Geschmack und das, was darunter lag, nahmen mich im nächsten Augenblick mit. Es war so stark! Ich hatte keine Zeit mehr, mir das Tierchen in den Mund zu stopfen, um meine Laute zu ersticken. Es riss mich einfach in die Frau hinein.

Sie stand vor einem Spiegel; nein, ICH stand da ... War das überhaupt ein Spiegel? Eher eine mattpolierte Fläche, die das Bild lediglich unscharf zurückwarf. Sie – ich – nein, sie hielt mit einer zartgliedrigen Hand die Kette über der milchweißen Brust fest, während ein großer dunkelhaariger Mann hinter ihr stand und versuchte, die klemmende Schließe einzuhängen. Sie lachte ein wenig, weil er so unbeholfen war. Das kleine Schloss rastete ein und er strich mit warmen Fingern über ihren schlanken Hals. Küsste ihn und spürte, wie sein Bart sie kitzelte. Ich glitt in ihn hinüber, tastete in seinen Geist und empfand jäh seine Lust. Erschrocken wich ich davor zurück in die Frau und spürte dort dieselbe Hingabe. Das Bild verging. Noch während ich zwischen ihnen hin und her wechselte, verblassten die beiden Gestalten und ich fand mich vor einem Haus wieder.

Ein eichener, frisch geschnitzter Türstock, mit bunten Blumen und grünem Tannenreis umkränzt, erhob sich vor meinen Augen. Der Mann stand hinter der weißblonden jungen Frau, sein Körper drängte sich warm an sie. Oder an mich? Er hob sie auf seine Arme und trug sie über die Schwelle. Im Haus ließ er sie sachte herabgleiten und sie standen gemeinsam da und schauten stolz in die sonnendurchflutete Diele mit dem steinernen Boden. Ich erkannte mit einem Schaudern den vertrauten Steinboden und seitlich an der Wand die eiserne Klappe des Feuerofens, die ich selbst oft geöffnet hatte.

Ein neues Bild. Der Mann saß an einem grob gezimmerten Tisch und schrieb in ein Heft. Die Frau stand neben ihm, die Zungenspitze zwischen den Lippen und presste einen hölzernen Rahmen auf einen zweiten. Dazwischen lag eine Christrosenblüte. Sie beugte sich, tauchte die Feder in das Tintenfass und notierte etwas auf einem groben Blatt. Ein nächstes Bild. Mir schwirrte der Kopf; es ging so schnell. Die Frau lag in einem Bett. Sie stöhnte und ihr hoher Leib wölbte sich auf. Ich wich vor ihrem Schmerz zurück. Weiter, schnell weiter ... Die Frau kniete weinend vor einer Wiege und ich spürte ihr Weh wie mein eigenes, als sie den toten Körper an sich zog. Ich sah den Mann, der seiner Frau hilflos über das helle Haar strich und das Kind, das winzig klein und bleich dalag. Da war eine alte Frau, die ein Kreuz über seiner Stirn schlug, es aus der Wiege nahm und aus dem Zimmer trug. Ich sah Knechte und Mägde, die stumm am Tisch in der Stube saßen und aus einer Pfanne aßen, glitt in den Mann hinein, der ein Gebet sprach und gleich darauf wieder in die Frau. Wie sie im Fieber lag, die hellen Haare im Schweiß an den Kopf geklebt. Und gleich darauf schritt sie die Treppe herunter, noch blass, aber wieder sie selbst.

Ein weiteres Bild. Ein anderes Neugeborenes, schreiend und stark. Es lebte und der Bauer hielt es stolz in seinem Arm, während die Frau ihn erschöpft anlächelte. Gleich darauf sah ich sie über die Wiese hinter dem Haus gehen, einen geflochtenen Korb am Arm und mit einem spitzen Messer etwas ausgraben, während hinter ihr ein kleines Mädchen herumsprang. Ich sah den Bauern mit anderen Männern am Tisch sitzen, die Schnapsflasche und einen kleinen Stapel

Silberstücke zwischen sich. Ihn in der muffigstaubigen Stall-
kammer, wie er die kleine Magd mit dem hübschen Gesicht in
die Ecke drängte und ihr ins Mieder fasste. Wie das Mädchen
schreckhaft zurückwich und dennoch ängstlich stillhielt. Sah,
wie die Frau und der Mann stritten und sich böse anschrien.
Er hob die Hand und sie duckte sich vor ihm weg; sie musste
gehorchen und still sein, obwohl heiße Wut in ihr war. Wie sie
ihm schweigend den Rücken zudrehte, wenn er spät in der
Nacht ins Bett kam.

Ich spürte ihren Widerwillen vor seinen Berührungen,
ihre tiefe Enttäuschung und auch seine Scham. Und fühlte
ihr Herz brechen, weil die Liebe zwischen ihnen unbemerkt
dahin gegangen war. Wie sie sich in ihre Studien zurückzog
und unentwegt in eine Kladde schrieb. Pflanzen sortierte,
auskochte und in der Nacht, wenn alles schlief, so manchen
Sud selbst zu sich nahm, um herauszufinden, wie er wirkte.
Sie schrieb alles sorgfältig auf und versteckte das Büchlein
in ihrer Aussteuertruhe.

Ich erlebte die Halluzinationen leibhaftig mit, in die sie
fiel; ihre Krämpfe und auch, wie sie über die Grenzen ihres
Geistes hinausging. Ihre Gabe war stark und meiner so ähn-
lich. Doch ich nahm auch ihre Angst wahr, dass vielleicht
jemand mitbekam, was sie des Nachts trieb. Wie sie morgens
aufstand, gerädert und mit tiefen Schatten unter den Augen,
sich mit müden Bewegungen ankleidete und dann hinunter-
ging, um mit fester Hand ihren Hof und die ihr Anvertrauten
zu führen.

Ich war sie und er und alle gleichzeitig und empfand ihre
Gefühle wie meine eigenen; wie sie lebten, lachten, weinten,
miteinander stritten und sich wieder versöhnten. Ich zog
mich vor ihrer Vehemenz zurück und ging gleich darauf mit
ihnen in eine nächste Vision und eine nächste ...

Die Bilder verschwammen ineinander und immer schneller
wechselte ich zwischen ihnen hin und her. Bis ich ganz wirr in
der Seele war und kaum mehr wusste, in wem ich mich gerade
befand.

Da waren Christfeste und die Lohnauszahlung des Gesindes. Sie knicksten vor ihm und nahmen ein neues Gewand in Empfang. Eine Hochzeit; lachende und trunkene Menschen, die feierten und sich satt aßen. Einer spielte mit der Ziehharmonika auf und die Jungen tanzten; die Alten wippten mit den Füßen und klopften mit verbogenen Knöcheln den Takt auf dem Tisch. Ich sah den Bauern, älter und reifer nun, und dass sich Grau in sein Kopfhaar und weiße Strähnen in das ihre geschlichen hatten. Wie sein Bauch sich unter der Weste wölbte und er behäbig über seine Uhrkette strich. Und dann saß er an dem runden Tisch in der Stube und hielt eine Feder in der Hand. Eine schwangere Frau mit schüchternen Augen stand vor ihm und neben ihr ein junger Mann. Ich berührte kurz seinen Geist und fühlte seine Erleichterung. Er bekam das Gut überschrieben, auf dem er so lange gearbeitet hatte. Die Schwiegereltern zogen sich endlich aufs Altenteil zurück. Er würde den Reichtum mehren und für ihre Eltern sorgen, doch nun hatte er das Sagen auf dem Hof. Die schöne Frau, älter nun, doch noch immer aufrecht und schlank, stand hinter dem Bauern, und wieder trug sie den Schmuck, die hellen Haare mit der Klammer festgesteckt und war in die feine Tracht gekleidet. Sie setzte ihre zierliche Unterschrift neben seine auf ein Dokument. ›Juliana Haindl‹ las ich und ein freudiger Schrecken durchzuckte mich. Bevor ich den Gedanken festhalten konnte, wurde er von einem neuen Bild überlagert. Sie standen in der Kirche und der Jungbauer hielt stolz ein Neugeborenes über den Taufstein. Das Kind zuckte, als das Weihwasser seine Lippen berührte und ich sah Tochter und Mutter einen erschrockenen Blick wechseln. Das Bild wich einem Nächsten. Der Alte lag krumm in seinem Bett, zur Hälfte gelähmt, eine Decke über seine knorrigen Beine gebreitet und sehnte den Tod herbei. Er brabbelte sinnlose Laute, die keiner verstand, obwohl sie sich in seinem Kopf klar und richtig formten. Seine tiefe Reue, als er viel zu spät erkannte, dass Silberstücke und ein reicher Hof nichts mehr wert waren, rührte mich tief an. Er bettelte stumm um Erlösung und die Frau, nun selbst gebeugt von ihren vielen Lebensjahren, das weiße Haar dünn und schütter, hob ihm mit zitternden Fingern einen Becher an die Lippen. Obwohl einiges von dem dunklen Saft aus seinem schiefen Mund rann, schien es zu genügen.

Ich erfasste, wie der Lebensfunke aus dem Bauer wich und seinen letzten bewussten Gedanken; das Greifen nach Vergebung und seine unendliche Dankbarkeit. Er atmete schon nicht mehr, als die Frau den Becher noch einmal auffüllte und ihn bis auf den letzten Tropfen austrank. Sie kroch mühsam neben ihren Mann in das breite Bett, zog die Decke über ihre nackten Füße und faltete die knochigen Hände über der Brust. Sie hatte keine Angst vor dem Sterben und empfand keine Reue. Sie hatte ein langes Leben gelebt.

Ich sah ihren großen Geist langsam verglühen und tastete aufweinend nach dem letzten Rest ihres Bewusstseins. Sie durfte nicht gehen! Unsere Seelen berührten sich und ich spürte, wie sie sich verbanden und sich erkannten. Da war so viel Wissen, so viel reine Energie und eine Klarheit, die mich staunen ließ! Diese Gabe, die in ihr ebenso stark brannte wie in mir. Ihre verlöschende Kraft sammelte sich und etwas löste sich von ihr. Eine leuchtende Kugel, schillernd und wabernd wie meine eigene Regenbogenblase. Sie traf auf meinen Schutz, zerbarst und umschloss sie mit blauem Feuer.

Und dann hörte ich ihre Stimme! Sie klang mir dröhnend im Kopf und ich fühlte die Präsenz der Frau, so als ob sie direkt neben mir stünde. Nein, sie war in mir! ›Geh jetzt zurück, Anna! Du gehörst nicht hierher!‹ Ich spürte einen harten Schlag und wie etwas in mir schmerzhaft entzweiriss.

Die Verbindung brach ab. Eine große Schwäche erfasste mich. Ich fiel zurück und schlug mit dem Hinterkopf am Nachtkasten an.

Die Vision war noch nicht vorbei. Doch nun sah ich alles nur noch wie in einem fernen Traum. Ich war nicht mehr in ihnen, lediglich ein stiller Beobachter.

Da war ein Leichenzug; die Bäuerin und ihr Mann wurden zu Grabe getragen. Die Tochter mit den schüchternen Augen weinte bitterlich. Ich sah sie den braunen Schmuckbeutel und die Festtracht in die Truhe legen, wie sie den Hut in die Hände nahm und die Bänder sorgsam aufrollte. Ihn vorsichtig obenauf bettete, ein Lavendelsträußchen danebenlegte und seufzend den Deckel über den Habseligkeiten der Mutter schloss. In eine nächste Truhe packte sie das Buch und die Papiere, die Kleider des Bauern verstaute sie in einem separaten Kasten. Sie ließ die Kisten auf den Dachboden tragen und ihr Mann und sie bezogen die große Kammer.

❅

Anna kam zu sich, als die Morgensonne aufging und ihre ersten Strahlen durch das kleine Fenster warf. Sie lag noch immer auf dem harten Fußboden und ihr war sterbensschlecht. Und kalt. So kalt wie noch nie zuvor in ihrem Leben. Sie rappelte sich hoch und legte den Stein, den sie noch immer mit der Hand umklammert hielt, auf das Nachtkästchen. Die Kette schob sie unter das Kissen. Mit gierigen Schlucken trank sie das Wasser aus und spürte, wie es die letzten Reste dieser lebhaften Vision mit sich nahm. Dann fiel sie auf ihr Bett.

Kapitel Sieben

Marie nahm die Hände aus der Schüssel und wischte sich mit dem Unterarm über die Stirn. Der Brotteig klebte ihr an den Fingern und sie griff mit der Rechten in den Mehleimer und streute eine weitere Handvoll Weizenmehl darüber. Sie schob die Finger unter den Teig, versuchte ihn vom Boden der Schüssel zu lösen und schlug mehr Luft hinein, bemühte sich, eine glatte Kugel zu formen. Der Teig widerstand und mit einem ärgerlichen Laut zog sie die Hand heraus und rieb die Finger aneinander, um die klebrigen Reste abzustreifen.

Sie ließ sich auf einen Stuhl sinken. Nicht einmal das Brot wollte gelingen. Zum Brotbacken brauchte es vor allem Hingabe, Kraft und frischen Sauerteig. Letzteren hatte sie verwendet, doch das andere fehlte ihr. Sie war so müde, so sehr erschöpft und fühlte sich ausgelaugt. Sie hörte die helle Stimme ihrer Tochter vor dem Haus.

Mit wem redete das Kind? Ein Schrecken durchfuhr sie und zugleich ermahnte sie sich selbst. Es war langsam an der Zeit, dass sie die Angst um ihre Tochter in den Griff bekam.

Anna hatte ihr in den letzten Wochen keinen Anlass zur Sorge gegeben.

Sie warf ein Tuch über die Teigschüssel. Eilig wusch sie sich die Hände im Waschstein, eilte mit großen Schritten durch die Küche und trocknete sie im Gehen hastig an ihrer Schürze ab. Sie trat vors Haus, blinzelte ins grelle Sonnenlicht und hob die Hand über die Augen. Da stand Anna vorn am Felsengrat und lachte hellauf, während ein großer, breitschultriger Mann neben ihr auf sie einsprach.

»Anna?«, rief sie und hörte selbst die Schärfe in ihrer Stimme.

Der Mann trug Bergschuhe, einen Hut und einen großen Rucksack auf dem Rücken. Nur ein Wanderer, dachte sie beruhigt, als die beiden sich umdrehten und über das steinige Plateau zum Haus herüber schlenderten.

»Servus, Marie«, grüßte er, breit lächelnd und zog den Hut. Da erst erkannte sie den Roman. Sein schwarzes Haar klebte ihm verschwitzt am Kopf; er zog sein Sacktuch heraus und rieb sich darüber, sodass ihm die Locken wirr hochstanden. Anna kicherte und Roman zog sie an einem ihrer langen Zöpfe.

»Grüß dich, Roman. Was treibt dich denn herauf?«, gab Marie den Gruß zurück und ließ sich auf der Bank nieder. »Wir haben selten Besuch heroben.«

Er nahm neben ihr Platz und hob den schweren Rucksack auf die Bank.

»Anna«, bat Marie ihre Tochter, »hol dem Roman etwas zu trinken, ja?« Anna lief in die Küche. Mit einem Steingutbecher und dem Wasserkrug kam sie zurück, während er seine Stiefel aufschnürte und die langen Beine von sich schob.

»Ich war letztens bei der Barbara, hab mir auf den Daumen gehauen«, er hob die Hand und Marie sah, dass der Nagel schwarz verfärbt war und ein kleines Loch aufwies. »Und da hab ich sie auch nach der Kleinen da gefragt.« Er stupste Anna an und grinste: »Du weißt schon, wegen der Sache in der Kirche. Wollt einfach wissen, ob's ihr wieder gut geht.«

Marie gab vorsichtig Antwort. »Ja, es war am nächsten Tag wieder vorbei. Und vergelt's Gott, dass du uns geholfen hast. Es war schon recht peinlich.«

Er winkte ab. »Ach geh, das war doch selbstverständlich. Ich hab mir gleich gedacht, dass so was passieren könnt. Sie hat schon vorher arg käsig ausgeschaut.«

Marie wunderte sich ein wenig. Dass ihm das aufgefallen war … Sie nickte nur bestätigend und fragte: »Und nur darum hast du den weiten Weg hier hoch gemacht?«

Er nahm den Rucksack zu sich her und nestelte die Riemen auf. »Nein, ich war eh unterwegs und die Barbara hat mir etwas für euch mitgegeben.« Er zog ein Paket heraus und darunter ein zweites, etwas flacheres. Das Erste gab er Marie und das Größere reichte er Anna, die vor ihnen auf die Bank hingerutscht war.

Marie knüpfte die Schnur auf und wickelte das Papier ab. Eine gewachste Tüte kam zum Vorschein, darunter lag ein Brief. Marie schob den Brief in die Schürzentasche und öffnete die Tüte. Ein köstlicher Duft strömte heraus und sie hielt erfreut die Nase über das Päckchen. »Oh, Kaffeebohnen«, sie sah ihn vorsichtig lächelnd an, »grüß sie von mir und sag ihr Dank!«

Auch Anna hatte mittlerweile das braune Packpapier abgewickelt. Ein schmales, dunkles Büchlein und ein beschriebenes Blatt lagen darin. Sie nahm das Blatt und las halblaut vor:

Liebe Anneli,

schau, was ich beim Aufräumen in der Truhe mit den Papieren gefunden habe. Ich glaube, es gehörte der Frau vom Johannes Haindl, der den Hof gebaut hat. Zumindest denke ich das, denn von den Jahreszahlen her passt es. Und wahrscheinlich ist diese Juliana Haindl sogar diejenige, der deine Truhe gehört hat. Denk dir nur, sie hieß Juliana, wie deine selige Großmutter! Es gibt sonst keine bei unsren Vorfahren, auf die JH zutreffen würde. Halt es in Ehren, denn es ist sehr alt. Ich fand es sehr aufschlussreich.

Deine, dich herzlich liebende Dede

Neugierig nahm Anna das Büchlein in die Hand und schlug den abgegriffenen, dunklen Einband auf, der an den Ecken weiß abgestoßen war. ›*Juliana Haindl*[1]‹ stand da, in

---

[1] Juliana Haindl

einer steilen Handschrift, darunter ›*Kräuterlein und ihre Wirkungen*[2]‹.

»Oh Mama, schau doch, ein Kräuterbuch!« Anna trennte vorsichtig die aneinanderhaftenden Seiten und blätterte es durch, besah sich neugierig die Zeichnungen und versuchte, die verblasste Tuscheschrift daneben zu entziffern. Sie seufzte glücklich, ein Lächeln blühte in dem kleinen Gesichtchen auf. »Juliana. Ich wusste es«, flüsterte sie.

Marie seufzte ebenfalls, nicht ganz so erfreut. Ihre Schwester konnte es einfach nicht lassen. Sie hätte sich gewünscht, Barbara ließe die alten Geschichten da ruhen, wo sie gewesen waren. Ihre Tochter hatte genug mit sich zu tun. Sie tastete nach dem Brief in ihrer Schürze. Den würde sie später lesen, wenn sie alleine war.

Sie gab sich einen Ruck. »Roman, möchtest du mit uns essen? Ich würd mich gern für deine Hilfe bedanken. Und auch dafür, dass du uns die Sachen heraufgebracht hast.«

Er sah sie mit blitzenden Augen an. »Da sag ich nicht nein, Marie. Ein bisschen Zeit hab ich noch, bis es dunkel wird.« Er blieb tatsächlich, bis die Sonne fast untergegangen war.

Marie richtete eine Brotzeit her und dann saßen sie da vor dem Haus, aßen miteinander und es war ein heiteres Mahl.

Der Roman hatte lustige Geschichten von seinen Reisen zu erzählen und brachte Marie ein ums andere Mal dazu, dass sie schmunzelte oder sogar einmal hell auflachte. Anna machte das froh und zum ersten Mal, seit dem unseligen Kommunionssonntag, ließ ihre innere Anspannung nach. Die Mutter war die letzten Wochen so ernst gewesen. Nun brachte der Roman es fertig, dass Marie ihre Zurückhaltung aufgab und sich sogar zu amüsieren schien. Als er ging und sich artig für die Jause bedankte, lächelte sie ihn offen an.

»Komm gut hinunter ins Dorf, Roman, und eil dich, der Weg liegt bestimmt schon im Dunkeln.«

---

[2] Kräuterlein und ihre Wirkungen

Sie gaben sich die Hand. An der Wegbiegung schaute er noch einmal zurück und winkte. Anna winkte fröhlich zurück und Marie hob ebenfalls kurz den Arm. Der Schatten über ihnen schien ein wenig zurückgewichen zu sein.

Marie schickte Anna zu Bett und räumte den Tisch ab. Und während sie abspülte und das Geschirr zurück auf das Bord räumte, ließ sie den Abend noch einmal an sich vorüberziehen. Es war unterhaltsam gewesen. Sie hatte den Eindruck gehabt, der Roman mochte sie gern. Doch sie war noch nicht bereit, sich auf einen anderen Mann einzulassen. Wegen dem Toni nicht und um der Anna willen schon zweimal nicht. Und dennoch, es war ein netter Abend gewesen.

Als sie sich über den Tisch beugte, knisterte Barbaras Brief in ihrer Tasche. Sie zog sich die Lampe herüber und riss ihn auf. Ein eng beschriebenes Blatt in Barbaras runder Handschrift lag vor ihr. Im hellen Lichtkegel las sie, mit zunehmendem Verdruss, Barbaras Worte.

Meine liebe Marie,
ich hoffe, es steht alles zum Besten bei euch auf der Alm. Das Haus ist still ohne Dich und Anneli. Es tut mir leid, wie alles gekommen ist. Auch, dass wir im Streit auseinandergegangen sind.

Vielleicht beruhigt es Dich, zu wissen, dass keiner mehr über den Weißen Sonntag redet. Es gibt längst andere Neuigkeiten. Vaters Knecht Pirmin hat der Theres Oberndörfer ein Kind gemacht. (Ich habe es ja kommen sehen. Sie war schon immer ein loses Ding.) Vater spuckt Gift und Galle und Clemens erst recht. Der Pirmin ist nicht gerade seine erste Wahl für einen Schwiegersohn.

Ich hoffe, du bist nicht böse wegen des Buchs, welches ich Anneli zukommen ließ. Bestimmt hast du darum auf mich geschimpft. Doch ich finde, dass es ihr nicht schaden wird, ein wenig mehr über ihre Urahne zu erfahren.

Marie, hast du eine Entscheidung getroffen wegen der Schule? Der Schulmeister hat schon dreimal nachgefragt.

Ich weiß nicht, was ich ihm noch sagen soll. Er wartet auf eine Antwort.

Nächsten Sonntag, zum Auftrieb, komme ich mit hinauf. Ich bin froh, wenn ich die Viecher aus dem Haus habe. Die Arbeit wird mir zu viel.

Deine Barbi

Marie schnaubte durch die Nase und knüllte das Blatt zusammen. Sie stopfte es ins kalte Ofenloch. Zwei Kühe! Die machten doch fast keinen Aufwand! Im selben Moment schalt sie sich wegen ihrer Ungerechtigkeit. Barbara war nun mal keine Bäuerin und verabscheute die Stallarbeit. Doch Marie ärgerte sich; über ihre Schwester, die sie drängte und über den Lehrer, der nicht lockerließ. Doch wenn sie ehrlich war; am meisten ärgerte sie sich über sich selbst. Sie hatte die Entscheidung viel zu lange hinausgeschoben, nicht einmal darüber nachdenken wollen. Jetzt, in einigem Abstand zu den Geschehnissen, kam sie sich kleinlich vor. Wie eine ängstliche Glucke, die übervorsichtig ihr Küken unter den Flügel nahm und selbst den Kopf darunter zog. Sie atmete tief durch und schob die ungebetenen Gedanken weg.

Langsam stand sie auf und legte den Riegel vor. Dann blies sie das Licht aus und tappte im Dunkeln die Treppe hinauf. Morgen. Morgen würde sie mit Anna sprechen.

Kapitel Acht

Sie hörten die sonntäglichen Kirchenglocken aus dem Tal heraufläuten.

»Anna, beeil dich«, rief Marie. »Sie kommen bald! Es gibt noch einiges zu tun!«

Der Almauftrieb im Frühjahr war kein so großes Fest wie die Viehscheid im Herbst. Und doch erwarteten Bauersleute und Treiber ein Mittagsmahl und einen kühlen Trank. Der Julianenhof war die letzte Station auf dieser Seite des Tals und Marie wusste, dass die Männer dann oft noch sitzenblieben und sich nur allzu gern bewirten ließen.

Sie waren gut vorbereitet; Stall und Weiden hergerichtet, der Tisch vor dem Haus mit bunten Wiesensträußen geschmückt. In der Küche standen in einem wackligen, hohen Stapel die Jausenbretter bereit. Daneben lagen runde, knusprige Brotlaibe, die sie am Freitag gebacken hatten und die Küche mit ihrem hefigen Geruch erfüllten. Marie zog ein langes Messer über den Schleifstein, prüfte vorsichtig die Klinge mit ihrer Fingerkuppe und hobelte lange Streifen von der mächtigen Speckseite ab.

Der Viehtrieb wurde zu Mittag erwartet. Wenn die Burschen sich nach dem Kirchgang beim Dorfwirt gestärkt hatten, würden sie die Kühe herauftreiben. In diesem Sommer sollten vierzehn Stück Vieh auf die Alm kommen, mehr als in allen Jahren zuvor.

Anneli klapperte in ihren Holzschuhen die Treppe herab.

Marie sah auf. »Wie weit bist du?« Auf dem Brett lag bereits ein Berg Speckstreifen, doch sie schnitt weiter eine Scheibe um die andere herunter.

»Ich bin fertig, Mama. Was soll ich noch tun?«

»Geh und füll die Wasserkrüge. Draußen fehlen noch Becher. Und Anneli«, rief sie dem Kind hinterher, »schau in die Kühlkammer, ob da genug Schnaps steht. Zwei Flaschen müssten reichen. Sonst musst du noch eine aus dem Fässchen abfüllen. Und bring die Butter mit.«

Nachdem Anna alle Arbeiten ausgeführt hatte, kam sie in die Küche zurück und stellte die Schüssel mit der Butter ab. Sie nahm das Holzmodel aus der Schublade und spülte es in kaltem Wasser, schlug dann das feuchte Tuch zurück und stach kleine Butterklumpen ab, die sie in die Form hineindrückte und glattstrich. Vorsichtig schob sie den Stempel heraus, hob mit dem Messer die runden Butterstückchen ab und setzte sie nacheinander auf einen Teller, ein jedes oben mit einer kleinen, erhabenen Enzianblüte verziert. Wassertröpfchen perlten auf der goldgelben Oberfläche und Anna beeilte sich, den Teller in die Kühlkammer zurückzutragen. Es war zu warm, um die Butter in der Küche stehenzulassen.

Der Juni war bis jetzt ungewöhnlich trocken und heiß gewesen und auch heute stand eine gleißende Sonne am wolkenlosen Himmel.

»Hier, trag den Speck auch hinein, damit er nicht austrocknet«, trug Marie ihrer Tochter auf und wischte sich die fettigen Finger an einem feuchten Tuch ab. Sie nahm zwei Becher vom Küchenbord und goss Kaffee ein, gab in den halbvollen für Anna einen guten Schuss Milch und einen Löffel voll Bienenhonig hinzu. »Komm Kind, wir sitzen noch einen Augenblick hinaus, bevor es mit der Ruhe vorbei ist.«

Anna folgte Marie und zusammen saßen sie auf der Bank vor dem Haus und schauten auf das hohe, steinerne Felsmassiv vor ihnen. Marie sah zu, wie Anna das Häferl feierlich hob und einen Schluck, ihren ersten im Leben, vom Milchkaffee nahm. Sogleich verzog sie das Gesicht und ihre kleine Nase kräuselte sich.

»Ich weiß auch nicht, was ihr Erwachsenen an Kaffee findet. Er schmeckt eigenartig. So bitter …« Etwas enttäuscht stellte sie ihr Häferl ab.

»Siehst du nichts?«, fragte Marie gespannt.

»Nicht, wenn ich nicht will«, gab das Kind zurück. »Na ja, meistens nicht«, schob sie mit einem schiefen Lächeln hinterher und nahm noch einen kleinen Schluck.

»Anna, wie ist das?«, hakte Marie neugierig nach. »Warum kannst du dies«, sie deutete auf den Kaffeebecher, »ausblenden und anderes wiederum nicht? Ich würde es gern verstehen. Ich will dich verstehen.«

Anna zuckte die Achseln. Sie überlegte eine Weile, bevor sie antwortete: »Ich weiß nicht, Mama. Bei solchen Dingen ist es einfach. Ich glaube, es ist bei mir anders als bei der Dede. Sie kann so gut damit umgehen, sich aussuchen, was sie sehen will und es lenken. Und mich … mich reißt es manchmal einfach mit sich weg.« Sie rieb sich die Nase und suchte nach Worten, um es besser auszudrücken. »Es passiert immer dann, wenn ich nicht achtsam genug bin. Wenn ich zu spät die Schranke hochziehe, glaube ich.«

Marie nahm ihre Hand. »Es tut mir leid, Anneli. Es tut mir so leid. Ich hab versucht, dich zu beschützen. Und dabei hatte ich selbst so viel Angst, dass ich vielleicht das Falsche getan hab.« Wieder einmal fand sie keine Worte, um sich zu erklären, und wünschte, mehr wie Barbara zu sein. Ihre Schwester fand immer den richtigen Ton und die rechten Worte.

Anna verstand sie dennoch. »Wenn ich es herausgefunden habe, dann sag ich es dir zuerst, Mama.« Sie lehnte sich an die Mutter. Marie legte den Arm um ihre schmalen Schultern und drückte sie; zutiefst dankbar, dass es wenigstens zwischen ihnen wieder gut war.

Das Klingeln der nahenden Kuhglocken drang zu ihnen herauf. Marie und Anna erwarteten die Männer und das Vieh an der Wegbiegung. Mit einem Handschlag begrüßte Marie die Männer und den Mathis Suter. Er würde ihr über den Sommer zur Hand gehen. Alleine war die Arbeit nicht zu schaffen und Mathis war jetzt fast dreizehn Jahre alt, hochaufgeschossen und noch etwas ungelenk. Ein ruhiger Junge, dessen Statur schon ahnen ließ, dass er ebenso breitschultrig und stark wie sein Vater werden würde. Er hatte die Volksschule bereits abgeschlossen und arbeitete als Knecht auf dem elterlichen Hof. Doch er kam mit dem Ziehvater ständig hintereinander und war nicht so recht glücklich da. So war er mehr als froh gewesen, als ihm der Sittler den Vorschlag gemacht hatte, über den Sommer auf die Alm zu gehen, um die Sennerei zu erlernen. Der Drexler war nur ungern bereit gewesen, auf seine beste Arbeitskraft zu verzichten. Aber mit einiger Über-redungskunst und ein paar Schillingen klappte es dann doch. Marie war froh, dass sie Mathis verdingen konnte.

Barbara wartete geduldig am Ende des Trosses, bis Marie bei ihr angelangt war. Die beiden Frauen musterten sich abwartend; eine jede suchte bei der anderen nach einem ver-söhnlichen Zeichen. Bis Barbara ihrer Schwester den Hütestab in die Hand drückte und der Kuh neben ihr einen festen Schlag aufs Hinterteil gab. Das Tier machte einen erschreckten Bocksprung nach vorn, sodass Marie mit einem Hüpfer zur Seite ausweichen musste.

»Da hast du das Viehzeug!«, sagte Barbara mit einem breiten Lachen und die goldenen Sommersprossen auf ihrer geröteten Nase hüpften fröhlich. »Und ich kann mich jetzt vielleicht wieder um die wirklich wichtigen Dinge küm-mern.« Aus ihren grünen Augen blitzte der vertraute, boshafte Schalk.

Marie musste ebenfalls lachen und schloss sie in die Arme. Sie konnte Barbara nie lange böse sein. Und sie war von Herzen froh, dass auch dieser Zwist, ohne viele Worte, endlich beigelegt war.

Es war später Abend, als die lustige Gesellschaft sich auf den Weg ins Tal machte. Die Dunkelheit brach herein und Marie gab ihnen zwei Blendlaternen mit.

»Die will ich aber wiederhaben!«, forderte sie den Pirmin auf, der sie um ein Licht gebeten hatte und noch der Nüchternste von allen zu sein schien. Die andern standen schon wartend an der Wegbiegung über dem Forstwald; sie lachten und scherzten laut miteinander und einige würden wohl gut zu tun haben, bis sie unten waren.

Anna und Barbara traten aus dem Haus, beide mit einem Korb in der Hand. Anna stellte den Henkelkorb auf dem Tisch ab und warf die Arme um ihre Mutter.

»Gute Nacht, liebe Mama! Danke, dass du es mir erlaubst.«

Marie drückte ihre Tochter fest an sich und grub die Nase in ihr helles Haar, sog den vertrauten Geruch ein und schluckte die Tränen herunter, die ihr aufsteigen wollten. Über Annas Kopf hinweg sah sie ihre Schwester an und bat sie mit zittriger Stimme: »Pass gut auf meine Kleine auf! Ich hoffe, ich bereue das nicht!«

Barbara gab ihren Blick ernst zurück. »Du weißt, dass ich auf sie achten werde, Schwester. Ich versprech es dir, genauso wie ich's dem Toni versprochen hab. Und in ein paar Wochen hast du sie ja wieder.«

Anna stellte sich auf die Zehenspitzen, gab ihrer Mutter einen Kuss auf die Wange und löste sich von ihr. Sie zwinkerte Barbara an. »Und bis dahin machen wir uns eine lustige Zeit, gell, Dede?« Blitzschnell zog sie den Kopf ein, kicherte und wich behände den Klapsen ihrer Mutter und der Tante aus, die zugleich die Hände gehoben hatten. Barbara und Marie lachten und umarmten sich herzlich.

»Wenn sie dir zu frech wird, dann setz sie in den Milchwagen und schick sie herauf!«, gab Marie ihrer Schwester mit. Mit scherzhaft erhobenem Zeigefinger drohte sie Anna. »Du weißt, dass es mit der Schule ganz vorbei ist, wenn du Unsinn machst! Ich bin schneller im Dorf, als du glaubst. Und Anneli«, sie wurde wieder ernst. »Wenn es nicht geht, dann komm wieder herauf, ja?« Sie küsste ihre Tochter noch einmal. »Ich hab dich lieb. Vergiss das nicht!«

»Ich hab dich auch lieb, Mama. Und ich pass schon auf. Es wird nichts passieren.«

Sie nahmen die Körbe auf. Barbara fasste Annas Hand.

»Komm jetzt, sie warten. Wir haben noch einen langen Weg vor uns.«

Während sie losgingen, blieb Marie an die Wand gelehnt stehen, voller besorgter Gedanken, bis die beiden bei den Männern angekommen waren. Das lärmende Grüppchen setzte sich in Bewegung und verschwand alsbald um die Wegbiegung.

Marie wischte mit dem Schürzenzipfel die dummen Tränen weg, schritt langsam über das Felsplateau und setzte sich auf den flachen Stein am Felsgrat. Lange saß sie da und sah den flackernden Lichtern zu, die schwankend durch den Auwald zuckten, hörte von fern das leise Gelächter und die rauen Stimmen der Burschen. Und sie fragte sich erneut, ob es richtig war, dass sie Anna gehen ließ.

Längst war es stockfinster, als Marie aufstand und zum Haus zurückging. Sie räumte noch ein wenig auf und schloss dann die Tür ab.

Der Mathis schlief gewiss schon in der oberen Dachkammer, neben Annelis Zimmer. Sie hatten den Raum für ihn hergerichtet; er war klein, nur ein Alkoven und eine schmale Kommode standen darin, doch der Bub war glücklich gewesen, eine eigene Kammer zu erhalten und nicht über dem Ofen schlafen zu müssen. Sie war froh, dass Mathis da war und ihr mit dem Vieh helfen würde. Er war ein guter Junge und sie nahm sich vor, dass er trotz der harten Arbeit einen schönen Sommer haben sollte.

Ein Kind für ein anderes, war ihr letzter, trauriger Gedanke, bevor sie die Augen schloss und einschlief.

Anneli war überglücklich, wieder im Haindl und in ihrer geliebten Dachkammer zu sein. Schnell fand sie sich wieder in den Alltag ein. In der Schule hatte sie einiges versäumt und brachte die meiste Zeit des Nachmittags mit Lernen zu.

Nach dem Unterricht ging sie für zwei Stunden zu Hannah Sittler. Barbara war oft unterwegs und hatte keine Zeit, um für sie beide zu kochen. Und auch keine rechte Lust dazu. Bei Großtante Hannah wartete zur Mittagszeit ein warmes Essen auf Anna. Erst danach lief sie nach Hause, fütterte die wenigen Hühner, suchte die Eier aus den Gelegen und nahm sie in der Schürze mit ins Haus. Das Schwein erkannte sie sofort wieder und drängte mit lautem Poltern gegen die Kobenwand, bis sie es hinter den Ohren kratzte. Es war dick und rund geworden und der Drexler hatte versprochen, es demnächst zu schlachten. Es würde sie lange ernähren und dann kam ein neues Ferkel in den Koben. Es war halt so und sie dachte nicht lange darüber nach. Die Stallkatze hatte Junge bekommen und Anna war entzückt. Die kleinen Kätzchen tapsten bereits neugierig im Stall umher. Eines davon war schwarz, mit einer schneeweißen Schwanzspitze.

Sie bat und bettelte, bis Barbara ihr erlaubte, es mit ins Haus zu nehmen. Sie nannten den kleinen Kater Beelzebub, weil er kohlrabenschwarz wie ein Teufel war und allerlei Unsinn anstellte. Er sprang auf die Ofenbank und von dort an den Vorhängen hoch und seine scharfen Krallen furchten einen langen Riss hinein. Bubi, wie sie ihn bald nannten, wich Anna nicht von der Seite. Wenn sie lernte, lag er warm und kehlig schnurrend auf ihrem Schoß und seine weiße Schwanzspitze zuckte träge durch die Luft.

Der kleine Kater gab auf Anna besser acht, als Barbara und die Sittlers es je gekonnt hätten. Denn jeden Abend, wenn Anna eines der Stücke aus dem Samtbeutelchen herausnahm, um zu üben, lag er neben ihr. Nicht träge dösend, sondern aufmerksam, die schrägen Augen hellwach auf sie gerichtet. Das Tier schien zu spüren, wenn sie zu weit ging. Einige Male biss er sie sanft, aber stark genug in den Finger und der jähe Schmerz holte sie schneller zurück, als das Silberauge es konnte.

Wohl war sie vorsichtig geworden und es kam nicht mehr so schnell über sie wie früher. Überhaupt rissen die Bilder sie nicht mehr unkontrolliert mit sich; sie waren noch ebenso intensiv und stark, doch nicht mehr so verstörend wie vormals und sie übernahmen Anna nicht mehr mit dieser unsäglichen Wucht.

Verwundert stellte sie fest, dass sie ungehindert zwischen den Seelen gehen konnte. Ihre Schutzhülle war irgendwie fester geworden. Auch deren Farbe hatte sich verändert. Sie schillerte nicht mehr bunt in allen Schattierungen des Regenbogens, sondern glänzte in einem tiefen, satten Blau.

Wieder und wieder ging Anna in die Bilder, jede Nacht aufs Neue. Sie wurde immer sicherer und bewegte sich nun ohne dieses elende Gefühl, in die Menschen und ihre Emotionen hineingerissen zu werden. Ihr wurde danach nicht mehr übel und sie bekam weder Krämpfe noch Fieber. Und je intensiver sie die Visionen herausforderte und meisterte, desto gewisser wurde sie, dass die Ahnfrau, die ihr in Geist und Kraft so ähnlich gewesen war, ihr diese Patronanz verschafft hatte; mit dem allerletzten, blau leuchtenden Lebensfunken, den sie um Annas eigene Abschirmung legte. Annas Schutz hielt nun alle verstörenden Gefühle draußen, er schien unzerstörbar und kraftvoll; sie konnte zwischen den Seelen kommen und gehen, wie sie wollte. Was sie nicht hinderte, sie besser kennenzulernen und ihre Gedanken zu erforschen. Doch die Gabe kontrollierte sie nicht mehr und das machte Anna mehr als froh.

KAPITEL NEUN
1952

Roman Wojtek stand vor dem Spiegelscherben in seiner Schlafkammer. Er feuchtete seine Hände in der Waschschüssel an und strich die schwarzen Locken nach hinten, bis sie ihm in großzügigen Wellen um den Kopf lagen. Das Gesicht hin- und herwendend prüfte er, ob keine Bartstoppeln mehr auf Kinn und Wangen standen. Dann spuckte er auf die Fingerspitze und strich sich damit über die Augenbrauen. Vor dem Haus hörte er die Burschen lachen. Mit einem letzten zufriedenen Blick in den Scherben wandte er sich zur Tür und nahm seinen Hirschfänger von der Kommode, in der er seine Kleider aufhob, trat mit dem Fuß die unterste Lade zu und steckte das kurze Messer mit dem geschnitzten Griff in die lederne Scheide, die er am Gürtel trug. Er rannte die beiden steilen Treppen hinunter, übersprang dabei jede zweite Stufe und riss die Tür auf.

Der Huberbauer saß auf der Bank vor dem Haus und blies Rauchkringel in die Luft, während ein paar junge Männer um ihn herumstanden und scherzten. Roman blieb neben ihnen stehen und hörte ihren unflätigen Witzen zu. Der Alte lachte geckernd, wischte sich den Mund über seinem langen Bart und reichte Roman eine kleine blecherne Schnapsflasche hin, die bereits die Runde gemacht hatte. Der nahm den letzten Schluck und schraubte das leere Fläschchen zu, bevor er es weitergab.

»Geh, Roman«, protestierte der Habersatter Schorsch und schüttelte missmutig die Flasche an seinem Ohr: »Hätt'st auch noch ein Schlückerl für mich drin lassen können.«

Die Burschen lachten und hieben ihm grölend in die Seite. »Komm Schorsch, du hattest deinen doch schon. Auf geht's, beim Wirt kriegst du mehr.«

Roman wünschte dem Huber eine gute Nacht.

»Schließ das Hintertürl ab, wenn du heimkommst«, gab der Alte ihm mit und winkte den jungen Männern mit der Pfeife nach, die ihn grüßten und sich auf den Weg machten.

Roman bewohnte die hintere Knechtstube, oben unter dem Dach und zahlte den Huber für Logis und Essen. Er war als Händler oft lange Wochen unterwegs und kam beim Huberbauern unter, wenn er ins Dorf zurückkehrte. Der strich die Schillinge ein, die ihm der Roman jeden Monatsersten hinlegte und fragte nicht viel.

Es war Sonnwend und wie jeden Juni wurde auf dem Kirchplatz ein Johannisfeuer entzündet. Als die Burschen den Kirchbichl hinauf schlenderten, sahen sie überall Leute stehen. Das ganze Dorf schien auf den Beinen zu sein; Kinder sprangen umher, obwohl es schon fast Nacht war. Roman wich zwei Buben aus, die Fangen spielten und fast in ihn hineinrannten. Als sie oben anlangten, wurde gerade der Holzstoß in Brand gesetzt. Sie gesellten sich zu den Menschen, die in einem weiten Kreis um das Johannisfeuer standen und schweigend zusahen, wie das Feuer emporkroch und sich schnell durch die Mitte des Holzstoßes fraß, bis es in einer großen Lohe aufbrannte.

Ein Windstoß ließ rotglühende Funken auffliegen und Roman schaute besorgt zum Himmel. Die letzten Tage waren für den Juni ungewöhnlich warm und schwül gewesen und zum Abend hatten sich dunkle Wolken über die Berge hereingeschoben. Es grummelte leise und über dem Hohwald sah man ein noch weit entferntes Wetterleuchten. Er hoffte, das Wetter würde halten und trat ein wenig näher zum Feuer. Von irgendwo drang fröhliche Ziehharmonikamusik heran; eine hohe zittrige Geige und ein dumpfer Bass fielen ein und die Leute begannen sich im Takt zu wiegen und zu drehen.

Roman verspürte keine Lust zu tanzen und zog sich an die Kirchenmauer zurück, lehnte sich an und zog seinen Tabaksbeutel aus der Joppe. Während er sich eine Zigarette drehte und sie anzündete, nahm er einige Schritte entfernt eine Bewegung wahr. Da stand eine schmale, hochgewachsene Gestalt in der Ecke zwischen Kirche und dem angebauten Pfarrhaus. Neugierig schaute er hinüber und erkannte im flackernden Feuerschein Marie, die mit verschränkten Armen dastand und dem lustigen Treiben zusah. Er nahm einen tiefen Zug und hustete kurz, als ihm der scharfe Tabakrauch in die Lunge drang. Nun entdeckte Marie ihn, nickte ihm zu und er hob die Hand. Sie winkte zaghaft zurück und sah gleich wieder zum Feuer.

Er rauchte und überlegte. Dann fasste er sich ein Herz und ging zu ihr hinüber, lehnte sich neben sie an die Hauswand.

»Servus Marie«, grüßte er sie freundlich. »Magst du auch nicht tanzen?«

»Grüß dich, Roman«, gab sie reserviert zurück. »Nein, ich wollt nur das Feuer anschauen. Es ist lang her, dass ich zur Sonnwend im Dorf war.«

Schweigend schauten sie in das lodernde Feuer.

Vorsichtig fragte Roman nach einer Weile: »Und warum bist du dann grad heuer da? Ihr habt doch bestimmt schon Vieh auf der Alm.«

Sie gab ihm lang keine Antwort und er dachte schon, sie hätte ihn nicht recht verstanden. Doch dann drang ihre leise Stimme durch die Dunkelheit an sein Ohr und er rückte ein wenig näher, um sie besser zu hören.

»Meine Tochter wollte unbedingt zum Johannisfeuer, weil sie noch nie dabei war. Und der Mathis Suter ist für mich auf der Alm geblieben. Morgen gehen wir wieder hinauf.«

Roman ließ den Zigarettenstummel fallen und trat ihn aus. Er wusste nicht so recht, wie er das Gespräch in Gang halten sollte. Er mochte die Marie, doch ihre kühle Zurückhaltung machte ihn unsicher. Er war es nicht gewohnt, dass eine Frau sich ihm gegenüber so reserviert verhielt. Doch eben das gefiel ihm auch an ihr.

Er verschränkte ebenfalls die Arme und legte den Kopf zurück an die Kirchenmauer. »Wie alt ist deine Anna jetzt? Sie müsste doch bald mit der Volksschule fertig sein?«

»Zwölf ist sie und sie hat noch ein Jahr«, antwortete Marie und schwieg wieder.

Eine klagende Klarinettenstimme übernahm die Melodie und schwang sich hoch über die dumpf brummenden Klänge des Basses und die Harmonien, die Geige und Harmonika vorgaben.

Die beiden an der Kirchenmauer beobachteten stumm die Dorfleute, die sich im Kreis drehten, fröhlich miteinander lachten, in kleinen Grüppchen beieinanderstanden und sich unterhielten. Das Feuer war ein wenig heruntergebrannt und ein paar Halbwüchsige sammelten sich davor, während in der Ferne ein weiterer Donner leise rumpelte. Einige Mädchen warfen aus altem Brauch Beifußkränzchen ins Feuer, um Gesundheit für ein weiteres Jahr zu erlangen. Danach machten sich die jungen Leute daran, kreischend Hand in Hand über die noch immer gut einen halben Meter hohen Flammen zu springen, begleitet von den aufmunternden Zurufen der anderen. Ein Bursche sprang zu kurz; er trat am Rand des Feuerkreises ins Feuer und helle Funken stoben auf. Mit einem lauten Schrei zog er das Bein aus der Glut und stolperte vorwärts, während seine rudernden Arme das Mädchen an seiner Seite mitrissen. Sie fielen außerhalb des Feuerkreises in den Kies. Die Menschenmenge begleitete das unglückliche Manöver mit lautem Gejohle und auch Roman und Marie lachten leise.

»Bist du schon einmal über das Johannisfeuer gesprungen?«, fragte Roman.

»Ja«, gab Marie versonnen zurück. »Doch das ist viele Jahre her.« Sie gab nicht mehr preis und Roman drang nicht weiter in sie. Er spürte, dass er eine schmerzhafte Erinnerung geweckt hatte.

Eine plötzlich aufkommende Windböe ließ das fast heruntergebrannte Feuer hoch aufflackern. Roman und Marie drängten sich unwillkürlich aneinander und zogen die Köpfe ein, als die roten Funken zu ihnen herüberstoben und glühend an der Mauer des Pfarrhauses vergingen. Marie trat sofort wieder einen kleinen Schritt zur Seite.

Die Leute jubelten, weil das junge Paar, das gerade über das Johannisfeuer sprang, die auflodernden Flammen ungeschoren überwand. Schwerer Donner grollte, ganz nah plötzlich. Ein greller Blitz schlug scharf zuckend über ihnen ein. Einen Moment später öffnete sich der Himmel und ein heftiger Platzregen prasselte auf den Vorplatz nieder. Innerhalb weniger Minuten war der Kirchplatz menschenleer.

Marie sah Barbara vorbeihasten, eine widerstrebende Anna an der Hand und war beruhigt; ihre Kleine schien in sicherer Obhut. Sie stand trocken unter dem Dachvorsprung und wollte abwarten, bis der Regen nachließ. Das Johannisfeuer verging langsam zischend unter den aufplatzenden Wassertropfen, und obwohl die Scheite im Innern noch glühten, verströmte der dunkler werdende Scheiterhaufen einen scharfen Geruch nach verkohltem Holz.

Einen Moment später wurde ihr wieder bewusst, dass sie neben Roman stand. Seine tiefe Stimme drang durch das Dunkel.

»Ich wär gern mit dir über das Feuer gesprungen.« Er entzündete ein Streichholz, das sein kantiges Gesicht einen Moment flackernd beleuchtete, bevor es wieder verlosch. »Wer weiß, vielleicht im nächsten Jahr?« Die Glut seiner Zigarette glomm rot auf, als er daran sog und sie hörte, wie er den Rauch einatmete und wieder ausstieß.

Marie wusste nicht recht, was sie antworten sollte. Sie war nicht sehr geübt im Tändeln und schön daherreden. Und doch genoss sie das Gefühl, von ihm als Frau wahrgenommen zu werden. Der Regen hing vor ihnen wie eine graue Wand und sie zog die Füße ein wenig zurück, weil die Tropfen auf ihre feinen schwarzen Schuhe spritzten.

Roman warf den Zigarettenstummel weg und zog seine Joppe aus.

»Na komm«, seine schwarzen Augen glänzten, »es sieht nicht danach aus, als würde der Regen bald aufhören. Ich bring dich nach Haus.« Er hielt die Lodenjacke über seinem Kopf ausgebreitet und wartete, ob sie einwilligen würde. Marie schaute mit schräggelegtem Kopf in den prasselnden Regen und zuckte dann die Achseln. Sie hängte sich bei ihm ein und im Laufschritt rannten sie den Kirchbichl hinunter. An der großen Eiche vor dem Wirtshaus suchten sie Schutz und stellten sich kurz unter, um zu verschnaufen. Ein Windstoß ließ weitere Tropfenschauer aus dem Blätterdach auf sie herabregnen, und lachend rannten sie wieder los, rempelten sich gegenseitig an, während sie unter seiner Jacke zusammenrückten, bis es endlich vollends egal war. Sie waren eh schon nass bis auf die Haut.

Als sie vor dem Haindl ankamen, rann Marie das Wasser aus den Haaren und ihr langer Rock war schwer vor Nässe. In ihren Schuhen quietschte es und auch Romans Stiefel gaben schmatzende Geräusche von sich. Sie drückten sich, außer Atem und kichernd, unter den vorspringenden First.

Marie streckte ihm die Hand hin. »Dank dir, Roman. Es war freundlich von dir, dass du mich heimgebracht hast.«

Er fasste sie, eh sie zurückweichen konnte, im Nacken. »Ich hoffe, ich seh dich nicht erst beim nächsten Johannisfeuer wieder, Marie! Behüt dich Gott.«

Bevor sie etwas erwidern konnte, drehte er sich um und rannte mit langen Schritten in die Nacht und den Regenvorhang hinein. Marie stand mit klopfendem Herzen an die Tür gedrückt und versuchte sich zu sammeln, bevor sie behutsam die Klinke niederdrückte und fast lautlos eintrat. Das Haus lag im Dunkeln und sie war froh darum.

Leise huschte sie in ihre Kammer, setzte sich aufs Bett und streifte die durchnässten Schuhe und Strümpfe ab. Sie nahm ein Handtuch von der Kommode und drückte sich das kalt in ihren Nacken tropfende Wasser aus den Haaren, bevor sie das Zimmer wieder verließ. Barfuß ging Marie die Treppe hinauf, das grobe Baumwolltuch um die Schultern gelegt, löste ihre feuchten Flechten und schaute in Annelis Zimmer hinein. Ihre Tochter schlief fest; sie hörte beruhigt deren tiefe, gleichmäßigen Atemzüge und zog vorsichtig die Tür wieder hinter sich zu.

Unter Barbaras Tür drang noch Licht heraus. Auf Zehenspitzen schlich sie vorbei, ehrlich froh, dass die Tür geschlossen blieb, und ihre Schwester sie nicht mit spöttisch angehobenen Augenbrauen erwartete. Jetzt noch der Barbara gegenüberzutreten und sich ihren neugierigen Fragen zu stellen, wäre zu viel des Guten gewesen. Sie fühlte sich ohnehin schon wie eine kleine Stallmagd, die sich heimlich zu einem verbotenen Stelldichein aus dem Haus geschlichen hatte und viel zu spät heimgekehrt war. Völlig grundlos — dessen war sich Marie mehr als bewusst. Immerhin zählte sie einundvierzig Jahre und war beileibe kein Mädchen mehr. Sie war eine angesehene Witfrau, die eigenen Grund besaß, selbst für ihr Auskommen sorgte und nicht auf einen Mann angewiesen war. Und sie war niemandem Rechenschaft schuldig, weil sie sich eine Stunde lang amüsiert hatte!

Marie warf stolz den Kopf in den Nacken und legte die Hände an ihre, immer noch mädchenhaft schlanke Taille. Sie machte ein paar leichtfüßige Tanzschritte zum Waschtisch hin und bereute fast, dass sie sich beim Sonnwendfeuer so kleinmütig zurückgehalten hatte. Was wäre schon dabei gewesen – sie hatte ewig nicht getanzt. Die Stirn gerunzelt, schaute sie prüfend in den ovalen Spiegel hinter dem Waschtisch, fuhr sich durch den Haaransatz und lockerte die feuchten, dunklen Haare auf. Mit einem festen Ruck riss sie ein silbrig glänzendes Haar aus und filzte es zwischen den Fingern zu einem kleinen knotigen Knäuel zusammen, bevor sie es in die Waschschüssel schnipste. Sie drehte den Docht herunter und blies das Licht aus. Rücklings ließ sie sich auf das breite Bett fallen und zog die warme Daunendecke über ihren klammen, ausgekühlten Leib. Sei's drum —

sie hatte einen schönen Abend gehabt und pfiff auf graue Haare.

Und den Roman scheinen sie auch nicht zu stören, dachte Marie mit einem Anflug von Belustigung, rollte sich auf den Bauch und stopfte sich die Zipfel des Oberbetts fest unter die Schultern.

Marie erwachte vom Siebenuhrläuten. Sie fuhr im Bett hoch und musste sich erst einen Moment besinnen, bis ihr einfiel, dass es Sonntag und sie im Haindl war. Sie hatte verschlafen; es war längst hell und der Himmel glänzte nach dem schweren Unwetter wie blankgescheuert. Ihr Dirndlkleid lag in einem feuchten Haufen auf dem Fußboden; das konnte sie unmöglich anziehen.

Sie hob es auf und breitete es über den Stuhl, öffnete den Kleiderkasten und nahm ein älteres dunkelblaues Gewand heraus, das sie seit Jahren nicht getragen hatte. Zufrieden stellte sie fest, dass es noch wunderbar passte, und band eine rosafarbene Schürze darüber. Nach ein paar kräftigen Bürstenstrichen flocht sie die Haare zu einem einfachen Zopf, warf ihn über die Schulter und lächelte sich im Spiegel zu. Summend ging sie über die Diele in die Stube, wo sie verwundert feststellte, dass aus der Küche der Duft von geröstetem Brot hereinströmte. Barbara war eine Langschläferin und wenn Marie zu Hause war, kroch sie erst aus den Federn, wenn es in der Küche ausgeklappert hatte. Nicht heute, wie es schien.

Marie seufzte abgrundtief und trat durch den offenen Mauerbogen in die angrenzende Küche. Wie erwartet, saß dort ihre Ziehschwester am gedeckten Tisch und schaute ihr entgegen, jeder Zoll an ihr brennende Neugierde und spöttische Belustigung.

»So, so, das gnädige Fräulein ist auch schon wach. Bist ja spät heimgekommen ...«

Marie wappnete sich innerlich gegen die in der Luft hängende Frage, mit wem sie heimgekommen war, und ließ sich auf der Bank nieder.

Barbara setzte breit grinsend noch eins drauf und säuselte: »Und so hübsch und gut gelaunt heut. Hell wie ein Frühlingstag ...«

Marie ließ sich an die Lehne zurücksinken und fluchte innerlich. Dann deutete sie mit dem Zeigefinger gelassen auf den Herd. »Es brennt«, bemerkte sie trocken.

Feine Rauchfäden stiegen kräuselnd von den vier Brotscheiben hoch, die nebeneinander auf der eisernen Herdplatte lagen.

»Kruzifix!« Barbara sprang auf und stieß die heißen Brotscheiben vom Feuer. Sie nahm mit den Fingerspitzen eine hoch und begutachtete angewidert die verkohlte Unterseite.

Marie gluckste unterdrückt. »Kümmer du dich mal lieber darum, dass wir ein anständiges Frühstück bekommen. Ist mir eh ein Rätsel, wer dich bekocht, wenn ich nicht da bin und du trotzdem so ...«, sie hielt einen Moment inne, überlegte und setzte dann hinzu, »... handfest geworden bist.«

Barbara sah Marie überrascht und ein wenig pikiert an, die nun ihrerseits feixend dasaß. Es stimmte, Barbara war ein bisschen fülliger geworden, doch es stand ihr gut und das wusste sie. Ein Blick in Maries lachende Augen genügte und sie wusste, dass sie ebenfalls gefoppt wurde. Sie ließ die ungenießbaren Brotscheiben in den Schweineeimer fallen und rutschte an den Tisch, stützte die Ellbogen auf und drängte neugierig: »Erzähl mir alles! Ich hab dich doch mit dem Wojtek an der Kirche stehen sehen!«

Marie winkte ab. »Wir haben gewartet, ob der Regen nachlässt. Und dann hat er mich halt heimgebracht. Sonst war da nichts.«

Barbara sah sie forschend an.

»Barbi, lass es gut sein. Ich glaub, ich bin alt genug.«

Barbara verzog den Mund und griff nach Maries Hand. »Du hast recht, Marie, entschuldige. Mir wär's von Herzen lieb, wenn du glücklich wirst. Nach dem Toni ...«, sie stockte einen Augenblick und fuhr dann fort, während ihre grünen Augen die Schwester besorgt anblickten. »Ach egal. Es ist an der Zeit, dass du endlich loslässt. Aber Liebes, pass mit dem Roman auf, ja?«

»Da gibt es nichts aufzupassen, Barbi. Er hat mich nur heimgebracht«, entgegnete Marie ruhig. Sie winkte zum Herd hinüber. »Und jetzt sieh zu, dass wir endlich ein Frühstück bekommen. Wir müssen bald los.«

Zwei Stunden später machten sich Marie und Anna auf den Heimweg zum Julianenhof. Die Messe war gerade zu Ende, als sie beim Dorfwirt vorbeikamen. Vor dem Wirtshaus standen einige Dörfler in Sonntagstracht. Die gingen jetzt erst einmal zum Frühschoppen, während die Frauen zu Hause Stall und Tiere versorgten und das Mittagsmahl kochten. Bäuerinnen, die in die Kirche gehen wollten, besuchten die Frühmesse um sieben Uhr; davor und danach wartete die übliche Arbeit auf sie wie an jedem Werktag.

Marie war froh, dass ihr der Kirchgang erspart blieb und ihr Tagwerk nicht durcheinanderbrachte. Sie, Anna und Mathis hatten sich miteinander auf der Alm gut eingerichtet. Anna ging jeden Morgen ins Dorf zur Schule und fuhr mit dem Milchwagen wieder hinauf. Es war ein langer Weg hinunter, doch sie ging ihn ohne Murren. Im Winter, wenn der Schnee zu hoch lag, blieb sie bei Barbara im Haindl. Mathis Suter kam von Mitte Juni bis Oktober herauf; er war längst aus der kleinen Dachkammer ausgezogen und bewohnte mittlerweile alleine einen kleinen Anbau hinter dem Haus, den Florian Sittler hatte errichten lassen.

Mathis war nun fast erwachsen und der Sittler hatte darauf gedrängt, weil es sich nicht schickte, dass er bei den Frauen im Haus wohnen blieb.

Der junge Mann übernahm einen Großteil der Almarbeit; er sorgte zuverlässig für das Vieh; melkte morgens und spätnachmittags, verarbeitete die Milch, was mehrere Stunden dauerte, und trieb das Vieh über die Nacht herein. Er hielt den Stall sauber, die Almwiesen und Weidezäune instand. Marie kümmerte sich ums Haus, den kleinen Garten dahinter und die Käserei. Sie war froh, dass Mathis nach wie vor jeden Sommer heraufkam. Der Junge war ihr ans Herz gewachsen wie ein eigenes Kind und hatte die Sennerei gut erlernt. Sie traute ihm mittlerweile durchaus zu, dass er eine Alm alleine führte.

Sie betraten das dunkle Haus und öffneten zuerst einmal die Fensterläden, um die helle Junisonne hereinzulassen. Dann machten sie sich gemeinsam daran, das Essen vorzubereiten, als es auch schon an der Tür klopfte und Mathis seinen zerzausten braunen Schopf hereinstreckte.

»Servus, Marie!«, begrüßte er sie fröhlich und zog den Kopf ein, um sich nicht die Stirn zu stoßen, als er eintrat.

»Mathis«, jubelte Anna und stürmte ihm entgegen. Sie warf sich in seine ausgebreiteten Arme und er drückte sie kurz, bevor er sie wegschob und ihr Haar durchwuschelte.

»Na, Hexlein«, fragte er, »Wie war es beim Sonnwendfeuer? Bestimmt hast du allen jungen Burschen den Kopf verdreht!«

Sie kicherte und stieß mit ihrer kleinen Faust nach ihm. »Geh, du Depp.« Darauf packte er sie an einem Zopf und zog sie daran fest zum Boden hinunter, bis sie lachend aufkreischte: »Lass mich aus, Mathis!«

Marie unterbrach das Gerangel. »Schluss jetzt, ihr beiden. Wascht euch die Hände – wir essen gleich. Und dann erzählst du, wie es heroben gegangen ist, Bub!«

Mathis zog die strampelnde Anna am Zopf hinter sich her aus der Küche bis zum Brunnen hin, und Marie hörte sie lachen und sich gegenseitig mit Wasser bespritzen. Sie lächelte in sich hinein. Anneli und Mathis gingen miteinander um wie Geschwister und das machte sie froh.

Der Mathis war außer Barbara und den Sittlers der Einzige, der um Annas Besonderheit wusste. Doch er machte kein Aufheben darum und nahm sie, wie sie war. Obwohl er sie darum selten Anneli, sondern immer nur Hexlein nannte.

In seinem ersten Almsommer hatte er eine Vision miterlebt, ja, sie sogar selbst ausgelöst. Sie hatten aus Spaß miteinander gekämpft und Anna biss ihn in den Finger, worauf sie sofort zu zucken begann und die Augen verdrehte, bis nur noch das Weiße darin zu sehen war. Nur für eine kurze Minute krampfte sie, dann hatte sie sich wieder in der Gewalt. Doch danach saß sie bleich und schweigsam auf dem Fußboden und bekämpfte die Übelkeit.

Mathis war zu Tode erschrocken und hielt ihre zitternde Hand. Marie kam herein und erfasste mit einem Blick, was geschehen war. Sie holte den Honig aus der Anrichte und schob Anna einen Löffel davon in den Mund. Dann zog sie das Mädchen auf ihren Schoß, hielt es und wartete ab, bis es sich erholt hatte und das Zittern nachließ. Der Junge saß mit verstörten Augen da, geschockt von ihrem Anfall. Anna hob den Blick und schaute ihn an, die grauen Augen mit Tränen gefüllt. Sie beugte sich vor und griff nach seiner Hand.

»Armer Mathis«, flüsterte sie. »Es ist gut, dass du bei uns bist. Hier tut dir keiner etwas zuleide.«

Er sah sie verblüfft an. »Was meinst du, Anneli?«

Traurig sagte sie, und die Tränen zogen nasse Spuren über ihre Wangen: »Ich hab dich gesehen, Mathis. In der Nacht, als sie die Elsbeth geholt haben. Wie du da auf der Bank gehockt bist und die Dede dir Schlafmohn gegeben hat. Ich hab deine Angst spüren können. Und auch, was der Drexler mit dir macht. Dass er dich schlägt und dich an deinem Ohr in den Stall schleift und wie arg es geblutet hat.«

Mathis wurde nun ebenfalls blass und er schluckte. Er hatte keinem erzählt, wie es für ihn auf dem heimatlichen Hof war, der eigentlich sein Erbe sein sollte, und auf dem er als Knecht mehr schuften musste, als es für ein Kind gut sein konnte. Der Abend, als ihm der Drexlerbauer fast das Ohr abgerissen hatte … nur weil er vergessen hatte, das Türl zum Hühnerstall fest zu schließen und die Hühner gackernd wieder in den Hof liefen. Es stand vor ihm, als sei es erst gestern gewesen. Er würde seine Ohnmacht und die brennende Wut auf den Mann, der seines Vaters Hof bewirtschaftete und die Waisenkinder wie armselige Bittsteller behandelte, niemals in seinem Leben vergessen. Der ihn herrisch am eingerissenen, blutenden Ohr über den Hof gezogen hatte wie einen Ochsen am Nasenring.

Doch wie konnte Anna davon wissen? Er sah die Marie an. »Wie weiß sie das alles?«, flüsterte der Junge leichenblass.

Marie hob Anna von ihrem Schoß und setzte sie neben sich auf die Bank. »Geht es wieder?«, fragte sie besorgt. »Ich glaub, wir sollten es ihm sagen, Anneli. Was meinst du?«

Das Mädchen nickte und wischte sich mit beiden Händen über die Augen. Mathis hörte wortlos zu, wie Marie ihm zu erklären versuchte, was es mit Annas Gabe auf sich hatte. Er konnte kaum glauben, dass ein Mensch so empfand, und doch spürte er die Wahrheit hinter ihren Worten. Marie hatte ihn noch nie angelogen und er vertraute ihr. Sie schärfte ihm ernst ein, mit niemandem darüber zu reden, und Mathis versprach es ohne Zögern. Nie im Leben würde er die beiden Menschen verraten, die ihn wie einen eigenen Sohn und Bruder aufgenommen hatten, die er liebte. Er wusste nur zu gut, dass die Menschen im Dorf für derlei Eigenheiten kein Verständnis hatten.

Seine Schwester Elsbeth war auf ihre Art besonders und seit die Eltern tot waren, führte sie ein Schattendasein. Ihre Blödheit und ihr Unvermögen im Sprechen und Gehen schienen mehr zu wiegen als ihre sanfte Natur und ihre einfühlsame Seele, die immer spürte, wenn es einem schlecht ging. Sie bedachte denjenigen mit einem breiten Lächeln und tätschelte ihn mit ihrer feuchten Hand. Und doch war ein jeder erleichtert, dass sein Kind gesund war, und sah zur Seite, wenn die Drexlerin die Elsbeth an den Haaren riss oder sie böse kniff. Mathis wusste, anders zu sein, war nicht gut; er hatte selbst miterlebt, wie man die Kleine mit Gewalt mitgenommen hatte. Und darum versprach er Marie in die Hand, dass er kein Sterbenswörtchen darüber verlieren würde. Allerdings nannte er Anneli daraufhin meist ›Hexlein‹, wenn sie unter sich waren. Marie duldete es und Anna liebte es, ebenso wie sie den Mathis liebte.

Am Sonntag nach der Sonnwende kam eine kleine Wandergruppe herauf, geführt von Roman Wojtek. Marie freute sich im Stillen, ihn wiederzusehen. Er begleitete zwei deutsche Ehepaare, die zur Sommerfrische in Radstadt weilten; die Männer waren Geschäftspartner aus München, die Roman auf seinen Reisen kennengelernt hatte.

Er bat um eine Jause und da Marie gerade Zeit hatte, willigte sie gern ein. Die Leute waren freundlich und zahlten gut. Marie konnte das zusätzliche Geld gebrauchen, denn sie sparte darauf, dass Anna nächstes Frühjahr, wenn sie die Volksschule abgeschlossen hatte, auf die Oberschule gehen konnte.

Anschließend wollte ihre Tochter eine Ausbildung zur Krankenschwester machen – wie Barbara. Sie wusste, dass Anna insgeheim davon träumte, Ärztin zu werden. Und obwohl sie ahnte, dass dieser Weg nicht leicht werden würde, war ihr klar, dass es Annas Weg war. Den Verstand dazu hatte das Kind. Doch das Schulgeld war teuer und Marie mochte den Onkel nicht darum bitten müssen.

Die Sommerfrischler waren von der Alm hellauf begeistert; einer der Männer hatte eine Kamera dabei und ließ sich nicht davon abbringen, Marie zu fotografieren. Verlegen strich sie sich durch die Haare und schob unsicher die Hände unter die Schürze, als er sie nötigte, neben den Roman hinzustehen und vor der Küchentür zu posieren. Der Herr versprach, einen Abzug zu schicken.

Sie kam sich neben den beiden Frauen mit ihren hochtoupierten und kurzen blondierten Haaren wie ein albernes Landei vor. Die kicherten in einem fort und rauchten lange weiße Zigaretten, pusteten affektiert den Qualm in die Luft und jammerten wegen der dicken Blasen, die ihnen die neuen Wanderschuhe beschert hatten. Sie trugen tiefausgeschnittene Blusen und lange Hosen, die an den Beinen eng anlagen, und Marie musste Anna dauernd anstoßen, weil die nur noch am Gackern war.

Sie schickte das Mädchen in die Küche, um abzuspülen, und setzte sich für einen Moment zu Roman auf die Bank vor dem Haus.

»Ich hoffe, das war dir recht«, sagte er leise und stupste sie mit dem Knie an. Sie wich seinem Bein aus. »Ich wollte dich nicht so überfallen, aber die mochten unbedingt herauf und eine richtige Alm sehen.«

»Ist schon recht, Roman«, gab sie zurück. »Jetzt, wo immer mehr Urlauber zu uns ins Tal kommen, hab ich mir eh schon überlegt, ob ich die Hütte an den Wochenenden für Wanderer öffne und Brotzeiten anbiete. Wir hätten sogar noch eine leere Kammer oben, die wir zur Nacht vermieten könnten.«

Roman sah sie begeistert an. »Das ist eine großartige Idee, Marie! Vielleicht könntest du sogar Strom herauflegen lassen. Die Vermesser von der Stromgesellschaft waren schon im Dorf; die Forstau soll nächstes Jahr angeschlossen werden.«

Sie winkte ab. »Eine Oberleitung kommt mich viel zu teuer, ich müsste einen Kredit aufnehmen. Und zuerst sollte der Julianenhof ein wenig hergerichtet werden. Wir haben ja nicht einmal fließendes Wasser oder einen rechten Abort.«

»Ja, aber Marie, schau, das kann man doch in einem Aufwasch machen. Mit elektrischem Strom hättest du es viel leichter heroben! Und vielleicht greift dir dein Onkel unter die Arme. Ich kann auch für dich mit denen da reden«, er deutete auf die beiden Männer, die am Felsgrat standen und ihre posierenden Frauen vor dem Bergmassiv fotografierten, »die sind in Bankgeschäften tätig. Da ist bestimmt was zu machen.«

Marie überlegte einen Augenblick, ob sie mehr dazu sagen sollte. Doch ihre finanziellen Verhältnisse gingen den Roman nun wirklich nichts an und so zuckte sie nur die Achseln.

»Wir sind die ganzen Jahre auch so zurechtgekommen. Seit der Schneepflug den Weg räumt, können wir sogar über den Winter gut heroben bleiben. Jetzt warten wir erst einmal ab, ob es tatsächlich Elektrik im Dorf gibt und dann sehen wir weiter.«

Er beließ es dabei. Fürs Erste beredeten sie jedoch, dass er über den Sommer weiterhin seine Gruppen heraufführte. Den Steinbachweg schafften auch ungeübte Wanderer gut und die Aussicht auf dem Hochplateau war einfach grandios. Sie verabschiedeten sich mit festem Handschlag und Marie schenkte Roman ein schüchternes Lächeln, als er mit seiner kleinen Wandergruppe den Heimweg antrat.

Sie sahen sich oft über den Sommer. Unter der Woche war Roman in seinen eigenen Geschäften unterwegs, doch fast an allen Wochenenden führte er, wie versprochen, Wanderer herauf. Der Mathis musste zwei weitere Bänke und einen langen, breiten Tisch zimmern, damit die Besucher vor dem Haus Platz fanden. Marie erweiterte die Speisekarte und bot nun neben der einfachen Jause mit Speck und Bergkäse auch süße Mehlspeisen an. Ohne Anna und Mathis hätte sie die Arbeit nicht geschafft und sie war froh, wenn die letzten Gäste am Sonntagabend die Alm verließen und die gewohnte Ruhe wieder einkehrte. Der Umtrieb an den Wochenenden wurde ihr fast zu viel. Sie mochte es nicht, dass die Sommerfrischler überall neugierig umherschauten und auch nicht Halt davor machten, die Stiege hinaufzugehen und die Türen zu ihren Kammern zu öffnen. Das war einer der Gründe, warum sie davon abkam, die leerstehende Dachkammer zu vermieten. Sie wollte keine Menschen auf dem Hof haben, die überall im Weg standen und die Arbeit behinderten, die ansonsten Hand in Hand ging. Und noch weniger mochte sie den Gedanken, sich ihre Küche und die Stube mit Fremden zu teilen. Sie hatten sich zu dritt gut eingerichtet und das sollte auch so bleiben.

Dennoch trug sie im Oktober sehr zufrieden ein gut gefülltes Sackel voller Schillinge nach Radstadt und zahlte sie auf der Bank ein. Sie hatte hart gearbeitet und im nächsten Sommer würden vielleicht weitere Urlauber kommen.

Annas Zukunft stand nichts im Wege. Ihre Tochter würde weiterlernen können und sich ihre Träume erfüllen. Der Schulmeister hatte Marie angeraten, das Kind auf die Oberschule zu schicken. Er wollte sich für Anna einsetzen, damit sie einen Schulplatz bekam.

Marie wusste nur zu gut, dass Anna nicht für die Alm und die Sennerei bestimmt war. Sie war zu eigenständig und viel zu wissbegierig. Das Kind träumte davon, nicht nur Krankenschwester, sondern Ärztin zu werden und Marie erfüllte das mit Stolz. Ihr war die Möglichkeit auf ein selbstbestimmtes Leben verwehrt geblieben, doch ihre Tochter sollte lernen und ein eigenes Leben führen, ganz gleich, wo das sein würde. Anna sollte ihre Flügel ausbreiten und losfliegen dürfen. Dafür nahm sie die unruhigen Wochenenden, an denen es wegen der Sommerfrischler hoch herging, gern in Kauf.

Kapitel Zehn

Der Winter kam spät in diesem Jahr. Der Oktober zeigte sich von seiner schönsten Seite, er war trocken und sonnig gewesen. Buntes Laub hatte rotgoldene Flecken in das dichte Grün des Nadelwaldes getupft.

Fast über Nacht waren dann die Blätter abgefallen, der erste Frost über die Landschaft hereingebrochen. Anfang November brachte ein kalter Wind schon zaghafte Schneeflocken mit.

Mathis Suter ging zu Allerheiligen für den Winter ins Dorf und die beiden Frauen bewohnten den Julianenhof nun wieder alleine. Beide vermissten sie den jungen Burschen, der immer fröhlich war und gut gelaunt seine Arbeit tat. Zuvor hackte er noch tagelang Holz, damit sie es warm hatten. Anna half ihm, die Scheite im Schuppen aufzusetzen. Sie scherzten miteinander und unterhielten sich auch ernsthaft; mit dem Mathis war ihr nie langweilig und die Worte gingen ihnen nicht aus.

Die langen Abende, an denen er bei ihnen in der Küche saß und konzentriert an einem Holz schnitzte, fehlten ihr ebenso wie seine ruhige Art. Sie fehlten ihr mehr als sie gedacht hatte.

Mathis tat sich leicht mit dem Schnitzen und seine langen, schlanken Finger fertigten ein schönes Stück ums andere an. Anna besaß eine ganze Reihe kleiner Figürchen.

Als er sich dieses Mal verabschiedete, schob er ihr verstohlen ein Päckchen in die Schürzentasche. Sie stand in der Tür und schaute ihm nach. Als er schon beinahe den Weg abwärts lief, faltete sie das Tüchlein auf und hielt entzückt die Luft an.

Ein kleiner Kater lag auf ihrer Hand, träge zusammengerollt und die schrägen Augen auf sie gerichtet, das Holz geschwärzt und die winzige, aufgerichtete Schwanzspitze schneeweiß angemalt. Das war ihr Katerchen, ihr Bubi! Er sah so echt aus, als ob er gleich gähnend den Rücken langstrecken würde.

Sie rief ihm nach: »Mathis, wart einen Moment!«, und rannte mit langen Beinen über den wenige Zentimeter hoch verschneiten Vorplatz bis zum Abstieg. Er blieb stehen und drehte sich zu ihr um.

»Du«, ihre grauen Augen strahlten ihn an, »dank dir, er ist wundervoll!«

Zart strich er ihr mit dem Zeigefinger über die Wange. »Er soll dich jeden Tag erinnern, dass du den Mathis nicht vergisst. Behüt dich Gott, Hexlein.« Er drückte ihre Finger um den kleinen Kater zusammen und wandte sich endgültig zum Gehen. Mit Wehmut und einem sonderbaren ziehenden Gefühl im Bauch sah sie ihm nach.

Marie trat neben sie und legte ihr den Arm um die Schultern. »Na, komm herein, Anneli. Es ist zu kalt, um hier draußen herumzustehen. Er ist ja bald wieder da.«

Marie hatte längst bemerkt, wie sich das Verhältnis der beiden über den Sommer gewandelt hatte. Der spielerische, geschwisterliche Ton zwischen ihnen war etwas anderem gewichen, einem vorsichtigen und dennoch liebevollen Umgang miteinander.

Ihre Tochter war hochaufgeschossen und mittlerweile fast so groß wie sie, ein wenig ungelenk noch. Und doch ließ ihre Statur ahnen, dass sie einmal eine grazile und schöne Frau sein würde. Anna stand an der Schwelle zum Erwachsenwerden und Marie wusste, wie schwierig das für ein Mädchen war.

Sie selbst hatte glücklicherweise ihre zwei Jahre ältere Base zur Seite gehabt, die ihr geholfen hatte, sich in ihren Gefühlen zurechtzufinden.

Doch Anna hatte weder Schwestern noch enge Freundinnen. Nur ihre Mutter und eine Tante; beide schon längst über das erste Verliebtsein hinaus.

Und sie würde sich hüten, Anna dreinzureden. Ihre Tochter wusste selbst, was gut für sie war, und Marie vertraute ihr.

Sie hörte die ernsten Gespräche zwischen den beiden und sah die schwärmerischen Blicke ihrer Tochter und die hoffnungsvollen des Jungen. Registrierte die zaghaften Berührungen zwischen ihnen. Sie sagte nichts dazu. Mathis war drei Jahre älter als Anna und Marie war durchaus bewusst, wie er ihre Tochter anschaute. Aber sie sah auch, dass er sich zurückhielt und abwartete; eben weil er Anna liebte.

Marie hatte sich in den Toni verguckt, als sie noch ein Schulmädchen gewesen war, und darum wusste sie, dass man schon sehr früh tief und innig lieben konnte. Diese Erfahrung wollte sie ihrer Tochter nicht wegnehmen, denn sie spürte, dass Mathis und Anna etwas Ähnliches verband. Er achtete Annas Gabe und das gab den Ausschlag für Marie. Kein anderer wäre ihr lieber gewesen; der Mathis war ein guter Junge.

Marie saß über ihrem Strickstrumpf und hörte Anna zu, die ihr vorlas. Ums Haus heulte der Sturm und während sie ihrer Tochter lauschte, gingen ihre Gedanken sorgenvoll zu dem maroden Dach über ihnen. Sie hoffte inständig, dass es dem orkanartigen Wind standhielt, der an den Ecken rüttelte und durch jede Ritze drang.

Im letzten Jahr hatten die Herbststürme einigen Almbauern fast den Hof und damit ihre Existenz gekostet.

Marie hatte einiges Geld zur Seite gelegt, es war ein guter Sommer gewesen, doch ein neues Dach würde das Ersparte mit einem Schlag auffressen. Sie konzentrierte sich wieder auf Annas klare Stimme; ihre Tochter schrieb an einem Schulaufsatz und hatte sich für die alte Dorfsage um den Totenstein entschieden. Die Worte nahmen sie gefangen und sie ließ sich von der Geschichte mitnehmen …

… Wer zu nachtdunkler Stunde den Weg von Ennswald nach Forstau über die Haimlscharte nimmt, kommt bald nach

dem Wegkreuz auf der Scharte an einem steilaufragenden Felsen vorbei. In der Mulde zur rechten Hand vereinen sich Schatten zu tiefschwarzer Finsternis. Ein unheilvolles Ahnen befällt den nächtlichen Wanderer und unwillkürlich beflügelt er seinen Schritt. Schreit gar noch ein Käuzchen in der Nähe, der Totenvogel, dann wünscht der späte Wanderer sich schnell weitab von diesem unheimlichen Ort. Scheinbar hausen dort, in der tiefen Mulde unter dem Felsen, noch die Geister der vielen Toten, die da begraben sind.

Vor vielen Jahren kam die schwarze Pest ins Land – so auch in die Forstau. Täglich raffte sie Menschen aus dem Dorf hinweg – Bauern, Knechte, Köhler; Männer, Frauen und Kinder. Doch der Friedhof lag fern, zu Altenmarkt, und dorthin durfte man die Toten wegen der Ansteckungsgefahr nicht bringen. So wurde die entlegene Mulde am steilen Felsen bestimmt, weil zur damaligen Zeit noch kein Weg ins Ennstal führte. Alle Tage schaffte der Vögei–Rossknecht die Pestleichen zum Notfriedhof – mit jedem Tag wurde die Zahl der Bewohner im Dorf kleiner. Täglich hörte man den Sonnberger und Oberberger Bauern übers Tal rufen: »Lebst du noch?« Nur mehr wenige ängstliche Menschen huschten, vom Tod gezeichnet, auf den Höfen herum. Bis der Fuhrmann dann seine letzte Fuhr durch den Auwald schaffte. Er fühlte sich plötzlich reich und unbesiegbar und dachte, ihm könne die Pest nichts anhaben. Hatte er doch bis jetzt alle Leichen zur letzten Ruhstatt geführt. Ihm würden nun aller Reichtum, aller Besitz, alle Höfe und Wälder des Tales gehören. So und anders versündigte sich der Knecht – er war üblen Mutes. Schier heiter und ausgelassen jagte er die Rösser mit knallender Peitsche dem Pestfriedhof zu. Und als er die allerletzte Leiche in die Grube warf, entrang sich seiner Brust ein Jubelschrei. Nun war er der Herr!

Doch noch war der Freudenruf nicht ganz verklungen, sackte der Knecht zusammen und stürzte tot zu den anderen ins Grab.

Nun war es still am Felsen. Einsam standen die braven Rösser – einsam und tot lagen alle Höfe im Tal – kein Ton verriet

Leben. Forstau war nicht mehr. Nur zwei Bauern, der Ellmegger und der Dickenbacher, die zu Beginn der Pest fortgezogen waren, blieben verschont. Erst viel später wurde das Tal wieder von Bauern besiedelt. Sie erzählen, dass sich der Totenstein rührt, wenn der erste Hahnschrei beim Langegger ertönt.

Dort aber, wo einst der Vögeirosser tot zusammenbrach, erwuchs eine starke Buche und in Manneshöhe zeigte sich im Stamm ein Totenschädel. Es ist schade, dass die Buche im Ersten Weltkrieg umgehackt wurde. Aber die älteren Leute wissen noch ganz genau die Stelle, wo die Buche mit dem Totenschädel stand.

Anna schnalzte mit der Zunge und verbesserte noch ein Wort, dann lehnte sie sich zufrieden zurück. Marie strich sich fröstelnd über die Arme, die feinen Härchen standen aufgerichtet; ihre Tochter hatte mit gesenkter Stimme gelesen und die Worte unheilvoll betont. »Anneli, das ist ja richtig gruselig. Wer hat dir diese unheimliche Geschichte erzählt? Ich glaub, ich kann nicht mehr bei Nacht am Totenstein vorbei, jetzt, wo ich das weiß.« Sie lachte leise auf und schüttelte sich. »Der Herr Lehrer, Mama«, antwortete Anna und freute sich, dass ihr der Aufsatz so gut gelungen war, »sie ist spannend, nicht wahr? Und es ist wirklich so geschehen, sagt er. Vor zweihundert Jahren hat die Pest die ganze Forstau dahingerafft. Ich hab die Sage ausgesucht, weil wir doch in der Nähe der Haimlscharte wohnen.«

Die beiden Frauen schraken hoch, als es laut an die Tür hämmerte. Marie ließ ihr Strickzeug fallen und fasste sich erschrocken an die Brust. Sie sah Anna fragend an, das Unbehagen über die schaurige Geschichte noch im Sinn. »Wer kommt wohl so spät noch herauf?« Sie ging zur Tür und rief, ihre Furcht unterdrückend: »Wer ist da?«

Eine tiefe Stimme antwortete: »Marie, mach auf. Ich bin's, der Roman.« Erleichtert schob sie den hölzernen Riegel hoch und öffnete. »Roman, um Gottes willen, was machst du bei diesem fürchterlichen Wetter heroben?«

Der Mann stolperte herein und schob die Tür gegen den Wind hinter sich zu. Er war mit Schnee bedeckt, völlig durchnässt und klapperte mit den Zähnen, ein hässlicher, breitklaffender dunkelroter Schmiss zog sich blutig über seine Wange.

Anna schob eilig ihre Schreibsachen zur Seite und machte ihm Platz. Schwer atmend ließ sich Roman auf einen Stuhl fallen. Marie half ihm, den Rucksack abzuziehen, und stellte ihn neben dem Tisch auf den Fußboden.

»Du bist ja ganz erfroren. Anneli, kannst du nach der Wunde schauen?« Sie schob zwei Holzscheite ins Feuerloch und stellte einen Topf auf die gusseiserne Herdplatte, um heißen Würzwein anzusetzen. Dann half sie ihm, die von der Feuchtigkeit vollgesogene Lodenjoppe auszuziehen.

Anna holte ihre kleine lederne Tasche vom Küchenbord und suchte nach etwas, das Blut stillte. Es war das erste Mal, dass sie selbst handeln musste, ohne Barbaras Rat einzuholen. Sie überlegte einen Augenblick und nahm dann ein kleines Beutelchen mit Eisenkraut heraus, bröselte eine Handvoll Blätter in eine Schüssel und goss heißes Wasser darauf. Damit würde sie wohl keinen größeren Schaden anrichten. Sie trug die Schüssel an den Tisch und holte eilig einige saubere Baumwolltücher aus dem Schrank. Mit einem angefeuchteten Zipfel wischte sie das geronnene Blut ab und reinigte vorsichtig die Wunde. Sie presste ein frisches, angefeuchtetes Tuch auf Romans gespaltene Wange, nahm es dann weg und begutachtete den klaffenden Schnitt.

»Ich glaub, die Barbara würde das nähen«, befand sie. »Schaust du mal, Mama?«, fragte sie ihre Mutter, die gerade einen Steingutbecher füllte und zum Tisch trug. Marie drückte Roman den Becher in die Hand und besah sich besorgt die Wunde.

»Ich hab keine Ahnung, Anneli. Aber wahrscheinlich hast du recht. Wo hast du das denn abbekommen, Roman? Das sieht böse aus!«

Er winkte ab und hob den Becher an den Mund. »Ein Ast.«

Anna sah Marie mit gerunzelter Stirn an. Die zuckte die Achseln. »Näh es zu. Schlimmer kann's danach auch nicht aussehen.« Für einen Moment schmunzelte sie in sich hinein, als sie sich an Annas hilflose Nähversuche erinnerte.

Anna überlegte. »Holst du ihm Schnaps? Ich glaub, es wird ihm mächtig wehtun.«

Während Marie in der Vorratskammer nach der Flasche suchte, legte sich Anna zurecht, was sie benötigte. Selbst hatte sie noch nie eine Wunde genäht, doch sie hatte Barbara viele Male dabei zugesehen. Die Dede hatte ihr eine kleine Ausrüstung in ihren Beutel gegeben; Nahtmaterial und verschiedene feine, gebogene Nadeln.

Sie wusch sich sorgfältig die Hände, suchte die dünnste und längste Nadel aus und hielt die Spitze in die Kerzenflamme, bis sie orangerot glühte. Dann fädelte sie das schwarze Catgut ein.

Roman hatte mittlerweile die Flasche angesetzt und schluckte eifrig. Anna wartete, bis er sie auf dem Tisch absetzte. Dann goss sie ein wenig Alkohol auf ein frisches Tuch und tupfte die Wunde damit ab. Er zuckte zurück und hielt dann still. Mit zitternden Fingern schob sie die Wundränder zusammen, drückte sie fest aneinander und stach beherzt in seine Haut. Die Nadel glitt knirschend hindurch und Anna schüttelte sich. Sie hatte nicht gedacht, dass es so schwer sein würde, durch menschliches Fleisch zu stechen. Er stöhnte unterdrückt auf, doch er rührte sich nicht. Anna stach durch den nächsten Rand, legte die Schlaufe um ihren Finger und führte die Nadel hindurch. Sie band einen kleinen Knoten, zog ihn vorsichtig an und stellte befriedigt fest, dass er nicht viel anders aussah als Barbaras. Mutiger geworden, schnitt sie die Fäden über dem Knoten ab.

Roman griff hastig nach der Flasche und nahm einen nächsten, tiefen Zug. »Mach weiter!«, sagte er und seine Stimme klang schon ein wenig verwaschen.

Erneut stach Anna ein, einen Zentimeter weiter unten und er ächzte. Schnell band sie den zweiten Knoten. Setzte weiter unten an, zog flugs die Nadel durch und knüpfte einen dritten.

Beim nächsten überlegte sie lange und entschied sich dann, ihn doch noch zu setzen. Sie kappte die Fäden kurz über seiner Haut und besah sich ihr Werk. Die schwarzen Stacheln des Nahtmaterials ragten aus seiner Wange, doch der Schnitt war zu und die Wundräder lagen gleichmäßig nebeneinander. Mit einem frischen Tuch tupfte sie ihm das ausgetretene Blut ab.

»Ich glaub, so ist es gut.« Anna ließ sich erleichtert zurücksinken und die Spannung fiel von ihr ab.

Roman stöhnte leise, als er sich aufsetzte. Marie hob ihm den Becher mit Wein an die Lippen und er trank ihn aus, ohne abzusetzen.

»Du bleibst auf jeden Fall heut Nacht hier«, bestimmte Marie. Sie sah zu Anna hin. »Ich geh und überzieh das Bett im Anbau frisch. Wir bringen ihn dann gleich hinüber.« Sie legte ihre Hand auf Annas Schulter. »Du hast das großartig gemacht, Anneli. Ich bin wirklich stolz auf dich!«

Eine Viertelstunde später lag Roman in Mathis' Bett. Seine Zunge gehorchte ihm nicht mehr und er lallte; der scharfe Alkohol tat seine Wirkung.

Während Marie ihm die Stiefel auszog und es ihm bequem machte, saß Anna wie betäubt am Küchentisch.

Hatte sie das wirklich getan? Hatte sie tatsächlich gerade eine Wunde genäht? Mit fahrigen Fingern räumte sie den Tisch ab, warf die blutigen Lumpen in die Ecke auf einen Haufen und legte die gebogene Nadel in eine Schale, um sie am Morgen auszukochen. Dann ließ sie sich wieder auf die Küchenbank fallen. Sie war erschöpft und dennoch überwach, ihre Nerven vibrierten vor Anspannung.

Marie kam zurück, schob den hölzernen Riegel vor und trat neben sie. »Komm Anneli, geh schlafen.« Sie fasste sie unter dem Arm, zog sie hoch und Anna stand schwerfällig auf. Sie fühlte sich plötzlich ausgelaugt und uralt.

Ohne sich zu waschen, fiel sie auf ihr Bett, spürte noch, wie ihre Mutter ihr das Kleid aufnestelte und auszog, bevor sie ihr das Oberbett darüberlegte und an den Seiten festdrückte. Den

Kuss, den Marie ihr auf die Stirn drückte, nahm sie nicht mehr wahr.

Die Wunde entzündete sich nicht, am nächsten Morgen stand Roman schon wieder auf den Beinen. Ihm brummte der Schädel und nur darum legte er sich nach einem Häferl Tee wieder ins Bett und verschlief den Nachmittag.

Am Abend war er wieder er selbst und setzte sich gut gelaunt zum Nachtmahl zu ihnen in die Küche. Anna schaute sich die Naht an; sie sah besser aus, als sie erwartet hatte. Die Wundränder waren noch gerötet, doch sie lagen gut aneinander und der Schnitt hatte sich verkrustet. Sie holte einen kleinen Tiegel vom Fensterbrett. Am Nachmittag hatte sie Julianas Kräuterbüchlein zu Rate gezogen und darin eine Paste zur Wundheilung gefunden.

Den ganzen Nachmittag über war sie am Herd gestanden und hatte an dem Rezept herumprobiert, bis sie endlich zufrieden war. Sie übergoss getrocknete Beinwellwurzel mit Öl, erhitzte den Sud vorsichtig und ließ den Ansatz durch ein sauberes Mulltuch tropfen. Die Ringelblumenblüten lagen schon bereit. Sie gab eine Handvoll Calendula in das warme Öl und ließ sie darin ziehen. Dann seihte sie den Sud ab und rührte mit einem Holzstäbchen geschmolzenes Bienenwachs unter. Anna füllte die cremige Masse in einen kleinen Tiegel und ließ den Deckel noch offen, damit sich kein Kondenswasser absetzen konnte. Bis zum Abend war die süß duftende Paste fast erstarrt und sie machte sich gespannt daran, die Wirkung zu erproben. Mit einem Holzspatel hatte sie ein stecknadelgroßes Klümpchen aus dem Tiegel gekratzt, es auf die Zunge genommen, gekostet, einen Moment den aufsteigenden Bildern nachgelauscht und zufrieden genickt. Sie war sich sicher, dass die Heilsalbe gut gelungen war.

Roman legte den Kopf zurück und Anna strich behutsam ein wenig der Paste über die Wunde. Er fuhr zusammen, als sie zu fest drückte, und wich ihrer Hand aus; der Schnitt schmerzte ihn.

»Entschuldige«, bat Anna, »ich bin gleich fertig. Ich glaube, ohne Verband heilt es schneller. Ich lasse es offen«, entschied sie und stellte den Tiegel ab.

Er tastete vorsichtig nach seiner Wange, doch Anna griff nach seiner Hand und zog ihm die Finger weg.

»Lass es in Ruhe! Und kratz bloß den Schorf nicht ab, sonst behältst du eine scheußliche Narbe zurück.«

Roman sah mit hochgezogenen Augenbrauen zu Marie hin. Er war es nicht gewohnt, von einem jungen Mädchen gemaßregelt zu werden.

»Sie hat recht, Roman, glaub ihr einfach. Die Barbara hätt es nicht besser hinbekommen«, beschwichtigte ihn Marie. »Die Anneli weiß schon, was sie tut.« Sie schöpfte Kartoffelsuppe und schob ihm die Schüssel hin. »Hier, iss etwas.«

Wortlos tauchte er den Löffel ein und schob sich einen großen Bissen in den Mund, kaute vorsichtig und spürte nach, ob die Wange ohne Schmerz mithielt. Anscheinend tat sie es, denn er leerte die Schale bis auf den Grund, ohne auch nur einmal innezuhalten.

Marie und Anna sahen ihm belustigt zu. »Du hast wohl lang nichts bekommen, so wie du reinschlägst«, befand Marie und zog die leere Schüssel zu sich her, um sie wieder aufzufüllen. »Wohin warst du denn unterwegs bei dem Wetter und so spät?«

Sie hatte sich das schon den ganzen Tag über gefragt, denn auf dieser Seite des Tals war der Julianenhof das letzte Gehöft. Dahinter kam nur noch Wald und unwegsames Gelände.

Mit schiefem Mund, weil er die Backe schonen wollte, gab er kauend zurück. »Geschäfte, Marie. Ich muss schließlich schauen, dass ich Geld verdien.«

Sie ließ es gut sein, seine Geschäfte gingen sie nichts an. Doch sie konnte sich schon denken, dass er den beschwerlichen Umweg über die Höhe gemacht hatte, um nicht gesehen zu werden. Man erzählte sich allerlei über den Roman. Sie war zwar selten im Dorf, aber beileibe nicht taub.

Und ein Ast? Dieses Märchen konnte er auftischen, wem er wollte! Die Wunde war glatt und sah mehr nach einem Messerstich aus. Ein Ast hätte die Wange eher zerfurcht. Marie sah ihn nachdenklich an und kam zu dem Schluss, ihm seine Geheimnisse zu lassen. Wenn er eine Auseinandersetzung gehabt hatte, konnte *ihr* das egal sein.

Er schob die leere Schüssel weg und ließ sich behaglich in den Stuhl zurückfallen. »Das hat wirklich gut geschmeckt. Vergelt's Gott, Marie. Auch für die Hilfe!«

»Da musst du dich bei Anna bedanken«, gab sie lächelnd zurück. »Sie hat dich zusammengeflickt. Obwohl ich glaube, dass dir schon eine Narbe bleiben wird.«

Er zuckte die Achseln. »Das macht mir nichts. Nur … so kann ich grad nicht auf Reisen gehen. Ich seh ja aus wie ein Räubergesindel.« Er pulte mit der Zungenspitze in seiner schmerzenden Wange herum.

Marie überlegte eine Weile und unterbreitete ihm dann zögernd einen Vorschlag. »Warum bleibst du nicht da, bis dein Gesicht verheilt ist? Der Anbau steht leer und du hättest dort deine Ruhe. Wenigstens so lang, bis Anna die Fäden zieht. Du schaust ja wirklich fürchterlich aus.«

Anna hielt die Luft an; sie glaubte nicht, was sie gerade gehört hatte. Ihre Mutter bot dem Roman an, auf dem Julianenhof zu bleiben? Und in Mathis' Kammer zu logieren? Das passte ihr nicht – doch die Kammer stand leer und so wie der Roman ausschaute, würde man im Dorf wohl schon Fragen stellen. Er hatte da eh einen schweren Stand, weil er kein Einheimischer war. Bevor sie den Gedanken zu Ende gedacht hatte, willigte Roman bereits ein.

Und so kamen sie überein, dass er ein paar Tage bleiben würde. Als Entgelt bot er an, nach dem Dach zu schauen und die Heimkuh zu versorgen. Marie hatte eine Kuh auf dem Hof zurückbehalten, damit sie über den Winter selbst Milch hatten.

Anna spürte die kleinen Veränderungen, die Romans Anwesenheit auf dem Julianenhof mit sich brachten. Der große Mann mit dem gewinnenden, volltönenden Lachen und den blitzenden schwarzen Augen war so ganz anders als der Mathis. Der Junge gehörte zur Familie, sie kannten ihn lange und er fügte sich ganz selbstverständlich ein. Bei ihm musste Anna sich nicht zurückhalten und konnte offen aussprechen, grad wie es ihr zumute war. Mit dem Roman war es anders.

Wenn er das Haus betrat, schien er die Stube auszufüllen. Die breiten Schultern, der kraftvolle, sehnige Körper und seine laute, ungestüme Art beherrschten den Raum, ja, das ganze Anwesen. Anna sah jeden Tag nach seiner Wunde, doch ansonsten nahm sie sich zurück, obwohl er freundlich zu ihr war. Tagsüber sah sie ihn kaum, denn sie ging morgens zur Schule ins Dorf und kam erst am frühen Nachmittag zurück.

Doch sie bemerkte, dass ihre Mutter sich sorgfältiger kleidete und jeden Tag eine frische Schürze umband, sie flocht die Haare nicht nur zu einem einfachen Zopf, sondern steckte sie im Kranz auf, was ihr besser zu Gesicht stand. Und sie lachte! Marie war in diesen Tagen oft am Lachen, denn der Roman erzählte lustige Geschichtchen und machte ihr kleine Komplimente. Er war ihr zu Diensten, sah, wenn sie schwer trug, und nahm ihr den Eimer ab. Holte abends Holz herein, damit sie nicht mehr in die Kälte hinaus musste. Er schippte den Schnee vom Dach und besserte die Schindeln aus. Reparierte die klappernden Fensterläden auf der Rückseite des Hauses, den wackeligen Griff am Scheunentor, schliff die Axt und fand immer noch etwas, das schon lange darauf gewartet hatte, erledigt zu werden.

Roman war ihr Gast und doch schien er sich jeden Tag heimischer zu fühlen. Anna freute es, dass ihre Mutter fröhlich war und oft leise vor sich hin summte; Romans Anwesenheit schien ihr gutzutun.

Am Ende der zweiten Woche zog Anna die Fäden aus seiner Wange. Der Schnitt war gut verheilt und die Kruste abgefallen. Man sah nur noch eine feine rote Linie, die sich vom Jochbogen bis zum Mundwinkel zog. Die Salbe hatte die Haut geschmeidig gehalten und sie gab ihm ein neues Tiegelchen für zu Hause mit. Wenn er weiter jeden Tag die Heilsalbe nahm, würde bald kaum mehr etwas zu sehen sein. Der Roman besah sich im Spiegel über dem Waschtisch.

»Du bist ja wirklich eine gute Heilerin«, lobte er und klopfte ihr die Schulter.

Marie schaute stolz und nahm zwei Stamperlgläser aus der Anrichte. Anna machte einen kleinen Knicks und dankte ihm, dann zog sie sich nach oben zurück. Wie jeden Abend seit der Roman auf dem Hof war, ging sie früh hinauf. Sie mochte nicht mehr in der Stube sitzenbleiben, denn es war nicht mehr so heimelig wie vorher mit dem Mathis. Der Roman beachtete sie eh kaum und wenn er es tat, war es ihr eher unangenehm. Meistens redeten die beiden Erwachsenen darüber, wie man den Hof ausbauen könnte und wo das Geld dafür herkam; das wurde ihr schnell langweilig. Da las sie in ihrer Kammer lieber im Schein der Lampe im Kräuterbüchlein der Ahnfrau oder arbeitete an ihrem Herbarium weiter.

An diesem letzten Abend, bevor er sie verließ, ging es in der Küche lustig zu. Anna hörte seinen sonoren Bass und Maries dunkles Lachen bis hinauf in ihre Kammer. Über den Stimmen schlief sie irgendwann ein. Mitten in der Nacht erwachte sie. Im Haus war es still und sie hatte Durst. Ihr Wasserkrug war leer und darum tapste sie im Hemd auf nackten Füßen, das Kerzenlicht mit der Hand schützend, die Treppe hinunter und füllte den Krug in der Küche auf.

Als sie wieder oben vor ihrer Tür stand und hineingehen wollte, hörte sie leises Flüstern in der Kammer ihrer Mutter. Sie verharrte und lauschte. Das Bettgestell knarzte und sie vernahm Romans Stimme, leise brummelnd, und unterdrücktes Gekicher. Schnell betrat sie ihre Kammer und schob behutsam die Tür zu.

Der Roman kam diesen Winter oft herauf, fast jede Woche einmal und immer brachte er meiner Mutter etwas mit. Eine neue Kurbel für die Milchzentrifuge, ein scharfes Messer als Ersatz für das alte durchgeschliffene oder einen fein geschnitzten Kamm und auch sonst allerlei Kleinkram. Manches Mal blieb er auch über Nacht. Zu meinem vierzehnten Geburtstag am Dreikönigstag bekam sogar ich ein Geschenk.

Das überraschte mich, denn er hatte ansonsten nur Augen für die Mutter. Sie hatte ihn darum gebeten und erzählte es mir am Abend. Es war eine Tasse aus feinstem weißem Porzellan, mit kleinen Veilchen darauf und meinem Namen in goldenem Schriftzug. Sie war wunderhübsch und das Geschenk freute mich unbändig. So etwas Schönes, ganz Eigenes, hatte mir noch niemand geschenkt. Mädchen bekamen keine Geschenke; nur neue Wollsocken, Kleider oder Schuhe, die sie ohnehin brauchten. Heute – jetzt, wo ich eine alte Frau bin, weiß ich es besser. Die Dede und meine Mutter ließen mir einen unglaublichen Freiraum; ich durfte lernen und in der Familie meine Meinung frei äußern. Sie schauten darauf, dass ich nicht zu hart arbeiten musste. Sie schenkten mir viel mehr, als ich damals ermessen konnte. Ich genoss eine geistige Freiheit, die meinen Altersgenossinnen noch lange verwehrt blieb. So manches Mal hatte ich darum Schwierigkeiten, mich den Gepflogenheiten unserer Zeit und dem strengen Kodex des dörflichen Lebens anzupassen. Weil ich eben anders war als sie.

So schlich Roman sich in unser Leben. Mit dem hinreißenden Lachen, bei dem seine ebenmäßigen Zähne weiß aufblitzten und ein tiefes Grübchen auf seiner rechten Wange erschien, das ihn so verschmitzt aussehen ließ, den funkelnden schwarzen Augen und seinen kleinen, hübschen Gaben. Er verzauberte meine Mutter und gab ihr das Gefühl, das Wichtigste für ihn zu sein.

Bei alldem flog mich manchmal ein sonderbares Unbehagen an. Ich konnte es nicht recht greifen und wollte es auch nicht; der Roman tat meiner Mutter offensichtlich gut und sie war glücklich. Und doch schien er sich irgendwie zwischen uns zu schieben und unsere Zweisamkeit mit seinem ungebärdigen Lachen aufzusprengen.

Und gerade die hübsche Tasse, die ich so sehr mochte und hütete wie meinen Augapfel, verwehrte mir den Blick darauf. Ich ließ mich ebenso blenden wie meine Mutter. Sie liebte ihn wirklich. Und das machte alles noch unsäglicher.

❄

Kapitel Elf

1953

❄

Die Dede kam in meine Kammer und setzte sich neben mich auf das Bett. Sie zog die Knie an, schob ihr Nachthemd darüber und schlang die weißen Arme darum.

»Anneli«, hob sie zögernd an: »Wie geht es dir damit?«

Ich schaute sie fragend an, obwohl ich genau wusste, was sie wollte. »Was meinst du?«

Sie stieß mich mit dem Ellbogen und grinste schief. »Sei kein Schaf! Was hältst du davon?«

Ich schob mich tiefer unter die Bettdecke und verschränkte meine Hände hinter dem Kopf. »Nun ja. Sie heiraten morgen. Und ich hab ein neues Kleid bekommen.«

Barbara prustete leise schnaubend durch die Nase, streckte sich neben mir aus und drückte ihre kalten Füße an die meinen. »Du bist einfach unmöglich, Anna Hohleitner! Ein neues Kleid – mehr fällt dir dazu nicht ein?« Sie wurde wieder ernst. »Jetzt sei ehrlich zu mir, wie denkst du darüber?«

Ich spürte ihren festen Körper neben mir und war plötzlich froh, dass sie da war. »Was ich denke? Dede, warum glaubst du, es interessiert jemanden, was ich darüber denke? Ich hab da nichts zu sagen. Ich bin nur die Tochter.«

»Und doch möchte ich's gern von dir wissen, Anneli«, sagte sie bedächtig und schaute mich schräg von der Seite an. Ihre grünen Augen waren ganz dunkel im Kerzenlicht und glänzten wie die meines Katers.

»Die Mutter mag ihn; das denke ich. Und es freut mich für sie. Und ansonsten gehe ich im Sommer auf die Oberschule. In fünf Monaten, um genau zu sein. Das ist nicht mehr lang.«

Barbara schwieg. Nach einer Weile fragte sie: »Hast du etwas gesehen? Vom Roman, meine ich.«

Ich antwortete nur knapp: »Nein.« Ich hatte daran gedacht, doch es nicht getan. Es war Mutters Angelegenheit, nicht die meine. Man hatte mir immer eingeschärft, anderer Leute Grenzen zu achten und sie nicht eigenmächtig zu übertreten. »Du weißt, dass sie schwanger ist?« Meine Frage hing schwer zwischen uns.

Barbara nickte bedächtig: »Ja, ich weiß es.« Nun schwiegen wir beide.

Nach einer Weile sagte die Dede leise: »Sie ist über vierzig und grad darum mach ich mir Sorgen um sie. Eigentlich ist sie schon zu alt zum Kinderkriegen.«

Ich lachte, ein wenig spöttisch, ich gebe es zu. »Ja, ich hätt auch nicht gedacht, dass ich noch ein Geschwisterchen bekomm. Doch bis das Kind im September kommt, bin ich eh schon fast weg«, sagte ich mit einem Anflug von Trotz.

Barbara griff nach meiner Hand und drückte sie. »Du hast recht – jetzt ist es ohnehin zu spät, sich darüber Gedanken zu machen. Sie ist gesund und stark. Es wird schon gutgehen. Aber, Anneli, du weißt, dass du hier immer ein Zuhause hast, ja?«

Ich drehte mich zu ihr und grub mein Gesicht an ihre Schulter. Ihr vertrauter Geruch beruhigte mich; diese behagliche Mischung aus Kräutern und warmem Barbaraduft, unterlegt mit einem zarten Hauch von frischen Maiglöckchen, der ihr stets anhaftete. Mit diesem letzten Satz traf sie meine geheimsten Gedanken und rührte mein Unbehagen erneut auf. Der Roman würde auf dem Julianenhof Einzug halten. Ein neues Kind kam. Ich ging bald nach Sankt Johann aufs Gymnasium und würde den ganzen Tag über weg sein. Und hatte der Mathis überhaupt noch einen Platz *in unserem Leben? Obwohl er neben dem Haindl wohnte, sah ich ihn selten. Nur ab und zu winkten wir uns von Weitem zu. Sein Ziehvater ließ ihm keine freie Zeit und ich war ohnehin kaum im Haindlhof. Meine Mutter hatte noch nichts darüber verlauten lassen, ob sie den Burschen noch auf der Alm brauchte, jetzt, wo der Roman da war. Womöglich übernahm er die Sennerei selbst.*

❄

Barbara fühlte sich nach dem Gespräch mit Anna noch besorgter als zuvor. Die Ankündigung der Hochzeit vor wenigen Wochen hatte sie völlig überrascht. Sie war wie vom Donner gerührt gewesen, als Marie ihr im März mitgeteilt hatte, dass Roman und sie das Aufgebot bestellt hatten und am ersten Aprilsonntag heiraten wollten. Sie erzählte es ihr ganz beiläufig bei der Faschingsveranstaltung, die traditionell jedes Jahr beim Clemens in der Wirtschaft begangen wurde, so als sei es das Normalste der Welt.

Die einsetzende Blasmusik hatte es Barbara unmöglich gemacht, Marie zu antworten, außerdem saß der Roman an ihrer Seite, dazu ein Haufen anderer Leute.

Und als er Marie eine Minute später zum Tanz aufforderte und Barbara, noch immer sprachlos, den beiden nachsah, wie sie sich durch die Menge zum Tanzboden schoben, hatte sie den Grund sofort gewusst. Man sah Marie noch nichts an und doch wirkte sie anders. Ihre Haut war glatter, sie schien ein wenig fülliger und ihre linke Hand lag wie unabsichtlich und doch ständig auf ihrem flachen Bauch. Barbara kannte ihre Schwester besser als jeder andere Mensch. Die zwei waren früh gegangen und sie hatte Marie seither nicht mehr gesehen.

Erst heute war sie mit Anneli ins Haindl gekommen, um die Nacht vor der Heirat da zu verbringen. Und irgendwie hatte es sich bisher nicht ergeben, dass sie miteinander unter vier Augen reden konnten, da bis zum späten Abend ein reges Kommen und Gehen geherrscht hatte.

Barbara wanderte unruhig durch ihr Behandlungszimmer, nahm geistesabwesend ein paar Bücher in die Hand und sortierte sie neu ein. Sie setzte sich, erhob sich, wanderte wiederum umher, setzte sich erneut und schob Federn und Tintenfass auf ihrem Schreibtisch hin und her.

Dann klatschte sie die Handfläche auf den Tisch. Sie musste mit Marie sprechen – jetzt gleich, bevor sie es sich anders überlegte.

Ihre Schwester saß vor dem ovalen Spiegel am Waschtisch. Sie hatte sich die Haare gewaschen und war dabei, die Knoten herauszukämmen.

»Da bist du ja«, sagte sie, sichtlich wenig überrascht, als Barbara mit einem kurzen Anklopfen eintrat. »Ich hab schon auf dich gewartet.«

Barbara, die bereits zum Sprechen angesetzt hatte, klappte den Mund wieder zu. »Ach ja«, brachte sie nur heraus.

Marie gab keine Antwort, nahm eine neue Haarsträhne in die Hand und begann konzentriert, sie von unten her auszubürsten. »Wie lang willst du da noch in der Tür stehen wie ein Opferstock? Mach sie zu, es zieht.« Sie klopfte mit der Hand auf das Bett und Barbara zog endlich die Tür hinter sich ins Schloss. Sie ließ sich auf das Bett sinken und betrachtete das herbe Gesicht ihrer Schwester im Spiegel. Die breiten, dunklen Brauen über den schwarzen Schokoladenaugen; ihre leicht hervorstehenden Wangenknochen, die blassen, schön geschwungenen Lippen über dem trotzig hervorgeschobenen Kinn.

Marie hob den Kopf und ihre Blicke trafen in der blanken Fläche aufeinander. Sie ließ die Hand mit dem Kamm in den Schoß sinken.

»Wann wolltest du mir sagen, dass du schwanger bist?«, fragte Barbara kühl. Sie sah das Aufglimmen in den dunklen Augen ihrer Schwester. Eine feine Röte überzog Maries Hals. Sie hob den Kamm und fing erneut an, die Knoten herauszuziehen. Nur riss sie jetzt ein wenig fester. »Woher weißt du es?«

Barbara schnalzte mit der Zunge. »Ich bin Hebamme. Schon vergessen? Und dein Mieder spannt.«

Die Röte an Maries Hals wurde tiefer und stieg ihr die Wangen hoch. Doch sie wandte ihren Blick nicht ab. »Und?«, fragte sie hart. »Was willst du mir sagen? Dass ich es wegmachen soll? Das *du* es wegmachen wirst?« Sie warf den Kamm auf den Waschtisch und fuhr herum, sah Barbara direkt in die Augen. »Vergiss es! Ich krieg dieses Kind!«, zischte sie.

Zum zweiten Mal an diesem Abend blieb Barbara das Wort im Hals stecken. »Bist du übergeschnappt?«, fragte sie ihre Schwester gefährlich leise, als sie sich wieder in der Gewalt hatte. »Ich helfe, Leben zu schenken. Ich nehm keines. So gut solltest du mich kennen.« Sie war blass geworden und spürte, wie ihr bittere Tränen aufstiegen. Was geschah da gerade nur zwischen ihnen? »Bist du mir darum aus dem Weg gegangen? Weil du gedacht hast, ich will dir das Kleine aus dem Leib holen?« Sie wischte sich die Augen und schluckte. »Marie, ich bitte dich, so etwas würde ich niemals tun!« Sie holte ihr Taschentuch heraus, putzte sich die Nase und holte tief Luft. »Ich wollte mit dir wegen dem Roman reden«, sagte sie vorsichtig und schob das Tuch in den Ärmel.

Marie erhob sich schnell und sah auf sie herab. »So, ja? Da schau her!« Sie stand hochaufgerichtet über ihr und ihre schlanke Gestalt warf im engen Lichtkegel der Lampe einen langen, verzerrten Schatten an die Wand. Die zerzausten Haare hingen ihr bis über die Hüfte herunter und ihre Augen brannten wie schwarze Löcher. Sie beugte sich drohend herab und Barbara zuckte vor ihr zurück.

»Weißt du was, Barbara?«, fragte sie und ihre Stimme bebte vor unterdrücktem Zorn. »Ich hab das langsam über, dass du mir sagst, was ich zu tun oder zu lassen habe. Ich werde diesen Mann morgen heiraten, ob es dir passt oder nicht. Ich werde dieses Kind bekommen. Und es wird seinen Namen tragen!« Sie hielt kurz inne und fuhr dann fort: »Bist du eifersüchtig, ja? Ich kann nichts dafür, dass du keinen Kerl abgekriegt hast!« Ihre Worte tropften wie Gift, träge und brennend.

Barbara rutschte vom Bett und erhob sich – sie hatte genug. Mit einem Satz war sie bei der Tür und riss sie auf. Bevor sie hinausstürmte, drehte sie sich auf dem Absatz um und schaute Marie wütend an. »Ich red dir nicht rein! Aber ich versprech dir, bei meinem Leben und dem deiner Kinder, ich werde …« Sie schluckte die restlichen Worte hinunter und warf den Kopf zurück, dass die roten Haare flogen. Stürmte hinaus und ließ die Tür hinter sich offenstehen.

»Oh verflucht, verflucht und dreimal verflucht!«, schrie Barbara und stieß mit dem Fuß wütend die Tür ihrer Kammer zu, dass es krachte. Sie warf sich auf ihr Bett und drückte den Kopf in das Kissen, um ihre Tränen zu ersticken. Was die Schwester ihr an den Kopf geworfen hatte, konnte sie nicht glauben. Sie war doch keine Engelmacherin! Der Vorwurf, dass sie neidisch auf Marie war, traf sie ebenso bitter. Sie hatte ihre Liebschaften, auch mit dem Roman vor vielen Jahren ein paar Küsse getauscht, doch sie hatte sich nie auf etwas Festes mit ihm eingelassen. Ob Marie darum so böse auf sie war? Womöglich hatte der Mistkerl ihr das erzählt und sich auch noch darüber lustig gemacht. Barbara stieß zornig mit den Füßen. Hart aufschluchzend weinte sie in ihr Kissen. Was war nur mit Marie los? Wann hatten sie sich so sehr verloren, dass sie nicht mehr miteinander reden konnten?

Die Hochzeit am Sonntag wurde für alle eine Tortur.

Anna und die beiden Frauen sahen übernächtigt und blass aus. Auch der Florian Sittler und Hannah schienen sich unwohl in ihrer Haut zu fühlen. Sie waren von der Heirat ebenso überrascht worden wie Barbara.

Marie und Roman traten an den Altar und knieten nieder. Der Pfarrer hielt die Einsegnung kurz. Die kleine Gesellschaft verließ das Gotteshaus und wartete die Glückwünsche der anderen nicht ab. Sie gingen den Kirchbichl hinunter und betraten das Wirtshaus in eisernem Schweigen. Der Clemens hatte im Nebenzimmer einen Tisch hergerichtet, so hatte es das Brautpaar mit ihm besprochen.

Hochzeiten wurden im Dorf groß gefeiert und alle nahmen daran teil. Es war für alle eine hochwillkommene Abwechslung und große Freude, wenn der Hochzeitslader von Haus zu Haus ging und sein Sprüchlein sang. Doch Marie wollte das nicht. Sie wünschte sich nur eine kleine Feier und mochte nicht an das rauschende, fröhliche Fest erinnert werden, das sie mit dem Toni begangen hatte.

Geladen waren, außer der Familie, nur Mathis und der Huberbauer mit seiner Frau. Roman hatte keine Verwandten. Seine Familie war im Krieg ausgelöscht worden und nur er übriggeblieben.

Sie sprachen nur das Nötigste miteinander, lediglich Roman und der Huber hielten das Gespräch in Gang, sodass es nicht gänzlich peinlich wurde.

Barbara ließ ihren Blick zwischen den Eltern und Marie hin- und hergehen. Sie spürte, dass da etwas nicht stimmte. Anna und Mathis saßen nebeneinander. Die beiden Jungen redeten ebenfalls kaum etwas, doch Barbara bemerkte, wie sie sich anschauten und dass Mathis sie einige Male liebevoll am Ellbogen berührte.

Die Leni räumte das Essgeschirr ab und brachte die Schnapsflasche und ein kleines Tablett mit Gläsern an den Tisch. Und da wurde es dann doch noch ein wenig fröhlicher. Der Huberbauer sprach dem Schnaps eifrig zu und Roman hielt mit. Auch Florian Sittler trank einige Stamperl und wurde daraufhin etwas umgänglicher.

Hannah nippte nur an ihrem Glas und beobachtete besorgt ihre Ziehtochter, die neben ihrem frisch angetrauten Mann saß. Die stocherte lustlos in ihrem Teller und wich offensichtlich sowohl ihren als auch Barbaras Blicken aus.

Mathis tuschelte leise mit Anna und schob dann seinen Stuhl zurück. Mit einem verlegenen Lächeln sagte er: »Ich muss los. Ich hab noch Arbeit auf dem Hof. Vergelt's Gott für die Einladung.«

Marie erhob sich und kam um den Tisch herum. »Danke Mathis, dass du da warst!« Sie legte ihm beide Hände auf die Schulter und sah ihn fragend an. »Ich hoffe, du kommst diesen Sommer wieder herauf. Es bleibt alles beim Alten, oder?«

Mathis strahlte sie an und nickte. »Natürlich Marie! Zum ersten Mai?«

»Ja, Bub, zum ersten Mai.« Sie umarmte ihn und Anna fiel ein dicker Stein vom Herzen. Zum ersten Mal an diesem Tag schlich sich ein zaghaftes Lächeln in ihr blasses Gesicht.

Die Huberin flüsterte ihrem Mann etwas ins Ohr, worauf dieser ebenfalls aufstand. »Roman, wir sollten jetzt fahren, wenn ich euch hinaufbringen soll. Ich muss auch bald in den Stall. Sonst wird dem Vieh die Milch schon im Euter sauer.«, sagte er und keckerte als einziger über seinen faden Scherz.

Anna verabschiedete sich von den Sittlers und ließ sich von Barbara drücken.

»Na, dann hast du ja deinen Mathis noch eine Weile.«, raunte die ihr verstohlen zu. Anna sah sie verblüfft an und eine feine Röte stieg ihr ins Gesicht. Etwas verlegen knuffte sie die Dede. Sie hatte ihrer Tante noch nie etwas verheimlichen können.

Barbara, Hannah und Florian blieben alleine am Tisch sitzen.

Florian winkte die Leni herein. »Madl, bring uns noch eine Flasche Roten und gib in der Gaststube eine Runde aus. Schreib's auf meine Rechnung.« Leni brachte das Gewünschte und verzog sich wieder, nachdem sie eingeschenkt hatte.

Florian hob sein Glas: »Auf Marie!« Seine Stimme schwankte ein wenig und Barbara stellte ihr Glas hart vor sich ab.

»Was ist passiert zwischen euch?«, platzte sie heraus und fixierte ihre Eltern.

Florian trank in einem Zug aus und zog die Weinflasche zu sich herüber. Hannah schob die Flasche von ihm weg. »Lass es gut sein für heute, Mann! Du hattest schon gestern genug!«

Barbara hob erstaunt die Augenbrauen. Ihr Vater trank selten und nie mehr, als er vertrug.

Hannah erwiderte ihren fragenden Blick und erklärte: »Dein Vater hatte gestern Abend Besuch vom Roman. Und danach hat er sich sinnlos besaufen müssen. Obwohl er vorher schon mehr als genug hatte.« Sarkastisch setzte sie hinzu: »Die halbe Nacht hat er auf dem Abort verbracht und sich die Seele aus dem Leib gespien.«

Barbara lachte laut auf; die Vorstellung, wie ihr Vater mit dem Kopf über dem übelriechenden Loch hing, war so komisch, dass sie nicht anders konnte.

Der Sittler verzog in der Erinnerung daran sein Gesicht zu einer Grimasse. »Schweig doch«, brummte er, »das interessiert jetzt keinen.«

»Und was wollte der Roman?«, fragte sie neugierig.

»Was glaubst du wohl, Tochter?«, ätzte er. »Geld wollte er, der Hundsfott. Ist mir erst um das Maul gegangen wegen der Marie. Weil sie keine Eltern mehr hat und dass ich doch Vaterstelle bei ihr eingenommen hab. Und wie dankbar er ist, dass wir immer für sie da waren. Wie umsichtig und hübsch sie ist und wie großartig sie die Sennerei führt.« Er ballte seine Hand zur Faust und presste die Lippen schmal aufeinander. »Dann redeten wir über die Elektrizität, die ins Dorf kommen soll, und er hat den Vorschlag gemacht, ob ich nicht die Oberleitung hinauf finanzieren möchte. Weil die Marie es dann leichter haben würde, wo sie doch umbauen und Sommergäste unterbringen will. Ich fand das gar nicht so dumm und hab eingewilligt. Hab's mir ja selbst schon überlegt. Ein paar Stamperl später ist er dann mit seinem wahren Anliegen herausgerückt. Hat wohl gedacht, ich bin schon zu besoffen, um zu bemerken, was er vorhat.«

Barbara wartete gespannt ab, was kommen würde und spürte, wie sich ihr Magen ungut zusammenzog. Hannah legte ihre Hand begütigend auf die ihres Mannes. »Reg dich nicht schon wieder auf, Florian«, bat sie ihn.

Er wischte ihre Hand beiseite und beugte sich zu Barbara hin. Gefährlich leise sagte er: »Er hat zu später Stunde einen Wisch aus der Tasche gezogen und wollte, dass ich ihnen das Haindl überschreib.«

Barbara blieb die Luft weg. Sie sah ihn schockiert an. »Aber der Hof gehört mir!«

Der Sittler spuckte die nächsten Worte förmlich aus. »Ja, das war ihm wohl nicht ganz klar. Er findet, das Anwesen steht der Marie zu. Er hat angedeutet, ich hätt Hannes' Notlage ausgenutzt, um mir den Hof unrechtmäßig anzueignen.«

Barbara atmete ganz langsam aus; sie hatte das Gefühl, gleich zu platzen.

Der Clemens Oberndörfer streckte den Kopf herein und überschaute die angespannte Situation mit einem Blick. Unaufgefordert brachte er eine neue Flasche Rotwein und entkorkte sie. »Die geht aufs Haus«, sagte er und stellte sie vor ihnen ab, bevor er sich humpelnd wieder verzog.

Die kleine Atempause half Barbara, die heiße Welle in den Griff zu bekommen, die in ihr aufgestiegen war. »Was bildet dieser dahergelaufene Kerl sich eigentlich ein? Nistet sich hier ein und setzt sich ins gemachte Nest? Ich kann nicht glauben, dass die Marie darüber Bescheid weiß!« Ihre Hand bebte vor Wut, als sie sich ein Glas Wein einschenkte.

»Er wird damit nicht durchkommen, Barbi.« Beruhigend drückte sie Barbaras Hand. »Es ist alles notariell festgeschrieben. Und ich bin mir sicher, dass Marie keine Ahnung davon hat.«

»Das macht es umso schlimmer, Mutter!«, giftete Barbara. »Wie kann er sie nur so hintergehen? Der Hurensohn sollte sich was schämen! Und ist es nicht genug, dass sie sich einen Mann nimmt, der acht Jahre jünger ist als sie und bereits alles gevögelt hat, was nicht schnell genug den Rock unten hatte?« Sie spuckte die Worte förmlich aus und ignorierte den konsternierten Blick ihrer Mutter.

Ihr Vater gab einen abfälligen Laut von sich und hob sein Glas an den Mund. »Ich hab's dir gleich gesagt, Hannah. Dieser Wojtek ist ein Halsabschneider und Scherenschleifer! Nur schad, dass grad der den Nazis ausgekommen ist. Und jetzt gehört er auch noch zur Familie.« Er trank aus und wischte sich die Lippen.

Hannah zuckte hoch und warf einen hektischen Blick zur Tür. »Bist du völlig verrückt geworden? Hört sofort auf mit diesem gottlosen Gerede – alle beide! Er kann nichts für seine Herkunft und grad ihr habt dieses arische Herrengetue immer verurteilt! Es ist grausam und unmenschlich, was sie mit seiner Familie getan haben.«

Barbara schluckte die Mahnung, doch sie setzte leise hinterher: »Du hast recht, Mutter. Doch er tut alles, um dem Ruf gerecht zu werden. Und er hat der Marie auch noch ein Kind gemacht.«

Florian und Hannah sahen sie fassungslos an.

Barbara biss sich auf die Lippen. »Ihr habt es nicht gewusst?« Sie sank kleinlaut auf dem Stuhl zusammen.

Ihr Vater schüttelte den Kopf, doch Hannah nickte nachdenklich und sagte: »Ich hatte vorhin den Gedanken. Sie hat kaum etwas gegessen und war so blass ...«

Der Sittler fluchte unterdrückt los. »Heilandsakrament, das darf doch nicht wahr sein! Ich bring den verdammten Scheißkerl um! Der hockt bei mir am Tisch, säuft meinen Schnaps und schleimt sich ein, um mir das Haindl abzuluchsen. Und dabei ist die Marie schwanger von ihm und er hält es nicht für nötig, das zu erwähnen!«

Hannah hielt ihn am Arm fest und drehte sich zu ihrer Tochter. »Seit wann weißt du es, Barbi? Wann kommt das Kind?«

Barbara zuckte die Achseln. »Ich hab es schon im März vermutet, als ich sie beim Faschingsumzug gesehen hab. Aber gestern war ich mir dann sicher und ich hab sie gefragt. Ich denke, im August oder September ist es so weit.« Ihr Gesicht verdüsterte sich, als sie an die gestrige Auseinandersetzung mit Marie dachte. »Sie war so eigenartig und hat gesagt, sie …«, sie schluckte und fuhr stockend fort: »… sie hat geglaubt, ich will ihr das Kind ausreden und es wegmachen.« Als sie das Glas hob, um einen großen Schluck Wein zu nehmen, schlug der Glasrand an ihre Zähne. »Ich versteh überhaupt nicht mehr, was mit ihr los ist.« Sie sah ihre Mutter an und ihre Augen glänzten verräterisch. »Sie war noch nie zuvor so …«, Barbara suchte nach Worten, »… so böse auf mich.«

Hannah Sittler rückte den Stuhl näher zu ihr und legte den Arm um sie. »Barbi, vermutlich hat sie Sorge, ob sie das Kind austragen kann. Immerhin ist sie schon über das Alter hinaus.«

Der Sittler lachte verächtlich auf. »Ich vermute eher, der Roman hat ihr das angetragen. Er hat nicht damit gerechnet, dass sie schwanger wird. Und jetzt versucht er, Profit daraus zu schlagen. Wenn er sie schon heiraten muss, dann will er etwas davon haben.« Er überlegte und fuhr dann nachdenklich fort: »Der Kerl hatte wegen seiner Herkunft noch nie einen guten Stand hier im Dorf. Während des Krieges hat er sich's mit den richtigen Leuten gut gehalten und mit der Hehlerei fein verdient. Der kennt jeden alten Schmugglerweg im Gäu und schob fleißig Ware herein und hinaus. Ich weiß das vom Clemens. Doch hinterher war's damit vorbei. Jetzt heiratet er die Marie und damit in eine alte Familie ein. Er glaubt wohl, dass er damit ein Ansehen bekommt. Dem werd ich's zeigen – nicht mit mir!« Er richtete sich in seinem Stuhl auf. »Eine richtige Arbeit hat er auch nicht. Keiner weiß doch so recht, womit der sein Geld verdient, oder?«, fragte er die beiden Frauen. »Außer mit den jungen Burschen zu saufen und den Weibern schöne Augen zu machen, kann er anscheinend nicht viel.«

Barbara errötete, der Tanzabend vor einigen Jahren kam ihr wieder in den Sinn, an dem sie mit dem Roman ein paar schnelle Küsse getauscht hatte. Weiter waren sie nicht gegangen; sie hatte ihren Spaß gehabt und damit war es vorbei gewesen.

Sie schob die lästige Erinnerung weg, es gab Wichtigeres. »Was ist jetzt mit dem Hof, Vater?«

Der Sittler sah sie entschlossen an; seine grünen Augen, die denen seiner Tochter so sehr glichen, glitzerten bedrohlich unter den buschigen, breiten Brauen. »Ich red morgen gleich mit dem Clemens, dass er mir Bescheid sagt, wenn der Roman an ihn herantritt. Das Haindl gehört rechtmäßig dir, da kommt er nicht dran. Und der Julianenhof der Marie. Nach der Erbfolge geht er in Annelis Besitz über – wenn die Marie ihn nicht vorher dem Roman überschreibt. Aber das werd ich verhindern, das schwör ich dir! Der Sauhund bekommt keinen Schilling.« Er trank aus und rief in die Gaststube hinaus: »Mach mir die Rechnung, Leni!«

✻

Ich war so glücklich, dass Mathis wieder auf den Julianenhof kam! Er traf, wie verabredet, Anfang Mai ein und bezog den Anbau. Die vergangenen Wochen nach Mutters Heirat hatten wir uns langsam daran gewöhnt, dass nun wieder ständig ein Mann im Haus war. Der Roman brachte nur einen kleinen, abgeschabten Lederkoffer und seinen Rucksack mit. Seine Sachen waren schnell im Kleiderkasten verstaut; meine Mutter räumte sie neben ihre hin und bald war es, als sei er immer hier gewesen. Es kehrte Alltag ein; der Roman ging ihr weiter zur Hand und am Abend saßen sie in der Küche, schwatzten und sahen sich verliebt an. Es war einiges vorzubereiten, denn bald würde das Vieh heraufgetrieben werden.

Ich ging jeden Tag zur Schule und kam erst zum frühen Nachmittag herauf. Roman übernahm die schweren Arbeiten. Mir blieben in diesem Almsommer nur das Einstampfen der Maulwurfshügel und das elende Steinesammeln übrig. Ab und zu war er für ein oder zwei Tage weg, dann war es fast wie früher. Mutter und ich saßen abends nebeneinander auf der Küchenbank, sie strickte oder spann und ich las ihr vor. Wenn er wiederkam, überließ ich sie ihren Gesprächen und dem Geturtel und zog mich in meine Kammer zurück. Wenn

Roman da war, fühlte ich mich überflüssig; obwohl er immer freundlich zu mir war.

Im Mai, als Mathis heraufkam, sah man schon, dass sich Mutters Bauch rundete.

Mit dem Mathis kehrte auch für mich wieder ein Stück Normalität zurück. Obwohl er am Abend nicht mehr bei uns in der Stube saß, um zu schnitzen. Wenn Roman zu Hause war, trafen wir uns oben an dem kleinen Felsen über dem Hof, unserem Lieblingsplatz. Dort hockten wir bis es dunkel wurde, und erzählten leise miteinander. Manchmal schwiegen wir auch und schauten nur in den Sternenhimmel; meine Hand lag warm und vertraulich in seiner, bis es Zeit war, nach unten zu gehen. Mir war bewusst, dass es unser letzter gemeinsamer Sommer war. An einem Abend küsste er mich auf die Wange; sehr zart und sehr vorsichtig. Ich war glücklich. Und auch ein wenig verwirrt.

Ich war so mit meinen eigenen Gefühlen beschäftigt, dass mir zuerst nicht auffiel, wie meine Mutter sich veränderte. Sie wirkte müde und sang nicht mehr. Wenn ich von der Schule kam, saß sie manchmal vornübergebeugt am Tisch und schlief, den Kopf auf die Arme gelegt.

Wir hatten viel Arbeit in diesem Sommer. Neben der Sennerei waren nun oft Leute heroben, weil die Almhütte an den Wochenenden wieder für Wanderer geöffnet war. Da kamen wir kaum zum Luftholen; Mutter und ich waren in der Küche beschäftigt und versorgten die Gäste, der Roman ging manchmal mit ihnen in die Berge.

An den Werktagen kamen Arbeiter herauf, denn im Juli wurde nun endlich die Oberleitung installiert. Es herrschte ein ständiges Kommen und Gehen, überall wurde geklopft und gehämmert; das Haus und der Stall bekamen elektrisches Licht.

So schob ich ihre Schwäche zuerst allein auf die viele Arbeit und die Schwangerschaft. Das Kind sollte Anfang September zur Welt kommen und ich freute mich mittlerweile tatsächlich darauf. Jeden Abend trank sie dankbar den Tee, *den ich ihr aus Frauenmantel, Schafgarbe, Melisse und Brennnessel zubereitet hatte. Das Rezept dazu hatte ich in Julianas Kräuterbüchlein gefunden. Sie hatte kaum zugenommen, von hinten sah man ihr die Schwangerschaft nicht an. Ihre Arme und Beine waren spindeldürr. Das bereitete mir Sorge und ich hielt sie ständig an, mehr zu essen. Nur ihr Bauch wölbte sich zusehends und es faszinierte mich mehr und mehr, meine Hände daraufzulegen und die feinen Bewegungen darin zu spüren.*

Ich war sehr stolz, dass ich bald sicher tasten konnte, wo das Köpfchen lag oder ein Füßchen gegen meine Finger drückte. Ich hatte noch niemals eine Wöchnerin begleitet, doch die Dede hatte mir viel von ihrem Wissen beigebracht und ich war sehr froh darum.

An Tagen, an denen der Roman weg war, schien alles so einfach zu sein – wie früher eben. Der Mathis kam zu uns in die Stube und die Mutter sagte auch nichts, wenn er neben mich rutschte und unter dem Tisch heimlich meine Hand hielt. War der Roman da, streckte Mathis nur kurz den Kopf herein, wünschte uns eine gute Nacht und ging in seine Kammer hinüber. Meine Familie sah ich selten, ich war nur einmal zur Sonnwendfeier im Dorf und durfte über Nacht bei Tante Hannah und Onkel Florian bleiben. Der Onkel hatte zähneknirschend die Elektrizität auf den Julianenhof bezahlt, weil er es versprochen hatte. Er ließ keinen Zweifel daran, dass er es für meine Mutter und mich tat. Seine Meinung über den Roman war nicht die beste, doch er hielt still. Beim Abendessen fragte mich die Tante aus, wie es auf dem Hof ging; er saß daneben, brummte grimmig in seinen Bart und die Tante trat ihn dauernd auf den Fuß.

Die Dede wartete zweimal vor der Schule auf mich. Sie war kein einziges Mal heraufgekommen, um uns zu besuchen, und das ging mich schon sonderbar an. Ich freute mich, sie zu sehen, und sie begleitete mich ein Stück den Berg hinauf. Begeistert erzählte ich ihr von Mutters fortschreitender Schwangerschaft und wie faszinierend es war, das Baby in ihr wachsen zu sehen. Ich spürte in ihren vorsichtigen Fragen Besorgnis. Und doch sah ich nicht genauer hin.

Dieser Sommer war mehr als hart. Ich musste auf der Alm kräftig mithelfen und die Käsezubereitung bald allein übernehmen. Meine Mutter wurde immer blasser und schwächer, je weiter die Schwangerschaft fortschritt. Wir standen bei Sonnenaufgang auf und fielen erschöpft ins Bett, wenn es dunkel wurde. Die Arbeit ging uns nicht aus und wir erlebten einen schlechten Almsommer. Eine Kuh hatte Schwierigkeiten beim Kalben; sie und das Kalb verendeten qualvoll. Eine verstieg sich und brach sich die Vorderbeine. Mathis musste das Tier abstechen, um es zu erlösen. Meine geliebte Elsbeth bekam erst ein geschwollenes Euter, dann entzündete sich ihr Bauch. Ich verbrachte eine Woche lang Tag und Nacht neben ihr im Stall, dann starb sie mir an der Infektion unter den Händen, trotz aller Salben und Tinkturen. Ich weinte bittere Tränen und war untröstlich. Leise muhend verging sie unter meinen Augen und nahm ein Stückchen Kindheit mit sich. Das alles war ein großer Verlust und warf kein gutes Licht auf unsere Sennerei.

Dem Roman schienen langsam die Späße auszugehen. Er saß des Abends allein in der Küche und brütete über seinen Aufzeichnungen und Zahlen. Meine Mutter wurde verschlossener und stiller, der Roman immer verdrossener. Manchmal wenn ich hereinkam, hörten sie auf zu reden. Dann hatte ich das Gefühl, sie hatten gerade gestritten, aber ich bekam es nie mit. Doch ich beobachtete, dass die Berührungen zwischen ihnen seltener wurden und das Lachen verschwand. Sah, dass sie manchmal zurückzuckte, wenn er eine hastige Bewegung machte, und wunderte mich. Bis zu jenem Tag im Juli, an dem ich früher als gewöhnlich vom Unterricht zurückkam. Es war kurz vor den Sommerferien, nicht der letzte Schultag, doch für mich gab es danach keinen mehr.

❄

Kapitel Zwölf

Anna betrat die Küche. Sie hob ein Kissen auf, das auf dem Boden lag und warf es zusammen mit ihrer ledernen Schultasche auf die Bank unter dem Fenster.

»Mama?«, rief sie gutgelaunt, »Ich bin da!«, und rümpfte zugleich die Nase. Es roch irgendwie angebrannt. Mit ein paar schnellen Schritten war sie beim Herd, griff nach einem Lappen und zog den Topf von der Feuerstelle. Verwundert bemerkte sie, dass der Topf kalt war. Sie öffnete die Ofentür und schaute hinein. Das Feuer war ausgegangen. Mit spitzem Finger stippte sie angewidert auf den verkohlten Rest im Topf, der anscheinend einmal Gerstenbrei gewesen war; er war nur noch lauwarm. Die Masse darin hatte sich zu einem verkrusteten, braunschwarzen Bodensatz gewandelt, der erbärmlich nach verbranntem Getreide roch.

»Igitt«, murmelte sie verdrossen vor sich hin, »der ist ja kaum mehr zu retten. Das bleibt wohl wieder mir, den sauber zu kratzen.« Sie stellte den Topf in den Spülstein, goss ein wenig Wasser hinein und suchte in der Anrichte nach Soda. Das Pulver schäumte weiß auf, als es auf das Wasser und die eklige Masse traf, und Anna hoffte, es würde die eingebrannte Kruste auflösen.

Im Haus war es still und Anna fragte sich, wo alle waren. Sie verließ die Küche und trat vor das Haus.

»Mama?«, rief sie und dann lauter, »Mathis?«

Niemand antwortete. Sie ging zum Stall hinüber, zog die schwere Türe auf und fragte in die dämmrige Stille hinein, obwohl sie schon spürte, dass da keiner war: »Mama, Mathis, wo seid ihr?« Sie waren wahrscheinlich draußen auf der Alm.

Der Roman hatte heute eine Tour und war bestimmt längst weg. Nach ihm brauchte sie gar nicht erst zu rufen. Sie zuckte die Achseln, stemmte sich gegen das warme Holz und schob die Stalltür wieder zu. Und doch zog sich ihr Bauch ungut zusammen, als sie über den steinigen Vorplatz zurückging.

Sie war beunruhigt; die Mutter hatte noch nie etwas auf dem Herd stehen lassen, bevor sie das Haus verließ. Niemand würde das tun, denn jeder wusste, welche Gefahr ein unbeobachtetes Feuer mit sich brachte. Die alten Holzhäuser würden brennen wie Zunder. In der Milchkammer war auch niemand und auch nicht in dem kleinen Keller, der in den Fels gehauen war, und in dem die runden Käselaibe auf hölzernen Regalen lagerten. Den scharfen und säuerlichen Geruch nach vergorener Milch noch in der Nase, stieg sie die wenigen Stufen wieder herauf und schloss sorgfältig die Tür, damit keine Fliegen hereinkamen. Erst kürzlich hatte sie einen frischen Laib angeschnitten und mitten drin war eine fette schwarze Schmeißfliege eingeschlossen gewesen.

Sie schüttelte sich bei dem widerlichen Gedanken daran und betrat erneut die Küche. Nun bemerkte sie, dass das Tischtuch etwas schräg hing und der kleine Becher mit dem Wiesensträußchen darin umgefallen war. Anna zog das Tischtuch zurecht und richtete den Becher auf, stopfte die auseinandergefallenen Blumen hinein und betrachtete nachdenklich den länglichen Wasserfleck auf dem feuchten Stoff. Sie drehte sich langsam um und fragte sich gerade noch, was das wohl alles zu bedeuten hatte, als sie den Schürhaken sah. Er hing nicht wie sonst am Herd, sondern lag neben der Treppe auf dem Boden. Noch nie, seit sie denken konnte, hatte der eiserne Haken da gelegen.

Ein eigenartiger Schrecken fuhr ihr in die Magengrube und bevor sie den Gedanken fassen konnte, folgte sie ihrem Instinkt und rannte die Treppe hinauf. Die Tür zu ihrer Kammer stand weit offen. Sie warf einen schnellen Blick hinein und registrierte, dass sie leer war, das Bett ordentlich gemacht und die Kissen frisch aufgeschüttelt. Die frühe Nachmittagssonne leuchtete schräg hinein, tauchte den vertrauten Raum in einen warmen, goldenen Schein und alles war beruhigend normal. Sie verharrte auf der Schwelle und schalt sich einen kleinen Moment, weil sie plötzlich so ängstlich war. Alles schien in Ordnung zu sein …

Ein schwacher Laut drang an ihr Ohr, wie das Maunzen eines Kätzchens. Er war sehr leise und doch durchdrang er die Stille des Hauses und ihr unruhig klopfendes Herz wie ein lauter Schrei.

Anna drückte die Klinke der gegenüberliegenden Kammer herunter und schob den Kopf durch den Türspalt. Seit der Roman hier eingezogen war, hatte sie die Kammer ihrer Mutter nicht mehr betreten. Auf den ersten Blick schien alles wie immer zu sein; der Raum lag im Halbdunkel, die Fensterläden waren geschlossen. Nur ein paar dünne Lichtstrahlen drangen durch die Spalte herein und ihre Augen brauchten einen Moment, bis sie klar sah. Das breite Bett war leer, es war niemand da. Sie wollte die Tür schon wieder hinter sich zu ziehen, als sie das Geräusch vernahm.

Etwas streifte feucht über die Dielen, nass und schmatzend. Anna roch im selben Moment den kupfernen Blutdunst und spürte fröstelnd, wie sich die Härchen an ihren Armen aufstellten. Sie schob die Tür etwas weiter auf und fragte besorgt: »Mama?«

Ein seufzendes Atmen drang durch die Kammer und Anna drückte die Tür vollends auf. Licht fiel hinter ihr herein und beleuchtete schwach eine zusammengekrümmte Gestalt neben dem Bett. Mit einem Satz war sie dort, beugte sich zu ihrer Mutter und tastete angstvoll nach dem reglosen Körper. Sie fand ihre Hand, eiskalt und klitschnass und zog sie erschrocken zurück. Annas Herz raste. Licht, sie brauchte mehr Licht! Sie dachte gar nicht daran, den neu installierten Schalter zu betätigen, hechtete sich auf das Bett, robbte über die Oberbetten und fiel fast zum Fenster hin. Riss es auf und stieß mit einem keuchenden Schluchzen die Fensterläden zurück, sodass diese mit einem Knall an die Hauswand schlugen. Grelle Helligkeit drang herein, in einem so leuchtenden Schwall, dass sie für einen Moment die tränenden Augen zusammenkniff.

Entsetzt sah Anna im scharfen Licht der Sonne ihre Hand, nass und rot von Blut. Begriff augenblicklich, warf sich im nächsten Moment zurück auf das Bett, und kroch aufweinend an das andere Ende. Sie fiel fast herunter, ließ sich auf den Boden gleiten und kniete sich neben ihrer Mutter nieder. Panisch registrierte sie das Blut, in dem Marie lag und ihr Kleid dunkel durchtränkte. Anna wusste nicht, was sie zuerst tun sollte und saß da. Schlug sich die Hand vor die Lippen, um ihre Schreie zu ersticken, und schmeckte das Blut.

Im allerletzten Moment zog sie das Tor vor ihrer entsetzten Seele fest zu, um sich abzuschirmen. In irgendeinem Winkel ihres Geistes wusste sie, dass sie sich jetzt nicht den aufsteigenden Bildern überlassen durfte. Ihre Mutter würde sonst sterben.

Anna hatte keine Ahnung, wie lange sie vor ihrer Mutter gekniet hatte, bis ihr Zeitgefühl wieder einsetzte. Als sie sich wieder in die Gewalt bekam und den Sog endlich unterdrückte, der gewaltsam an ihr riss, konnten Sekunden, aber auch Minuten vergangen sein.

Wie verrückt zitternd schaffte sie es, die gewaltige, an ihr ziehende Macht vollends abzuschütteln. Mit fliegenden Fingern suchte Anna nach einem Lebenszeichen. Sie fand einen schwachen Puls am Hals und stieß ein dankbares Schluchzen aus. Ihre Mutter lebte noch, sie war nur ohnmächtig! Sie tastete den leblosen Körper ab, nahm dann ihren ganzen Mut zusammen und schlug den Rock hoch.

Ein pfeifendes Keuchen entfuhr ihr. Zwischen den blutverschmierten Beinen lag das Kind in einer schillernden Lache. Sie wusste sofort, dass es tot war. Das wächserne Grau des winzigen zusammengekrümmten Körpers war unmissverständlich. Das Kleine hatte einen rabenschwarzen Flaum auf dem runden Köpfchen und seine geballten Fäustchen lagen an die flache Brust gepresst, die dünnen Beinchen waren eng angezogen. Anna ließ sich auf die Fersen zurücksinken und weinte laut auf. Sie wusste nicht, was sie tun sollte.

»Mama«, rief sie, »Mama, wach doch auf!« Sie rüttelte sie an der Schulter.

Marie lag still und regte sich nicht. Zwischen ihren Schenkeln sickerte unaufhörlich ein feines hellrotes Rinnsal heraus. Anna registrierte es und obwohl die Furcht sie zu übernehmen drohte, riss sie sich zusammen. Sie musste ihrer Mutter helfen, bevor sie verblutete; für das Kind war es zu spät. Mit dem Unterarm wischte sie sich über die Augen und biss sich so fest auf die Lippen, dass es wehtat. Dann zog sie die Schürze ab und versuchte, das Kind darin einzuwickeln. Der kleine Körper war noch warm, und Anna hoffte einen kleinen Moment, dass es noch lebte.

Doch die zarten Gliedmaßen fielen schlaff beiseite, als sie es vorsichtig hochnahm. Die Nabelschnur hing gräulichblass aus der Schürze heraus, als Anna ihrer Mutter das Kleine auf die Brust legte.

Sie wusste, dass die Nachgeburt sich noch lösen musste, sonst würde Marie sterben. Mit bebenden Händen schlug sie den Rock weiter hoch und legte ihre kalten Finger auf ihren Bauch. Massierte und drückte ihn vorsichtig und hoffte inständig, dass sie alles richtig machte. Anna spürte, wie ihr kalter Schweiß ausbrach und eisig unter den Achseln und den Rücken herabrann. Immer wieder lauschte sie nach den flachen Atemzügen ihrer Mutter, massierte fester und strich weiter nach unten aus. Sie spürte eine sachte Konvulsion unter ihrer Hand. Mit einem kleinen Grausen umfasste sie die glitschige, weißgraue Nabelschnur, massierte mit einer Hand weiter und zog sehr behutsam daran. Maries Bauch erzitterte, sie bewegte sich ein wenig und stöhnte. Es war nur ein Hauch von einem Stöhnen, dennoch hielt Anna kurz inne.

Mit einem schmatzenden Geräusch glitt die Nachgeburt zwischen ihren Schenkeln heraus. Erleichtert schluchzte Anna auf. Sie griff sich eins der Kissen vom Bett, zog hektisch den Überzug ab und stopfte das zusammengerollte Bündel zwischen Maries Beine. Der Stoff färbte sich schnell rot. Sie drückte ihr die Knie zusammen und versuchte, den schweren Körper ein wenig zur Seite zu drehen. Dann zog sie das zweite Kissen ab, wischte mit dem weißen Leinenstoff das Blut auf, legte ihn über die Nachgeburt und schob das fleckige Bündel zur Seite.

Anna stand auf, streifte die Mutter und das tote Kind an ihrer Brust mit einem ängstlichen Blick und entschied, dass sie es riskieren musste, sie ein paar Minuten alleine zu lassen. Sie musste unbedingt die Blutung stillen, doch dafür benötigte sie ihre Kräuter. Es gab nicht viele Möglichkeiten, denn ihr Bestand war bei weitem nicht so breit angelegt wie Barbaras, richtige Medikamente fehlten ihr völlig. Doch sie hatte einige hilfreiche Kräuter da.

Sie rannte die Holzstiege hinunter, um ihr Täschchen zu holen.

Und dann hörte sie Mathis Stimme, der fröhlich von draußen rief: »Servus, ich bin zurück!«

Da versagten Annas Beine und sie musste sich plötzlich auf der untersten Stufe hinsetzen. Ihr wurde flau; sie beugte sich nach vorn und nahm den Kopf zwischen die Knie, um der Schwäche Herr zu werden. Für einen Moment gab sie ihr nach und wünschte sich innig die Dede herbei.

Die Tür ging auf und Mathis polterte herein. Seine Augen weiteten sich erschrocken, als er sie mit ihren blutverschmierten Händen und Kleidern vornübergebeugt da sitzen sah.

Mit drei langen Schritten war er bei ihr, kniete sich vor sie hin und nahm sie bei den Armen. »Was ist passiert, Anneli?«

Erleichtert ließ sie ihren Kopf an seine Schulter fallen. Sie konnte nicht sprechen, ihre Stimme wollte ihr nicht gehorchen.

Er schüttelte sie und fragte noch einmal, schärfer jetzt: »Was ist geschehen?!«

Anna riss sich zusammen und schluckte den sauren Speichel hinunter, der sich in ihrem Mund gesammelt hatte. Die Worte wollten ihr kaum aus dem Hals. »Die Mutter hatte eine Fehlgeburt. Das Kind ist tot!« Er ließ Anna los und schaute sie entsetzt an. Sie drängte ihn angstvoll: »Mathis, du musst die Dede holen. Die Mutter stirbt sonst. Sie blutet und es hört nicht auf.«

Er stand eilig auf und zog sie am Arm hoch. »Wo ist sie?« »Oben in ihrer Kammer.«

»Und der Roman?«

Anna hob die Schultern. »Ich weiß nicht«, gab sie kläglich zurück und drückte sich den Unterarm vor den Mund, weil sie schon wieder weinen musste.

Er hielt sie fest und Anna lehnte sich erschöpft an ihn. Überließ sich einen Moment ihren Tränen und der Erleichterung, dass endlich jemand da war. Er legte eine Hand an ihre Wange und sie schmiegte sich in die vertraute Wärme seiner Finger; wünschte inständig, dass dieser entsetzliche Schrecken endlich aufhören mochte. Sie spürte, wie sich sein Körper anspannte, und richtete sich auf.

»Es geht schon wieder,« Sie schob ihn von sich weg. »Hol du die Dede, Mathis. Ich kümmer mich um die Mutter. Aber beeil dich! Ich glaub nicht, dass ihr noch viel Zeit bleibt.« Er schaute sie besorgt an und strich ihr zart über die Wange. Anna erwiderte seinen Blick und drängte ihn: »Geh jetzt gleich! Und sag ihr, dass es auf Leben und Tod steht! Wir brauchen sie heroben.«

Sie riss sich von ihm los und eilte zum Herd hinüber, um das Feuer neu anzufachen. Während sie Papier zusammenknüllte und ins Herdloch stopfte, eine Handvoll trockener Späne dazu hineinwarf und es anzündete, zog sie schon mit der anderen das Wasserschaff herüber.

Mathis nahm im Hinausgehen ihre Ledertasche vom Bord herunter und legte sie ihr hin. Anna lächelte ihn dankbar an, griff danach und nestelte den Verschluss auf. »Danke Mathis! Geh jetzt und hol die Dede. Schnell!«

Er rannte aus dem Haus und sie hörte, wie er die rumpelnde Stalltür aufzog, um anzuspannen.

Eine eigenartige Ruhe erfasste sie, als sie ihre Tasche durchsuchte und darauf wartete, dass das Feuer endlich brannte. Sie ließ die kleinen Lederbeutel durch die Finger gleiten und ging konzentriert die Schildchen mit den lateinischen Namen durch, legte alle zur Seite, die sie nicht brauchen konnte. Nur wenige blieben übrig; sie sortierte sie erneut und grub in ihrem erlernten Wissen fieberhaft nach den Wirkungen.

Belladonna war zu stark und die Mutter hatte noch kein Fieber. Für Himbeerblätter war es bereits zu spät. Melisse vielleicht? Nein, die würde nicht viel bringen. Einen kurzen Moment überlegte sie, ob Kuhschelle helfen könnte; die Dede setzte sie gern bei Frauenbeschwerden ein. Doch sie entschied sich dagegen. Der Bocksbart verursachte gerne Hautreizungen. Sie öffnete einen Beutel mit Hirtentäschel und roch hinein. Mit dem angefeuchteten Zeigefinger nahm sie eine der getrockneten, herzförmigen Samentaschen heraus und zerkaute sie.

Ja, das war es! Anna spürte die adstringierende Wirkung auf der Zunge, wischte nach kurzer Betrachtung die aufsteigenden Bilder beiseite und beschloss, eine Tinktur für Kompressen anzusetzen. Das Hirtentäschel war ein altes Wundkraut, es würde die Blutgefäße zusammenziehen und helfen, die Blutung zu stillen. Fehlte nur noch Frauenmantel! Anna stellte einen zweiten Wassertopf auf und rannte in den angrenzenden Vorratsraum. Riss einen trockenen Buschen vom Nagel am Balken und achtete nicht darauf, dass dürre Blätter und Blüten herabrieselten.

Das Wasser kochte noch nicht, darum lief sie eilig hinauf und schaute nach der Mutter. Die lag noch wie zuvor regungslos da. Ihr bleiches Gesicht wirkte eingefallen und spitz. Anna getraute sich nicht, den Stoff zwischen ihren Schenkeln wegzunehmen. Ein dünner, hellroter Blutfaden rann unaufhörlich über das zuunterst liegende Bein und sie ahnte, dass nicht mehr viel Zeit blieb. Sie riss das Laken vom Bett, faltete es und schob es der Mutter unter den Kopf, rieb die blassen Wangen und ihre eiskalte Hand. Marie reagierte nicht, ihr Atem ging flach und fast unhörbar.

»Mama, wach auf!«, flehte sie und erneut stieg scharfe Angst in ihr hoch. Sie beugte sich über die Mutter und legte dabei die Hand vorsichtig auf das runde Köpfchen des Kindes. Schaudernd spürte sie, dass es kühler war als vorhin und kniff die Augen gegen die aufsteigenden Tränen zu. Das arme Kleine hatte sterben müssen, bevor es den ersten Atemzug tat.

Eine Minute später stand Anna wieder am Herd. Sie packte hastig einen Stapel saubere Lappen, einen Schöpflöffel, Mutters Becher und eine emaillierte Wasch-schüssel zusammen, nahm noch ein kleines Fläschchen aus der Anrichte und schaffte alles hinauf. Dann rannte sie wieder hinunter und filterte den Frauenmantel in einen irdenen Krug. Den Hirtentäschel-Aufguss beließ sie im Kochtopf, packte die glühend heißen Henkel mit den Herdlappen und ging vorsichtig die Stufen hinauf. Sie stellte den Topf auf den Holzdielen ab, goss ein wenig der Flüssigkeit in die Emailleschüssel und warf ein Tuch hinein. Die Mutter lag noch immer halb auf der Seite, genauso wie sie sie verlassen hatte.

Anna schob Marie mühsam auf den Rücken und legte ihr behutsam das Kind im Arm zurecht, nahm sie dann bei den Knien und drückte ihre Beine auseinander. Der Überzug war dunkel durchtränkt von Blut; sie warf ihn beiseite und fischte mit dem Schöpflöffel das Handtuch aus der Schüssel. Das Tuch war so heiß, dass sie es nicht auswringen konnte. Es dampfte und sie wartete ungeduldig, bis die meiste Brühe aus dem Stoff gelaufen war. Dann ließ sie es auf ein weiteres, sauberes Handtuch fallen, zog die Zipfel auseinander und rollte die beiden Tücher fest zusammen. Mit dem Hand-rücken prüfte sie die Temperatur und nickte. So ging es. Sie legte die dicke Kompresse auf und schob Maries Knie wieder fest aneinander. Dann goss sie Tee in den Becher, um ihn ihrer Mutter einzuflößen.

Fast alles rann daneben. Anna zog hastig das Nachtkästchen auf und nahm ein Sacktuch heraus, schüttelte es auseinander und band einen dicken Knoten hinein. Sie warf es in den Becher und wartete ungeduldig, bis es sich vollgesogen hatte. Dann griff sie beherzt in Maries Mund und drückte ihr die Zähne auseinander. Sie schob den triefendnassen Knoten dazwischen und wartete angespannt. Es schien zu funktionieren, zumindest verschluckte sie sich nicht.

Nun nahm sie die kleine, braune Phiole aus dem Korb und zog den Korken ab. Das Fläschchen enthielt ein Öl, das sie mit der Dede selbst hergestellt hatte. Die Tante schwor darauf und behandelte manchmal ihre Patienten damit, die mit Weh in Muskeln und Gelenken zu ihr kamen. Sie nannte es ›Schmerzöl‹ und es war teuer, denn die Zutaten waren nur schwer zu bekommen. Das würzig riechende Öl enthielt Cajeput, das antiseptisch wirkte, einen schmerzstillenden Extrakt aus Tonkabohnen, entzündungshemmenden Ingwer und hitzevertreibende Wacholderbeere. Die Dede gab immer noch einige wenige Tropfen Wintergrün hinzu, das dem Öl einen frischen, minzartigen Geruch verlieh und ebenfalls schmerzstillend wirkte. Das Mädchen zögerte ein wenig, doch dann ließ sie die goldene Flüssigkeit in ihre Hand tropfen und verrieb sie auf dem Bauch der Mutter. Mit kreisenden Bewegungen massierte sie vorsichtig das würzig duftende Öl ein und sog den ätherischen Geruch auf. Gab noch mehr in ihre Hand und strich ihr die bloßen Arme hinauf und hinunter. Sie tropfte ein wenig davon auf ein neues Tuch und tupfte Maries Gesicht damit ab. Schob die Stofffalten ihrer Schürze von dem wächsernen Gesichtchen des Kleinen und säuberte mit traurigem Herzen seine geschlossenen Augen mit dem dunklen Kranz gebogener Wimpern unter den feingezeichneten, schwarzen Brauen und das runde Näschen vom Schleim. Sie erneuerte die Kompresse, tauchte den Knoten ein und schob ihn wieder in Maries Mund. Strich wieder und wieder Maries Arme und den aufgequollenen

Bauch mit Öl aus und legte frische Kompressen auf. Warf die blutigen Lappen auf den wachsenden Haufen neben sich. Anna arbeitete, ohne nachzudenken, in einem steten Rhythmus und ohne zu weinen, bis eine Hand sie an der Schulter nahm.

»Es ist gut, Anneli, ich bin da«, drang die Stimme ihrer Tante in ihr paralysiertes Tun. Anna ließ das feuchte Tuch in die Schüssel zurückfallen und wischte sich langsam die geröteten Hände am Kleid ab. Sie sah verstört auf und registrierte verwundert, dass die Sonne längst weitergewandert war und nicht mehr in die Kammer schien.

»Komm, Anneli«, sagte Barbara und zog sie hoch. Anna ächzte, ihre Beine waren taub und ihr Körper schmerzte von der langen gebeugten Haltung. Barbara sah über sie hinweg in den Topf, der einen schwarzen Ring auf den Holzdielen eingebrannt hatte und in dem nur noch ein kleiner Rest Flüssigkeit war. Aufmerksam sog sie Luft durch die Nase ein.

»Herzlkraut und Frauenmantel, ja? Was Gescheiteres wär mir auch nicht eingefallen. Das hast du wunderbar gemacht, mein Mädchen! Komm jetzt und ruh dich aus. Ich bleib bei ihr.«

Und dann war der Mathis da, fasste sie unter den Armen und trug sie in ihre Kammer. Er legte sie auf das Bett und sie griff hilfesuchend nach seiner Hand.

»Bleibst du bei mir?« Ihr war so sehr nach Weinen zumute, doch der steinerne Kloß in ihrem Herzen ließ die Tränen nicht fließen.

Mathis zögerte einen Augenblick und legte sich dann neben sie. Mit beiden Armen umfasste er ihre schmalen Schultern; sie schmiegte sich an ihn und drückte ihr Gesicht an seine Brust. Während er zart über ihre hellen Haare strich und leise beruhigende Worte murmelte, löste sich die Anspannung in Anna und machte einer unendlichen Schwere Platz. Sie gab ihr nach und ließ sich fallen.

Anna erwachte durch laute Stimmen. Sie räkelte sich und bemerkte verwundert, dass sie noch Kleid und Schuhe trug.

Ein Blick durchs Fenster sagte ihr, dass es noch nicht Tag war; ein blasser vergehender Mond stand am Himmel, der sich gerade grau färbte.

Sie rieb die verklebten Augenlider, als ein lautes Krachen ertönte und polternde Schritte die Treppe heraufkamen. Dedes scharfer Tonfall drang in ihr Bewusstsein und mit einem Schlag stand der gestrige Tag wieder vor ihr. Sie fuhr im Bett hoch, hellwach nun. Mama!, dachte sie verstört und registrierte im selben Moment Romans zornig grollenden Bass und Barbaras beißende Antworten.

Sie stritten in der schmalen Diele vor ihrer Tür; Anna schlich hin, öffnete sie einen Spaltbreit und lugte vorsichtig hinaus. Ihre Tante stand mit verschränkten Armen vor der Schlafkammer und verwehrte Roman den Eintritt.

»Du gehst da nicht hinein!«, zischte sie. »Du hast genug angerichtet!«

Anna sah nur Romans breite Schultern und die schwarzen Locken, die strähnig an seinem Hinterkopf klebten. Doch sie spürte seine vibrierende Wut. Und da hob er auch schon die Hand. Anna hielt entsetzt die Luft an.

Barbara fing seinen Schlag auf und für einen Moment wankte sie. Dann stieß sie den Mann heftig vor die Brust. Er taumelte unsicher und konnte sich gerade noch halten.

Anna zuckte zurück – fast wäre er gegen ihre Kammertür gefallen.

»Schlaf deinen Rausch aus, Wojtek! Und zwar unten – auf der Ofenbank! Hier kommst du nicht rein, bevor du wieder nüchtern bist.« Dedes Stimme klang nun beherrscht und eiskalt.

Roman wusste, wann er den Kürzeren gezogen hatte, und Anna beobachtete, wie er sich umwandte und unsicher die Stufen hinunter stolperte. Sie sah die Erleichterung in Barbaras Augen und atmete wie sie auf. Die Tante nahm die Arme herunter und strich sich mit zitternden Händen über den Rock.

Anna riss die klemmende Tür vollends auf und trat in den Gang. »Was ist mit der Mutter?«

Barbara winkte sie in die Kammer und schob die Tür hinter ihnen zu. »Sie lebt. Und ich bin mir sicher, sie schafft es. Aber sie ist noch schwach, Anneli.«

Marie lag in dem frisch bezogenen Bett; sie war noch immer bleich, doch sie schlief ruhig und ihr Atem ging nicht mehr so schwer.

»Hat sie aufgehört zu bluten?«, fragte Anna ängstlich.

»Sie hat nicht mehr geblutet, als ich kam.« Dede fasste das Mädchen um die Schultern. »Du hast genau das Richtige getan und ihr damit vermutlich das Leben gerettet, Anneli!«

»Wo ist das Kleine?«, kam es stockend von Anna.

Die Dede antwortete behutsam und drückte sacht ihren Arm: »Er ist getauft, gewaschen und angekleidet. Der Mathis bringt ihn grad hinunter ins Dorf zum Pfarrer.«

Anna schluckte die aufsteigenden Tränen hinunter, die ihr in die brennenden Augen stiegen. »Es ist ein Bub, ja?«

Barbara nickte und ihr Mitleid war unüberhörbar: »Ja, Anneli, du hättest einen Bruder bekommen.« Sie bekreuzigte sich und fuhr tonlos fort: »Wenn dieses verfluchte Schwein ihr das Kind nicht aus dem Leib geschlagen hätte.«

Anna erstarrte und schaute Barbara betroffen an. »Was meinst du damit?«

Die Tante schlug die Bettdecke zurück und schob das Laken ein wenig von Maries Leib. »Was sagst du dazu?«, fragte sie und wartete ab.

Anna blieben die Worte im Hals stecken, als sie die blassvioletten Male an Maries Oberarmen sah und den dunkelrot verfärbten Streifen, der sich quer über ihren Bauch zog. »Aber«, stammelte sie geschockt, »das hätt ich doch sehen müssen. Mir ist das nicht aufgefallen!« Hatte sie selbst in ihrer Panik etwa zu fest hin gegriffen? »Dede, vielleicht war ich das. Ich …«

Barbara schüttelte den Kopf. »Nein, Anneli, das warst du nicht. Der Rücken sieht noch viel schlimmer aus.« Sie drehte Marie etwas zur Seite. Anna ließ sich bestürzt auf die Bettkante sinken, als sie die langen, dunkelroten Striemen sah.

»Der Schürhaken«, hauchte sie entsetzt. »Er lag in der Küche auf dem Boden.«

Barbara deckte Marie sorgsam zu, setzte sich neben sie und nahm ihre Hand. »Was war hier los, Anna? Seit wann geht das so?«

Anna wusste nicht, was sie sagen sollte. Sie fühlte sich schuldig, weil sie die Anzeichen nicht ernstgenommen hatte.

»Die Mutter war immer so müde. Und sie hat nicht mehr oft gelacht. Ich hab einfach gedacht, dass ihr die Arbeit zu viel ist«, versuchte sie zu erklären und hörte selbst, wie schwach es sich anhörte.

»Hat er sie geschlagen?«, bohrte die Tante nach.

»Nein!«, fuhr Anna auf, zögerte dann. »Aber manchmal stritten sie, glaube ich. Wenn ich hereinkam, waren sie gleich still.« Sie sah die Dede fragend und ängstlich zugleich an. »Was wirst du tun?«

Dede hob ratlos die Schultern. »Ich weiß es nicht, Anneli. Wir warten einfach ab, bis deine Mutter aufwacht. Und dann sehen wir weiter.«

Kapitel Dreizehn

Mathis kam auf den Julianenhof zurück, als die Sonne gerade aufgegangen war. Sie schien rötlichfahl durch den Wolkenschleier und warf ein diffuses Licht auf das still daliegende Anwesen. Er ging ins Haus und öffnete die Stubentür.

Der Roman schlief auf der hölzernen Sitzbank. Er lag auf dem Rücken, einen Arm über der breiten Brust, der andere hing baumelnd herab, und er schnarchte röchelnd. Die dämmrige Stube stank nach ausgedünstetem Schnaps und Mathis grinste ein wenig boshaft in sich hinein. Der Roman würde hoffentlich einen mordsmäßig dicken Kopf haben, wenn er zu sich kam. Den gönnte er ihm von Herzen. Er selbst würde ihm heute tunlichst aus dem Weg gehen.

Mathis schlenderte zum Brunnen, tauchte die Hände in den Holztrog und wusch sie. Dann schob er den Kopf unter den gluckernden Wasserstrahl, hielt den Atem an und ließ das eiskalte Wasser über den Nacken laufen, bis seine Kopfhaut prickelte und taub wurde. Er hatte das Bedürfnis, sich diese schreckliche Nacht abzuspülen und zog den Kopf erst weg, als er die Kälte nicht mehr aushielt. Die Müdigkeit, die ihm tief in den Knochen gesteckt hatte, war nun verschwunden. Mathis wischte sich mit dem Ärmel seines Hemdes das Wasser aus den Augen und schüttelte die nassen Haare aus und ging zum Stall hinüber, um mit der Arbeit zu beginnen.

Drinnen war es noch düster; der dumpfe Geruch und die leisen Geräusche der Kühe umfingen ihn beruhigend. Er hockte sich auf den einbeinigen Melkschemel, säuberte mit einem feuchten Tuch das Euter und melkte die Liesi.

Alle Kühe hatten einen Namen und er war sicher, sie hörten auch darauf. Die Tiere sind besser als wir Menschen, dachte er und legte seine Stirn an das weiche, warme Fell, während seine Finger mechanisch das pralle Euter ausstrichen und die Milch schäumend in den Eimer schoss.

Noch immer sah er Anneli mit ihren blutigen Kleidern und Händen auf der Treppe sitzen und das Entsetzen über diesen Anblick stieg erneut in ihm hoch. Er hatte zuerst befürchtet, es sei ihr Blut. Sie hatte sich an ihn geklammert und geweint. Ihm war, als söge sie Kraft aus ihm, und dann richtete sich ihre schmale Gestalt auf; sie wurde stark und ruhig.

Wenn es das war, was sie von ihm brauchte, eben seine Energie, dann würde er ihr alle geben, bis zu seinem letzten Atemzug. Neben ihr zu liegen und sie im Arm zu halten, war verwirrend und unglaublich schön zugleich gewesen. Er liebte Anneli, seit er denken konnte. Erst wie eine kleine Schwester; doch in diesem Sommer war es anders zwischen ihnen geworden. Ihre besondere Fähigkeit verstand er nie ganz, doch sie gehörte zu ihr und er bewunderte, wie sie damit umging.

Nachts hatte er Barbara geholfen, Maries bewusstlosen Körper auf das Bett zu heben. Sie war auch für ihn wie eine Mutter und er hatte große Angst um sie gehabt. Doch das war nichts gegen das Gefühl gewesen, als Barbara ihm das leblose Bündel übergab und ihn bat, noch einmal ins Dorf zu fahren und den Pfarrer zu wecken. Er hatte das Tuch über dem zarten Kopf abgezogen und es betrachtet. Die Ähnlichkeit traf ihn wie ein Schlag und das wächsern bleiche Gesichtchen würde ihn in seine Träume verfolgen.

Annas Haare waren blond und hell wie Licht, ihre Haut milchweiß und mit feinen Sommersprossen überzogen; der Junge hingegen hatte langen Flaum, schwarz wie Rabenschwingen und einen bräunlichen Teint. Doch die Form des Mundes, des Kinns und der kleinen, nach unten spitz zulaufenden Ohrmuscheln war bei beiden gleich. Er hatte nicht gewusst, wo er das tote Kind im Fuhrwerk hinlegen sollte. Auf der Ladefläche erschien ihm unpassend, neben sich auf dem Kutschbock und im staubigen Fußraum ebenso. So hielt er es die ganze Fahrt über behutsam im Arm. Sein Herz war bis zum Bersten mit Traurigkeit angefüllt gewesen. Und mit Schuldbewusstsein, das immer noch beharrlich in ihm nagte.

Er hatte Marie und Roman an diesem Morgen in der Küche streiten gehört und vorgezogen, nicht zu stören. Hatte sich weggedreht und beschlossen, die Zäune auf der oberen Weide zu richten, ohne Roman um Hilfe zu fragen. Der konnte ihn ohnehin nicht recht leiden.

Mathis kam sich vor wie ein Störenfried, seit der Roman auf dem Hof weilte. Und doch hätte er nie geglaubt, dass Maries Ehegefährte sie schlagen würde. Mathis wusste nur zu gut, wie sich Schläge anfühlten; er hatte selbst mehr als genug davon erhalten. Dass der Roman dem Alkohol ebenso gern zusprach wie sein Ziehvater, war ihm ebenfalls nicht verborgen geblieben. Und dennoch hatte er weggesehen und gedacht, es ginge ihn nichts an, was die Marie und der Roman miteinander hatten. Er tat seine Arbeit und war froh, wenn der neue Herr ihn in Ruhe ließ.

Mathis öffnete die obere Stalltür und trieb die Kühe hinaus. Die fanden ihren Weg auf die Weide von allein. Dann sah er den Roman aus der Hintertür schlurfen und im Abtritt verschwinden. Der Junge gab der letzten Kuh einen Klaps auf den Hintern, damit sie schneller ging, und ließ das Tor offen.

Um die Milch würde er sich später kümmern.

Solang der Wojtek auf dem Abort ist, kann ich nach der Anneli sehen. Am besten bleibt er da bis zum Sankt Nimmerleinstag hocken, dachte er boshaft.

Er goss ein wenig frische Milch ab und nahm die Kanne mit ins Haus. Barbara und Anna saßen nebeneinander am Tisch; schweigend, die unberührten Teller vor sich. Barbara stand auf, als er hereintrat und die Kanne klappernd neben dem Herd abstellte.

»Setz dich, Mathis. Hast du Hunger?« Ohne seine Antwort abzuwarten, holte sie einen Teller aus der Anrichte. Während sie mit dem Rücken zu ihnen Brei schöpfte und ihm frischen Tee eingoss, setzte er sich neben Anna hin und nahm ihre Hand.

»Geht es dir gut?«, fragte er besorgt und musterte ihr blasses Gesicht. Sie nickte wortlos und drückte sich an ihn. Barbara stellte Teller und Tasse vor ihm ab und ignorierte, dass die jungen Leute ihre ineinander verschränkten Hände hastig unter den Tisch zogen.

»Iss, Bub. Und danke, dass du …«, sie zögerte und suchte nach Worten, »dass du gestern Nacht da warst.«

»Was ist mit der Marie?«, fragte er und sah Barbara mit einem ernsten Blick an.

»Sie überlebt es«, gab die knapp zurück und nahm einen Schluck Tee. Sie drehte die Tasse zwischen den Händen und setzte leise hinzu. »Der Herrgott weiß wie; doch sie lebt, obwohl es haarscharf war. Wenn die Anneli sie nicht rechtzeitig gefunden hätte …« Barbara hob den Kopf und blickte ihn an. »Mathis, kannst du heut bitte noch einmal ins Dorf fahren und meinen Eltern Bescheid geben? Und im Haindlhof eine Nachricht hinterlassen, dass ich für den Rest der Woche nicht da bin? Ich bleibe, bis es meiner Schwester besser geht. Und geh bitte beim Oberndörfer vorbei, dort liegt ein Paket für mich auf der Post. Sag ihm, warum ich es nicht selbst abholen kann, und unterschreib für mich. Und bitte ihn, dass er niemanden heraufschickt. Ich glaube, die Jausenstation sollte erst einmal geschlossen bleiben. Aber red nur mit ihm, ja?«

Als der Roman in die Stube hereintrat und sich an den Tisch setzte, standen sie wortlos auf. Mathis ging zurück zu seiner Milch und Anna stieg die Treppe hoch, um nach der Mutter zu sehen. Auch Barbara ignorierte ihn, scharrte den kalt gewordenen Gerstenbrei in den Mistkübel und stellte die leeren Tassen in den Ausguss, bevor sie ebenfalls hinaufging.

Roman fluchte auf die Weiber. Sein Schädel dröhnte wie ein aufgestörtes Wespennest. Er tappte zum Herd und grunzte angewidert, als er die schrumpelige gelbliche Haut auf der gekochten Milch sah. Zu essen gab es anscheinend nichts mehr, nur ein Rest kalten Tees war übrig. Er hasste kalten Tee ebenso sehr, wie er warme Milch verabscheute. Beides ließ ihn an schwächliches Dahinsiechen denken und dafür hatte er nichts übrig.

Es erinnerte ihn an ein anderes, ein früheres Leben. An Sidi, wie sie gekrümmt im Stuhl saß, eine bunte Flickendecke um die kraftlosen Beine gewickelt und die knotigen Finger im Schoß verschränkt, während von draußen der Geruch nach Kohlenfeuer, lautes Stimmengewirr und Lachen hereindrangen. Es war seine Aufgabe gewesen, ihr morgens eine Tasse frisch gebrühten Minztee und die irdene Milchschüssel mit den eingeweichten Brotbrocken zu bringen und sie damit zu füttern. Es hatte ihn jedes Mal geschüttelt, wenn er ihr die schleimigen Brotstücke in den zahnlosen Mund stecken musste und der Sabber aus Bröckchen und Milch feucht über ihr faltiges Kinn rann. Doch sie war das Oberhaupt des Lovara-Clans und er musste ihr Achtung zollen, obwohl es ihm Tag für Tag vor der Prozedur grauste. Der Pflegevater hatte ihm den nötigen Respekt mit der Pferdepeitsche eingebläut.

Roman spülte sich den Mund mit dem abgestandenen Minztee, ohne ihn zu schlucken, und spuckte dann aus. Er kam gegen den Dunst der Vergangenheit nicht an. Der leicht pfeffrige Geschmack schien Erinnerungen in sein Hirn zu treiben, die er all die Jahre verdrängt hatte. Gleich darauf erbrach er sich würgend in den Spülstein. Schwer atmend stand er da, die zitternden Arme rechts und links am Waschstein aufgestützt, während ihm alkoholgeschwängerte Galle aus dem Mund tropfte, und fragte sich, wo der gestrige Tag geblieben war. In seinem Kopf war nur bleiernes, schweres Grau. Morastiger Sumpf, aus dem nun Geister aufstiegen, die er längst verschluckt hatte. Er wollte nicht an die Vergangenheit erinnert werden, doch die Gegenwart entzog sich seinem Gehirn und versteckte sich hinter Sidis verrunzeltem und spöttisch grinsendem Gesicht.

Roman stieß die Faust hart gegen die Wand und wischte sich mit der anderen Hand über die Lippen. Er lebte! Sidi war längst tot, wie auch all die anderen.

Er war kein echter Roma. Seine wahren Eltern kannte er nicht.

Jemand hatte den Einjährigen auf den Stufen zum Kinderheim der Barmherzigen Schwestern zurückgelassen.

Eine der Ordensschwestern gab ihm den Namen Roman Wojtek. Roman, da sie vermutete, der hübsche dunkelhaarige Junge mit den schwarzen Augen gehöre dem Fahrenden Volk an; Wojtek – was ›Trost im Frieden‹ bedeutete – weil das Kind ungefähr 1919 geboren sein musste, kurz nach Ende des Ersten Weltkriegs. Sie erlaubte sich ein wenig Heimweh und Hoffnung zugleich.

Obwohl Roman geistig und körperlich gesund war, behielt man ihn bei den Barmherzigen Schwestern, zusammen mit dreißig Buben und Mädchen, von denen man das nicht sagen konnte.

Er erinnerte sich mit Grausen an die Jahre im Heim. Schon früh musste er lernen, dass er zu nichts kam, wenn er es sich nicht selbst nahm. Mit der Barmherzigkeit der Schwestern war es ebenfalls nicht weither gewesen. Mit elf Jahren beschloss Roman, aus dem Waisenhaus zu fliehen, der dünnen Brotsuppe und den feuchten Weidenruten zu entkommen, die unweigerlich auf seinem nackten Hinterteil landeten, wenn er sich weigerte, Körbe zu flechten wie die anderen Behinderten. Alleine schlug er sich von Kärnten in die Steiermark durch, ernährte sich von wilden Rüben, Pilzen und Beeren. Ab und zu stahl er etwas von den Höfen, an denen er vorbeikam. Der Junge war völlig ausgehungert und abgerissen gewesen, als er auf die Roma stieß. Sie nahmen ihn auf und zum ersten Mal in seinem Leben fand er so etwas Ähnliches wie eine Familie. Er machte es ihnen nicht leicht, zu übel hatte das Leben ihm mitgespielt, zu viel Hässliches hatte er erlebt. Doch sie duldeten ihn bei sich.

Die Sippe war immer in der Steiermark umhergereist, solange er zurückdenken konnte. 1939 verbot man ihnen das Wandern und wies ihnen einen festen Lagerplatz zu. Ein feuchtes Wiesenstück, das sich unter den vielen Füßen bald in ein Schlammloch verwandelt hatte.

Zwei Jahre später holte die Gestapo seinen Pflegevater von dem Platz, auf dem sie seither lagerten, und brachte ihn ins Gefängnis. Er vermisste ihn kaum; sein Vater war ein aufbrausender Mann mit harten Augen und schiefen Zähnen gewesen, meist betrunken, und dem schnell die Hand ausrutschte.

Die neuen Herren zogen einen hohen Zaun um die Wagen und verboten ihnen, herauszugehen. Der Clan hielt still. Sie hofften, dem Tod dadurch zu entgehen. Wenige Monate später ergriffen die Soldaten den Rest der Sippe. Sie kamen wie graue Schatten in der Nacht, drückten die Türen ein und hielten Leuchtbatterien in entsetzt aufgerissene Augen; trieben schreiende Erwachsene und verschreckte Kinder wie verängstigtes Vieh in den Lastwagen zusammen, bis keine Maus mehr dazwischen passte. Sie wurden alle nach Auschwitz deportiert und kamen im Gas um.

Niemand außer ihm hatte überlebt. Als die Gestapo die Sippe abgeholt hatte, war er nicht da. Er lebte nur noch, weil er an diesem Abend den Zaun und das Gebot der Sidi missachtet hatte und mit seinen Freunden unterwegs gewesen war; den streng gescheitelten und glattrasierten, arisch blassen Milchbübchen, die ihren strammstehenden Vätern nachplapperten und nicht ahnten, wer er war. Und doch konsumierten sie nur zu gerne den würzigen Tabak und starken Schnaps, den er mitbrachte. Wie oft hatte er sich insgeheim über sie lustig gemacht und sich dem überlegenen Gefühl hingegeben, sie an der Nase herumzuführen? Sie waren so satt, so vollgefressen mit herrischem Stolz, dass sie nicht erkannten, wer da bei ihnen saß und sie fütterte. Gerade zwanzig Jahre alt, hatte er einen angenehmen Abend gehabt und sich amüsiert, während die Roma dem Tod entgegengingen.

Als er in den frühen Morgenstunden zurückkam und angetrunken über den Zaun kletterte, sich die Hosen aufriss und noch darüber fluchte, waren sie alle weg gewesen, die Wagen durchwühlt, und die alte Sidi lag tot in ihrem Kot. Ihr blutgefüllter, zu einem letzten Schrei aufgerissener zahnloser Mund hatte ihn augenblicklich nüchtern werden lassen. Lodernder Hass stieg in ihm auf und er brüllte seine ohnmächtige Wut in die Nacht hinaus. Nun hatten die Herren doch gesiegt und seine Familie niedergerungen.

Das Gold hatten sie nicht gefunden, doch er wusste, wo es vergraben lag.

In diesen unsicheren Zeiten versteckten die Roma ihr Geld und den Schmuck in einiger Entfernung von der Wagenburg, um sich das Überleben zu sichern. Er ließ das verwüstete Lager hinter sich und stieg ein letztes Mal über den Zaun, der ihn von seinem alten Leben trennte. Mit bloßen Händen scharrte er auf der kleinen Lichtung im Wald unter einer knorrigen Kiefer das eingewickelte Bündel aus, in dem nur noch wenige Stücke lagen. Sie brauchten es nicht mehr.

Das gelbe Metall war nicht viel wert; die Menschen waren arm, vom Krieg ausgehungert und wollten lieber etwas zum Abbeißen haben. Doch er hatte noch einige Freunde, die bereit waren, ihm zu helfen und ihm harte Schillinge für das reine Gold auszahlten. Der Schwarzmarkt blühte. Roman war vorsichtig, verkaufte nur immer ein einziges Stück und ging dann zum nächsten Händler, knüpfte die alten Kontakte fester und baute sein weites Netzwerk auf.

Er war ständig unterwegs; immer auf der Flucht, wenn man so wollte. Kannte die alten Schmugglerrouten über die Berge, auf denen man unbeobachtet gehen konnte, und verdiente gut dabei. Es erstaunte ihn selbst, dass er nie verraten wurde, wo er doch so fremd aussah. Über die unwegsamen Wintermonate zog er sich in die kleinen, einsamen

Bergdörfer zurück. Dort waren die Leute verschwiegen und wortkarg, sie scherten sich kaum um die große Politik und kämpften ums eigene Überleben. Er hatte mal hier, mal da gearbeitet, war den Bauern zur Hand gegangen, weil überall Arbeitskräfte fehlten, und war aufmerksam geblieben, bis der Krieg endlich vorbei war.

Am sichersten hatte er sich immer in der Forstau gefühlt; der Huber war ein alter Dummkopf, fragte nicht viel und war glücklich gewesen, einen Saufkumpanen zu haben. Wenn Roman tagelang weg gewesen war und plötzlich wieder in der Tür stand, wurde er mit Freude empfangen. Die Söhne vom Huber waren im Krieg geblieben, einen Knecht konnte er nicht mehr bezahlen und so war er froh, dass Roman ihm unter die Arme gegriffen hatte.

Doch mit der Hehlerei war bald kaum mehr Geld zu verdienen. Die Wirtschaft hatte sich schneller erholt, als er geglaubt hatte. Fast ein jeder konnte sich nun selbst kaufen, was er brauchte.

Roman begann davon zu träumen, im Hochtal sesshaft zu werden und etwas Eigenes zu besitzen. Und doch war er ein Wanderer geblieben, und irgendwie noch immer auf der Flucht. Verfolgt von den ruhelosen Geistern der Vergangenheit und getrieben von seiner Geschichte.

Ein einziges Stück besaß er noch, das er eingenäht in einer kleinen Innentasche seiner Jacke bei sich trug – ein schweres gelbgoldenes Kreuz mit eingelassenen Saphiren an einer langen Kette. Er liebte das Stück ebenso sehr, wie er es hasste, sah es noch zwischen den faltigen Brüsten seiner Großmutter liegen. Die Lovara waren in uralten Zeiten Pferdehändler gewesen; Sidi hatte ihm davon erzählt und ihre winzigen Haselnussaugen hatten verschmitzt dabei gefunkelt. Ein Urahn hatte das Kruzifix von einem zu gierigen Pfaffen gegen eine schwarzhaarige Tochter und einen heißblütigen Rappen eingetauscht und war nach einer üblen Zecherei bei Nacht und Nebel mit allen dreien verschwunden. Die Sippe hatte Jahre über den Geprellten gelacht; an jedem

Feuer wurde die alte Geschichte erzählt und weitergetragen. Man nahm einem Lovara weder Pferd noch Frau und niemand trank einen der ihren unter den Tisch – schon gar nicht ein Pfaffe. Roman hatte das Kreuz bis zuletzt aufgehoben und sich gescheut, es zu verhökern; es war seine letzte Verbindung zur Familie.

Jetzt tastete er danach und fühlte beruhigt den kantigen Umriss am schweren Rand seiner Joppe. Er stützte sich mit der Hand an der Wand ab, atmete tief aus und roch selbst den schalen Dunst, der aus seinem Hals kam. Angewidert schüttelte er die alten Erinnerungen von sich.

Für eine Tasse heißen Kaffee mit einem stärkenden Schuss Rum darin und eine Pfanne Eier mit knusprig gebratenem Speck hätte Roman in diesem Augenblick seine rechte Hand gegeben. In der Anrichte fand er einen altbackenen Brotkanten. Während er, neben dem Herd stehend, in das harte Brot biss, einen zähen Fetzen herausriss und kaute, spürte er, wie sich sein Magen schon wieder ungut hob. Er schluckte den halbgekauten Bissen, fühlte, wie ihm der Brotbrocken in der Luftröhre steckenblieb und hustete. Jetzt bekam er auch noch einen Schluckauf, gottverdammt! Mit fahrigen Händen goss er sich Wasser ein und trank in gierigen Zügen.

Er konnte sich kaum an den gestrigen Tag erinnern. Doch er wusste noch, dass er in der Frühe genau hier gestanden und mit Marie gezankt hatte. Sie wollte, dass er dablieb, doch er hatte eine Tour auf die Dachsteinsüdwand verabredet. Die beiden Münchner Geschäftsleute waren ihm wichtig; er hatte Geld von ihnen geliehen und erhoffte sich weiteres, um den alten Hof endlich abzureißen und neu aufzubauen. Die Deutschmark stand gut und er hoffte, sie zu überreden, in ein lukratives Anwesen zu investieren, wo jetzt immer mehr Urlauber kamen. Im Sommer gingen sie zum Wandern, im Winter kamen sie zum Skilaufen und sie ließen jede Menge Geld da. In der Ramsau und in Obertauern florierte das Geschäft und er ahnte, dass im Tourismus eine goldene Zukunft lag.

Er hatte keine Lust darauf, ewig faulig stinkenden Mist zu schaufeln und magere Kühe zu melken. Nein, er wollte ein Haus mit modernen Fremdenzimmern, fließendem Wasser, elektrischem Strom und einer geräumigen Gaststube. Der Sittler hatte sich herabgelassen, wenigstens die Oberleitung zu finanzieren, doch darüber hinaus hielt er den Beutel zu. Marie beharrte darauf, dass der Julianenhof blieb, wie er war und außerdem stand er ihrer Tochter zu. Das ärgerte ihn. Gerade, wo sie *sein* Kind im Leib trug! Und überhaupt – sie schien ihm nicht mehr so zugetan wie vorher und war kühl geworden. Je dicker ihr Bauch wurde, desto mehr zog sie sich von ihm zurück.

Er konnte nicht mehr verstehen, was er an ihr gefunden hatte. Die Faszination, die ihre stolze Zurückhaltung auf ihn ausgeübt hatte, war mit den Monaten mehr und mehr geschwunden. Sie hatte ihn mit ihren schwarzen Augen, dem ungebärdigen dunklen Haar an die Frauen seiner Sippe erinnert und das zog ihn magisch an. Und doch widersetzte sie sich ihm andauernd, war so eigenständig und verschlossen. Marie weigerte sich standhaft, ihm den Hof zu überschreiben. Sie hatte ihm unmissverständlich klargemacht, dass der Julianenhof Annas Erbe war.

Er schnaubte missmutig auf. Marie dachte nur in Kühen, Milch und Käselaiben, an die Ausbildung ihrer hellhäutigen Tochter, die ihm unheimlich war, und das ging ihn mehr und mehr unangenehm an. Zu allem schien ihr verstorbener Mann ständig auf ihn herabzusehen; Tonis schwarzweiße Fotografie hing in einem von Reisig bekränzten Rahmen neben dem Herrgottswinkel, und jedes Mal, wenn er die Stube betrat fühlte er sich von den durchdringenden grauen Augen beobachtet.

Roman unterdrückte ein weiteres unmännliches Hicksen, der Brocken hing ihm noch immer hart im Hals. Er wandte dem verhassten Bild den Rücken zu und wusch sich Gesicht und Hände. Er roch seinen eigenen Gestank und zog sich das Hemd über den Kopf, griff nach dem Stück Kernseife und schaufelte kaltes Wasser unter seine Arme. Missmutig schnupperte er an dem verschwitzten Hemd und entschied, es wieder anzuziehen. Er musste wohl hinauf und den Weibern gegenübertreten.

Zum Teufel mit ihnen, dachte er, was bildeten sie sich ein, ihn einfach links liegenzulassen? Er war Roman Wojtek!

Erneut kroch Zorn in ihm hoch, genau wie gestern früh, und plötzlich schoben sich die Bilder und Schreie in seinen Kopf. Er war betrunken spät zu Bett gegangen und musste bald wieder aufstehen. Im Streit am Morgen hatte er die Beherrschung verloren und Marie in die Ecke gedrängt. Sie hatte sich gegen seine hart zupackenden Hände gewehrt und ihn angeschrien. Er hatte sie darauf ins Gesicht geschlagen, und sie war explodiert, hatte nach ihm getreten, ihm das Knie schmerzhaft in den Schritt gerammt. Und da hatte er in seiner Wut nach dem Schürhaken gegriffen.

Roman musste sich an den Herd lehnen, als ihm bewusst wurde, wie er sie die Treppe hinaufgetrieben und sie ihm heulend die Tür vor der Nase zugeworfen hatte. Er verabscheute weinende Frauen und nur darum war er gegangen.

Der verdammte Schnaps, stöhnte er und griff sich mit beiden Händen an den dröhnenden Kopf. Er hatte den ganzen gestrigen Tag über kaum etwas gegessen und dafür umso mehr getrunken. Sie waren gar nicht bis zur Südwand gekommen, sondern auf einer Hütte, weiter unten, hängengeblieben. Dunkel erinnerte er sich daran, dass ein Bauer sie drei dort zu später Stunde in seinen Lastwagen verfrachtet, die beiden Münchner beim Wirt im Dorf abgesetzt und ihn heraufgefahren hatte.

Ihm war schon wieder zum Kotzen übel. Verflucht, er musste mit der elenden Sauferei aufhören! Zugleich sehnte er sich schon wieder danach, die Flasche aus der Vorratskammer zu holen. Das Schuldgefühl mit einem tiefen Schluck hinunterzuspülen.

Doch zuerst brauchte er ein frisches Hemd! Roman wusch sich noch einmal den Mund aus und trank dann mit gierigen Schlucken direkt aus dem Wasserkrug. Er trocknete sich das Gesicht mit dem Hemdsärmel, strich die wirren, feuchten Locken nach hinten und stieg die Treppe hinauf. Wenn es denn sein musste, kroch er halt zu Kreuze. Die Weiber werden sich schon wieder beruhigen, dachte er und streckte den Kopf in die Kammer. Drei Augenpaare blickten ihn an und er las in jedem einen Vorwurf, den er nicht verstand.

❇

Als der Roman hereintrat, wurde mir augenblicklich klar: Er wusste gar nicht, dass die Mutter das Kind verloren hatte. Ich bekam fast Mitleid mit ihm. Seine rotunterlaufenen Augen huschten von uns zu meiner Mutter, die den Kopf zur Seite drehte, um seinem Blick auszuweichen, glitten über die Bettdecke und ihren flachen Bauch. Er erstarrte und ich sah, wie er mühsam versuchte, zu begreifen. Die Dede stand auf und winkte mir, ihr zu folgen.

Als sie sich an ihm vorbei durch den Türrahmen schob, packte sie ihn vorn am Hemd und zischte ihn an: »Wenn du sie anfasst, bring ich dich um.« Ihre Warnung hing unheilschwer in der Luft und ich drückte mich eilig an ihm vorbei.

Was sie miteinander sprachen, weiß ich nicht. Doch er blieb lange oben.

Meine Mutter verlor hernach kein Wort darüber und auch keines über den Schürhaken. Es schien, als hätte es die Schläge nicht gegeben. In den nachfolgenden Tagen bemühte er sich um sie wie früher. Er trank keinen Tropfen, war aufmerksam und befleißigte sich darin, gute Laune zu verbreiten. Trotzdem herrschte eine sonderbar angespannte Atmosphäre im Haus. Wir versuchten einfach, zur Normalität zurückzukehren, und schwiegen alles tot. Keiner traute sich nachzufragen, und meine Mutter sprach sowieso kaum.

Die Dede blieb eine gute Woche und ich war heilfroh darum. Ihre Anwesenheit tröstete mich und gab mir ein

Gefühl der Sicherheit. Doch dann musste sie wieder ins Dorf. Anfangs kam sie noch alle paar Tage herauf und sah nach der Mutter. Die erholte sich von der Fehlgeburt nur langsam und das besorgte mich zunehmend. Sie aß kaum, wurde immer magerer und sprach nur das Notwendigste. Meist lag sie im Bett und starrte vor sich hin.

Der Roman trug sie manchmal herunter. Dann saß sie vor dem Haus, die Beine hochgezogen und die dünnen Arme darum geschlungen; in eine Decke eingewickelt, obwohl die Sommersonne warm schien, und schaute ins Leere. Sie trauerte so sehr um das Kind, dass es mir schier das Herz brach.

Mathis hatte ihr eine kleine Figur geschnitzt; ein winziges Kindchen, in ein Tuch gewickelt, aus dem nur das Köpfchen mit einem zart angedeuteten Gesicht herauslugte. Es passte gerade in eine Handfläche und Marie lächelte ihn unter Tränen an, als er ihr das Figürchen aus hellem Zirbenholz zusteckte.

Ich wusste nicht, ob es gut war, dass er das tat, erinnerte es sie doch immerfort an den herben Verlust. Sie legte es kaum aus der Hand, saß oft da und ihr Daumen streichelte unentwegt über die kleine Holzfigur. Doch es rührte mich, dass er ihr dieses Geschenk gemacht hatte.

Sie war nicht in der Lage mitzuarbeiten, die gesamte Almwirtschaft hing an Mathis, Roman und mir. Die Mutter kam nicht richtig auf die Beine, verlor sich immer mehr, und mitunter beschlich mich das Gefühl, der Roman wurde langsam ungeduldig mit ihr. Doch er beherrschte sich und blieb freundlich, trug dem Mathis und mir die anliegende Arbeit an und half mit.

Der Sommer ging vorbei, September und damit die Oberschule rückten näher. Ich fragte mich ernsthaft, wie es weitergehen sollte. Mathis und ich redeten manchmal abends drüber, wenn wir an unseren Felsen gelehnt saßen. Er hielt mich im Arm und sprach mir Mut zu; es würde schon alles recht werden.

Am vorletzten Augustsonntag kamen Tante, Onkel und die Dede herauf. Die Mutter hatte einen besseren Tag, sie saß mit uns vor dem Haus und als sie Barbara sah, huschte ein zaghaftes Lächeln über ihr verhärmtes Gesicht.

Die Dede brachte einen großen Beutel Johanniskraut mit und wies mich an, darauf zu achten, dass die Mutter jeden Tag eine Tasse Tee davon trank. Er würde ihr vielleicht helfen, die Melancholie zu überwinden.

Großtante Hannah kam zu uns herein, während wir in der Küche standen und noch darüber sprachen, ob ich auch eine Tinktur davon ansetzen sollte. Sie war eine reifere Ausgabe von Dede, ebenso selbstbewusst und fürsorglich, genauso drall wie sie und dennoch flink. Das ehemals kupferrote Haar schimmerte in einem schönen Silbergrau und war, im Gegensatz zu Dedes, stets ordentlich frisiert; die von kleinen Lachfältchen umkränzten Augen glänzten schokoladebraun, wie die ihrer verstorbenen Schwester und meiner Mutter. Den schrägen, vorwitzig grünen Katzenblick hatte Dede von meinem Großonkel geerbt.

Hannah fasste die Barbara bei der Schulter und ihr rundes Gesicht wirkte besorgt. »Warum hast du mir nicht gesagt, wie schlimm es um Marie steht? Sie ist ja nicht mehr sie selbst!«

»Mutter, sie hat ein Kind verloren«, beschwichtigte die Dede sie.

Hannah fuhr sie scharf an: »Barbara, ich habe auch zwei Kinder zu früh geboren, Gott hab sie selig, und um sie geweint. Aber so schlecht bin ich nie dahergekommen.«

»Mutter, sie war im siebten Monat, das kann man wohl nicht mit deinen Frühgeburten vergleichen!«, gab Barbara, halbwegs ärgerlich, zurück. »Sie braucht einfach noch ein wenig Zeit.«

Hannah schüttelte energisch den grauen Kopf. »Nein, Barbara. Dieses Mal irrst du dich. Ich weiß, dass unsere Marie schon immer ein schweres Gemüt hatte, doch das ist …«, sie versuchte, sich zu fassen, und fuhr besorgt fort: »… das ist unnatürlich. Schau sie dir doch an! Sie ist ja völlig *weggetreten. Und dazu noch so geschwächt!« Sie wies mit dem ausgestreckten Zeigefinger durch das kleine Fenster auf den gesenkten Kopf meiner Mutter und wir schauten beide zu der ausgezehrten, teilnahmslos dasitzenden Gestalt hinaus. Hannah weinte fast. »Sie ist ja nur noch ein Schatten.«*

Wir schluckten und sahen uns an; die Großtante hatte unsere Sorge nur zu gut in Worte gefasst.

Der Roman trug meine müde und erschöpfte Mutter hinauf und ich glaube, sie war fast erleichtert, den prüfenden Blicken endlich auszukommen.

Es kam noch schlimmer.

Die Großtante hatte einen Kuchen mitgebracht. Die zuckrigen Streusel blieben mir fast im Hals stecken, als der Roman beiläufig sagte: »Am besten wär es, die Anna bleibt heroben. Sie sorgt so gut für die Marie.«

Mein Mund war plötzlich voller trockener, sandiger Krümel, die dick aufquollen und mir nicht mehr die Kehle hinunterrutschen wollten. Die Gabel fiel mir aus der Hand; sie klapperte leise auf den Teller. Ich wusste es schon, bevor sie alle zustimmend nickten. Insgeheim hatte ich es befürchtet, ja geahnt. Die Dede blickte mich erschrocken und mitleidig zugleich an.

Die Großtante fasste nach meinem Ellbogen und sagte: »Anneli, es ist vielleicht nur für dieses Jahr. Deine Mutter braucht dich jetzt!«

Ich stand abrupt auf, ihre Hand glitt von meinem Arm, versuchte die staubigen Brösel und ein Schluchzen hinunterzuwürgen und krächzte: »Ja, Tante, ich weiß.« Ich erstickte fast daran.

※

Anna stob die Treppe hinauf, stürzte in ihre Kammer und drückte die klemmende Tür hinter sich zu. Sie rutschte an dem groben Holz entlang und kam auf den braunen Dielen zu sitzen. Mutlos legte sie die Arme auf die angezogenen Knie und ließ den Kopf darauf sinken. Biss fest in ihren

Unterarm und unterdrückte ein Schluchzen, das ihr weh die Kehle zuschnürte.

Romans leicht dahingesagte Worte tropften noch immer wie Gift in ihre Ohren: »Am besten wär es, die Anna bleibt heroben. Sie sorgt so gut für die Marie. Am besten wär es, die Anna bleibt heroben ... bleibt heroben ... heroben ...«, und kreisten stetig durch ihren Kopf.

Konnte das wahr sein? Zogen sie wirklich ernsthaft in Betracht, dass sie die Schule aufgab? Von allen Möglichkeiten war das die letzte, die allerschlimmste, und sie hatte sie kaum richtig bedacht. Weil es andere, weitaus vernünftigere gab, wie sie fand.

Anna hatte gehofft, ihre Mutter könne ins Haindl zur Barbara ziehen. Oder zu den Sittlers vielleicht; wenigstens über den Winter, um sich zu erholen. Der Roman hätte ja auf dem Julianenhof bleiben können. Oder sich womöglich selbst um Marie kümmern? Anna lachte fauchend auf.

Sie hatte die Rechnung ohne den Wirt gemacht! Ihre Mutter war nun verheiratet und ihr Mann hatte wohl ein Wörtchen mitzureden. Ihr sogenannter Stiefvater – Anna weigerte sich beharrlich gegen diesen Ausdruck, denn er war weder ein Vater noch ein Stiefvater für sie – formulierte die einfachste Lösung in wenigen, leicht dahingeworfenen Worten. Und keiner hatte einen Einwand gehabt! Das erbitterte sie am ärgsten. Nun weinte sie ungehemmt in ihre Schürze. Wenn kein Wunder geschah, konnte sie die Oberschule abschreiben. Doch Wunder gab es nicht, das war ihr bitter bewusst.

Barbara stand vor der Kammer und hörte Anna schluchzen. Ihr war mulmig zumute; sie ahnte, wie das Mädchen sich fühlen musste. Vorsichtig stellte sie die beiden gefüllten Kaffeebecher auf der Schwelle ab und klopfte leise an.

»Anneli?«, fragte sie zaghaft. Anna gab keine Antwort. Sie klopfte ein wenig fester, drückte die Klinke herab und versuchte, die Tür zu öffnen. Es ging nicht. Einen Moment wunderte sie sich, denn die oberen Schlafkammern hatten keine Riegel. »Anna«, sagte sie ein wenig lauter, »wir trinken ein Häferl Kaffee zusammen und sprechen darüber, ja?«

Das Weinen verstummte, doch die Tür blieb geschlossen.

»Lass mich rein«, bat sie. Stille. »Anneli, mach endlich auf. Ich will mit dir reden!«

»Geh weg«, drang Annas verweinte Stimme heraus. »Geh einfach und lass mich in Ruhe.«

Barbara seufzte. »Auf keinen Fall. Du öffnest jetzt und lässt mich herein!« Anna antwortete nicht. Barbara drückte mit aller Kraft gegen die Tür, doch die öffnete sich nur einen Spaltbreit. Das Mädchen warf sich mit dem Rücken fest an das Holz und die Tür fiel wieder zu. Barbara gab auf, setzte sich ebenfalls auf den Boden und lehnte sich an.

»Ich geh hier nicht fort«, drohte sie, »bis du mit mir redest.«

Beide schwiegen. Rücken an Rücken saßen sie da, das trennende Holz zwischen ihnen. Hannah schaute fragend die Treppe herauf, doch Barbara winkte sie ungeduldig weg. Gleich darauf drang aus der Küche Geklapper von Geschirr und Wasserplätschern.

»Anneli«, hob Barbara zögernd an; sie sprach leise, damit man sie unten nicht hörte. »Ich weiß, wie hart das für dich ist und wie sehr du dich auf die Oberschule gefreut hast. Aber schau, ein Jahr geht schnell vorbei. Die Schule läuft dir nicht weg.«

Anna schnaubte. Doch sie sagte keinen Ton.

»Du fängst einfach nächsten Sommer an.« Barbara wartete, dann begann sie erneut: »Du siehst doch selbst, wie schlecht es deiner Mutter geht. Du bist die Einzige, die sie hier oben im Auge behalten und ihr helfen kann.« Schweigen. Sie versuchte es anders herum, spielte ihren letzten Trumpf aus, obwohl sie ahnte, dass es nicht fair war, Annas Angst vor einem nächsten Debakel zu schüren: »Und überleg doch. Du gewinnst Zeit, um deine Gabe noch besser zu beherrschen. In der Stadt kommen viele neue Erfahrungen auf dich zu, auf die du nicht vorbereitet bist.« Anna antwortete nicht. Barbara verlor langsam die Geduld und erhob sich mit einem Ruck. »Verflixtnocheins, ich hab keine Lust, an eine Wand hinzureden. Du bist ja noch sturer als die Marie in ihren besten Zeiten.« Sie klatschte mit der Hand an die Tür und fluchte unterdrückt, als sie mit dem Fuß versehentlich die Henkeltassen umstieß.

Es klirrte. Ein milchbrauner See breitete sich aus und sickerte unter dem breiten Türspalt hindurch.

Ein langgezogenes »Iiihh« ertönte und plötzlich war die Tür offen. Sie standen sich gegenüber und Barbara unterdrückte einen Seufzer der Erleichterung.

Annas graue Augen waren gerötet und vom Weinen verschwollen, doch ihr Blick glühte vor hellem Zorn. »Sieh nur, was du angerichtet hast!« Sie zupfte an ihrem Rock, drehte ihr den Rücken zu und Barbara musste grinsen, als sie den breiten, braunen Fleck auf ihrer Kehrseite sah.

»Sieht aus, als hättest du dich bepinkelt.« Sie lachte leise auf. »Geschieht dir recht! Man lässt seine Tante nicht vor der Tür stehen.« Barbara schob die Tür mit der Hüfte zu und wurde wieder ernst. »Anneli, es tut mir leid wegen des Kaffees. Das war keine Absicht. Aber wir müssen reden.«

Anna ließ die Finger von dem verschmutzten Rock und verschränkte trotzig die Arme vor der Brust. Ihre ganze Haltung drückte pure Ablehnung aus. »Du hast schon alles gesagt. Und ich weiß es selbst.« Sie richtete sich auf und ihre Augen sprühten Funken. »Aber ihr seid euch ja schnell einig gewesen. Mich fragt eh keiner!«

Barbara schaute sie irritiert an: »Anneli, du bist ihre nächste Verwandte und sie vertraut dir. Es ist deine Pflicht! Hast du darüber schon einmal nachgedacht? Und«, fragte sie sacht und hielt ihren Blick fest, »weißt du eine bessere Lösung? Deine Mutter braucht dich und ich …«, sie zögerte und fuhr dann fort, »… ich würde mich besser fühlen, wenn ich wüsste, dass du bei ihr bist. Ich trau dem Roman nicht. Du kannst doch im nächsten Jahr auf die Oberschule gehen.«

Anna blitzte sie an. »Ja, dem Roman trau ich ebenso wenig! Er kann den Mathis nicht leiden und trägt ihm alle Arbeit an, die er selbst nicht tun mag. Und mich schaut er immer so komisch an.« Sie senkte den Kopf und sagte leise: »Ich bin schon jetzt ein Jahr älter als alle anderen und im nächsten Sommer dann noch eins mehr. Die werden mich auslachen!« Sie winkte mit der Hand ab. »Was soll's. Es wird sowieso nichts daraus«, sagte sie verdrossen und unterdrückte die Tränen, die ihr schon wieder in die Augen krochen. »Noch ein Jahr Mistkratzen. Und dann noch eins und noch eins. So lang, bis ich hier oben alt und grau geworden bin.« Schniefend zog sie die Nase hoch und wischte sich über die Augen.

Barbara wollte ihr den Arm um die Schulter legen, doch Anna stieß sie brüsk von sich. »Das ist doch Unsinn, Anneli! Niemand wird dich auslachen. Ich bitte dich nur um zwölf Monate – deiner Mutter zuliebe. Und im nächsten September gehst du nach Sankt Johann!«, versprach Barbara.

Anna drehte ihr den Rücken zu. »Ist ja gut. Ich hab eh keine Wahl. Und jetzt lass mich. Ich muss mich umziehen.« Sie band die Schürze ab und nestelte ihr Mieder auf, schob die Ärmel ihres Kleides über die schmalen Schultern. Das Versprechen hing zwischen ihnen in der Luft.

Barbara fragte sich ernsthaft, ob sie es halten konnte. Sie hoffte es von Herzen.

Kapitel Vierzehn

Der Oktober kam und Mathis verabschiedete sich ein weiteres Mal. Diesen Herbst ging es Anna richtig hart an, ihm ›Ade‹ zu sagen. Der Freund fehlte ihr jeden Tag. Sie blieb mit Roman und ihrer Mutter alleine auf dem Julianenhof zurück und fühlte sich einsam wie nie zuvor.

Es schneite früh und schon Mitte November lag so viel Schnee, dass sie in ihren Holzpantinen nasse Füße bekam, wenn sie zum Melken ging. Jeden Morgen schippte Roman fluchend den Weg zum Abtritt, zum Brunnen hinüber und zum Stallgebäude hin frei. Der Schneepflug räumte den steilen Serpentinenweg alle paar Tage und so waren sie wenigstens nicht völlig vom Dorf abgeschnitten.

Anna fand sich nur schwer damit ab, dass sie zurückstehen musste. Die Enttäuschung saß tief; sie fühlte sich von Barbara verraten. Ausgerechnet die Tante war ihr in den Rücken gefallen. Dede, die sie so gut kannte und ihr so sehr ähnlich war. Sie musste doch mehr als alle anderen wissen, wie sehr ihr daran lag, weiter zur Schule zu gehen. Endlich hier oben wegzukommen, dem ewigen Kreislauf von Käse, Kühen und Mist zu entfliehen. Die Tür zu einer Zukunft voller Träume war weit offen gestanden, zum Greifen nah und man hatte sie ihr im allerletzten Moment vor der Nase zugeschlagen! Dieser Stachel bohrte in ihr wie Wespengift und sie krümmte sich innerlich darunter, konnte es nicht verstehen. Es fiel ihr schwer, den Gedanken loszulassen, und so flüchtete sich Anna fast jede Nacht zu dem Beutelchen in der Kiste unter ihrem Bett. Ließ die Stücke durch ihre Finger gleiten, hob sie an die Lippen und glitt hinüber zu den Menschen, die ihr lieb und vertraut geworden waren. Während ihr Körper steif und regungslos auf dem Bett lag, ging ihr Geist auf den alten Wegen. Für ein paar gestohlene Stunden wanderte sie neben ihnen, ließ die Gegenwart hinter sich und musste doch immer wieder zurück. Nicht selten verspürte sie den Wunsch, einfach dortzubleiben. Doch die Urahne stieß sie jedes Mal mit einer unglaublichen Vehemenz zurück.

Du gehörst nicht hierher. Geh jetzt, Anneli!, hörte Anna sie in ihrem Kopf schimpfen.

Wenn sie erwachte, waren ihre Wangen tränennass.

Immerhin kam Marie ein wenig zu Kräften und erholte sich langsam; der Johanniskrauttee schien sie tatsächlich zu stärken und die Melancholie zu vertreiben. Sie stand jeden Morgen auf, kleidete sich an und übernahm bald wieder die Zubereitung der Mahlzeiten. Trotzdem war sie nicht wie früher. Zwar wirkte sie insgesamt wacher und nahm wieder mehr Anteil, doch oft saß sie gedankenverloren da und streichelte das Zirbenkind.

Sie verbrachten ein stilles Christfest miteinander. Es schneite unentwegt und keiner hatte große Lust, sich durch das Wetter ins Tal zur Mitternachtsmette zu kämpfen.

Anna sprach am Jahreswechsel den Hofsegen selbst – zum ersten Mal; Marie hatte sie darum gebeten. Der Roman hielt sich ein wenig abseits, ihm waren die alten Bräuche nicht vertraut. Doch beide begleiteten sie über das Anwesen, als sie Haus und Stall räucherte, mit unsicher stockender Stimme den Segen sprach und der Duft nach verbranntem Weihrauch und verglühenden Tannennadeln alle Räume erfüllte. Sie wünschte sich aus tiefstem Herzen, dass er dieses verfluchte alte Jahr mit sich nahm.

Am 6. Jänner wurde Anna vierzehn Jahre alt. Auch dieser Tag ertrank in stetig fallendem Schnee, es wurde kaum richtig hell und ihre Mutter wirkte noch ferner als sonst.

Anna bekam einen geflochtenen Nähkorb geschenkt. Er hatte innen einen Einsatz mit mehreren Fächern und war mit einem schmutzig braunen Stoff ausgeschlagen. Der Roman musste ihn besorgt haben, denn eine Bäuerin im Dorf stellte solche Körbe her und verkaufte sie an die Sommerfrischler. Freuen konnte sie sich nicht so recht darüber, das Nähen war ihr noch immer verhasst, und überhaupt fand sie ihn hässlich. So nahm sie den Einsatz heraus; die Fächer waren geschickt unterteilt und eigneten sich wunderbar, um die kleinen Fläschchen mit den Kräutertinkturen darin aufzubewahren. Den verhassten Korb stellte sie in ihre Kammer hinter die Türe und warf getragene Leibwäsche und Strümpfe hinein. Auf diese Weise diente er doch noch einem guten Zweck.

Wenige Tage später kramte sie ihr altes Schulheft sowie das Kräuterbuch der Ahne hervor, um ihre Notizen zu vervollständigen.

Seit sie auf dem Berg elektrischen Strom hatten, konnte man auch in den dunklen Abendstunden noch sitzen und arbeiten. Der Mathis hatte ihr eine Sage aus dem Dorf erzählt und Anna wollte sie aufschreiben. Konzentriert saß sie, die Zunge zwischen die Zähne geklemmt und schrieb in ihrer klaren, steilen Handschrift die kleine Geschichte nieder. Wehmütig erinnerte sie sich an den lauen Sommerabend zurück, als sie gebannt Mathis Worten gelauscht hatte. Sie staunte darüber, dass er die alten Geschichten kannte. Die Purgl hatte sie den Kindern erzählt. Wohl eher, um ihnen Angst einzuflößen, dachte sie manchmal. Mathis gab sie so lebhaft wieder, dass sie alles genau vor sich sah. Und er hatte versprochen, einmal mit ihr zum alten Pölkenlehen hinauszuwandern, damit sie den Stein selbst sehen konnte.

Der Pilkenstein

Eine Gehstunde von Forstau, im sogenannten »Winkl« steht heute noch zur rechten Seite ein Hof – der Pilkenhof, das vormalige Pölkenlehen. In früheren Jahren war dieses Lehen auf drei Besitzer aufgeteilt, die alle in einem Haus und in einer Scheune nebeneinander arbeiten mussten. Daher gab es unter ihnen oft Zank und Streit.

Vor vielen Jahren hauste auf diesem Hofe ein überaus geiziger Bauer, keinen Groschen gab er zu viel aus und jedem Bettler wies er die Tür. Er lebte und arbeitete nur für sein Gold. Des Abends zählte er hinter verschlossenen Türen und verhängten Fenstern seine Dukaten und die Goldbatzen. Oft hörte man sein habgieriges Gelächter zwischen dem Klingen der Münzen. Tagsüber, wenn der Geizhals auf dem Feld arbeitete oder wenn er einmal zu einem Viehverkauf fortmusste, bewachte sein Schimmel, ein edler Hengst, den Schatz, den er wohl versteckt hielt.

Als der Bauer nun sein Ende herannahen fühlte, hatte er größte Angst um sein Gold. Wohl wusste er, dass er die klingenden Münzen nicht mit ins Jenseits nehmen konnte, er wollte sie aber auch keinem Fremden, ja nicht einmal den Verwandten, in die Hände fallen lassen.

Da begann das alte, vom Tod gezeichnete Bäuerlein in seinem Hofe mit Krampen und Schaufel ein tiefes Loch auszuheben. So tief und so groß, dass Schatz und Schimmel leicht darin Platz fanden. Mühsam schleppte er Sack um Sack zu dem Loch und schichtete allsamt Geld und Gold säuberlich hinein. Zum Schluss führte er seinen Schimmel herbei – auch der musste hinunter in das schwarze, gähnende Loch, um den Schatz weiterhin zu bewachen. Mit letzten übermenschlichen Kräften schob er einen riesigen Felsblock über die Öffnung, Schatz und Ross zugleich darunter begrabend. Schnell verwischte er noch die Spuren seines Tuns und warf Erde auf, dass niemand seinen Schatz je finden konnte.

Ihn holte bald darauf der Tod.

Oft haben die Leute vom Hohenwald–Lehen in diesen Nächten Feuer vor dem Pilkenhof gesehen – die Feuer, die dem Geizhals zu seiner nächtlichen Arbeit leuchteten. Und auch später noch konnte man an gewittrigen Abenden den Pilkenschimmel in langen Sätzen über die Felder jagen sehen.

Wer aber den Pilkenstein sehen will, der braucht nur zum Pilkenhofe kommen. Die Spitze des Steins ragt noch ein wenig aus der Hofdurchfahrt des Lehens heraus.

»Mama«, fragte Anna, als sie fertig vorgelesen hatte und schaute zu ihrer Mutter auf, die ihr mit dem Strickstrumpf gegenüber saß. »Hast du den Pilkenstein schon einmal gesehen?« Sie blies über die feuchte Tusche.

Marie ließ ihre Arbeit auf den Schoß sinken. Sie überlegte eine Weile, bevor sie versonnen antwortete: »Ich war tatsächlich da, mit der Barbara und dem Onkel Florian zusammen, aber da war ich noch klein. Vielleicht fünf oder so.« Sie lächelte ein wenig und Anna sah es mit Freude.

Sie stützte die Ellbogen auf und drängte neugierig: »Erzähl doch!«

Marie sann nach, bevor sie zu sprechen begann. »Ich erinnere mich nicht mehr so recht, wie das zuging. Ich glaube, der Onkel hatte mit dem Pölkner ein Geschäft ausgehandelt. Er brachte ein Schaf hin und bekam dafür Saatgut. Oder umgekehrt? Ich weiß es wirklich nicht mehr, Anneli. Jedenfalls nahm er Barbara und mich mit in den Winkl hinaus. Die beiden Pölknerbuben haben uns die Geschichte erzählt und uns dann den Stein gezeigt. Er liegt wirklich mitten in der Stalldurchfahrt und seine Spitze schaut aus dem Lehmboden heraus. Mich hat das gegruselt. Ich weiß noch, dass wir vier Kinder da miteinander standen und ich wahnsinnige Angst hatte, dass das tote Pferd jetzt gleich heraufsteigt. Ich hab mich so sehr gefürchtet und die Buben haben mich ausgelacht.« Sie lächelte wieder, in ihre Erinnerungen versunken und Anna fragte weiter, glücklich darüber, dass sie einmal aus sich herausging. So viel hatte sie seit Wochen nicht mit ihr gesprochen.

»Wer sind denn die Buben? Ich kenne die gar nicht. Die müssten doch ungefähr so alt sein wie du.«

Ein Schatten huschte über Maries Gesicht. »Der Anderl und der Michi waren fast im selben Alter wie Barbara und ich. Wir sind zusammen zur Schule gegangen. Sie sind beide am selben Tag in Russland gefallen.« Traurig fuhr sie fort: »Der alte Pölkner hat das nie verwunden. Nachdem er gestorben war, ist das Lehen verfallen, weil keine Erben mehr da waren. Vom Pölknerhof steht nichts mehr.« Sie nahm die Stricknadeln wieder auf, wickelte den braunen Wollfaden um ihren Zeigefinger und Anna spürte, dass sie nichts weiter erzählen würde.

Als Roman eintrat und sich nasse Schneeflocken von den Schultern wischte, saßen sie wieder in tiefem Schweigen. Er hängte seine Jacke auf und sah Anna erstaunt an. »Du bist noch auf?«

Sie öffnete schon den Mund, um ihn zu fragen, weshalb nicht; schließlich wohnte sie ebenfalls hier, arbeitete ebenso hart wie die Erwachsenen und war kein kleines Kind mehr. Er jedenfalls war wieder einmal den ganzen Tag über weg gewesen. Doch es würde die Mutter traurig machen und das wollte sie nicht. Es war so schön gewesen, die frühere Marie ein wenig wiedergefunden zu haben. Das wollte sie bewahren, es nicht durch kleinliche Streiterei kaputtmachen.

So erhob sie sich schweigend und räumte ihre Schreibsachen zusammen, schraubte das Tintenfass zu und wischte die Feder ab, während er seinen Rucksack verräumte und sich dann einen Stuhl an den Tisch zog.

»Gute Nacht, Mama«, sagte sie, beugte sich zu ihrer Mutter und küsste sie auf die Wange. »Es wäre schön, wenn wir einmal zusammen hingingen«, raunte sie ihr ins Ohr, nahm ihr Heft auf, steckte die Feder ein und stellte das Tintenglas auf das Fensterbrett. Sie nickte Roman zu und machte sich auf den Weg nach oben in ihre Schlafkammer.

KAPITEL FÜNFZEHN

Roman spürte Wut.

Er war den Tag über im Dorf gewesen und hatte im Sägewerk mit angepackt. Man half sich oft untereinander aus und er wusste, wenn der Umbau anstand, würde er ebenfalls helfende Hände und auch Holz brauchen. Er war fest entschlossen, seinen Plan zu verwirklichen, und würde alles daran setzen, Marie umzustimmen.

Am Abend ging er mit den Männern zum Wirt und da hatte er wieder einmal feststellen müssen, dass er noch immer nicht recht zu ihnen gehörte. Der Florian saß am Stammtisch, den grauen Kopf über ein Glas gebeugt und in ein halbblaues Gespräch mit dem Oberndörfer vertieft. Als Roman als letzter die Wirtsstube betrat, war der Tisch um die beiden bereits voll besetzt und niemand machte Anstalten, beiseite zu rücken. Für ihn war kein Platz mehr und er mochte eh nicht mit dem Sittler an einem Tisch hocken. Der Geizkragen machte keinen einzigen Groschen mehr locker, seit er die Oberleitung finanziert hatte. Roman registrierte mit einem schnellen Seitenblick, dass der Sittler und der Oberndörfer ihn argwöhnisch beäugten. Der Florian sagte beiläufig etwas, worauf beide kurz auflachten. Unwillkürlich straffte Roman die breiten Schultern und ging am Stammtisch vorbei. Es blieb ihm nichts übrig, als in der Ecke, bei dem einhändigen Krüppel, Platz zu nehmen. Der Eichler saß jeden Abend dort unter der schummrigen Lampe und trank, bis er nicht mehr aufrecht stehen konnte. Clemens' Schwiegersohn brachte ihn stets zur Sperrstunde über den Hof und übergab den besoffenen Trottel seiner verhärmten Frau. Auch heute blickten die rotunterlaufenen

Augen schon trübe, doch der fast zahnlose Mund versprühte sein Gift, während der verwachsene handlose Armstumpf unruhig über seinen Oberschenkel strich.

Der Huber und der Anderl Drexler gesellten sich hinzu und da saß Roman nun ebenfalls und hörte missmutig ihrem blöden Gerede zu, während er an seinem Wein nippte. Innerlich kochte er vor Wut – die Männer, denen seine Arbeitskraft nur zu recht gewesen war, zeigten ihm einmal wieder überdeutlich, dass *er* nicht zu den Einheimischen zählte. Er hatte mit dem Abschaum vorliebzunehmen!

Seit er sich verheiratet hatte, zogen die jungen Burschen ohne ihn los; eine echte Freundschaft hatte sie ohnehin nie verbunden. Das kratzte ebenso an seinem Stolz wie die Ablehnung der einheimischen Bauern. Und nun war auch noch das Geschäft mit den Münchnern schiefgegangen. Vor wenigen Minuten hatte er, am neuinstallierten Wandapparat auf dem Gang vor der Wirtsstube, ein sündhaft teures Ferngespräch geführt und um weiteren Aufschub gebeten. Er schuldete ihnen Geld und wusste momentan nicht, wie er es zurückzahlen sollte. Zehntausend Schilling, fast eintausendfünfhundert Deutschmark hatte er von den beiden Geschäftsleuten geliehen, als Startkapital für den Neubau. Dafür hatte er einen Schuldschein unterschrieben und sich mit dem Julianenhof verbürgt. Doch der gehörte nach wie vor der Marie und die machte keine Anstalten, ihm einen Anteil zu überschreiben. Er war sich ihrer so sicher gewesen …

Sie kam nach der Totgeburt nicht recht auf die Beine und er wusste nur zu gut, dass er ohne sie seinen Traum vom neuen Hof mit einträglichem Fremdenverkehr begraben konnte.

Ein Teil des Betrags war für seinen Hochzeitsanzug und die Rechnung für die Feier draufgegangen. Mittlerweile könnte er sich dafür ohrfeigen, dass er so viel Geld ausgegeben hatte, um sich auszustaffieren. Der Tag war fürchterlich gezwungen gewesen und der feine Lodenanzug und die glänzenden Schuhe lagen seither ungetragen im Kasten. Er mochte die Sachen nicht einmal mehr ansehen.

Der Rest des Geldes war schneller dahingeschmolzen, als er es für möglich gehalten hatte. Seit Roman ins Dorf eingeheiratet hatte, schien er wahrhaftig vom Pech verfolgt zu sein. Beim Kartenspiel verlor er neuerdings immer. Hier ein Spielchen, da ein Gläschen. Der Bleistift des Wirts zog Strich um Strich auf dem schmalen, oben gummierten Block, wo auf einem der vergilbten Blätter in schrägen, fetten Großbuchstaben sein Name stand.

Am Monatsende legte ihm der Clemens den ausgerissenen Fetzen vor und forderte sein Geld. Da ließ er nicht mit sich handeln.

Die drei Männer vor ihm stießen die Gläser zusammen und das Klirren riss ihn aus seinen trüben Gedanken.

»Komm, Wojtek, trink noch ein Stamperl mit«, animierte ihn der Anderl mit verwaschener Stimme.

Doch Roman hatte genug; er schob seinen Stuhl zurück und warf ein paar Geldstücke auf den Tisch. »Ich hab noch einen weiten Weg, sauft ihr nur ohne mich weiter. Ich muss los.« Als er die Wirtsstube verließ, spürte er die forschenden Augen des alten Sittlers in seinem Rücken brennen. Roman ließ die Wirtshaustür hinter sich zufallen und sog gierig die frische Luft ein. Es war kalt. Der eisige Winterwind biss ihn in die Ohren und er zog den Hut tiefer, grub die frierenden Hände in seine Taschen. Es sah, verdammt nochmal, schon wieder nach Schnee aus. Wie er das ewige Weiß satt hatte! Übellaunig überquerte er die Kreuzung und stieg den schmalen Weg nach oben. Der geräumte Weg war glatt und Roman musste Obacht geben, um nicht auszurutschen. Mürrisch kickte er einen Eisbrocken vor sich her, holte noch einmal aus und verpasste dem kollernden Stück einen so heftigen Stoß, dass das Eis auf seiner Stiefelspitze splitternd in kleine Stücke zersprang. Er war ein *Gadsche*, wie die Roma verächtlich einen Dummkopf nannten! Wie hatte er nur glauben können, dass er, Roman Wojtek, der Wanderer, in diesem Tal sesshaft werden konnte?

Es war stockfinster, als er auf dem Julianenhof anlangte. Den Alkohol hatte er längst ausgeschwitzt und sein Zorn war zu einer kleinen rosigen Glut heruntergebrannt, die ihm angenehm den Bauch wärmte. Bevor er die Stube betrat, blieb Roman draußen stehen und schaute durch das kleine Fenster in die Küche hinein. Sah seine Frau und das Mädchen da sitzen und beobachtete, wie ihre Münder sich lautlos bewegten.

Das Feuer in seinem Bauch flackerte erneut brennend auf. Mit ihm sprachen sie nur das Notwendigste! Er betrachtete Maries dunklen Kopf und die scharfe Silhouette ihres ausgezehrten Gesichts und fragte sich, wo die stolze, heißblütige Frau geblieben war, deren warmer Körper ihm die Nächte versüßt hatte. Marie entzog sich ihm und das gefiel ihm nicht. Sie wehrte seine Berührungen ab und lag in der Nacht steif und kalt neben ihm. Er wusste, dass sie ihm die Schläge und die Fehlgeburt nicht verziehen hatte.

Monate waren seitdem vergangen, doch sie wies ihn noch immer zurück. Es beschämte ihn, dass er die Beherrschung verloren hatte und doch fand er, sie übertrieb es allmählich.

Und das Mädchen schien ihm nicht geheuer. Ihre grauen Augen waren so sonderbar; sie blickten ihn durchdringend an und oft beschlich ihn in ihrer Nähe ein unheimliches Gefühl. Sie war ein hübsches Ding, schlank und ebenso hochgewachsen wie ihre Mutter. Ihr Körper hatte über den Winter seine unbeholfene Schlaksigkeit verloren und die kleinen Brüste füllten das Mieder voller aus als vor einem halben Jahr. Annas hellgraue Augen, die weißblonden Haare und ihre blasse Haut faszinierten ihn und obwohl er es nicht wollte, ertappte er sich manchmal dabei, dass er sie anschaute. Anschauen musste. Feine Härchen schienen sich ständig aus den langen geflochtenen Zöpfen zu lösen und wenn die Sonne hinter ihr stand, wirkte es, als ob sie einen Schein aus Licht trug. Auf eigenartige Weise erinnerte sie Roman an Sidi und ein eisiger Schauder lief ihm den Rücken hinunter, während er das Mädchen durchs Fenster beobachtete. Sie hatte denselben durchdringenden Blick gehabt und dieselbe Ausstrahlung, obwohl ihre Haut dunkel und ihre kleinen, verschlagenen Augen braun wie Haselnüsse waren. Er hatte diesen durchbohrenden Blick mehr gefürchtet als den Teufel, denn die Alte schien immer zu wissen, was er dachte.

Anna war ihm ebenso ein Rätsel und er mochte keine Rätsel. Roman riss sich von dem hellen Viereck los. Mit einem Achselzucken schüttelte er die Erinnerung an die alte Sidi ab. Seine linke Hand tastete unbewusst nach dem Kreuz in seiner Tasche, während er mit der rechten die Tür aufzog und eintrat. Befriedigt registrierte er, dass Anna auf seine Frage hin schnell aufstand und eilig ihre Schreibsachen zusammenräumte. Marie legte den Strickstrumpf zur Seite und erhob sich ebenfalls. Mit schleppenden Schritten ging sie zur Anrichte, um einen Teller herauszunehmen. Er sah ihren steifen Schultern an, dass sie sich dazu zwingen musste und das erzürnte ihn schon wieder.

»Lass, Frau«, wies er sie schroff an, »ich hab keinen Hunger.«

Sie hielt inne und ließ den Teller auf den Stapel zurückgleiten. Schubste das Türchen der Anrichte zu und sagte nur: »Dann eben nicht.« Ohne ihn anzusehen, tappte sie die Treppe hinauf und er hörte die Tür zur Schlafkammer auf- und zugehen. Dann war es still.

Roman blieb sitzen und unterdrückte den brennenden Wunsch, in die Speisekammer zu gehen, um die Schnapsflasche zu holen. Er ließ seinen Blick durch den Raum gleiten und hasste, was er sah. Kleine Fenster, die kaum Licht hereinließen, abgetretene Holzdielen, den alten Herd und – dieses elende Bild neben dem Herrgottswinkel. Der Mann mit dem schmalen Gesicht, dessen gewölbte Brauen über den steingrauen Augen spöttisch auf ihn hernieder sahen.

»Das ist mein Haus und es sind meine Frauen. Du hast hier überhaupt nichts zu sagen!«, schien er ihm zuzuflüstern.

Roman ballte die Fäuste und zwang sich wegzusehen. Niemand sagte ihm, was er zu tun hatte! Mit einem Ruck erhob er sich, zog die Tür zur Vorratskammer auf und griff den Enzianschnaps vom oberen Bord. Auf der Schwelle stehend, zog er den Korken ab und trank gierig, direkt aus der Flasche. Ein Schluck, und dann noch einer. Brennend füllte der scharfe Alkohol seinen Mund aus, schoss kühl und zugleich glühend heiß seine Speiseröhre hinunter, durch die Brust bis in den Magen, wo schon wieder dieses Feuer auflo-derte. Er keuchte auf und wischte sich den Mund. Nahm einen weiteren tiefen Schluck und spülte gleichermaßen Er-innerung wie Zorn in die Flammen hinein, die ihn auffressen wollten. Er fühlte sich jetzt besser und mit einem Seufzer der Erleichterung drückte Roman den Korken zurück. Leichter Nebel stieg endlich in seinem Kopf auf und er hieß ihn will-kommen. Unsicher ging er zur Tür und drehte den Schlüssel im Schloss, löschte das Licht. Seine Kleider warf er achtlos auf einen Stuhl, ging im Hemd und auf bloßen Füßen hinauf.

Fast lautlos kroch er ins Bett, legte sich auf den Rücken und lauschte auf Maries schwere Atemzüge. Seine Hand tastete nach ihr und fand ihr offenes, festes Haar, darunter eine knochige Schulter. Im Schlaf zuckte sie weg, entzog sich unwillkürlich seinem Griff und drehte ihm den Rücken zu. Roman zog seine Hand zurück und presste sie auf seinen Bauch, die Finger um die hässlich aufzuckende Glut in seiner Magengrube gekrallt.

Als er erwachte, war der Platz neben ihm leer. Trübes Licht drang durch den Vorhangspalt. Er schwang die langen Beine aus dem Bett, bückte sich und zog den Nachttopf unter dem Bett hervor. Während er sich erleichterte, lauschte er nach unten. Es schien still im Haus, die Frauen waren wohl im Stall. Er zog das Hemd herunter und stand auf. Seine Kleider lagen sauber gefaltet auf dem Holzstuhl neben der Kom-mode, was er zufrieden registrierte. Roman klatschte sich eine Handvoll Wasser ins Gesicht; es war eiskalt und er frös-telte. Mit feuchten Fingern strich er sich die lockigen Haare aus der Stirn und wischte die Hände am Hemd ab. Dann stieg er in seine Lederhose und nahm ein frisches Oberhemd aus dem Kasten. Auf der Treppe nach unten knöpfte er das karierte Baumwollhemd zu, stopfte es in den Hosenbund und krempelte die Ärmel hoch.

Innerlich stöhnte er auf, als er Marie da sitzen sah, kerzengerade und mit nach hinten gelehntem Kopf. Sie hatte kein Licht angemacht und die Küche lag im Halbdunkel. Wie meistens saß sie an ihrem gewohnten Platz auf der Bank. Ihre schmale Silhouette zeichnete sich kaum vor dem trüben Fenster ab und sie drehte etwas in den Fingern. Die Holzpuppe, die der Junge ihr geschnitzt hatte, wusste er, ohne hinsehen zu müssen, und unterdrückte den Impuls, sie an der Schulter zu nehmen, um sie zu schütteln.

Sie schrak hoch, als er sich setzte und schob das Zirbenkind mit einer fast unscheinbaren Bewegung in die Rocktasche. Ohne ihm einen guten Morgen zu wünschen, ging sie zum Herd und goss Tee ein. Als sie den Becher vor ihm hinstellte, griff er nach ihrem Arm und hielt sie fest.

Sie erstarrte, hob den Kopf und blickte ihn direkt an. Im fahlen Licht des trüben Januarmorgens schien sie gespenstergleich, nur ihre schwarzen Augen mit den dunkelvioletten Schatten darunter brannten in dem blassen, schmalen Gesicht. Ihn gruselte fast vor ihr. Sie ließ seinen Blick nicht los und zog, sehr langsam, ihren Arm aus seinem Griff. Marie rieb sich das Handgelenk.

Bevor Roman etwas sagen konnte, stand sie schon wieder am Herd und drehte ihm den Rücken zu. Er ließ sich ärgerlich zurückfallen und schloss wieder den Mund. Nun gut, wenn sie es so haben will. Ich habe es immerhin versucht, dachte er und beobachtete, wie sie den Topf hob, um den Rest des Gerstenbreis auszukratzen.

Sie schob ihm die Schüssel hin und als er die graue, erstarrte Masse sah, glomm der vertraute Zorn glühend in seinem Bauch auf. Er stieß den Löffel in den kalten Brei, zitternd blieb er darin stecken; gefährlich leise sagte er: »Mach mir ein anständiges Frühstück.«

Wieder schaute sie ihn an, ließ seinen Blick nicht los und erwiderte, ebenso leise und sehr ruhig: »Vor einer Stunde war es noch warm. Du bist zu spät.« Sie hielt inne und ihre schwarzen Augen bohrten sich in ihn hinein wie spitze Nadeln. »Kein Wunder. Du trinkst wieder.«

Er stand so schnell auf, dass der Tisch ein wenig wackelte und die Schüssel ins Rutschen kam. Der Löffel fiel auf die Tischplatte. In der Wölbung hing noch ein geronnener Klecks Gerstenbrei. Marie machte einen kleinen Schritt rückwärts. Mit einem sonderbar freudigen Gefühl registrierte er den Anflug von Angst in ihren Augen und glitt geschmeidig hinter dem Tisch hervor. Sie tat noch einen hastigen Schritt nach hinten, da stand er schon nahe vor ihr. Sie versuchte, ihm auszuweichen.

Doch schon drängte sein breiter Körper sie an den Herd. Er packte Marie am Hals, unter dem Kinn, und drückte sie hintenüber. Wut glänzte in seinen Augen. Seine kräftigen Finger drückten ihr unerbittlich die Kehle zu und seine Beine hielten sie in einer eisernen Klammer fest. Ihr Zopf lag auf der heißen Herdplatte und es roch beißend nach versengtem Haar. Er stieß sie noch weiter nach hinten und etwas riss tief in ihr drinnen, ein greller Schmerz schoss ihr brennend in die überdehnte Wirbelsäule. Sie ächzte auf und ihre Beine gaben nach. Da ließ er endlich los. Marie rutschte am Herd entlang und fiel zu Boden.

Ohne ein weiteres Wort richtete Roman sich auf, trat in seine Holzpantinen und riss die Haustür auf. Er stürmte hinaus.

Marie war unfähig aufzustehen. Sie lag auf dem Rücken und rang nach Luft. Ihre Kehle schmerzte, sie hatte Mühe zu schlucken. Sie weinte fast vor Schmerz. Konnte nicht unterscheiden, welcher sie schlimmer peinigte. Dieser grelle in ihrem Rücken oder der schneidende in ihrem Herzen? Von draußen hallten dumpf Axtschläge. Sie lag da und versuchte, ihren Atem zu beruhigen, ihre Angst niederzuringen.

Die Hintertür klappte und sie hörte Annas leichten Schritt in der Kleiderkammer, das leise Rascheln, als sie sich umzog.

Marie nahm alle Kraft zusammen und zog sich am Herdlauf hoch. Mit Mühe unterdrückte sie ein Stöhnen, ihr Rückgrat protestierte.

Anna betrat die Küche und stellte schwungvoll die Milchkanne ab. »Der Roman hackt Holz wie ein Irrer«, sie kicherte. »Das musst du sehen, Mama. Die Späne fliegen in alle Richtungen, schier bis ins Dorf.«

Marie klammerte sich am Handlauf des Herdes fest und keuchte.

»Mama?« Anna sah sie besorgt an. »Was ist mit dir?« Sie trat einen Schritt näher und berührte ihre Schulter. »Du bist ganz weiß im Gesicht. Geht es dir nicht gut?«

»Ich … «, aus Maries rauer Kehle kam nur ein heiseres Krächzen. Sie räusperte sich, hustete und versuchte es erneut. »Ich glaub, ich hab mich verhoben, Anneli.« Das Kind durfte nichts bemerken. »Mein Kreuz. Ich muss mich hinlegen.« Sie stöhnte auf und ihre Knöchel am Handlauf wurden weiß.

Anna legte ihr behutsam die Hand in den Rücken, dann half sie der Mutter die Treppe hinauf und ins Bett. Rieb ihr schmerzstillendes Öl ein und legte wohlriechende Kompressen aus Rosmarin und Beinwell auf, brachte zu guter Letzt eine heiße Wärmeflasche und schob sie ihr ins Kreuz.

Marie war unendlich froh, als sich die Tür hinter ihr schloss, und Anna endlich hinunterging. Sie wollte ganz alleine sein.

Von draußen hallten noch immer wuchtige Axtschläge und sie wünschte, es war genug Holz da. Mit leeren Augen starrte sie in die tiefhängenden Nebelschwaden vor dem Fenster. Jede Bewegung schmerzte und sie fühlte sich so unendlich schwach. Zum ersten Mal seit vielen Jahren betete sie, lautlos, ohne die Hände zusammenzulegen: Herrgott, wenn du irgendwo da draußen bist … Warum lässt du das zu? Du hast mir doch schon so viel genommen! Hab ein Erbarmen …

In einem entfernten Winkel ihres Herzens wusste sie, dass er sie nicht erhören würde. Warum sollte er auch? Ihr Einsatz war mehr als gering gewesen. Marie hätte gerne geweint. Doch es kamen keine Tränen.

✳

Wie dumm ich war – wie unwissend. Ich glaubte wirklich, die Hexe sei der Mutter ins Kreuz gefahren. Der Roman kam vom Holzhacken herein und setzte sich an den Mittagstisch, als ob nichts geschehen wäre. Er schien wohl betroffen und äußerte sein Mitgefühl, sah auch kurz nach oben in die Kammer, doch er scherzte mit mir und war guter Dinge.

Zu oft war die Mutter in den letzten Wochen unwohl gewesen und ich dachte nicht weiter darüber nach.

Überhaupt war er in diesen Tagen sehr nett zu mir. Er lobte, wie umsichtig ich den Haushalt führte, wie gut ich kochen konnte und wie fein die Wäsche roch. Es freute mich, dass ihm dies auffiel, denn ich gab zum Schluss immer ein paar Tropfen meines selbstgemachten Rosenöls ins letzte Spülwasser hinein.

Manchmal berührte er mich wie zufällig, strich mir schnell über die Schulter oder gab mir einen gutmütigen Stups. Er brachte mich zum Lachen, obwohl ich zuerst misstrauisch blieb und nicht mit ihm scherzen wollte. Doch er war so lustig, dass ich manches Mal nicht anders konnte. Das Kichern sprudelte einfach aus mir heraus. Irgendwie genoss ich es sogar, nun selbst für alles verantwortlich zu sein.

Der Roman sah nach dem Anwesen und ich war im Haus zugange, hielt alles rein, kochte, wusch die Wäsche und versorgte die Mutter. Tagsüber stand sie bald wieder auf, doch sie bewegte sich vorsichtig und konnte sich nicht bücken oder etwas Schweres tragen. Ihrer Schweigsamkeit maß ich keine größere Bedeutung zu, sie war schon lange so und ich hatte mich schon fast daran gewöhnt.

Hätte die Dede genauer hingesehen? Ich weiß es nicht. Die Tante machte sich rar; das Wetter war zu schlecht, um heraufzukommen, und ich war ohnehin nicht gut auf sie zu sprechen.

Abends ging die Mutter früh zu Bett. Roman schlief seit ihrer Rückengeschichte in der kleinen Kammer, die der Mathis früher bewohnt hatte. Er wolle sie in der Nacht nicht stören, sagte er. Sie solle in Ruhe gesund werden. Ich fand das sehr rücksichtsvoll von ihm.

Den wahren Grund ahnte ich nicht. Ich war auf beiden Augen blind. Bis zu jenem letzten Januarabend.

Wir hatten zu Nacht gegessen und ich stand am Spülstein und wusch das Geschirr ab. Ich dachte mir nichts dabei, als er die Spielkarten auf den Tisch legte. Mutter und Dede hatten mir das Knackseln schon als kleines Mädchen beigebracht; wir vertrieben uns oft die langen Winterabende damit und ich war ganz gut darin. Die Mutter war bereits nach oben gegangen; sie hatte so arge Schmerzen gehabt, dass ich ihr etwas Mohnsaft geben musste. Sie schlief sicher schon.

»Komm Anna, wir spielen noch eine Runde«, sagte er und begann das Blatt zu mischen.

»Du wolltest, dass ich dir die Haare schneide«, erinnerte ich ihn und nahm die Schere aus der Lade.

❄

Er legte die Karten hin und setzte sich auf dem Stuhl zurecht. Seine Haare waren zu lang geworden, die Spitzen hingen ihm schon auf die Schultern.

Roman war stolz auf seine schwarzen Locken. Während des Krieges hatte er den Schopf kurz gehalten, an den Seiten hoch ausrasiert, um nicht aufzufallen. Doch danach ließ er sie wachsen und Anna fand, er sah aus wie der Herr Jesus auf den Heiligenbildchen, die sie im Kommunionsunterricht, zur Belohnung für einen fehlerfrei aufgesagten Bibelvers bekommen hatte.

Sie strich ihm mit beiden Händen die langen Haare nach hinten, nahm eine erste Strähne zwischen die Finger und setzte die Schere an. Er zuckte etwas zusammen, als die Klinge ratschte und eine dunkle Locke in seinen Schoß fiel.

»Pass nur auf, dass es nicht zu kurz wird!«, begehrte er auf und Anna drückte ihn an den Schultern auf den Stuhl zurück.

»Ja, ja, bleib doch ruhig sitzen, sonst kann ich für nichts garantieren«, gab sie kichernd zurück.

Er hielt still und sie schnitt vorsichtig eine weitere Strähne ab. Im Nu war der Boden übersät mit schwarzen Haaren. Anna drückte seinen Kopf nach vorn, um die Kontur an seinem Hinterkopf nachzubessern, die etwas schief geraten war. Dann fasste sie ihn unters Kinn und hob es an. Er ging der Bewegung nach, legte den Hinterkopf an ihren festen Bauch und ein eigenartiges Gefühl kroch in ihm hoch. Es fühlte sich falsch an und doch … auf eine Art schön. Intim. Sie kämmte ihm die Haare aus der Stirn, fuhr mit langen Fingern hindurch und schnippelte ungerührt weiter.

»So. Fertig!«, sagte Anna nach einigen Minuten zufrieden und wischte ihm mit ihrer schmalen, warmen Hand einige feine Haare aus dem Gesicht. Roman blies ein Haar weg, das ihn in der Nase kitzelte und fuhr sich mit der Rechten in den ungewohnt freien Nacken. Er fühlte sich ungeschützt, so verletzlich.

»Ist es arg kurz?«, fragte er unbehaglich.

»Nein, du siehst gut aus, finde ich«, antwortete Anna frei heraus und besah sich ihr Werk. »Kennst du die Geschichte von Samson?«, fragte sie beiläufig und ging den Besen holen.

Er sah ihr zu, wie sie die Tür zur Vorratskammer öffnete und sich bückte, um die Kehrschaufel aufzunehmen. Ihr festes Hinterteil zeichnete sich unter dem langen Rock ab. War sie wirklich so naiv oder tat sie das bewusst?

Roman mühte sich um einen unbefangenen, leichten Ton: »Ja, und ich hoffe, du hast mir nicht mit meinen Haaren die ganze Manneskraft geraubt.«

Sie hielt in der Bewegung inne, ein wenig verunsichert ob seiner ungehörigen Bemerkung. Dann lachte sie auf, drehte den Kopf und ihre hellgrauen Augen funkelten ihn lustig an. »Keine Sorge. Ich bin nicht Delilah. Du hast noch genug Haare auf dem Kopf. Und niemand wird dir die Augen ausstechen.«

Er schluckte. Da war es wieder, dieses Gefühl. Sidis runzelige Fratze schob sich vor Annas herzförmiges Mädchengesicht. Sie schien so unschuldig und doch so wissend. Er wurde nicht schlau aus ihr. Roman stand abrupt auf und schüttelte die restlichen Haare ab, die auf seinem Hemd lagen. Anna kehrte den Boden und warf die schwarzen Locken ins Feuer. Ein stechender Geruch erfüllte die Küche. Roman rümpfte die Nase und schaute unbehaglich zu, wie seine Haarpracht knisternd verging. Mit einem Knall warf Anna das Ofentürchen zu und räumte den Besen in die Vorratskammer zurück.

»Bring die Flasche mit«, hieß er sie an und griff erneut nach dem Kartenstapel, mischte ihn mit flinken Fingern durch.

Sie glitt neben ihn an den Tisch, zog den Stuhl heran und nahm die Karten auf, die er bereits gegeben hatte. Roman schaute in sein Blatt und verzog den Mund. Er legte ab und nahm drei neue Karten auf. Anna grinste und fächerte ihre Karten offen hin. Drei Asse. Das sollte er ihr erst einmal nachmachen! Roman nickte ihr zu, wischte mit der Hand über den Tisch, sammelte das Spiel zusammen und schob ihr den Stapel hin.

»Du gibst«, brummelte er gutmütig und schenkte ein. Anna ließ das Glas unberührt stehen. Nach der dritten gewonnenen Runde nahm sie es auf und prostete ihm zu.

»Ich dachte, ihr Roma seid besser im Spielen«, reizte sie ihn und nippte an dem Schnaps. Er lachte, als sie sich verschluckte und husten musste.

»Wart nur ab, wir sind noch nicht miteinander fertig!«, gab er launig zurück und mischte erneut. Er ließ die Karten so schnell durch seine Finger gleiten, dass ihr fast schwindlig wurde.

Die nächsten beiden Spiele gewann er, schenkte großzügig ein und Anna trank mit. Sie hatte noch nie Alkohol getrunken, schon gar nicht scharfen Schnaps, und der stieg ihr schneller zu Kopf, als sie gedacht hatte. Sie fühlte sich leicht und albern, musste sich bald über alles, was Roman sagte, ausschütten vor Lachen. Sie hatte erneut Glück, ein gutes Blatt, gewann das Spiel und dieses Mal schenkte sie selbst ein. Triumphierend hob sie das Stamperl hoch und trank es in einem Zug leer. Ihre Augen glänzten und ihr Mund war voll und rot. Alles an ihr strahlte vor purem, prallem Leben. Roman musste sie immerzu anschauen, magisch angezogen, völlig hingerissen von dem Licht, das aus ihr zu leuchten schien. Sie war so hell, so frisch und unverbraucht, noch süßer als eine Bienenwabe. Er drückte seinen muskulösen Oberschenkel an den ihren und sie ließ es geschehen, ja, sie schien es gar nicht zu bemerken.

Sie spielten weiter und stachelten sich gegenseitig auf. Jubelten über einen Sieg, tranken noch mehr und Annas Bewegungen wurden allmählich langsamer und unsicherer. Roman bemerkte es wohl, ihm gefiel der schräge, laszive Blick, den sie ihm unter den langen Wimpern zuwarf. Er war selbst nicht mehr nüchtern, obwohl er mehr vertrug als das Mädchen. Und trotzdem schenkte er weiter nach.

Bis ihr plötzlich die Karten aus der Hand rutschten und auf den Tisch fielen. Ihr Kopf nickte nach vorn und sie legte ihn auf den Armen ab. »Ich bin müde«, nuschelte sie und gähnte.

Roman konnte die Spitze ihrer rosigen Zunge sehen und die kleinen, geraden perlweißen Zähne. Er legte die eine Hand in seinen Schoß, hob die andere über den gebeugten Nacken und berührte vorsichtig mit den Fingerspitzen die zarte Haut. Sie seufzte wohlig auf und richtete ihren verhangenen Blick auf ihn, bevor ihr die Augenlider zufielen. Seine Hand sank herab und sie schmiegte sich seufzend in die warme Wölbung. Er strich mit der Handfläche genüsslich über ihren Rücken herunter und kostete das Gefühl aus. Sie lag so hingegeben da.

Er wollte sie haben! Seine Finger glitten wieder nach oben, berührten behutsam ihre kleine Brust. Sie reagierte nicht darauf. Schnell stand er auf und fasste sie unter, nahm sie mit beiden Armen hoch und genoss den Druck ihres warmen, grazilen Körpers an dem seinen. Er trug sie nach oben und schob mit der Hüfte die Tür ihrer Schlafkammer zu. Trat mit dem Fuß nach und registrierte befriedigt, dass sie *dieses eine Mal* ohne kratzendes Schaben, fast lautlos zuschnappte.

Er legte das Mädchen auf das Bett, wo es sich zusammenrollte, und glitt hinter sie. Sekunden, Minuten, lag er da und atmete schwer, vergrub die Finger in ihrem Haar und strich über die zarte Haut ihrer Arme. Sie wehrte sich nicht. Ihr junger, biegsamer Leib schmiegte sich so verheißungsvoll an ihn, dass er der Hitze in seinem Bauch nicht widerstehen konnte. Er griff nach ihr, ließ seine Hände suchend unter ihren Rock gleiten und strich die langen, glatten Oberschenkel hinauf.

Anna protestierte im Schlaf und rollte sich auf den Rücken. Er schob sich mit einer fließenden Bewegung auf sie, legte eine Hand auf ihren Mund und drängte sich gierig zwischen ihre Schenkel.

In dem Moment kam Anna zu sich und kämpfte gegen den alkoholgeschwängerten Nebel in ihrem Kopf an. Alles drehte sich um sie! Sie bäumte sich gegen die schwere, sie erdrückende Last auf und wehrte sich mit unbeholfenen Bewegungen. Ihre Glieder wollten ihr nicht gehorchen. Er drückte sie nieder und gab nicht nach, hielt ihren Mund fest verschlossen, um ihre Schreie zu ersticken. Sie rang nach Luft und bekam keine, zuckte hoch und biss in seine Hand, schmeckte *ihn*.

Seine geistige Präsenz war wie ein Schlag, der sie aus dem Hinterhalt traf und Nachtschwärze füllte sie aus. Er schob sich in sie und brach ihren Widerstand. Die Gier übermannte ihn und wenige Augenblicke später war es vorbei. Keuchend blieb er auf ihr liegen. Ihm war heiß und sein verschwitztes Hemd klebte an seinem Rücken. Anna lag reglos unter ihm. Vorsichtig nahm er seine feuchte, schweißnasse Hand von ihrem Mund und erwartete jeden Moment, dass sie schreien würde. Doch sie gab keinen Laut von sich. Er hob den Kopf und nun wurde ihm komisch zumute. Weshalb bewegte sie sich nicht? Wo er bisher nicht den leisesten Anflug von Schuld gespürt hatte, ergriff ihn nun eine heiße Welle der Panik. Womöglich hatte er sie erstickt!

Mit einem Satz fuhr er aus dem Bett und riss die Hosen hoch. Er tastete nach dem Zugband der Wandlampe. Etwas fiel klappernd vom Nachtkästchen zu Boden und er erstarrte. Doch alles blieb still. Still das Haus, still das Mädchen. Zu still … Endlich fand seine suchende Hand das schmale Bändchen und mit einem leisen Klicken flammte das kleine Wandlicht auf. Gedämpft vom Stoffüberzug der Leuchte fiel schwaches Licht auf die Gestalt des Mädchens. Sie lag schlaff da und trotz des orangenroten Scheins, der sie rosig beleuchtete, schien sie kalkweiß. Roman biss sich auf die Lippen und tastete angstvoll, mit zitternden Fingern, an ihrem Hals nach einem Puls. Sein Herz setzte vor Erleichterung einen Schlag aus, als er das schwache Pochen einer Ader spürte. Sie war nur bewusstlos. Mit einem tiefen Seufzer ließ er sich auf die Bettkante sinken und wischte sich den Schweiß vom Gesicht, der ihm aus jeder Pore gebrochen war. Er sah an sich herab und nestelte zuerst einmal seine Hose zu. Dann griff er zu ihr hinüber, zog Annas Rock über den lang ausgestreckten Beinen herunter und warf die Decke über sie. Einen Moment blieb er noch sitzen und betrachtete sie. Ihr Brustkorb hob und senkte sich nur unmerklich unter schwachen Atemzügen, doch immerhin, sie atmete. Ein leichtes Röcheln kam plötzlich aus ihrer Nase und ihr Kinn fiel schlaff herab. Ein Speichelfaden sickerte aus ihrem geöffneten Mund und zog eine feuchte Spur über ihren Hals. Romans schönes, ebenmäßiges Gesicht verzog sich zu einem

Grinsen und er musste die Lippen zusammenpressen, um nicht laut herauszulachen. Die Schej[3] war hemmungslos besoffen! Er erhob sich und gluckste in sich hinein. Umso besser, dann würde die Kleine schon nichts ausplaudern.

Er löschte das Licht und ging auf leisen Sohlen hinaus, schlich die Treppe hinunter und mied die knarzenden Stufen. Auf dem Küchentisch sah es wüst aus. Mit zurückgelegtem Kopf ließ er sich den Rest Schnaps in die Kehle laufen und spürte genüsslich dem sanften Brennen nach. Dann räumte er die leere Flasche in die Vorratskammer, rieb die Gläser aus und stellte sie in die Anrichte zurück. Sie hatten um Groschen gespielt und zwei kleine Häufchen lagen auf dem Tisch; er wischte sie klimpernd in ein geflochtenes Körbchen. Zuletzt sammelte er die umherliegenden Karten zusammen und steckte das Päckchen, mit einem köstlichen Gefühl der Genugtuung, hinter das Tannenreis vor dem Bild. Mit dem Zeigefinger stippte er auf das Glas, genau zwischen die grauen Augen seines Vorgängers.

»Meine Frauen!«, sagte Roman mit einem kleinen, befriedigten Lachen, bevor er schlafen ging.

Marie zog die Vorhänge zurück. Gleißendes Licht drang schmerzhaft in Annas zusammengekniffene Augenlider. Sie hob den Kopf und ließ ihn sofort wieder zurückfallen. Ihr Schädel dröhnte und hinter ihrer Stirn klopfte es.

»Was ist los mit dir, Anneli? Du hast verschlafen. Bist du krank? Die Kuh schreit!« Marie setzte sich mühsam, mit einer sonderbar verdrehten und vorsichtigen Bewegung auf die Bettkante und legte ihre kühle Hand auf Annas Stirn. Sie schnupperte ein wenig und fragte dann: »Sag einmal, hast du etwa getrunken? Du stinkst wie ein Schnapsfass!«

Anna versuchte, die verklebten Augen zu öffnen. Die Stimme ihrer Mutter klang in ihrem Kopf nach, wie dumpf hallende Glockenschläge. Doch sie war zu schwach, die Hände zu heben, um sich die Ohren zuzuhalten.

---

[3] Romaniausdruck für Mädchen

Marie rüttelte sie an der Schulter. »Anna! Wach endlich auf!«

Der scharfe Ton ließ Anna ein wenig zu sich kommen. »Wie spät ist es?«, brachte sie heiser heraus und versuchte, sich aufzusetzen. Ihr war schlecht, liebe Güte, so unsagbar schlecht und alles tat ihr weh.

»Es ist acht Uhr!«, antwortete die Mutter ungnädig. »Und allerhöchste Zeit, endlich aufzustehen!« Marie erhob sich beschwerlich und sah auf ihre Tochter herab. »Wir beide sprechen uns noch! Jetzt schau zu, dass du in den Stall kommst!« Sie schüttelte ärgerlich den Kopf und schlurfte hinaus, eine Hand ins Kreuz gedrückt.

Anna ließ sich in das klumpige Kissen zurückfallen und schloss wieder die Augen. Sie spürte in sich hinein. Was war nur los mit ihr? Ihr Kopf schmerzte so sehr und ihr war speiübel. Die Zunge lag wie ein pelziger Wurm in ihrem ausgetrockneten Mund und ein ekliger Geschmack erfüllte ihn. Ihre Glieder fühlten sich an, als seien sie mit nassem Sand gefüllt. Zwischen ihren Schenkeln brannte es. Vorsichtig schob sie die bleischweren Beine über den Bettrand und setzte sich auf. Schwankend erhob sie sich und blieb einen Moment auf wackeligen Knien stehen. Ein Wasserfall rauschte in ihren Ohren. Anna ließ sich rücklings auf das Bett zurückfallen und legte den Arm schützend vor die empfindsamen Augen. Herrgott, war ihr schlecht. Von unten drang der Geruch nach angebratenem Fleisch herauf und wieder schluckte sie heftig, schob den sauren Geschmack zurück, der in ihr aufstieg und in ihre Kehle drängte. Krampfhaft versuchte sie, sich an den gestrigen Abend zu erinnern. Doch da war nur Leere. Zuerst. Dann kam ihr Bewusstsein bruchstückhaft zurück. Sie hatte dem Roman die Haare geschnitten. Das Kartenspiel. Und dann hatten sie miteinander getrunken! Anna stöhnte auf und vergrub den schmerzenden Kopf in den Händen. Durch die gespreizten Finger spähte sie an sich herab, bemerkte den blauen Rock und wunderte sich. Warum trug sie noch ihr Gewand? Hatte sie etwa in Kleidern geschlafen? Ihr Gehirn wand sich träge und verweigerte die Arbeit. Einen Moment war sie versucht, sich die Decke über den Kopf zu ziehen, sich einfach einzurollen und weiterzuschlafen. Doch die Pflicht rief und die Mutter noch mehr zu reizen, schien ihr keine gute Idee zu sein.

Anna rappelte sich hoch und tastete sich zum Waschtisch hin. Aus dem ovalen Spiegel blickte ihr ein hohläugiges Gespenst entgegen, die Augen verquollen, ein Mundwinkel etwas eingerissen und blutverkrustet. Sie schrak vor sich selbst zurück, schaufelte sich kaltes Wasser ins Gesicht und schnappte nach Luft, trank dann gierig aus der hohlen Hand. Sie musste diese Kleider vom Leib bekommen! Hastig ließ sie das Oberkleid zu Boden fallen und hob das Hemd.

Ihre Schenkel schienen aneinanderzukleben. Sie tauchte den Lappen ins kalte Wasser und wrang ihn aus. Wusch sich und sah das Blut. Erschrocken ließ Anna das zusammengeknüllte Tuch in die Waschschüssel fallen. Es entfaltete sich in sanften Bewegungen und feine Schlieren lösten sich daraus, trieben kreiselnd nach oben. Sie starrte in das Wasser hinein und versuchte sich zu besinnen. Da war nur Schwärze. In einem entsetzten Winkel ihres verrückt klopfenden Herzens breitete sich Angst aus, ahnte sie, was geschehen sein musste. In Panik stürzte sie zum Fenster hin und riss es auf, nahm die Emailleschüssel in beide Hände und kippte den Inhalt hinaus. Mit einem Platschen schoss das Wasser hinunter, der Lappen segelte schwer hinterher. Anna sah das Tuch, die Waschschüssel mit beiden Armen umklammernd, auf den verharschten Schnee fallen. Da lag es, rötlich verfärbt, und schrie ihr entgegen. Ihre Knie wollten nachgeben und sie musste sich am Fensterrahmen festhalten.

Sie nahm sich zusammen und zog hastig frische Wäsche, ein sauberes Kleid an. Ungeduldig riss sie die Bürste durch die knotigen Haare, die sonderbar zerzaust waren. Anna ignorierte die widerspenstigen Haarnester und flocht eilig einen einfachen Zopf. In ihrem Kopf hämmerte es noch immer und es zog in ihrem Bauch. Doch sie musste schnell hinunter. Hatte sie tatsächlich gerade eben ihrer Mutter den blutigen Fetzen direkt vor die Nase geworfen? Das flaue Gefühl in ihrem Magen missachtend, stieg sie die Treppe hinunter und machte sich auf Fragen und eine Strafpredigt gefasst.

Die Mutter saß am Tisch und schälte Kartoffeln. Auf dem Herd simmerte in einem ovalen Topf der Braten für den morgigen Sonntag vor sich hin. Marie sah nur kurz auf: »Geh zuerst in den Stall, Anna.«

Anna – nicht Anneli. Wenn die Mutter ihren Taufnamen verwendete, war nicht mit ihr zu spaßen. Anna senkte den Kopf und eilte sich, in die Kleiderkammer zu kommen. Sie hängte ihr Kleid an den Nagel, fuhr in den Stallkittel, rollte den Zopf auf und band sich ein Tuch über die Haare. Auf Holzpantinen verließ sie das Haus durch die Hintertür, um zum Stall zu laufen. Doch zuerst musste sie den verräterischen Lappen holen.

Hinter der Hausecke reichte der Schnee bis fast zum Fensterrahmen des Untergeschosses. Beim ersten Tritt in den verharschten Schnee verlor sie gleich den Pantoffel und fluchte. Sie musste sich bücken, um den Schuh herauszuziehen, und erneut schoss ihr ein grellgelber Blitz durch die Stirn. Sie ignorierte den Schmerz, warf die Schuhe hinter sich und stieg auf Strümpfen den Schneeberg hinauf. Mit einer Hand hielt sie sich an der Hauswand fest und hoffte, die Mutter hörte sie nicht. Mit jedem Schritt brach sie tief ein und die harten Schneekristalle kratzten an ihren nackten Beinen.

Da lag der Fetzen. Anna beugte sich, auf einem Bein in einem tiefen Schneeloch stehend, weit nach vorn und angelte nach dem Tuch. Dann stapfte sie in ihren Spuren rückwärts, bis sie den festgetretenen Weg wieder erreicht hatte. Ihre Strümpfe waren nass und die Füße schmerzten ihr vor Kälte. Doch das alles war nichts gegen die Erleichterung, den Lappen vor den prüfenden Augen ihrer Mutter gerettet zu haben. Sie bückte sich, um die nassen Strümpfe über ihre geröteten

Waden heraufzuziehen, und wollte gerade in ihre Schuhe schlüpfen, als sie seine Stimme hörte.

»Anneli.« Samtweich und mit einem schmeichelnden Unterton, der ihr einen eisigen Schauder den Rücken hinunter jagte. Sie krümmte vor Angst ihre kalten Zehen und drehte sich ertappt um.

Roman stand lässig an den geweißten Mauerstock gelehnt, die Arme vor der Brust verschränkt und sah sie belustigt an.

»Hast wohl verschlafen, oder? Die Marie ist ganz schön sauer.«

Sie knüllte den starren Lappen in der Hand zusammen und schob die Faust in ihre Kitteltasche. »Ach ja? Auf dich oder auf mich?«, fauchte sie ihn an.

Er verzog die vollen Lippen zu einem breiten Lächeln. »Nun, das wird sich zeigen, denke ich. Momentan auf uns beide. Aber das legt sich wieder.« Anna wusste nicht, was sie darauf antworten sollte. Er kam ihr zuvor. »Wir könnten heut Abend ja wieder ein Spielchen machen. Das war doch lustig.« Seine schwarzen Augen funkelten sie lauernd an.

Anna gab seinen Blick trotzig zurück. »Nein danke! Mit dir spiel ich so schnell nicht mehr.« Sie trat einen kleinen Schritt auf ihn zu. »Was ist passiert? Ich erinner mich an nichts mehr. Aber ich hab ...« Sie stockte. Er musste das mit dem Blut nicht wissen.

Er lachte leise auf. »Wirklich? Das ist schade, denn wir hatten viel Spaß.«

Sie meinte zu spüren, wie er sich entspannte, doch sie war sich nicht sicher. Wenn er doch nur einmal deutlich aussprechen würde, was geschehen war. Vielleicht würde sie sich dann erinnern und die verschwommenen Bilder einordnen können. Gleich musste sie ihrer Mutter Rede und Antwort stehen! Sie hatte keine Ahnung, was sie ihr sagen sollte.

Er beugte sich zu ihr und seine Stimme wurde verschwörerisch. Die Nase fast an ihrer, flüsterte er. »Es wird dir schon wieder einfallen, Anneli. Du solltest das nächste Mal nicht so viel trinken.«

Sie zuckte vor ihm zurück und fühlte, wie heiße Röte ihren Hals heraufkroch. »Was hast du mit mir gemacht?«, brach es aus ihr heraus. Ihren ganzen Mut zusammen nehmend, packte sie ihn am Arm.

»Ich?«, er lachte laut auf. »Nichts, was du nicht angefangen hättest. Kleine Delilah …«, summte er träge und wischte sich eine vorwitzige Locke aus der Stirn. Eisige Kälte machte sich in ihrem Bauch breit. Roman legte einen Finger unter ihr Kinn und hob es an. »Keine Sorge, ich sag nichts. Das bleibt unter uns.«

Erleichterung und Zorn stiegen zugleich in ihr auf und ihre hellen Augen flammten auf. Sie hieb seine Hand weg. »Fass mich nicht an!«

»Ohoho, so kratzbürstig heut früh«, sagte er spöttisch, fast singend.

»Was du getan hast, war nicht recht!«, fuhr sie ihn an.

»Ach ja?«, gab er leichthin zurück. »Gestern Nacht hat es dir gefallen.« Er kräuselte die vollen Lippen, lachte wieder und wandte sich zum Gehen. Ihr blieb jedes weitere Wort im Hals stecken. Hatte er womöglich recht? Verflixt, wenn sie sich nur erinnern könnte!

Pfeifend schlitterte er den vereisten Weg zum Abort hinüber, drehte den Kopf und rief ihr, über die Schulter hinweg zu: »Ach ja, ich war schon im Stall. Du kannst gleich wieder hinein. Deine Mutter wartet …«

Sie ballte die Faust in der Kitteltasche zusammen.

Marie legte das Messer weg und ließ die letzte Kartoffel in die Schüssel fallen.

»Setz dich!«, sagte sie knapp und Anna beeilte sich, ihrem Befehl nachzukommen. Unter gesenkten Wimpern schaute sie ihre Mutter verstohlen an und versuchte zu ergründen, was sie wusste. »Nur, dass wir beide uns verstehen!«, sagte die streng. »Du wirst künftig die Finger vom Alkohol lassen!

Hast du das verstanden?« Anna nickte. »Ich will eine Antwort hören!«

»Ja, Mama«, versprach Anna. Das hatte sie sich ohnehin schon selbst geschworen. So furchtbar wie heut früh hatte sie sich noch nie gefühlt. Sie wartete ab und zog den Kopf zwischen die Schultern. Nun kam es.

»Es geht nicht an, dass du Schnaps trinkst, Anna! Ich hoffe, du hast deine Lektion gelernt. So, wie du ausschaust, denk ich mir das jedenfalls.«

Anna antwortete nicht und wappnete sich gegen die nächste Rüge. Gegen den unsäglichen Vorwurf, den sie erwartete, seit sie die Augen aufgeschlagen hatte.

Doch Marie schien ihre Kraft erschöpft zu haben. Sie erhob sich mühsam und nahm die Kartoffelschüssel auf. Ihr Ton wurde weicher. »Kind, ich weiß, es ist hart für dich, dass du wegen mir hier oben bleiben musst. Doch du wolltest einmal ein Doktor werden. Hast du das denn vergessen? Es hat mich so mit Stolz erfüllt! Und ich bitte dich«, ihre Stimme versagte fast, »verlier das nicht aus den Augen. Es werden bessere Zeiten kommen.« Ihre klamme Hand strich zart über den hellen Schopf und Anna spürte, wie die Scham ihr bittere Tränen in die Augen trieb.

Mit keinem Wort erwähnte die Mutter den Roman. Ja, sie schien nichts, rein gar nichts zu ahnen. Sie hatten ihr Vertrauen missbraucht, sie böser hintergangen, als sie sich je hatte vorstellen können. Anna fühlte sich schlecht. Der Waschlappen brannte ihr fast ein Loch ins Kleid. Schlimmer noch brannte die Schuld in ihr. Sie krallte die Fingernägel in ihre Handflächen, bis sie glaubte, sie würden ihr das Fleisch aufschlitzen. Was hatten sie nur getan …

Es kam nichts mehr weiter. Sie gingen zum Tagwerk über.

Marie war tagsüber nur wenige Stunden auf und ohnehin schwieg sie meistens. Anna tat ihre Arbeit, verdrängte die bohrenden Fragen und versuchte, diese Nacht einfach zu vergessen, die sich vehement ihrer Erinnerung entzog. Roman ließ sie in Frieden. Er war umgänglich und freundlich, sehr liebenswert und lustig wie eh und je, doch er kam nicht mehr darauf zu sprechen. Nur manches Mal fühlte sie seinen Blick auf sich ruhen und ab und zu berührte er sie; schnell, mit einer fast unabsichtlichen Bewegung. Sie entzog sich ihm. Dann sah er sie wissend an. Und das erfüllte sie mit einer seltsamen Unruhe.

❊

Es gibt keine Entschuldigung für das, was wir getan haben. Ich trug schwer an dem Wissen darum.

Wir hatten nie gelernt, offen zu sprechen. Eine Sache um der Sache willen auf den Tisch zu legen und sie auszuräumen. Uns unseren Taten zu stellen, sie klar zu benennen, um dann endlich vergeben zu können. Nein, wir schwiegen. Schwiegen alles tot. Verschlossen unsere Augen vor der Realität und machten einfach weiter. Ich nahm in Kauf, dass das Geschehene mich von meiner Mutter trennte. Um mich selbst und sie vor der Wahrheit zu schützen. Ich ließ mich einlullen – trotz meiner Bedenken ließ ich mich von ihm einlullen. Und keiner um uns herum sah genauer hin und gebot Einhalt. Wobei, wer sollte auch hinsehen? Es war ja niemand da. Die Alm war weit genug vom Dorf entfernt. Doch auch wenn wir mitten im Dorf gelebt hätten – es wäre nichts, rein gar nichts, anders gewesen.

Wie dumm ich gewesen war. Naiv und zu vertrauensvoll. Blutjung und unerfahren dazu. Geschmeichelt und zu sehr beeindruckt von seinem kraftvollen Auftreten, ließ ich mich von seinen süßen Worten und dem schönen Äußeren verführen. Im Innern war er hässlich. Böse und verdorben. Genauso, wie er meine Mutter hofiert hatte, gewann er mich. Zog mich in seinen Bann und ließ uns dann beide fallen, als ihm nicht mehr danach war. Doch ich brauchte viel länger als sie, um es zu erkennen. Als ich realisierte, dass ich schwanger war, war es ohnehin bereits zu spät.

Anfang April wusste ich sicher, dass ich sein Kind trug. Meine Tante hatte mich gut gelehrt und als meine Monatsblutung auf sich warten ließ, wurde ich unruhig. Sie blieb ein weiteres Mal aus und nun bekam ich Angst. Neun Wochen waren seit jener Nacht vergangen. Neun Wochen voller Fragen, sechzig Tage und Nächte voller Bangen. Als mir dann morgens beim Kochen des Gerstenbreis schlecht wurde, fiel die Gewissheit wie ein eiserner Hammer auf mich. Ich drückte mir die Hand vor den Mund und eilte hinaus, kam nicht bis zum Abtritt. Hinter der Hausecke kotzte ich in einen Schneerest. Zum Glück bekamen weder die Mutter noch der Roman mit, wie ich da vornübergebeugt stand und mir die Seele aus dem Leib spuckte. Nachher schob ich mit der Schuhspitze Schnee über die gelbliche Lache, um sie zu verbergen. Am nächsten Morgen dasselbe Spiel. Nur war es dieses Mal der Geruch von gebratenem Speck.

Ich drehte auf der Stiege um und schaffte es gerade noch zurück in meine Kammer. Mit Tränen in den Augen hing ich über der Waschschüssel und würgte, während mir Speichelfäden aus dem Mund tropften. Nun war ich mir sicher. Und zu Tode erschrocken.

Zuerst versuchte ich es mit Beten. Ich betete ständig und immerfort; schrie lautlos und jeder wache Gedanke hieß: Oh bitte Herrgott, heiliger Jesu Christ, Heilige Mutter Gottes und alle ihr Heiligen! Bitte nicht! Bitte nicht ... Oh, bitte, bitte nicht!

Die Heiligen erhörten mich nur teilweise. Sie nahmen mir die Übelkeit; nach ein paar Tagen war es damit vorbei. Nur morgens, wenn ich den Kopf vom Kissen hob, flog mich noch ein Gefühl der Schlechtigkeit an. Ich legte abends einen Brotkanten auf den Nachtkasten und kaute ihn mit hohlem Mund. Dann war es gut und ich konnte aufstehen, ohne dass ich speien musste. Doch das Kind ließen sie mir.

Dann konsultierte ich das Kräuterbuch meiner Ahnin. Verzweifelt ging ich Seite für Seite durch und suchte nach einem Hinweis, nach irgendeinem Kraut, das half, diesen ungewollten Bastard loszuwerden. Ich fand tatsächlich ein Rezept für einen Sud aus Aloe, doch wo sollte ich die herbekommen? Die fremdländische Essenz war für mich nicht erreichbar. Rainkraut, Engelwurz und Petersilie wirkten menstruationsfördernd und konnten in einer hohen Konzentration einen Abgang auslösen. Doch draußen wuchs noch nichts und in meiner Kräuterkiste hatte ich nur je zwei Handvoll davon. Trotzdem setzte ich hoffnungsvoll einen Topf um den anderen an, schluckte die herben Brühen und trank Kanne um Kanne bitteren Petersiliensud.

Die Mutter schaute schon komisch, wenn ich den Herd anheizte.

Es war alles umsonst. Ich bekam nur fürchterliches Magengrimmen und hockte stundenlang mit Bauchkrämpfen auf dem Abtritt. Doch ansonsten geschah nichts. Ich arbeitete härter als je zuvor, packte den Holzkorb so voll, dass ich ihn kaum hochheben konnte, lief treppauf und treppab und schund meinen Körper, bis mir alles wehtat. Umsonst.

Des Abends saß ich an meinem Lieblingsplatz, hinter dem unförmigen kleinen Felsen und weinte. Hieb mir mit beiden Fäusten auf den Bauch und beschwor das wachsende Ding in mir, sich zu verklumpen und abzusterben. Ich kletterte den Stein hinauf und sprang zu Boden. Immer wieder. Hoffte sehnlichst, die Erschütterung würde einen Abgang auslösen. Doch ich holte mir nur blutige Knie und aufgeschürfte Hände.

Am Waschtag erhitzte ich mehr Wasser als gewöhnlich. Nachdem die Wäsche fertig geklopft war und auf der Leine in der blassen Frühlingssonne hing, trug ich noch einmal Eimer um Eimer vom Brunnen ins Waschhaus und feuerte an, bis das Wasser im Kessel erneut kochte. Der Rosmarinstrauch hinter dem Haus war immergrün, auch im Winter. Großmutter Juli hatte ihn vor Jahren an einer sonnigen Stelle neben der Hintertür eingepflanzt und dort hatte er sich zu einem stattlichen Busch entwickelt. Im Winter schützten wir ihn mit einem blättergefüllten Jutesack vor dem Frost. Die Zweiglein hatten mir schon oft gute Dienste geleistet. Wir verwendeten sie nicht nur zum Würzen; die ätherischen Bestandteile halfen zur Verdauung, aber auch bei Hautausschlag, Kopfschmerzen oder rheumatischen Beschwerden. Ich wusste, dass Rosmarin Terpineol enthielt. Und dies wurde seit jeher verwendet, um eine Abtreibung auszulösen. Mit meiner gebogenen Kräutersichel schnitt ich so viele Zweige ab, wie in meine Schürze passten und warf sie in den Badezuber. Nur der verholzte Strunk blieb stehen. Dann schob ich den Stuhl mit der Lehne unter die Türklinke des Waschhauses. Meine Kleider ließ ich achtlos auf den gestampften Lehmboden fallen. Eine letzte Kanne kochendes Wasser. Die Rosmarinnadeln verströmten einen betäubenden Geruch und die gelösten, ätherischen Öle bissen mir brennend in die Augen; mir schwanden fast die Sinne in dem wabernden Dampf.

Das Wasser war glühend heiß. So heiß, dass ich keuchend den Fuß zurückzog und halb über der Kante des Zubers hängenblieb. Mit zusammengebissenen Zähnen ließ ich mich ächzend in den Bottich gleiten und heulte auf vor Schmerz. Es war wie das Fegefeuer, von dem uns der Herr Pfarrer erzählt hatte und es brannte mich aus. Wie ein Wurm wand ich mich in dem kochenden Sud und stopfte mir die geballte Faust in den Mund, um meine Schreie zu ersticken. Im Nu war ich krebsrot, der Rosmarin reizte die Haut zusätzlich. Doch ich blieb sitzen, zusammengekauert und ergeben, hielt die flammende Hitze aus, bis mir schier der Kopf platzte und meine Haut glühte. Und währenddessen flehte ich unter stoßweisem Schluchzen: »Geh weg. Geh doch einfach weg. Geh raus aus mir, du Bastard.«

Er ging nicht weg. Nistete sich nur noch fester ein und wuchs. Es war ein Wunder, dass sie nichts bemerkten. Mir schien nur die Stricknadel zu bleiben. Doch meine Angst zu verbluten war größer.

Die Ahne war mein letzter Ausweg. Ich wusste mir keinen Rat mehr; bald würde man es trotz der weiten Röcke sehen können. Und dann musste ich mich allen Augen stellen, vor allem den traurigen meiner Mutter.

Völlig niedergeschlagen und angefüllt mit Furcht schlief ich keine Nacht mehr. Stundenlang lag ich wach und die Angst drückte mich nieder, sie hüllte mich ein wie ein schwarzes Tuch. Wenn ich alleine war, weinte ich bitterlich. In einer mondhellen Nacht, Anfang Mai, nahm ich den goldenen Ring aus dem Samtbeutel. Der schlichte Goldreif lag fast unscheinbar neben dem prächtigen Schmuck. Ich hatte ihn noch nie benutzt, ihn noch nie hergenommen, um in die Vergangenheit zu reisen. Einem eigenartigen Drang folgend, wählte ich dieses Mal ihn, war mir gewiss, dass er mich genau dahin führen würde, wo ich hinwollte. Man sah noch nicht viel, obwohl ich bereits im vierten Monat war. Doch ich fühlte unter meinen Händen die Veränderung meines Körpers, die kleine und feste verräterische Erhebung an meinem Bauch. Widerwillen durchfuhr mich jedes Mal, wenn ich danach tastete. Der Wunsch, es loszuwerden, wurde mit jeder Stunde, mit jedem Tag, größer und übermächtig.

So hob ich den Ring an meine Lippen und einen Moment darauf saß ich mit ihr am Tisch und sah zu, wie sie konzentriert in ihr Buch schrieb, die Zungenspitze durch die Lippen geschoben, während eine Kohlenpfanne neben ihr glühte und beißenden Geruch verströmte.

»Kannst du mich sehen?«, fragte ich vorsichtig, keine Antwort erwartend.

»Natürlich«, gab Juliana zurück, den Blick noch immer auf die Kladde gerichtet.

Es traf mich wie ein Schlag. Noch niemals, außer in den Momenten ihres Vergehens, hatten wir einen so direkten Kontakt gehabt. Und immer hatte sie mich in meine Zeit zurückgewiesen. Nun saß ich neben ihr und sie sprach mit mir, als ob die Jahrhunderte zwischen uns ein Wimpernschlag seien.

»Ich brauche deine Hilfe«, flüsterte ich zaghaft, noch verwirrt, dass ich sie so leicht und so schnell erreicht hatte. Zu gerne hätte ich nach ihrer Hand gefasst, doch ich fürchtete, sie würde sich in Nebel auflösen. Sie schrieb weiter und

trotzdem spürte ich, dass sie ganz bei mir war. »Ich bekomme ein Kind. Von dem Mann meiner Mutter.« Die Worte brachen aus mir heraus. Vor ihr musste ich mich nicht verstecken, nichts verheimlichen. Und ich wusste nicht, wie viel Zeit mir mit ihr blieb. »Er hat mich missbraucht und ausgenutzt.« Kleinlaut fügte ich hinzu. »Ich war betrunken.«

Sie tauchte die Feder ein und setzte sie erneut auf das grobe Papier. Ohne mich anzusehen, sprach sie. »Ich weiß, mein Kind.«

»Er sagt, es war meine Schuld«, versuchte ich zu erklären. Aufweinend wandte ich mich ihr zu: »Du musst mir helfen!« Ihre schmale Hand zog weiter steile Buchstaben. Sie antwortete nicht. »Bitte! Ich weiß nicht, was ich tun soll«, bat ich flehentlich. Sie schwieg und malte kleine Bögen.

»Was erwartest du von mir, Anna?«, fragte sie dann, ohne aufzusehen. »Ich habe dir schon meinen Schutz gegeben. Ich hab nichts mehr weiter, was ich dir geben kann.«

Nun griff ich doch nach ihrem Arm. Er löste sich nicht auf, blieb warm an meiner Hand liegen. »Sag mir, was ich tun soll«, bat ich. »Ich hab alles probiert. Nicht einmal Mutterkraut hilft. Ich hatte nicht genug davon.«

Sie setzte einen Punkt, blies darüber und legte die Feder zur Seite. Zum ersten Mal sah sie mich direkt an. Ihre steingrauen Augen trafen mich in die Seele. Alles lag darin – Liebe, Trauer und Wissen. Ich wurde ganz klein vor ihrer Macht.

»Anneli«, es klang so zärtlich aus ihrem Mund, dass mir erneut Tränen kamen. »Warum hasst du dieses Kind so sehr? Es kann nichts dafür.« Sie legte beide Hände auf den Tisch, betrachtete still den breiten Goldring an ihrem rechten Ringfinger. Ich konnte nicht antworten, schluckte an meinem Kummer und blieb stumm. »Kinder sind eine Gabe Gottes, ein Geschenk. Wie auch immer sie empfangen werden ...«

Ich begehrte auf: »Es war nicht recht, was er getan hat! Ich will dieses Kind nicht! Es ist eine Schande, ein Bastard. Hilf mir, es loszuwerden!«

Sie wiegte den Kopf und ihre hellen Haare schimmerten silberblass im Licht der Kohlen. »Das kann ich nicht, Anneli. Nimm es an. Nimm dein Schicksal an.« Sie drehte das schmale Gesicht zu mir und ich sah ihre Augen feucht schimmern. »Du weißt noch nicht, was es heißt, ein Kind, dein eigen Fleisch und Blut, zu verlieren.«

Ich verstand sie nicht. Diese wachsende Frucht in mir war eine Ausgeburt der Hölle, ein fleischgewordenes Zeugnis unserer unseligen Verbindung. Ich hasste es! Wollte es nicht – weder zur Welt bringen, noch es aufziehen. Schon gar nicht jeden Tag seines Daseins daran erinnert werden, wie es gezeugt worden war.

»Es gibt meiner Mutter den Todesstoß, wenn sie das erfährt. Sie wird mich verachten«, brachte ich mühsam heraus. Ich war mir sicher, dass meine Mutter diesen Schlag nicht verwinden würde.

Juliana griff nach meiner zitternden Hand und legte ihre Handfläche an die meine; verschränkte ihre kühlen weißen Finger fest mit meinen warmen und es fühlte sich sonderbar an. So, als ob Mond und Sonne aufeinanderträfen. Ich kostete das Gefühl aus, sie zu spüren, Raum und Zeit zu überwinden.

»Anneli«, sagte sie eindringlich und ihre Augen bannten die meinen. Ihre Stimme war ernst. »Du darfst dieses neue Leben in dir nicht töten. Das ist die größte Sünde unter dem Himmel. Glaub mir, du wirst es bereuen.« Sie drückte meine Finger fester und sprach weiter. »Wir sind anders, du und ich. Wir sehen mehr. Die Frauen in unserer Linie haben die Aufgabe, ja die Pflicht, unsere Gabe weiterzugeben. Wir müssen sie hegen und zum Heil nutzen. Wenn ich dir helfen würde, dein Kind zu töten, wären wir auf ewig verdammt. Du bist die Letzte in der Linie und in dir ist die Gabe stärker als je zuvor. Mit deiner ungeborenen Tochter würde sie untergehen.«

Ich begehrte auf. »Diese Gabe ist ein Fluch! Ich wollte sie nicht! Ich durfte nie sein wie die anderen!«

Juliana lächelte weise. »Ja, wir sind nicht wie sie, da hast du recht. Wir wurden nicht gefragt. Doch wir sind auserwählt. Und ich weiß schon, was du als Nächstes sagen willst. Pflicht«, ihr Ton wurde nachdrücklicher, strenger. »Pflicht bedeutet auch Verpflichtung. Du hattest schon mehr als genug davon, das ist mir bewusst. Und doch kannst du dich nicht aus deiner Verantwortung stehlen.« Sie zog die Finger aus meiner Hand. »Gott verlangt uns ›Besonderen‹ größere Opfer ab als ihnen. Doch er schenkt uns auch mehr Wissen. Und genießt du es nicht, deine Fähigkeit zu nutzen? Du säßest nicht hier, wenn es nicht so wäre. Ich werde dir nicht helfen, das Kind in dir zu töten. Es trägt unser Erbe. Und du würdest dein Leben lang todunglücklich sein und mir die Schuld dafür geben. Das kann ich nicht verantworten. Irgendwann knien wir alle vor unserem Schöpfer und müssen Rede und Antwort für unsere Taten stehen.«

Obwohl mir das nicht schmeckte, konnte ich nicht anders, als sie für ihre Geradlinigkeit zu achten. »Und wie soll ich es meiner Mutter erklären?«, fragte ich kleinlaut.

Sie nahm die Feder auf und zog das Büchlein zu sich her. »Warte einfach ab. Alles wird sich fügen. Doch lasse nicht zu, dass du zum Henker an deinem Ungeborenen wirst. Hüte das Leben in dir! Gib unser Wissen weiter. ER entscheidet letztlich, was sein wird.« Sie stand auf und sah auf mich herab. »Geh jetzt zurück, Anneli. Es ist Zeit.« Sie zeichnete mit dem kühlen Finger ein kaltes Kreuz auf meine Stirn. Ein Gefühl der Ruhe breitete sich in mir aus und erstaunt lauschte ich in mich hinein. Zum ersten Mal seit Wochen fühlte ich eine Art Frieden in mir.

Der Roman bemerkte es im selben Moment, als ich das Kind zum ersten Mal spürte.

Ich saß am Tisch und tat für einen Moment nichts, schaute gedankenverloren aus dem Fenster in das Abendrot hinaus, als ich die Bewegung in mir spürte. Es war nur ein kleines Zucken, sachte wie ein Fischlein, das an Seetang rührt und sich mit einem wellenartigen Schlag seiner Flosse davonmacht. Und dann noch einmal, ein wenig stärker jetzt. Unwillkürlich legte ich meine Hand auf den Leib. Und da war es wieder.

Als ich den Kopf hob, sah ich seinen forschenden Blick auf mir ruhen. Ich nahm die Hand von meinem Bauch und legte sie neben mir auf die Bank. Zu spät, er hatte es gesehen! Die enggenähten Falten meines Dirndlrocks sprangen ein wenig über der leichten Wölbung meines Bauches auf und er starrte darauf. Ich fühlte, wie mir Rot heiß den Hals heraufkroch. Die Muskeln in seinem Gesicht zuckten und ich sah Unglauben, Schrecken und dann eine Art bösen Triumph, als er es realisierte.

»Du bekommst ein Kind«, konstatierte er fast tonlos und doch hing der Satz zwischen uns, als ob eine laute Glocke angeschlagen hätte. Dann schob er abrupt seinen Stuhl zurück und das scharrende Geräusch durchdrang den Raum wie das Kreischen einer Kreissäge. Er lachte ungläubig auf und ich zuckte zurück, als er vor mir beide Arme drohend auf der Tischplatte aufstützte. »Das wird der Marie nicht schmecken«, flüsterte er. Wieder lachte er und dann wurde sein Ton leise und bezwingend: »Ich bin gespannt, was du dir einfallen lässt. Wer hätte das gedacht ...«

❄

Kapitel Sechzehn

Barbara Sittler stand vor dem Spiegel und betrachtete sich wohlgefällig. Sie war in Radstadt gewesen und hatte spontan vor einem Friseurgeschäft haltgemacht. Die Fotografien im Schaufenster, die schönen Frauen mit ihren neumodischen Kurzhaarfrisuren gefielen ihr und einem schnellen Entschluss folgend, betrat sie das kleine Lädchen. Der Friseur hatte ihren Zopf ausgekämmt und die rote Haarpracht bedauernd in den Händen gewogen.

Es sei eine Schande, diese herrlichen Haare abzuschneiden, befand er.

Barbara bestand darauf. Der Winter war voller Veränderungen gewesen und sie fühlte sich altmodisch, ja abgehängt. Es war höchste Zeit, ein Zeichen zu setzen. Und so zuckte sie nicht, als der Friseurmeister die roten Haare zusammen wand und den dicken Zopf in ihrem Nacken mit einer Schere durchsäbelte. Er schnippelte noch eine Weile herum und als er den Spiegel holte und ihn ihr hinhielt, erkannte sie sich kaum wieder.

Sie hatte mit einem glatten Bubikopf geliebäugelt, doch was sie sah, entzückte sie. Weiche, kupferne Locken sprangen rund um ihr herzförmiges Gesicht auf und umspielten es großzügig. Er hatte das Haar seitlich kinnlang gelassen und hinten kürzer geschnitten. Der Schnitt betonte ihre Wangenknochen und sie wurde es nicht satt, in ihren freien Nacken zu fahren und die gelockten Haare am Hinterkopf aufzuwuscheln. Es war einfach wunderbar, diese schwere Last endlich loszusein. Sie nahm sich vor, zuhause sofort alle Haarnadeln einzusammeln und wegzuwerfen.

Zu Hause …

Das Haindl war kein rechtes Zuhause mehr, so wie früher. Anna fehlte ihr. Marie fehlte ihr. Das Haus war zu groß und zu leer für sie alleine geworden. Doch die beiden lebten nun auf dem Julianenhof – zusammen mit einem Mann, dem Barbara misstraute. Bei ihrem letzten Besuch auf der Alm hatte Roman ihr unmissverständlich klargemacht, dass sie nicht mehr willkommen war. Sie hatte sich daran gehalten. Und doch fragte sie sich oft, wie es ihnen da oben wohl ging.

Es musste alles in Ordnung sein; schlechte Nachrichten verbreiteten sich schneller als gute und sie hatte keine schlechten erhalten. Während der Wintermonate hatte sie ohnehin kaum Zeit gehabt, denn die Renovierung des Haindlhofs nahm sie in Anspruch. Sie hatte sich entschlossen, die leer stehenden Zimmer im Obergeschoß an Gäste zu vermieten und auch schon etliche Anfragen erhalten. So griff sie ihre Ersparnisse an und modernisierte endlich das alte Anwesen; sehr behutsam, um seine Atmosphäre zu wahren.

Das Land erlebte einen großen Aufschwung und Urlauber strömten herein. Für Barbara bedeutete Ersteres leider auch, dass ihr die Patienten ausblieben. Sie war nur Hebamme; die Leute fuhren neuerdings nach Radstadt oder Sankt Johann und besuchten dort die niedergelassenen Ärzte. Man rief sie noch, die Kinder zur Welt zu bringen und auch auf die außerhalb gelegenen Gehöfte; doch für die anderen Wehwehchen oder gar Unfälle holte man nun den Arzt aus dem Nachbarort. Die Straße war ausgebaut, frisch geschottert und einige der wohlhabenderen Bauern besaßen nun auch ein Automobil. Damit war man schneller vor Ort als sie zu Fuß.

Barbara hatte lange überlegt, wie sie den Verdienstausfall auffangen konnte. So entschloss sie sich, künftig Zimmer zu vermieten. Das Haus wartete auf Leben.

Die Räume wurden endlich von altem Gerümpel befreit. Die Arbeiter schliffen die Böden ab, kalkten die Wände frisch und installierten in den Zimmern weiße Porzellanbecken mit fließendem Wasser. Kaltes Wasser zwar, aber es sprudelte frisch aus der Leitung. Der Abtritt vor dem hinteren Balkon erhielt ebenfalls ein kleines Waschbecken, eine moderne Porzellanschüssel und hellblaue Kacheln. Nur Annas Dachkammer und Maries großes Zimmer im Erdgeschoss blieben, wie sie waren.

Für Anfang Mai hatte Barbara schon eine Buchung; in zwei Wochen würden die ersten Urlauber eintreffen. Die Suter Maria, Annas Gespielin aus Kindertagen, hatte versprochen, jeden Morgen herüberzukommen, den Gästen ein Frühstück herzurichten und sich um Zimmer und Wäsche zu kümmern.

Barbara strich das frisch bezogene Oberbett glatt und schaute prüfend durch den Raum. Sie schob das Bild des Christus mit flammenumkränzten Herzen ein wenig gerader hin und nickte befriedigt. Alles war bereit für die Gäste.

Die beiden Damen aus Stuttgart würden heute anreisen und zwei Wochen bleiben.

Der Kater strich um ihre Beine und sie streichelte ihn kurz. »Na komm, Bubi, hier sind wir fertig.« Als sie an Annas Kammer vorbei ging, blieb sie stehen. Einem Impuls folgend betrat sie den schmalen Raum und setzte sich an das Tischchen, strich mit dem Ärmel den Staub von der Oberfläche. Bubi sprang auf das abgedeckte Bett und rollte sich ein. Er maunzte leise. Barbara seufzte.

»Ja Kleiner, du vermisst unsre Anneli auch, gell?«

Wie es ihr wohl ging? Sie hatte seit fast einem halben Jahr weder Marie noch Anna gesehen. Bald war wieder Almzeit und das wäre vielleicht eine gute Gelegenheit hinaufzuschauen, überlegte sie. Wenn die Bauern und Viehhüter dabei waren, konnte der Roman nichts dagegen sagen. Ein neuer Gedanke kam ihr. Der Mathis musste eh schon früher hinauf. Sie würde einfach den Vater bitten, ob er ihn hinbrachte und sie mitnahm. Gegen einen kurzen Besuch war wohl nichts einzuwenden. Sie scheuchte den Kater vom Bett und wollte die Kammer schon verlassen, als ihr Blick an

Annelis Mahagonitruhe hängenblieb. Das schöne Holz lag ebenfalls voller Staub. Barbara zog ihr Taschentuch hervor und wischte den Deckel ab. Sie konnte nicht widerstehen, hob ihn auf und blickte hinein. Zuoberst lagen das ordentlich zusammengefaltete Kommunionkleid und die weißen Lackschühchen. Sie nahm einen Schuh heraus und streichelte darüber, mit einem Gefühl der Wehmut. Lachen stieg in ihr auf, als sie an diesen Tag zurückdachte und wie Anna den Pfarrer vollgespien hatte. Mit ihr war es doch keinen Tag langweilig gewesen. Jemanden zu haben, der war wie sie selbst und mit dem sie ihr Wissen teilen konnte, hatte eine Lücke in ihr gefüllt. Anna hatte alles aufgesogen wie ein Schwamm. Insgeheim bewunderte Barbara sie. Wie das Kind gelernt hatte, mit seiner schweren Gabe umzugehen, war schon eine großartige Leistung gewesen – nach allem, was geschehen war. Sie war stolz auf ihre Nichte; auf eine leibliche Tochter hätte sie nicht stolzer sein können.

Gerade darum nagte das gegebene Versprechen umso mehr in ihr. Es war nicht recht gewesen, dass sie Anna gedrängt hatte, sich um ihre Mutter zu kümmern. Die einfachste Lösung, sicherlich, doch nicht die beste. Barbara legte den Kinderschuh sorgsam zurück, schloss leise den Deckel und fasste einen Entschluss. Anneli war längst herausgewachsen, erwachsen geworden. Es war an der Zeit, dass sie ihr half.

Sie nahmen das Fuhrwerk, obwohl Florian Sittler seit einigen Monaten stolzer Besitzer eines Automobils war. Ein eierschalenfarben lackierter Opel Rekord stand neuerdings in der Stalldurchfahrt und wurde vom alten Sittler liebevoll gehätschelt. Schon eh und je verrückt nach allem, was auch nur entfernt mit Motoren und Geschwindigkeit zu tun hatte, hatte er schon vor dem Krieg als einziger im Dorf einen Lieferwagen und ein Motorrad besessen. Der alte Blitz tat noch immer gute Dienste, seine geliebte Puch jedoch war beim Absturz des Bombers in Flammen aufgegangen. Zu gerne wäre Florian mit dem nagelneuen Wagen vorgefahren, um den Roman ein wenig zu reizen. Doch der Weg hinauf war steil und eng. Er bestand nur aus zwei ausgefahrenen, lehmigen Rillen und einer Grasnarbe in der Mitte; schon in der ersten Kurve lief er Gefahr, hängenzubleiben. Buschwerk ragte in den Weg hinein und würde ihm den schönen Lack zerkratzen. Mit dem Fuhrwerk kam man besser hinauf.

Mathis warf seinen Kleidersack auf die Ladefläche und kletterte hinterher. Er klopfte dem Sittler auf die Schulter und ließ sich auf einen Stapel Jutesäcke fallen.

Der Alte drehte sich um und stützte den Arm auf der hölzernen Rücklehne ab. »Servus Bub! Bereit für den Almsommer? Bist wohl froh, dem Anderl auszukommen.«

Mathis nickte eifrig und grinste. »Das kannst du glauben.« Er freute sich auf den Julianenhof und am meisten freute er sich auf Anna. Seit dem Herbst hatte er sie nicht gesehen.

»Zum wievielten Mal gehst jetzt hinauf?«, fragte der Sittler.

»Das fünfte Jahr«, antwortete der Bursche und fügte stolz hinzu: »Ich werd im Juli achtzehn.«

Florian nickte und brummte: »So, so.« Der Junge gefiel ihm; er hatte sich gut gemacht, trotz des schwierigen Verhältnisses zu seinen Pflegeeltern. Er wusste, dass Marie große Stücke auf den Mathis hielt und ihm vertraute. »Hör mal, wenn es da oben Schwierigkeiten gibt, dann sag mir Bescheid, ja?«

Mathis sah ihn fragend an und sprach offen heraus: »Wegen dem Roman, meinst du? Keine Sorge, ich geh dem schon aus dem Weg. Aber danke. Das ist gut zu wissen.«

Barbara trat aus dem Haus und reichte Mathis ihre Tasche, bevor sie zu ihrem Vater auf den Kutschbock stieg. Florian tätschelte liebevoll ihr Knie, hob die Zügel und schnalzte mit der Zunge. Der Braune trabte an, alle drei winkten Maria zu, die gerade mit einem Weidenkorb aus der Hintertür trat.

Sie rief ihnen zu: »Grüßt die Marie und Anneli!«, und schickte ihrem Bruder eine Kusshand. »Behüt dich Gott, Mathis! Und pass auf dich auf!«

Dann ratterten die Räder über die Holzbrücke.

Der Empfang auf dem Julianenhof war weniger herzlich. Roman erwartete sie, auf der Bank sitzend, die Beine weit von sich gestreckt, die Arme über der Brust verschränkt. Er stand erst auf, als Florian, Barbara und Mathis vom Wagen gesprungen waren und reichte dem Mathis die Hand. »Du weißt ja, wo du unterkommst. Richte dich erst einmal ein.« Dann nickte er dem Sittler und Barbara zu. »Kommt herein. Die Anna hat eine Jause hergerichtet.«

Barbara zog die ausgestreckte Hand zurück, unterdrückte eine harsche Antwort und holte ihre Tasche. Dann folgte sie den Männern ins Haus. Neugierig sah sie sich um. Es schien alles beim Alten. Sie gingen durch die Küche in die angrenzende Stube. Da kniete ihre Nichte vor dem Kachelofen, einen Korb neben sich und stapelte Holzscheite auf.

»Setzt euch«, sagte Roman und wies zur Bank.

Barbara ging an ihm vorbei, auf Anna zu. Sie breitete die Arme aus und wollte gerade den Mund auftun, als Anna aufstand.

»Dede«, kam es krächzend aus ihrer Kehle, sie räusperte sich und setzte erneut an. »Dede, wie schön, dich zu sehen.« Es klang heiter und doch ein wenig gekünstelt. »Was hast du mit deinen Haaren gemacht?!« Anna riss die Augen auf und trat einen Schritt auf sie zu.

Barbaras Blick fiel auf die unübersehbare Wölbung unter dem Rock und jedes weitere Wort erstarb ihr. Instinktiv griff sie sich in den freien Nacken. »Abgeschnitten«, erwiderte sie mühsam, noch immer geschockt auf Annas Bauch starrend. »Du erwartest ein Kind«, stellte sie nüchtern fest und wunderte sich selbst über die Ruhe in ihrer Stimme.

Anna blieb unsicher stehen und legte die Hand auf ihren Leib.

Barbara fand keine Worte mehr. »Wo ist deine Mutter?«, konnte sie nur noch fragen.

»Sie schläft«, antwortete Roman in ihrem Rücken.

Barbara fuhr herum, registrierte sein verhaltenes Lächeln und den leisen Spott in seinen Augen.

Der Sittler saß sprachlos auf der Bank und ließ fragende Blicke zwischen ihnen hin- und herwandern.

»Wer ist der Vater?«, fragte Barbara kalt. »Du etwa?«

»Da musst du Anna fragen«, antwortete er, ebenso kühl.

Sie nahm das Mädchen beim Arm und zerrte es mit sich hinaus. Vor dem Haus schüttelte sie Anna und ließ sie dann, selbst erschrocken über ihre Heftigkeit, abrupt los.

»Kannst du mir das bitte erklären?« Sie stieß die Luft aus und rang danach, ihren Atem zu beruhigen. Anna ließ sich schwer auf die Bank unter dem Fenster fallen. Barbara baute sich vor ihr auf. »Wer ist der Vater?«, fragte sie noch einmal streng.

Anna antwortete nicht, ihr Schuh malte Kreise in den Staub vor ihren Füßen.

Barbara stieß sie an. »Rede. Ist es der Mathis?«

Anna schüttelte den Kopf und sah zu Boden.

Die letzte Hoffnung schwand Barbara, als sie das Mädchen ansah. »Also doch der Roman …«, sagte sie rau und ließ sich neben Anna auf die Bank sinken. »Bist du von allen guten Geistern verlassen, Anneli? Ausgerechnet mit dem Mann deiner Mutter ins Bett zu steigen?«

Anna richtete sich auf. »Ich hab es sicher nicht freiwillig getan, das kannst du mir glauben! Er hat mich vergewaltigt.« Sie schluckte. »Das glaube ich zumindest.«

»Glaubst du? Wie soll ich das verstehen?«

»Ich erinner mich nicht mehr daran. Wir haben getrunken.«

»Das wird ja immer schöner«, fauchte Barbara und kniff zornig die grünen Augen zusammen. »Sag mir alles!«, forderte sie die Nichte auf: »Und lass nichts aus!«

Anna ließ die Schultern sinken und barg ihr Gesicht in den Händen. Mit stockender Stimme erzählte sie. Als sie fertig war, schwiegen beide und Anna wischte sich mit der Schürze die Augen.

Barbara würgte den Zorn hinunter, der ihr die Kehle zuschnüren wollte. »Und was sagt meine Schwester dazu?«

Das Mädchen unterdrückte ein Schluchzen. »Sie weiß es erst seit einigen Tagen. So lange konnte ich es verbergen. Doch seither redet sie kein Wort mehr mit mir.« Nun weinte sie haltlos und Barbara empfand ihre Not, als ob es ihre eigene wäre. Sie griff nach Annas Hand und hielt sie fest.

»Anneli, warum bist du nicht zu mir gekommen?«

Anna hob den Kopf und ihre Augen waren dunkel vor Kummer. »Was hättest du tun können, Dede?«, fragte sie müde. »Hättest du es weggemacht?«

Barbara schüttelte nachdenklich den Kopf. »Nein, Kind, du hast recht. Das verbietet mir mein Eid.« Sie hörte solch eine Geschichte nicht zum ersten Mal. Schon oft war ein verzweifeltes Mädchen vor ihr gesessen, weil ein Mann sich, ohne zu fragen, gewaltsam genommen hatte, was er meinte, es gehöre ihm ohnehin.

Doch es in der eigenen Familie zu erleben, hatte eine völlig andere Dimension und machte sie ratlos. Sie hatte nichts zu geben als ihren Trost. »Weißt du eigentlich, warum ich herauf gekommen bin, Anneli?«

Das Mädchen schüttelte den Kopf. Barbara legte ihr den Arm um die schmalen Schultern.

»Ich wollte dir vorschlagen, dass ich die Marie mit hinunter nehme, damit du zur Oberschule gehen kannst. Ich hatte es dir versprochen und es tat mir so leid, dass ich dich gezwungen habe, dazubleiben. Jetzt seh ich, dass es die falscheste Entscheidung war, die ich je getroffen habe. Ich hoffe, du kannst mir das irgendwann einmal vergeben.« Sie fuhr sich mit der Hand durch die lockigen Haare und seufzte. »Doch nun wird es besser sein, du bleibst. Zumindest bis das Kind geboren ist.«

Ein hartes, trockenes Schluchzen kam aus Annas Kehle und sie erhob sich schwerfällig. Traurig sah sie die Tante an. »Ich hab keine Wahl, wie es scheint. Ich habe nie eine Wahl gehabt.« Dann ging sie mit gesenktem Kopf hinein.

Barbara blieb noch einen Moment sitzen, ballte die Fäuste in ihrem Schoß und verfluchte den Tag, an dem Roman Wojtek das Dorf betreten hatte, bevor sie ihr folgte.

Kapitel Siebzehn

Keine Aufgabe war Anna jemals schwerer erschienen, als dem Mathis gegenüberzutreten.

Der Sittler und Barbara waren gefahren. Als Barbara in die Stube getreten war, wartete ihr Vater allein am Tisch, die unberührte Jause vor sich und sah sie fragend an.

»Später«, sagte sie hastig und stieg die Treppe nach oben, um mit Marie zu sprechen. Doch deren Kammertür blieb verschlossen und so ging sie unverrichteter Dinge wieder nach unten.

Anna begleitete sie zum Wagen und dort verabschiedeten sie sich. »Kommst du zurecht?«, fragte Barbara ein letztes Mal und schloss sie in die Arme. »Wenn du Hilfe brauchst, schick den Mathis«, trug sie ihr besorgt an und kletterte auf den Kutschbock.

Der Sittler griff in seine Hosentasche und holte ein Bündel Schillinge hervor. »Ich weiß nicht, was hier vorgeht, Kind. Aber vielleicht brauchst du es«, sagte er rau, schob ihr das Geldbündel in die Hand und küsste sie auf die Stirn, bevor er ebenfalls aufstieg. »Und Anneli«, er räusperte sich, »ich bin ein alter Mann und es geht mich nichts an. Aber du weißt schon, dass deine Großtante und ich immer für dich und deine Mutter da sind?«

Sie nickte wortlos und ließ das Halfter los. Liebevoll sah Florian auf sie herunter und sie war dankbar, dass er nicht weiter fragte.

Er schnalzte und der Braune zog an. »In zwei Wochen kommen wir wieder herauf!«, rief er über die Schulter zurück, als der Wagen vom Hof rollte.

Anna richtete für den Mathis ein wenig Speck und Käse auf ein Brett und räumte den Rest der unberührten Mahlzeit weg. Einige Minuten später stand sie mit jagendem Puls vor seiner Tür und klopfte zaghaft an. Als er nicht antwortete, trat sie ein. Der kleine Anbau war leer, doch der Kleidersack hing ausgeräumt am Haken und seine Schnitzmesser lagen ordentlich aufgereiht auf dem Tisch. Fast war sie froh, dass er nicht da war. Das Gefühl der Erleichterung hielt nur einen Moment an; sie durfte die Unterredung nicht aufschieben. Sie stellte das Vesperbrett auf dem grobgezimmerten Tisch ab und trat auf den Hof hinaus. Er musste im Stall sein.

Anna betrat den dämmrigen Stall und sog den vertrauten, muffigen Geruch nach Mist und Heu, die Ausdünstungen der Kuh ein. Ein leises Klappern klang aus der Zeugkammer und ihr Herz machte einen harten Sprung. Sie zog die Stalltür hinter sich zu und versuchte, Mut zu fassen.

Als sie den kleinen Raum betrat, schauten die beiden Männer auf und wandten ihr gleichzeitig das Gesicht zu. In einem letzten Sonnenstrahl der Abendsonne, der durch das rechteckige Oberlicht fiel, stand das Mädchen da, von rotgoldenem Licht überströmt, in dem kleine Staubkörnchen tanzten. Für einen Moment waren beide wie gebannt und aus ihren Augen blickte ihr reine Bewunderung entgegen. Dann verging der Augenblick und sie sah, wie Romans Brauen sich hoben. Sah, wie in Mathis' Blick erst Wiedersehensfreude aufglomm, dann ungläubiger Schrecken. Der Schrecken wandelte sich in einer Sekunde zu unverhohlenem Schmerz und sie fühlte seine Enttäuschung, als ob er sie ins Gesicht geschlagen hätte. Sie krümmte sich darunter und spürte, dass ihr schon wieder Tränen in die Augen traten.

Romans tiefe Stimme durchbrach die atemlose Stille, lauernd und gleichzeitig triefend vor kaum verhohlener Belustigung. »Ihr habt euch bestimmt viel zu erzählen. Da will ich nicht stören.« Er ging an ihr vorbei und berührte sie an der Hüfte. Sie wich ihm aus und für einen Augenblick gruben sich seine schwarzen Augen in die ihren. Sei vorsichtig, was du ihm erzählst, schienen sie zu sagen und Anna überkam erneut dieses unsägliche Gefühl der Unsicherheit, das sie schon seit Monaten begleitete. Und dann war sie mit Mathis allein.

Sie stand wie angewurzelt, mit gesenktem Kopf und fühlte Mathis' Schmerz mit jeder Faser ihres Körpers, konnte ihn kaum ertragen.

Er ließ sich auf das hölzerne Bänkchen hinter sich fallen und legte die zitternden Hände flach auf seine Oberschenkel. Schwieg. Schaute sie an und blieb immer wieder an der feinen Wölbung ihres Bauches hängen.

»Er war es, ja?«, stieß er irgendwann zwischen seinen, zu einer dünnen Linie zusammengepressten, Lippen heraus.

Sie nickte, fast unmerklich, und spürte, wie ihr die Scham auf den Wangen brannte.

»Liebst du ihn?«, fragte er heiser.

Anna schüttelte wild den Kopf. Sie konnte nicht sprechen. Die Gewissheit, den Mathis verloren zu haben, schnürte ihr bitter die Kehle zu. Nach einer langen Weile rückte er und klopfte auf den freien Platz an seiner Seite.

»Setz dich her, Anneli«, sagte er leise. Sie blieb stehen, verharrte unter der Tür und konnte nicht fassen, dass er überhaupt noch mit ihr reden wollte. »Hexlein«, bat er, streckte die Hand aus und sie nahm, mit einer großen Traurigkeit, den Kummer in seiner zittrigen Stimme wahr. »Komm zu mir.« Das vertraute Kosewort durchdrang die Kälte in ihr und sie ließ sich vor ihm auf dem gestampften Lehmboden nieder, kauerte sich zu seinen Füßen zusammen.

»Wie kannst du so sein?«, stieß sie dumpf heraus, den Kopf auf die angezogenen Knie gepresst. »Du musst mich hassen.«

Er schwieg, kämpfte mit seinen Gefühlen. Dann legte er schließlich eine Hand sacht auf ihren Kopf und sie fühlte seine kraftvolle Wärme in sich strömen. Die sanfte, wortlose Zärtlichkeit riss den Damm ein, den sie über Wochen und Monate aufgebaut hatte.

»Magst du es mir erzählen?«, fragte er vorsichtig und da brachen die Worte aus ihr heraus.

Sie strömten wie eine Wasserflut und ließen sie leer zurück. Sie erzählte ihm alles. Zusammengekrümmt saß sie zu seinen Füßen, das vor Scham brennende Gesicht auf die hochgezogenen Knie gepresst. Nur er erfuhr von ihrem Gespräch mit der Ahnfrau, von ihren hilflosen Versuchen, das Kind abzutreiben. Mathis hörte regungslos zu, nur seine Finger streichelten dann und wann zärtlich über ihren Kopf und lagen dann wieder still auf ihrem feinen, weißblonden Haar.

Mathis glaubte ihr jedes Wort. Der trostlose Kummer in ihrer hohlen Stimme erschütterte ihn. Und vielleicht war es genau dies, neben ihrer ehrlichen Offenheit und ihrem Vertrauen zu ihm, das ihn stillhalten ließ. Obwohl er innerlich kochte und immer wütender wurde, sich förmlich zwingen musste, seine Finger nicht in ihre Flechten zu krallen. Er liebte Anna, dagegen konnte er nicht an. Aber er hasste Roman Wojtek mehr denn jemals zuvor.

Sie verließen den Stall Hand in Hand.

Roman und Marie saßen auf der Bank vor dem Haus, weit auseinander und hatten jeder einen Becher vor sich stehen. Mathis erschrak, als er sah, wie verhärmt Marie ausschaute und wie mühsam sie sich erhob. Ihre Bewegungen waren vorsichtig und ihr Rücken schien seltsam verdreht. Sie war ein Schatten ihrer selbst und hatte kaum mehr Ähnlichkeit mit der stolzen Frau, die er einmal gekannt hatte, und die ihm wie eine Mutter gewesen war. Offenbar freute sie sich, ihn zu sehen, denn sie streckte ihm beide Hände entgegen.

»Es ist gut, dass du da bist, Bub!«, begrüßte sie ihn warm und für einen Moment meinte er, in ihrem Blick läge mehr als nur Willkommensfreude.

Er umarmte sie vorsichtig und hielt sie fest, spürte den zerbrechlichen Körper in seinen Armen und schaute über ihren Kopf hinweg zu dem Mann hin. Ihre Blicke kreuzten sich. Ein Frösteln rieselte Mathis den Rücken hinunter. Aus

Romans Blick glühte ihm purer Hass entgegen. Mathis starrte zurück, nicht minder feindselig.

Er ließ Marie los und mit einer fast provozierend langsamen Bewegung legte er den Arm um Annas Schulter und zog sie an sich. Mit großer Genugtuung registrierte er das erstaunte Aufblitzen einer fragenden Unsicherheit in Roman Wojteks Gesicht.

Die beiden Männer fochten ihre Fehde ohne Worte aus, den ganzen Sommer über. Mathis akzeptierte, dass Roman ihm die Arbeit antrug. Dennoch zeichnete sich bald ab, dass er sich mit der Sennerei besser auskannte und genau wusste, wann welche Arbeit anstand. In Roman hingegen lebte noch das alte Wertesystem, in dem der Knecht dem Bauern bedingungslos zu gehorchen hatte. Nur gab es keine Knechtschaft mehr …

Mathis stand im Lohn, und dies bei Marie. Sie hatte letztlich die Entscheidungen zu treffen.

Körperlich waren sich die Männer durchaus ebenbürtig, beide hochgewachsen und breitschultrig, mit muskulösen Armen und Beinen. Roman war trotz seiner Masse und seines leichten Bauchansatzes wendig und bewegte sich schnell; doch Mathis war jünger, geschmeidiger und nicht minder stark. Die harte Arbeit auf dem Hof seines Ziehvaters hatte ihn stark gemacht. Und dessen eiserne Hand hatte ihn immun werden lassen gegen Häme und Sticheleien, die der Roman ebenso perfekt beherrschte wie der Drexler. Mit stoischer Ruhe ertrug der Junge den belustigten, oft leicht dahingeworfenen Spott und zwang seine Fäuste zur Ruhe, die manches Mal dem Roman mitten in sein großes Maul schlagen wollten. Nur der Gedanke an Anna hielt seine zuckenden Finger zurück und ließ ihn still halten. Die Vorbereitungen für den bevorstehenden Auftrieb zwangen die Männer, Hand in Hand zu arbeiten, denn Mathis duldete nicht, dass Anna mit hinaufging, um die Weiden instandzusetzen. Es gab ohnehin genug Arbeit in Haus und Stall zu tun. Und ihm war schnell klar geworden, dass Marie nicht in der Lage war, länger als eine halbe Stunde zu stehen oder gar etwas zu tragen.

Im Juni kamen die Tiere herauf, nur neun Stück Vieh in diesem Jahr. Es hätten mehr sein können, denn die Weiden über dem Julianenhof waren die besten in der Forstau; sonnig, sattgrün und nahrhaft, umgeben von schützendem Forst. Doch im letzten Jahr hatten sie einiges an Vieh verloren und Mathis war vorsichtig. Realistisch schätzte er den Milchertrag ein und was sie schaffen konnten, jetzt, wo die Marie ausfiel und Anna schwanger war.

Das Kind sollte zwar erst Ende Oktober zur Welt kommen, doch die letzten Wochen würden beschwerlich für sie werden. Den Gedanken daran, was danach kommen würde, schob er weit weg. Sie war erst vierzehn, eine Heirat kam nicht in Frage, und der Drexler würde ihm die Beine abschlagen, wenn er das Kind als das seine ausgab. Die Erfahrung hatte Mathis gelehrt, dass es besser war abzuwarten, was die Zeit brachte. So oft es möglich war, war er um die Frauen herum und ließ insbesondere Anna kaum aus den Augen.

Seit Mathis wieder heroben war, schien Marie aufzuleben. Er war es auch, der sie am Johannitag zur Seite nahm und um eine Unterredung unter vier Augen bat. Sie war etwas umgänglicher geworden, doch mit ihrer Tochter sprach sie noch immer kein Wort. Anna litt darunter und er konnte es nicht mehr mit ansehen.

Roman war früh aus dem Haus gegangen; er hatte die geführten Wanderungen wieder aufgenommen und war mit einer Gruppe zum Seekar unterwegs. Er würde mindestens zwei Tage wegbleiben. Die Gelegenheit war günstig und käme so schnell vielleicht nicht wieder.

»Kommst du mit mir zum kleinen Felsen hinauf, Marie? Ich hätt mit dir zu reden«, fragte er, als er nach der morgendlichen Stallarbeit ins Haus trat und sich die Hände wusch.

»Willst du nicht zuerst frühstücken?«, gab sie etwas befremdet zurück und reichte ihm das Handtuch. »Wir können doch auch hier miteinander sprechen.«

Er senkte die Stimme: »Ich will allein mit dir reden – ohne Anneli. Wir nehmen uns eine Jause mit hinauf, was meinst du? Du warst ewig nicht da droben.«

Sie nahm ihm den Lappen aus der Hand und hängte ihn ordentlich auf. »Du weißt schon, dass ich nicht weit gehen kann?«

Er grinste sie schelmisch an. »Es ist nicht weit. Und ich trag dich das letzte Stück.«

Sie spürte, dass es ihm ernst war und zuckte die Achseln. »Also gut. Wenn du es so wichtig hast, von mir aus«, gab sie nach. Unbeholfen reckte sie sich, holte einen kleinen Henkelkorb vom Brett aus der geöffneten Speisekammer und breitete ein Tuch hinein, legte ein großes Stück Brot, einen Ranken Käse, zwei gelbe Äpfel und ein Messer dazu und faltete die Zipfel des Tuchs über den Speisen zusammen. »Wir sollten Anneli Bescheid sagen. Gehst du bitte nach oben? Du bist schneller als ich«, bat sie ihn und er sah ihrem Gesicht an, dass sie sich auf den kleinen Ausflug zu freuen schien.

Mathis lief die Stiege hinauf und schaute in die Kammer, wo Anna dabei war, die Betten frisch zu überziehen. Sie schaute überrascht auf, als er eintrat. »Hör zu, die Marie und ich gehen zum kleinen Felsen hinauf. Wir haben etwas miteinander zu reden. In einer Stunde sind wir wieder da.«

Sie hob erstaunt die Augenbrauen und lachte belustigt auf. »Wie? Ich hör wohl nicht recht! Sie geht aus dem Haus?«

»Ich erklär's dir später, Hexlein. Du rufst einfach, wenn du mich brauchst. Dann bin ich gleich herunten.« Er strich ihr liebevoll über die füllig gewordene Hüfte.

»Hör auf mich zu bemuttern, Mathis! Ich bin nicht krank!«, wehrte sie ihn ab und schob ihn zur Tür hinaus. »Nimm sie mit und bleibt lange da. Dann hab ich wenigstens für eine Weile meine Ruhe.« Sie seufzte abgrundtief, doch er sah das kleine Lachen in ihren Augenwinkeln. »Ich werde meine Haare waschen, meine armen Hände in Seifenlauge baden und mir die Zehennägel schneiden. In der Sonne sitzen, lesen und das Alleinesein genießen.«

»Mädchensachen«, brummelte er und verabschiedete sich, indem er seine warme Hand zart an ihre Wange legte. Sie sah ihm lächelnd und berührt von seiner Geste nach, wie er mit seinen langen Beinen die Treppe hinuntersprang. Zwischen ihnen hatte sich nichts geändert, obwohl sie das Kind eines anderen trug. Und das erschien ihr unfassbar.

Mathis passte seinen Schritt an Maries an und gemächlich stiegen sie die Wiese hinter dem Haus hinauf. Als er bemerkte, dass sie zu hinken begann, bot er ihr den Arm, den sie dankbar ergriff. Auf ihren Wangen hatten sich kreisrunde, rote Flecken gebildet, feine Schweißperlen standen auf ihrer Stirn und er war froh, als sie endlich am Felsen anlangten. Er zog die Joppe aus und breitete sie auf dem feuchten Gras aus; Marie ließ sich ächzend zu Boden sinken.

»Das hat dich ganz schön angestrengt«, stellte er fest und sah besorgt, wie sie ihre Hüfte massierte und mühsam versuchte, sich etwas bequemer hinzusetzen. Er ließ sich neben ihr nieder. »Magst du nicht einmal nach Salzburg hinausfahren und dich untersuchen lassen? Die Thaler Resl war dort bei einem Spezialisten, auf den sie Stein und Bein schwört.«

Marie winkte ab. »Geh, was glaubst du, was das kostet! Ich hab keine Krankenversicherung. Mehr als eine Salbe verschreiben tut der studierte Herr Doktor auch nicht. Und aufschneiden lass ich mich nicht! Mit den Senfwickeln komm ich ganz gut zurecht und das Schmerzöl hilft auch gut. Es wird schon wieder vergehen … so wie es gekommen ist.« Die Lüge ging ihr leicht von den Lippen, denn der Junge musste nichts davon wissen. Sie würde den Teufel tun und ihm erklären, weshalb sie krumm wie eine Hexe daher hinkte. Und einen Doktor ging es schon gar nichts an. Marie lehnte sich an den sonnendurchwärmten Felsen und seufzte wohlig auf. »Herrgott, ich hab ganz vergessen, wie schön es hier oben ist.« Sie ließ den Blick schweifen und trank die intensiven Farben der blühenden Alm, des dunklen Waldes dahinter, förmlich in sich auf. »Doch jetzt sag, was willst du mit mir bereden?«

Mathis wand sich ein wenig und doch musste er innerlich schmunzeln. Das war typisch für Marie, so kannte er sie. Sie kam immer ohne Umschweife zur Sache. Nur ja kein unnötiges Wort verlieren. Er war ebenso und nur darum fiel er mit der Tür ins Haus. »Warum sprichst du nicht mehr mit der Anneli?«

Die Frage erwischte sie unvorbereitet. Sie wurde blass, die kreisrunden geröteten Flecken auf ihren Wangen traten schärfer hervor. Mit einem Mal schien sich ein Schatten über sie zu ziehen, obwohl die Sonne noch genauso hell strahlte wie zuvor und keine einzige Wolke am tiefblauen Himmel stand. Marie fröstelte und zog die Schultern zusammen.

Mathis wartete ab. Nach einer Weile sagte er leise: »Sie leidet furchtbar darunter. Und du warst nie so …«, er suchte nach einem geeigneten Wort, »… abweisend und kalt zu ihr. So kenn ich dich nicht!« Er spürte, wie sich ihr Körper neben ihm versteifte.

»Das geht dich nichts an, Mathis«, erwiderte sie brüsk, nach einer langen Minute. Marie starrte auf die weiten Wiesen hinaus, zwischen ihren breiten dunklen Brauen hatte sich eine steile Falte gebildet.

Das Schweigen zwischen ihnen dehnte sich endlos. Endlich brach er es, wusste, dass er sie mit seiner nächsten Frage weiter in die Enge trieb.

Obwohl ihm nicht wohl dabei war, stellte er sie: »Was ist zwischen dir und dem Roman?«

Sie griff nach dem Korb und sagte tonlos: »Auch das ist meine Sache, Mathis.«

Er fiel ihr in den Arm, zwang sie, den Korb abzustellen. »Weich mir nicht aus, Marie. Ich habe Augen im Kopf und ich bin nicht blöd. Außerdem hat die Anneli mir alles erzählt. Ich weiß Bescheid.«

Sie riss ihren Arm aus seiner Hand. »So? Dann weißt du mehr als ich. Mir sagt sie gar nichts. Ich hab es erst erfahren,

als sie ihren dicken Bauch nicht mehr verstecken konnte!«
Sie krallte die Hände in ihren Rock, um das Zittern zu verbergen. Eine kleine Ader an ihrer Schläfe pulsierte bläulich gegen ihre weiße Haut.

Der junge Mann sah es und griff beruhigend nach ihrer verkrampften, kalten Hand. »Marie«, sagte er behutsam und eindringlich. »Marie, Anneli ist deine Tochter und sie braucht dich.« Er zog sie am Arm zu sich, drehte sie, sodass sie ihn ansehen musste. »Sie ist erst vierzehn Jahre alt!«

Sie musterte ihn kalt. »Anscheinend alt genug, um mit meinem Mann ins Bett zu gehen, während ich mich von einer Fehlgeburt erholte.«

Er ließ sie los. »Wenn du mit ihr gesprochen hättest, wüsstest du, dass sie es nicht aus freien Stücken getan hat.«

Sie zuckte hoch, kreideweiß im Gesicht, was die dunklen Schatten unter ihren Augen noch schärfer hervortreten ließ. »Woher willst du das wissen!«

»Ich weiß es«, erwiderte er ruhig, »weil ich sie kenne und weil ich ihr glaube. Und ich hätte gedacht, dass du«, er schaute sie ernst an, »ihr ebenfalls glaubst. Warum ist das nicht so? Hast du sie überhaupt einmal gefragt?«

Sie senkte den Blick und wieder breitete sich Schweigen zwischen ihnen aus.

Mathis ließ sie in Ruhe, obwohl ihm noch mehr Worte auf der Zunge brannten. Er nahm den Korb her und griff sich einen der Äpfel. Polierte ihn an seinem Hemd, bis er glänzte und schnitt dann ein Viertel heraus. Er reichte es Marie hin. Sie schüttelte den Kopf.

Dann sagte sie tonlos. »Er hat sie sich genommen, einfach so, oder?«

Mathis nickte; das war ihr Antwort genug. Sie barg das bleiche Gesicht in den Händen. »Ich hätte auf Barbara hören sollen«, flüsterte sie rau. Ihre Schultern zuckten.

Mathis warf den Apfel in den Korb zurück. Ihm war nicht mehr nach essen zumute. Stumm hockte er neben der weinenden Frau.

Endlich hob sie den Kopf. »Gottverflucht, ich bringe ihn um. Und wenn es das Letzte ist, was ich tue.« Dann sagte sie kein Wort mehr.

Er trug sie den Abhang herunter. Marie lag in seinen Armen wie ein Kind, doch als er sie auf die Bank vor dem Haus neben Anneli absetzte, überraschte sie ihn.

Anna nahm die Füße aus der Waschschüssel, legte ihr Buch zur Seite und sah ihn fragend an.

Bevor er etwas sagen konnte, richtete Marie sich auf. »Mathis, es ist gut, ich danke dir. Lass mich einen Moment mit Anneli allein!«

Wenige Minuten später schaute er unruhig aus dem Stall zu der Bank hin. Die beiden Frauen saßen nebeneinander und mit stiller Freude sah er, dass Marie ihre Tochter an sich gepresst hielt, und Anna die Arme fest um die Mutter geschlungen hatte.

Sonnenverbrannt und gutgelaunt kehrte Roman nach drei Tagen von seiner Tour zurück. Er bemerkte schon beim Betreten des Hauses, dass sich die Atmosphäre spürbar verändert hatte.

Die beiden Frauen hielten die Köpfe über das Wochenblatt gebeugt und lachten leise miteinander, der Junge saß neben ihnen und schnitzte an einem Holzstück. Als Roman polternd eintrat, schauten sie alle drei auf.

»Grüß euch«, sagte er aufgeräumt und war überrascht, dass sie so einträchtig beieinander saßen. Sie nickten ihm zu. Lediglich Anna gab seinen Gruß halbherzig zurück. Doch im Gegensatz zu sonst blieben sie ruhig sitzen. Keiner machte Anstalten aufzustehen, den Tisch freizuräumen oder gar den Raum zu verlassen.

Er stellte den Buckelsack in die Ecke und schnürte seine Wanderschuhe auf, ließ sich auf den freien Stuhl an der Stirnseite des Tisches fallen und streckte, wohlig aufseufzend, die Beine von sich.

»Gibt es noch etwas zu essen?«, fragte er und schaute Anna an.

Sie wollte sich schon erheben, doch Marie drückte sie auf den Stuhl zurück. »Bleib sitzen, ich gehe«, raunte sie ihr mit einem kleinen Lächeln in den Mundwinkeln zu und erhob sich.

Roman wunderte sich. Sie sprachen wieder miteinander? Wenige Augenblicke darauf standen Brot, Käse und Speck vor ihm und er griff herzhaft zu. Marie rutschte wieder neben ihre Tochter auf die Bank hin. Ihr Gesicht war undurchdringlich und er spürte einen Anflug von Unsicherheit.

»Dir geht es wohl besser«, sprach er kauend, mit vollem Mund.

Sie sah ihn direkt an. »Wenn du meinst«, gab sie kühl zurück.

Fast hätte er sich verschluckt, ihre Stimme klirrte wie splitterndes Eis. Was ging hier vor sich? Ein unbehagliches Gefühl ergriff ihn und plötzlich schmeckte es ihm nicht mehr. Er schob das Brett von sich.

»Was ist hier los?«, fragte er geradeheraus, setzte sich mit einem Ruck aufrecht hin und kreuzte die Arme vor der breiten Brust. Im Augenwinkel registrierte er, dass der Bursche sich ebenfalls aufgerichtet hatte und das Schnitzmesser anders, fester, hielt. Aus einem alten Instinkt heraus drehte Roman sich fast unmerklich ein wenig zur Seite; so hatte er den Jungen besser im Blick.

Nun saßen sie sich schräg gegenüber, drei gegen einen, zwischen sich den mit Spänen übersäten Tisch. Romans lauernder Blick glitt zwischen den Dreien hin und her und blieb an Marie hängen.

Ihr Gesicht war bleich, dunkle Schatten lagen unter ihren ernsten braunen Augen; das war nichts Neues für ihn. Und doch war etwas anders an ihr. Sie wirkte irgendwie bedrohlich und das gefiel ihm nicht. Das eiserne Schweigen der Front gegenüber ging ihn unangenehm an.

Er beugte sich nach vorn und stützte die Arme auf die Tischplatte, erzwang Maries Blick und fragte noch einmal, gefährlich leise, jedes einzelne Wort betonend: »Was. Geht. Hier. Vor?«

Sie lachte – er empfand es fast als höhnisch – und lehnte sich gelassen an die Bank zurück. »Sagen wir es einmal so … ich habe einige Neuerungen beschlossen, während du weg warst.« Sie setzte sich zurecht, um ihren schmerzenden Rücken zu entlasten, und fuhr ungerührt fort: »Zum Ersten, es betrifft den Hof. Der Mathis hat ab jetzt das Sagen hier oben. Er bespricht alle Entscheidungen mit mir. Und zwar nur mit mir!«

Sein Kopf ruckte und er sah sie ungläubig an.

Kaltblütig fuhr sie fort. »Zum Zweiten: Du bist frei, zu kommen und zu gehen, wie es dir beliebt. Wir haben es früher auch ohne dich geschafft. Wir brauchen dich nicht. Ich habe den Fehler gemacht, dich zu heiraten, und ich werde den Anschein wahren. Das ist mein Zugeständnis an dich. Du kannst weiterhin in der kleinen Dachkammer wohnen bleiben. Wenn du mitarbeitest, bekommst du Essen. Wenn nicht, dann schau selbst, wie du dir den Bauch stopfst.«

Nun fuhr er auf, konnte nicht fassen, dass sie vor Anna und dem Jungen so mit ihm sprach. »Bist du verrückt geworden, Frau?«, herrschte er sie an. Er spürte den vertrauten Zorn in sich hochkochen und war nahe daran die Beherrschung zu verlieren.

Es scherte sie nicht. Sie sprach ungerührt weiter. »Zum Dritten.« Nun drückte sie die Hände auf die Tischplatte und stemmte sich mühsam hoch, zwang ihren Rücken in die Gerade. Fast ebenso groß wie er, stand Marie hochaufgerichtet vor ihm und seine Wut prallte kalt von ihr ab. Sie hob langsam die Hand und kreuzte zwei lange blasse Finger direkt vor seinem ebenmäßigen, nun fassungslosen, Gesicht.

»Ich schwöre dir, Roman Wojtek«, sagte sie eiskalt, »wenn du meine Tochter noch einmal anfasst, erlebst du den nächsten Tag nicht.« Sie stieß ihm die Finger fast in die wutverzerrte Fratze. Ihre Stimme klang hohl, als sie ihm versprach: »In diesem Leben wird kein Kind deinen Namen tragen!« Mit finsterer Genugtuung sah sie die aufflackernde Angst in seinen Augen, die nun fast aus ihren Höhlen hervorquollen.

Er wich vor der heidnischen Geste zurück und tastete unwillkürlich nach dem verborgenen Kreuz in seiner Joppe. Dass sie so weit ging, hatte er nicht erwartet und es erschütterte ihn mehr als Tränen, harte Worte und Geschrei.

Marie lächelte böse. »Die Entscheidung liegt bei dir. Wähle gut.«

Was ließ ihn stille halten? War es Maries ungerührte, fast gebieterische Ausstrahlung? Ihr laut ausgesprochener Fluch, der die Luft verpestete? Oder die scharfe Klinge in der Hand des Jungen, die nun plötzlich auf dem Tisch lag, die Fingerknöchel weiß darum gepresst. Roman konnte es nicht benennen, doch er wusste, wann er den Kürzeren gezogen hatte. Mühsam beherrschte er sich, obwohl er am liebsten alles kurz und klein geschlagen hätte. Es kostete ihn alle Selbstbeherrschung, die er aufbringen konnte.

Er gab dem Stuhl hinter sich einen derart festen Tritt, dass dieser kreischend über den Dielenboden schrammte.

Anna zuckte zusammen und er sah die Furcht in ihren blassgrauen Hexenaugen. Doch dann bückte er sich nur und angelte seinen Rucksack aus der Ecke, warf ihn über die Schulter und ging, wie geschlagen, die Stiege hinauf.

Als oben die Tür der kleinen Dachkammer krachend hinter ihm zufiel, löste sich die Anspannung der kleinen Gruppe. Mathis legte das Messer weg und streckte die steifen Finger. Marie ließ sich kraftlos auf die Bank zurückfallen. Ihr Gesicht war aschfahl. Sie atmete schwer, und Anna, die verschreckt auf ihrem Stuhl gekauert hatte, griff nach ihrem Handgelenk, um den Puls zu fühlen. Marie schob ihre Hand beiseite.

»Ist schon gut, Anneli«, beschwichtigte sie ihre besorgte Tochter, »lass mir nur eine Minute.« Marie rieb sich die Schläfen. »Ich habe arge Kopfschmerzen, aber wen sollte das wundern.« Sie fühlte sich ausgelaugt und leer. Und trotzdem wie befreit, als ob ein schweres Gewicht von ihr abgefallen sei.

Anna stellte einen Becher vor sie hin, goss Wasser hinein und holte den Einsatz des Nähkorbes aus dem Schrank. Sie überlegte und nahm, aus der Vielzahl unterschiedlicher Behältnisse in allen Größen und Formen, ein kleines braunes Fläschchen heraus, entkorkte es und roch daran. Dann gab sie sorgfältig einen einzigen Tropfen in den Becher.

»Was ist das?«, fragte Mathis und nahm ihr die Phiole aus der Hand. »Aconitum«, las er und schaute sie fragend an.

»Blauer Eisenhut«, erklärte sie eifrig, »du kennst ihn wahrscheinlich eher als Mönchskappe oder Sturmhut.«

Er runzelte die Stirn. »Sturmhut ist giftig, Anneli!«

»Ja, du hast recht, das ist er. Aber die Tinktur ist stark verdünnt und ein Tropfen reicht bei Kopfschmerzen aus. Er ist außerdem ein hilfreiches Mittel gegen Schock. Nach diesem Sturm herinnen ist es genau das Richtige für Mutter. Vertrau mir. Ich weiß es.«

Er grinste sie schräg an und hielt ihr auffordernd seinen eigenen Becher hin. »Dann bitte auch einen Tropfen für mich! Oder besser gleich zwei.«

Sie legte ihm ihre warme Hand an die stoppelige Wange und das Grübchen in ihrer Wange vertiefte sich, als sie ihm zulächelte. »Du brauchst das nicht, Mathis. *Er* ist der Sturm«, sie deutete mit dem Finger nach oben, »doch *du* bist der Hüter. Wer weiß, wie der Abend ohne dich ausgegangen wäre.«

Marie zog erschauernd die Schultern zusammen, während sie in kleinen Schlucken trank. Ihr Blick glitt zu dem eisernen Schürhaken am Herd.

Ich weiß nur zu gut, wie es ausgegangen wäre, dachte sie, während sie darauf wartete, dass der Kopfschmerz und das nervöse Pochen in ihrem Herzen endlich nachließen. Für heute hat er nachgegeben. Das Schlimmste steht uns noch bevor …

Kapitel Achtzehn

Der Frieden auf dem Julianenhof war brüchiger denn je.

Roman fügte sich. Er musste es tun, obwohl er ihnen jeden neuen Morgen mit Hass im Herzen gegenübertrat. Wo sollte er auch hingehen? Er war nicht bereit, ein weiteres Mal ein Leben hinter sich zu lassen, seinen Traum zu begraben und woanders neu anzufangen. Womit auch? Er besaß keinen Schilling eigenes Geld mehr.

Die Touren mit den Sommergästen brachten ihm gerade genug Handgeld ein, um Tabak zu kaufen und seine Rechnung beim Wirt zu begleichen. Der Schuldschein bei den Münchnern stand noch immer offen; sie hatten ihm Aufschub bis zum Jahresende gegeben.

In manchen Nächten, wenn er in dem Alkoven lag, der zu kurz und zu schmal für seinen massigen Körper war, nahm er das schwere Kreuz heraus und wog es abschätzend in der Hand. Würde sein Wert ausreichen, um seine Schuld zu bezahlen? Er wusste es nicht. Wenn er es verkaufte, blieb ihm nichts mehr. Er scheute sich, dieses Stück, die letzte Verbindung zu seiner Sippe zu veräußern, und tröstete sich mit dem Gedanken, dass es bis Ende Dezember noch weit hin war.

Marie blieb konsequent. Ihre Kammertür blieb ihm verschlossen – er versuchte es erst gar nicht – und wenn er essen wollte, musste er arbeiten. Nach wie vor machte ihr der verzogene Rücken zu schaffen und neuerdings hatte sie immer öfter diese eigenartigen roten Flecken im Gesicht, die sich scharf von ihrer Blässe abhoben. Ihm war das gleich, doch er bemerkte es und fragte sich mitunter, was es damit auf sich hatte. Sie verhielt sich ihm gegenüber höflich, doch kalt; ihre Gespräche beschränkten sich auf knappe Anweisungen, die seine Aufgaben betrafen.

Der Junge war es, von dem Gefahr ausging. Neuerdings trug er eines dieser kleinen scharfen Schnitzmesser offen im Gürtel und fingerte daran herum, wenn er in der Nähe war. Roman fühlte sich ständig von ihm beobachtet; sobald er aus dem Haus trat, tauchte der braune Haarschopf neben ihm auf. Ihr Verhältnis hatte sich seit jenem Abend merklich gedreht, der Jüngere nahm, ohne ein weiteres Wort, seinen Platz ein. Und er, Roman, hatte auszuführen, was er ihm anhieß. Wobei er, nicht ohne Neid, anerkennen musste, dass Mathis die Sennerei beherrschte und wusste, was er tat.

So oft es ging, schnürte Roman die Schuhe und packte seinen Rucksack, um in die Berge zu gehen. Nicht selten mit Sommerfrischlern, die mit schlechtem Schuhwerk, aber vollem Geldbeutel auf die Gipfel wollten; manchmal aber auch allein. Einfach nur, um dem scharfen, ihn ständig belauernden Blick des Burschen und Maries unverhohlener Abneigung zu entkommen. Und weil er Annas schwellenden Bauch und das Getue darum nicht mit ansehen mochte.

Die Nacht mit ihr hatte Frucht getragen, nun denn. Er hatte das nicht erwartet; dennoch war er sicher, dass Anna schweigen würde. Dass der Junge um sie herumstrich wie ein läufiger Kater, belustigte ihn eher, als dass es ihm Sorgen bereitete.

Maries Fluch war es, der ihm drohend im Nacken hing – wie ein scharfes Schwert, das jeden Moment auf ihn niederfallen mochte: »In diesem Leben wird kein Kind deinen Namen tragen«.

Es grauste ihn noch immer, wenn er daran dachte, wie sie vor ihm gestanden und ihm die gekreuzten Finger schier in die Augen gestoßen hatte. Überhaupt ging ihm der Fluch nicht mehr aus dem Hirn.

Wieder und wieder stieg er in die Berge hinauf. Meist ging er auf den altvertrauten Schmugglerpfaden, wanderte auch über die Ahkarscharte zur Kalkspitze hinauf oder weit ins Lungau hinein. Seine Beine stampften vor sich hin und ließen einen Höhenmeter um den anderen hinter sich, während er seinen Gedanken nachhing. Auf all seinen Wanderungen brütete er über der Ausweglosigkeit seines Daseins und nährte die böse Glut in sich, ohne die Schönheit seiner Umgebung wahrzunehmen.

In der Nähe der Giglachseen lagen die alten Bergstollen. In früheren Zeiten war dort Eisenerz abgebaut worden und während der Kriegstage hatte er sich die unbefestigten Stollen zunutze gemacht, seine Hehlerwaren da versteckt und auch manchmal dort übernachtet. Im Schutz der vorderen Berghöhle, die einigermaßen gefahrlos begehbar war, richtete er sich ein Lager ein. Im Schein eines kleinen Feuers, schrie er seine unbändige Wut gegen die nackten Felswände, schmiedete einen Racheplan um den anderen und verwarf ihn wieder.

Die Sommertage gingen träge dahin und wider Erwarten schlich sich auf der Alm ein gleichförmiger Alltag ein. Wann immer Roman den Julianenhof verließ, atmeten die anderen merklich auf. Plötzlich schien die Luft klarer, der Himmel blauer. Sogar das Bimmeln der Kuhglocken und das Muhen der Kühe klang freundlicher; so, als ob der Mann seine Dämonen und den Schatten, der auf ihnen lag, mit sich genommen hätte.

Annas Bauch wölbte sich sichtbar, das Kind in ihr wuchs. Jetzt, wo sie ihre Schwangerschaft nicht mehr verbergen musste, aß sie wieder normal. Sie war, trotz der runden Kugel, noch immer flink und beweglich, ihre Arme und Beine schlank und fest. Das Kleine bewegte sich kräftig in ihr und Anna hielt dann in der Arbeit inne, legte beide Hände auf ihren Leib und lauschte in sich hinein.

Tatsächlich trugen die feinen Stöße des Kindes in ihr dazu bei, dass sie so etwas wie gespannte Neugier empfand. Und immer öfter schlich sich eine Art Vorfreude und erwartungsvolle Zuneigung in ihr Herz. So oft Mathis sie mahnte, etwas langsamer zu tun und sich zu schonen, rollte sie belustigt ihre Augen unter den scharfgezeichneten Bögen ihrer Brauen hoch und lachte ihn aus.

Die Mutter hatte ihre stoische Zurückhaltung Anna gegenüber völlig aufgegeben. Erstaunlicherweise ertappte sich Marie mitunter selbst dabei, dass sie die Ankunft des Kindes fast freudig erwartete. Mathis würde sein Vater sein und das beruhigte sie. Doch sobald Roman den Hof betrat, kehrte mit ihm das dumpfe Schweigen zurück. Dann rückten die Frauen und der Junge näher zusammen, taten ihre Arbeit ohne viele Worte und gingen ihm aus dem Weg.

Bis zu jenem Morgen.

Die letzten Augusttage waren brütend heiß gewesen und alle warteten sehnlichst auf Abkühlung, die Menschen ebenso wie das Vieh. Es schien, als ob der Sommer nicht enden wollte, mit aller Kraft bäumte er sich noch einmal gegen den nahenden Herbst auf.

Seit Wochen warteten sie auf Regen. Die Almwiesen lagen ausgetrocknet und ungewohnt braun, das Laub der Bäume hing schlaff an den Ästen. Manche Bäume sahen wie verbrannt aus und verloren schon jetzt die Blätter. Alles lechzte nach Regen.

Mathis und Roman mussten jeden Tag unzählige Eimer Wasser für das Vieh hinauftragen. Selbst in den Nächten kühlte es kaum ab. Die Menschen wälzten sich schlaflos in ihren Betten und erhoben sich gerädert und unausgeruht. Sie spähten zu dem unwirklich blauen Himmel hinauf und sehnten eine Wolke herbei, die nur für eine Minute die unbarmherzig brennende Sonne verdeckte. Das Vieh stand fast bewegungslos auf der Alm, die Kühe hielten die Köpfe gesenkt und nur ihre Schwänze zuckten. Sie litten unter der erbarmungslosen Hitze ebenso sehr wie unter den Mückenschwärmen, die sich in schwarzen Massen auf allen Körperöffnungen, besonders in den feuchten Augen, niederließen.

Die Kriebelmücken plagten die Tiere fürchterlich; einige der Milchkühe bekamen hässliche Geschwüre an Augen und

Nüstern und Anna experimentierte tagelang herum, um eine Salbe zu finden, die ihre Beschwerden linderte und die elenden Blutsauger abhielt. Niemand konnte sich an einen Sommer erinnern, der so anhaltend heiß und schwül gewesen war. Jeder war gereizt und litt unter der drückenden Hitze.

Mathis und Roman betraten den Stall. Drinnen war es noch heißer als draußen; die Luft stand, und den beiden Männern prallte der warme abgestandene Dunst wie eine Wand entgegen, als sie die Tür aufzogen.

»Du melkst! Ich wasche zuerst die Zentrifuge noch einmal aus und dann bringen wir gleich die Kannen hinüber, damit Anna den Käse ansetzen kann«, wies Mathis den Roman an. »Wir müssen schauen, dass wir die Milch ins Kühle schaffen, sonst wird sie gleich sauer.«

Roman grub wortlos seine Finger in den Topf mit Melkfett, holte einen klebrigen Batzen heraus und verrieb ihn in den Händen. Er griff sich den einbeinigen Melkschemel und setzte sich vor die zuvorderst stehende Kuh. Seine Finger fetteten das pralle Euter. Dann begann er mit mechanischen Bewegungen die Zitzen auszustreichen und die Milch schoss weiß schäumend in den Blecheimer vor ihm.

Er kaute auf seiner Wut, würgte an ihr und bekam sie nicht geschluckt. Wie es schien, würde er den Rest seiner Tage als Knecht verbringen! Im Geiste packte er schon wieder seinen Rucksack und sehnte sich in den kühlen Bergstollen zurück.

Die Kuh vor ihm verpasste ihm einen festen Schlag mit der Quaste. Er erschrak, wich fluchend zurück und hielt im letzten Augenblick, mit einem schnellen Griff, den kippenden Eimer fest. Verflucht, er hatte vergessen, ihr den Schwanz hochzuhängen. Mit einem schnellen Blick schaute er hinter sich, ob der Junge es bemerkt hatte. Doch Mathis war schon in der Milchkammer verschwunden. Roman hätte sich ohrfeigen können! Jedes Kind wusste, dass man zuallererst den Kuhschwanz mit einer Kette in den eisernen Haken einhängte, der über jedem Standplatz im Stalldach verankert war. Ein Schlag mit der um sich peitschenden, nach Mist stinkenden Quaste war unangenehm und im schlimmsten Fall versickerte die kostbare Milch im Stallboden.

Er schüttete den vollen Eimer in die bereitstehende Blechkanne und drückte sorgfältig den Deckel darauf, um die Fliegen abzuhalten. Missmutig setzte er sich erneut vor die Kuh.

Eine Stunde später hatte er alle Kühe gemolken, die Kannen standen aufgereiht da und Mathis trug sie nacheinander in die kühle Milchkammer hinüber.

Roman öffnete das hintere Tor und trieb die Viecher hinaus. Sie fanden den Weg auf die Alm selbst. Er schüttete den letzten Eimer verschmutztes Wasser, mit dem er die Euter gewaschen hatte, auf dem Vorplatz vor dem Stall aus und sah zu, wie die milchige Dreckbrühe auf den aufgeheizten Steinen verdampfte.

»Schließ das Tor«, erklang Mathis' Stimme in seinem Rücken. »Es ist schon heiß genug herinnen.«

Die Sonne stand direkt vor dem Gebäude und schickte ihre langen, sengenden Strahlen auf die Milchkannen, von denen noch einige hinter Roman standen. Unwirsch zog er mit einem festen Ruck die knarrende Stalltür zu und drehte sich zu dem Jungen um.

»Du weißt auch alles besser«, knurrte er.

Der ging nicht darauf ein. »Mach dich jetzt ans Misten.«

Roman ging an ihm vorbei und rempelte ihn gewollt an, nahm die Dunggabel und den Kratzer aus der Ecke. Der Bursche warf ihm einen abfälligen Blick zu und ließ ihn stehen, wandte sich um und nahm eine der schweren Kannen auf. Roman schnaubte durch die Nase. Du kleiner Scheißer, dachte er und schob den Bollenkratzer über den feuchten, stinkenden Steinboden. Gereizt scharrte er die Exkremente zusammen, säuberte flüchtig die verstopfte Lachenrinne und füllte den Mistkarren mit dem verschmutzten Stroh.

Seine Lippen bewegten sich, während er mit sich selbst redete und unablässig Verwünschungen vor sich hin murmelte.

Achtlos ließ er die breitgezinkte Mistgabel zu Boden fallen und rollte schwitzend den übervollen Schubkarren aus dem Stall. Vorsichtig balancierte er ihn über die schmale Planke hinaus und kippte den Unrat mit einem Ruck auf den dampfenden Haufen unter ihm.

»Bist du fertig?«, rief die junge Stimme von der Tenne über ihm und einmal mehr meinte Roman, herablassende Überlegenheit herauszuhören.

»Verflucht! Ja!« Er wischte sich den klebrigen Schweiß von der Stirn. Eine grünschillernde Schmeißfliege umkreiste ihn unablässig und ließ sich kitzelnd auf seinem nassen Nacken nieder. Er schlug nach ihr, verfehlte sie und gleich darauf streifte sie seine Nase. Einmal mehr wünschte er sich weit weg von hier.

Rücklings zog Roman den leeren Karren in den Stall und stieß ihn in die Ecke. Über sich hörte er die Schritte des Burschen und wie dieser schleifend die Heuballen umherzog. Als er unter der Luke vorbeiging, traf ihn unvermittelt eine Gabel voll herabfallenden Heus. Es fiel in einem Schwall auf ihn herunter und legte sich klebrig auf seine schweißfeuchte Haut, bedeckte ihn fast vollständig und der flirrende Staub raubte ihm den Atem.

Roman brüllte auf und im Nu war er die steile Leiter hinauf. Wutschnaubend, über und über mit Staub und Halmen bedeckt, stand er dem Jungen gegenüber.

»Pass halt auf, wo du gehst«, sagte der trocken, schnitt mit einer raschen Bewegung die Schnur des nächsten Ballens durch und schob das Messer in den Gürtel zurück. Mathis nahm ungerührt die Forke auf und verteilte das Heu vor seinen Füßen, um es durch die Bodenluke neben sich zu schieben.

Mit einem großen Satz stand Roman plötzlich vor ihm und packte ihn an der geöffneten Hemdbrust. »Pass *du* auf, Bürschchen«, drohte er und hustete den Staub aus seiner Kehle. Er spuckte einen schleimigen Batzen Rotz aus und drehte das weiße Hemd in seiner Faust zusammen, zog den Jungen daran zu sich her. Seine blutunterlaufenen Augen blinzelten noch den Staub weg, doch seine Hand war hart und unerbittlich.

Einen Augenblick verharrten sie so. Romans Augen bohrten sich in die des Jungen, die Pupillen in der dämmrigen Hitze der Tenne schwarz geweitet. Er bemerkte, dass Mathis nach dem Messer in seinem Gürtel greifen wollte und schlug ihm hart auf die Finger. Mit einem Wehlaut zog Mathis seine Hand zurück und Roman lachte gehässig auf.

»Ich bin ein Zigeuner, schon vergessen? Ich habe diese kleinen Tricks schon gelernt, als du noch in die Windeln geschissen hast.« Er drehte das Hemd des Jungen enger zusammen. Seine Armmuskeln spannten sich unter den aufgekrempelten Hemdsärmeln wie stählerne Schnüre und hoben ihn fast vom Bretterboden. Mathis hing regungslos in seinem Griff. Roman schüttelte ihn ein wenig und genoss das berauschende Gefühl der Macht, das ihn überrollte; ihm wurde fast schwindelig, so heiß und süß war es.

Der Junge senkte die Lider, um dem hypnotischen Blick seines Gegenübers zu entgehen. Er sammelte sich und dann – anstatt zu zappeln und sich zu wehren – warf er sich ihm plötzlich entgegen.

Die Wucht des geschmeidigen Körpers traf den Mann unvermittelt, er stolperte rückwärts. Sie prallten beide krachend zu Boden und erneut stieg eine erstickende Staubwolke auf.

Mathis kam auf dem Älteren zu liegen; mit einer Hand griff er ihm an die Kehle und drückte zu. Mit der anderen suchte er nach dem Messer an seinem Gürtel. Roman ächzte überrascht auf und wand sich unter ihm, er schlang seine muskulösen Waden um Mathis Beine und versuchte, die ihn erstickende Hand von seiner Kehle zu lösen. Es gelang ihm; er rang nach Luft und drückte den schwitzenden Körper über sich mit beiden Armen und fast unmenschlicher Kraft von sich weg. Mathis fiel von ihm herunter.

Roman rollte sich schwer auf ihn und hieb zu. Unter seinen Fingerknöcheln fühlte er Mathis' Nase brechen, hörte das knackende Geräusch der feinen Knochen.

Der Junge schnaubte Blut, das sich sprühend über sie beide ergoss. Doch er gab nicht auf. Keuchend wälzten sie sich im verstreuten Heu, schlugen mit Armen, Beinen und Fäusten zugleich aufeinander ein. Sie rangen erbittert, glitschig von Schweiß, Blut, Dreck und Strohhalmen.

Mit einem Mal lag Mathis, stoßweise atmend, über ihm und drückte ihn zu Boden. Blutiger Rotz troff blasig aus seiner zerschmetterten Nase auf Romans Gesicht. Der versuchte angeekelt den Tropfen auszuweichen, wandte das Gesicht zur Seite und stieß mit den Beinen. Doch sein linker Arm lag eingeklemmt unter seinem Rücken, der Junge hielt den rechten hoch über seinem Kopf fest, mit den Beinen umklammerte er eisern die seinen. Mathis riss die Faust nach oben, mit der er den Arm des anderen umklammert hielt, und schmetterte Romans Hand krachend auf den Tennenboden.

Sie wurde sofort taub. Er verdrehte ihm den Arm und zog ihn gleichzeitig kräftig nach unten, klemmte ihn zwischen beiden Körpern ein.

Roman ächzte, lag wie festgenagelt da, mit zuckenden Gliedern. Er hatte den Jungen unterschätzt!

Und dann legten sich unnachgiebige Finger unter Romans Kinn, bogen seinen Kopf weit nach hinten. Er spürte eine scharfe Klinge an seinem entblößten Hals und erstarrte, als sie eine feine, brennende Spur über seine gespannte Kehle zog.

»Wie gefällt dir das, Wojtek?«, fragte Mathis keuchend und hielt ihn weiter nieder, während ihm das Blut aus der gebrochenen Nase über Mund und Kinn lief. Die scharfe Spitze des Schnitzmessers drang ein wenig tiefer und zog eine feurige Linie.

Roman spürte, wie Blut austrat und feucht seinen Hals herunter rann.

»Das ist für Anna«, flüsterte der Junge erstickt und drückte ein wenig fester zu. »Und das für das Kind.« Das Messer drang weiter ein und er fühlte den brennenden Schmerz, als der Schnitt aufklaffte. »Und das für Marie!«

Bevor Mathis zustechen konnte, reagierte Roman. Er spannte seine Muskeln an und schnellte hoch wie ein Pfeil, der von einem gespannten Bogen flitzte. Die Wucht seiner unerwarteten Bewegung warf Mathis zurück. Plötzlich waren Romans Arme und Beine frei. Er trat mit beiden Beinen nach dem Jungen. Mathis fiel hintenüber; er griff, das blutige Messer noch in der Hand, haltsuchend ins Leere. Seine Augen weiteten sich – fassungslos, überrascht.

Dann stürzte er durch die Luke. Ein schmatzendes Geräusch drang herauf, gefolgt von einem Ächzen.

Roman ließ sich schwer ins Stroh zurückfallen. Er schnappte nach Luft. Mit zusammengekniffenen Augen und in kurzen, hustenden Luftzügen atmend, kämpfte er gegen den wirbelnden Staub und die Schwäche in seinen Gliedern an. Ihm tat jeder einzelne Knochen im Leib weh. Ächzend rappelte er sich auf, blieb erst einmal auf allen vieren hocken. Er griff nach seinem Hals und als er die Hand zurückzog und das Blut sah, schoss ihm erneut brennende Wut durch die Adern.

»Das wirst du mir büßen«, keuchte er und hangelte sich hastig die schmale Holzleiter hinunter.

Der Junge lag seitlich auf dem Boden, mit dem Gesicht in der Mistrinne. Roman trat vorsichtig näher und stieß ihn mit dem Fuß an.

Mathis regte sich nicht. Er drehte ihn um und im selben Moment, als der schlaffe Körper herumrollte, musste er die blutige Faust vor den Mund pressen, um sich nicht zu übergeben.

Die fünf langen eisernen Spitzen der zuvor achtlos dorthin geworfenen Forke waren tief in seinen Brustkorb eingedrungen. Der hölzerne Stiel schnappte zitternd nach oben, als Mathis auf dem Rücken zu liegen kam und ragte steil auf. Es war kaum Blut zu sehen, nur da, wo die scharfen Stacheln steckten, blühten fünf dunkelrote Mohnblumen auf dem weißen Hemd. Der Stoff war durch die Wucht des fallenden Körpers in die Wunden gezogen worden und spannte sich, fast kraterförmig und hellrot umrandet, um die Zinken.

Roman wich entsetzt zurück. Der Schweiß auf seinem schwitzenden Körper gefror zu winzigen Eisperlen. Mit einer schnellen Bewegung hob er das blutverschmierte Messer auf, das vor seinen Füßen lag. Der Junge hatte es beim Sturz verloren. Roman wischte Heft und Klinge an seiner Hose ab, wo es rötliche Flecken hinterließ, und steckte es ein. Dann stieg er mit einem weiten Schritt über den Leichnam hinweg und verließ den Stall durch das obere Tor.

Er betrat das Haus durch die Hintertür und stellte dankbar fest, dass die Küche leer war, eilte unbemerkt die Treppe hinauf. Er riss ein Tuch aus der Lade und band es um den blutenden Hals, holte seinen Rucksack aus der Ecke hinter dem Alkoven. Mit wenigen Handgriffen packte er seine Habseligkeiten und riss die Joppe vom Haken. Unten fuhr er in die Wanderschuhe und trat aus der Hintertür. Mit offenen Schnürbändern, den Rucksack über der Schulter, verließ er ungesehen den Hof.

Marie stand am Herd, als Anna aus dem Käsekeller kam. Sie wusch sich die Hände und begann den Tisch zu decken.

»Hast du noch ein wenig schlafen können?«, fragte sie die Mutter besorgt. »Du bist immer noch genauso blass wie heut früh!«

»Es sind nur die Kopfschmerzen«, antwortete Marie und rieb sich die Schläfen. »Die vergehen gar nicht und der Sturmhut hilft nimmer. Mein Nacken ist steif. Ich muss mir einen Zug geholt haben. Außerdem bin ich heut so unruhig. Ich weiß auch nicht …«

»Nach dem Essen legst du dich wieder hin, ja? Für heut ist nicht mehr viel zu tun. Mit der Milch bin ich fertig. Es ist ohnehin viel zu heiß.« Anna schaute aus dem Fenster. »Wo sind die Männer? Ich rufe sie zum Essen, ja? Bist du schon soweit?«

Marie nickte. »Sei so gut und stell den Topf herüber, Anneli. Er ist mir zu schwer.«

Anna ging zum Herd und nahm die Stampfkartoffeln vom Herd. »Puh, ist das warm hier drinnen. Es wird wirklich

Zeit, dass wir einen elektrischen Herd anschaffen, Mutter. Es ist verrückt, bei dieser Hitze auch noch anzufeuern. Wir werden ebenso gekocht wie die armen Kartoffeln hier.« Sie stellte den Topf auf ein hölzernes Brett mitten auf den Tisch und wischte sich mit dem Unterarm über die feuchte Stirn.

Marie lächelte. »Es ist bald vorbei mit der Hitze, Anneli. In einigen Wochen sehnen wir uns danach, dann schippen wir wieder monatelang Schnee.« Sie ging zur geöffneten Tür und trat auf die Schwelle. Ein heißer Windstoß drang herein und Marie blickte stirnrunzelnd zum Dachstein hinüber. Über die Schulter sagte sie: »Ich glaube, wir müssen nicht mehr lange warten, bis es abkühlt. Dort oben braut sich etwas zusammen. Sieh mal, da drüben!«

Anna trat neben sie. Eine scharf gezeichnete dunkle Wolkenfront hing hinter den gezackten Gipfeln. »Das ist noch weit weg«, winkte sie lässig ab, »wer weiß, ob das Wetter überhaupt bis zu uns herüberkommt.« Auf zwei Fingern pfiff sie zum Stall hinüber.

»Mathis, wir essen!«, rief sie über den Hof. »Wo ist der Roman? Wollte der heute nicht im Stall helfen?«, fragte sie und setzte sich.

Marie zuckte die Schultern und ihr Gesicht verfinsterte sich. »Heut früh hab ich's ihm gesagt. Doch gesehen hab ich ihn seither nicht. Vielleicht hat er sich's ja anders überlegt.«

»Wo bleibt denn der Mathis? Ich hab Hunger«, nörgelte Anna und steckte den Löffel in den Kartoffelstampf.

Marie fasste sich an den Kopf. »Wo hab ich heut nur meine Gedanken. Würdest du bitte noch die Schüssel mit Sauermilch aus dem Käsekeller bringen?«, bat sie ihre Tochter. »Ich geh hinüber und hole den Jungen.«

Anna verzog das Gesicht, dann stand sie auf und strich sich über den Bauch. »Also gut«, seufzte sie und ging durch die Kleiderkammer zur hinteren Tür hinaus. Dabei bemerkte sie, dass Romans Schuhe fehlten und atmete erleichtert auf.

Marie überquerte den Hof, blieb kurz am Brunnen stehen, schöpfte eine Handvoll Wasser und trank. Sie hielt beide Hände unter den spärlich rinnenden Strahl, kühlte sich den Puls und strich mit einem kleinen, wohligen Aufseufzen die Nässe über den steifen Nacken. Dann zog sie die Stalltür auf.

»Mathis?«, rief sie fragend in den Stall hinein. »Das Essen steht auf dem Tisch.« Er gab keine Antwort und sie trat ein. Ihre Augen benötigten nach dem gleißenden Sonnenlicht draußen einen Moment, um sich dem dämmrigen Halbdunkel anzupassen. Kein Laut war zu hören und Marie spähte in die Stallgasse hinein. Sie wollte sich schon wieder umdrehen und hinausgehen, als sie weiter hinten einen schemenhaften Umriss wahrnahm. Dort lag etwas auf dem Boden. Etwas, das da nicht hingehörte. Eine Art Stiel ragte schräg aus dem Bündel heraus und warf im hereinfallenden Sonnenlicht einen drohend geknickten Schattenfinger an die Wand.

Marie empfand erneut dieses warnende Gefühl in ihrem Inneren, das sie schon den ganzen Vormittag nicht losgelassen hatte und sich nun zu einer eigenartigen Angst verdichtete. Sie ignorierte es, hob den Rock, um ihn nicht zu beschmutzen, und trat vollends in den muffig heißen Stall hinein. In einem entfernten Winkel ihres Unterbewusstseins registrierte sie das dumpfe Klacken ihrer Holzschuhe auf dem Steinboden. Ein kurzes Klack, ein schleifendes Klonk; Klack – Klonk, Klack – Klonk. Ihre ungleichen Tritte hallten dröhnend durch die hitzeschwere, erdrückende Stille.

Erst als sie direkt vor dem lang ausgestreckten, mit Strohhalmen und Blut verschmierten Körper des Jungen stand und die aufragende Forke sah, die tief in seiner Brust steckte, begriff sie.

Der Schock raubte ihr den Atem. Ihr Herz setzte einen quälend langen Schlag aus. Es schien in ihr aufzuquellen, drückte dick und klumpig gegen ihre Rippenbögen und sie rang panisch nach Luft. Bis es endlich mit einem harten Schlag wieder einsetzte; ein Schlag, der ihr fast den Brustkorb sprengte und sie zu Boden zwang.

»Mathis«, stammelte sie erstickt und fiel neben ihm auf die Knie. »Mathis. Mein Junge ...«

Ein heftiger Schmerz baute sich wie ein feuriger Bogen in ihrem Kopf auf, so übermächtig, dass sie nicht anders konnte, als ihm nachzugeben. Dröhnen füllte ihren Kopf so vollständig aus, dass nichts mehr daneben Platz fand. Marie rauschte das Blut in den Ohren und vor ihren Augen flimmerten hektisch schwarze Punkte vorbei, die größer und schneller wurden. Die kleine poröse Ader, die sich seit Wochen in ihrem Gehirn ausgewölbt hatte, platzte unter dem Ansturm des hastig pumpenden Blutes. Sie griff sich mit beiden Händen an den schmerzenden Kopf und rutschte neben dem toten Jungen auf den glitschigen, stinkenden Boden.

Anna stand unter der Tür und beobachtete das näherziehende Wetter. Ihre Mutter hatte recht behalten; die geballte Wolkenfront hatte die gezackten Spitzen des Bergmassivs bereits überwunden und zog rasch näher. Ein heißer Wind trieb sie unermüdlich an; sie schätzte, dass es keine halbe Stunde mehr dauerte, bis das Gewitter losbrach.

Sie freute sich auf den Regen und einen winzigen Moment gab sie sich der herrlichen Vorstellung hin, wie sie barfuß darunter tanzte, während die köstlich kalten Tropfen an ihr herabrannen und ihre hitzige Haut kühlten. Mathis würde bei ihr sein, sich vor ihr verbeugen und ihr die Hand reichen. Und dann würden sie sich zusammen im Kreis drehen und vielleicht würde er sie küssen – wie gestern Abend am kleinen Felsen – und dann ...

Ein entfernter Donner grollte und riss sie aus ihrem Tagtraum. Die Luft flirrte vor Hitze und Anna wischte sich mit dem Unterarm die Schweißperlen von der Stirn. Mit einem unmutigen Laut legte sie eine Hand auf ihren gewölbten Bauch und schalt sich eine dumme Gans. Tanzen! Als ob der Mathis mit ihr tanzen mochte, so dick und unförmig wie sie war. Sie konnte sich glücklich schätzen, dass er zu ihr stand und Roman von ihr fernhielt. Keinen Gedanken daran verschwendete oder ihr Vorwürfe machte, wessen Kind sie trug. Im Gegenteil – er hatte ihr unmissverständlich klar gemacht, dass das Kleine *sein* Kind sein würde. Ihre Tochter trug die Gabe und Mathis war der einzige Mensch, der das verstand und dem sie kompromisslos vertraute. Er hatte sie nie enttäuscht. Sie wusste – er würde ein guter Vater sein.

Ein erneuter heißer Windstoß ließ ihre Schürze flattern und drückte den langen Rock unerträglich warm gegen ihre Beine.

Anna fragte sich, wo sie blieben. Das Essen war sicher längst kalt. Ihr Magen meldete sich grummelnd; seit Sonnenaufgang war sie auf den Beinen und hatte noch nichts gegessen, nur im Stehen eine Tasse lauwarmen Tee getrunken. Den Vormittag hatte sie im Käsekeller zugebracht, frischen Käse angesetzt und in die runden Formen gegossen, die reifenden Laibe gedreht und mit Salzlake abgewaschen, die in ihre Hände biss und die Haut aufspringen ließ. Doch in dem kleinen Felsgewölbe war es wenigstens kühl gewesen.

Wo blieben sie denn? Mit schnellen Schritten eilte sie über den Hof und spürte, wie ihr die kleine Anstrengung einen weiteren Schweißausbruch bescherte. Ein feuchtes Rinnsal rann ihr warm den Rücken herunter und vergrößerte den dunklen Fleck auf der Rückseite ihres dünnen Baumwollkleides. Unter ihren Achseln schien sich ein See zu bilden und nässte die verschwitzten Ränder.

Während sie in den dämmrigen Stall hineintrat und die Stallgasse hinaufging, hob sie den Arm und schnupperte in ihre Achselhöhle. Angewidert krauste sie die Nase. Sie stank nach Schweiß und saurer Milch. Ein Bad wäre wundervoll, dachte Anna gerade noch sehnsüchtig und hob die Augen. Ihr Arm fiel herunter.

Das entsetzliche Bild sengte sich wie ein rot glühendes Eisen auf ihre Netzhaut. Es kam quälend langsam in ihrem Kopf an und die gnadenlose Schärfe des Schmerzes, der darauf folgte, verbrannte alles Denken und Fühlen zu weißer Asche.

Draußen war der Himmel schwefelig gelb geworden, die mächtige schwarze Wolkenfront zog dunkel über die Forstau herein und verschluckte das Sonnenlicht. Alle Farben und Geräusche erstarben; der Wind hielt inne und sammelte seine Kraft. Eine bedrohliche Ruhe legte sich über Menschen und Tiere. Die aufgeladene Atmosphäre schien den Atem anzuhalten.

Dann gellten Annas Schreie aus dem Stall, langgezogen, hoch, sich fast überschlagend. Sie durchdrangen die Stille des Julianenhofs, hingen in der schweren Luft und wollten nicht enden. Es schien, als ob ihre Schreie an den vier Winden gezerrt und ihre Ketten gelöst hatten, denn als sie endlich aufhörte und schwieg, brach der Sturm los.

KAPITEL NEUNZEHN

❊

Es traf mich völlig unvorbereitet, aus sprichwörtlich heiterem Himmel. Nichts hätte mich darauf vorbereiten können, obwohl ich schon so vieles gesehen hatte.

Trotz meiner wenigen Lebensjahre waren mir Not und Trauer wohlbekannt; ich war den Seelen auf meinen Geistreisen sehr nah gewesen und hatte ihr Herzeleid mitempfunden. Ich habe Menschen sterben gesehen, Blut und Trümmer auf mich herabregnen gespürt und das Wimmern der Verletzten um mich herum gehört. Und doch war es kein Vergleich zu dem, was ich fühlte, als ich Mathis und meine Mutter leblos in der kotverschmierten Stallgasse liegend vorfand.

Ich musste ihn nicht anfassen, um unter der schmierigen Dreckkruste auf seinem Körper nach einem Lebenszeichen zu tasten. Seine blauen Augen waren weit geöffnet, gebrochen; in seinem rechten saß seelenruhig eine schillernde Schmeißfliege und putzte sich die durchsichtigen Flügel. Da wusste ich es.

Meine Mutter lag neben ihm, ihr Gesicht wächsern bleich. Die Grausamkeit der herausstehenden Forke und der scharfen Spitzen, die sich tief in seine Brust gebohrt hatten, war zu viel. Ich konnte nur noch den Mund öffnen; die Schreie quollen unaufhaltsam aus mir heraus, während das Kleine in meinem Bauch wild um sich trat. Ich schrie wie von Sinnen, konnte nicht aufhören. Schrie so lange, bis meine Stimme kippte. Die Hände auf den Bauch gepresst, kniete ich im Dreck. Vornübergebeugt, gekrümmt unter meinem Kummer, hatte ich keine Schreie mehr, um dem heillosen Entsetzen in mir einen Ausdruck zu geben. Und trotzdem kamen noch Töne aus mir, unmenschliche, tierische Laute, für die es keine Worte gibt. Es war unaussprechlich. Unsäglich. Ich hatte nie für möglich gehalten, dass man sich so weh, so wund fühlen konnte.

Während ich noch da hockte und mich klagend hin und her wiegte, zuckte Mutters Fuß. Im nächsten Augenblick war ich an ihrer Seite und schob ihr die Hände unter die Schultern, hob sie an und schüttelte sie. Ihre Lider flatterten und ihr Kopf rollte von einer Seite zur anderen.

»Mutter!«, wollte ich rufen, doch aus meiner Kehle kam nichts mehr. »Mama«, versuchte ich es noch einmal und der Kosename ging mir nun so leicht über die Lippen, viel leichter als in den letzten Monaten. Ich hatte sie nur noch Mutter genannt.

Sie öffnete ein Auge, das linke blieb geschlossen und ich sah, wie viel Mühe es sie kostete, zu sprechen. Ihre Zunge wand sich unkontrolliert, wie eine dicke bleiche Schnecke zwischen ihren halbgeöffneten Lippen. Getrockneter Speichel hing in ihren Mundwinkeln. »Hiiif«, brachte sie heraus.

Ich verstand nicht und schüttelte sie wieder. »Ho Hiife.« Dann fiel ihr Kopf zurück in den Dreck und sie wurde erneut ohnmächtig.

Ich konnte nichts für sie tun. Zu gefangen von dem Grauen und meinem Kummer, tat ich nichts, außer mir die Schürze abzureißen, sie zusammenzurollen und ihr das Bündel unter den Kopf zu schieben. Bevor ich ging, verjagte ich die elende Drecksfliege und schloss Mathis Augen über dem starren Blick. Tränen und Rotz liefen mir übers Gesicht – es war mir egal. Es war sowieso alles egal.

❄

Als Anna aus dem Stall hastete, rannte sie direkt in den tobenden Orkan hinein. Der Sturmwind trieb sie fast wieder in die Stallgasse hinein und sie klammerte sich instinktiv an dem eisernen Griff des Tores fest, um nicht umgerissen zu werden. Er rüttelte am Mauerwerk, ließ die Fensterläden in ihren Verankerungen klappern und die Haustür schlug auf und zu. Ein Blecheimer kollerte scheppernd vorbei und trieb über die Felskante. Der entfesselte Sturmwind riss alles mit sich; Blätter und kleine Äste wirbelten über den Vorplatz. Ein greller Blitz fuhr, direkt vor Annas Augen, in die hohe Kiefer und spaltete den Stamm. Er barst krachend; die Kiefer erzitterte und stürzte rauschend, fast in Zeitlupe über den Felsgrat, riss mit ihrer Wucht Steine und Geröll mit. Mit einem fürchterlichen Knirschen hob sich der Wurzelstock aus dem Gestein. Die Erde brach auf und der Baumstumpf blieb knarrend, schräg aufgerichtet, liegen. Dicke Wurzelstränge streckten ihre gefaserten Arme nach oben, braune Erde tropfte von ihnen herab.

Wo sie immer gesessen hatten, klaffte nun eine sichelförmige, scharfgezackte Scharte.

Ohrenbetäubender Donner dröhnte und hallte grollend zwischen den Bergen wieder. Grellweiße Blitze entluden sich mit Macht und die Luft summte vor Energie. Es mutete fast archaisch an. Ein biblisches Infernal, ein Sodom und Gomorrha, das Feuer und Wasser zugleich aus dem Himmel regnen ließ, um das Unrecht auszulöschen.

Regen prasselte auf Anna herab und durchnässte sie in einer Sekunde. Der Boden dampfte, aus der Schlucht unter dem Julianenhof quollen dicke Nebelschwaden, als ob das Dorf unter ihnen in Flammen stehen würde. Der Regen war nicht kühl und erfrischend, sondern ekelhaft warm.

Die dicken Tropfen, die ihr peitschend ins Gesicht klatschten und sich mit ihren Tränen vermischten, schmeckten schal, schweflig, bitter. Sie trugen einen unerwartet bösen Geschmack in sich. Anna wurde es übel, doch sie hatte keine Zeit, um sich zu übergeben. Sie musste Hilfe holen! Eine Faust in den Mund gepresst, mit der anderen Hand das Kind in ihrem Leib haltend, rannte sie panisch los – lief, wimmernd vor Angst, in den tobenden Sturm hinein.

Über die steilen Abhänge und rutschigen Wiesen ins Tal hinunterzulaufen war bei diesem Wetter zu gefährlich. Mit ihrem dicken Bauch würde sie nicht weit kommen. Am Ende des Steinwandwegs lag der Schatthof, der steile, unwegsame Forstweg ging da in die Forstauer Straße über. Sie brauchten Hilfe hier oben und dort auf dem Hof waren Menschen.

Anna rannte, als ob alle Teufel hinter ihr her wären. Die Bäume über ihr rauschten und neigten sich unter den peitschenden Windböen fast zu Boden. Um sie herum krachte und prasselte es. Donner dröhnte in ihren Ohren und selbst durch das dichte Blätterdach sah sie die Blitze weißglühend aufzucken. Es konnte nicht viel später als zwei Uhr sein, sie hatte jegliches Zeitgefühl verloren, und doch war es fast finster. Die Welt schien unterzugehen. Sie blieb nicht stehen, rannte keuchend, mit jagendem Herzen, mit beiden Händen ihren schweren Bauch umklammernd, die Serpentinen hinunter. Irgendwo verlor sie erst den einen Holzschuh, dann den anderen, stürzte hart auf die Knie und fing sich mit den Händen ab. Auf nackten Füßen lief sie weiter. Sie spürte die scharfen Steine nicht, die ihr die Sohlen aufschnitten, nur diesen fürchterlichen, alles betäubenden Schmerz.

Mathis. Mathis. Mathis. Die tobenden Elemente um sie herum waren nur ein schwacher Ausdruck ihres Inneren. Der Sturm nahm ihr ab, Worte dafür finden zu müssen. Irgendwann, während sie sich den Weg hinunter kämpfte und ihre Beine das Denken übernahmen, verging auch der Gedanke an Mathis.

Anna erreichte den Schatthof in Rekordzeit. Sie hatte höchstens zehn Minuten gebraucht und doch kam es ihr vor wie eine Ewigkeit. Ein letzter Windstoß riss ihr die Tür aus der Hand und hieb sie fast ins Innere der geräumigen Diele. Dort brach sie auf einem bunten Flickenteppich zusammen. Nach Luft ringend und keuchend lag sie da, zog die Beine an, um das Kleine zu schützen.

Der grobe Stoff, aus bunten Resten zusammengewebt, drückte sich kratzig in ihre Wange; aus dem Augenwinkel sah sie die ineinanderfließenden Farben – dunkles Rot, verwaschenes Blau und blasses Grau. Da hing ein kantiges Steinchen im Geflecht, dort ein langes, sanft geringeltes Haar. Mit einer seltsamen Schärfe nahm sie den Untergrund wahr, auf dem sie lag. Anna rollte sich enger zusammen und fixierte die farbige Fläche unter sich. Sie bot ihr Halt und Sicherheit.

Die Schattnerin stürzte aus der Stube, ein Weberschiffchen in der Hand, einen langen Faden hinter sich herziehend. Sie ließ erschrocken das Schiffchen fallen, als sie das durchnässte, schweratmende Mädchen da vor sich liegen sah und hockte sich neben sie herunter.

»Kind, was tust du bei diesem Wetter hier? Was ist geschehen?« Ihr besorgter Blick blieb an Annas Bauch hängen. Das hatte sie nicht gewusst! Doch die Vevi war eine patente Frau, die das Herz auf dem rechten Fleck trug und wusste, wann es besser war, zu schweigen. Das Mädel brauchte erst einmal Hilfe. Alles Weitere würde sich schon zeigen. Annas Atem ging noch immer hart, aus ihren Haaren und Kleidern tropfte Wasser, die Hände waren dreckverschmiert und aufgeschürft, ihre bloßen Füße bluteten. Vevi nahm Annas Hand und strich ihr das verworrene Haar aus der Stirn. Ihre halbwüchsigen, in drei Sommern nacheinander geborenen Töchter drückten sich neugierig aus der Stubentür.

Sie schaute zu ihnen auf und befahl: »Marei, du setzt Wasser auf! Und bring der Anna etwas zu trinken. Christl, richte oben die Gästekammer her.« Sie musterte Annas durchnässtes und zerrissenes Baumwollkleid. »Bini, du holst sofort deinen Vater. Und danach bringst du eines von deinen Kleidern und frische Wäsche!«

Die Mädchen verschwanden. Vevi zog das erschöpfte, halb bewusstlose Mädchen tröstend auf ihren Schoß und wiegte es wie ein Kind. Dabei registrierte sie die aufgeschürften Knie und Handflächen, in denen kleine Steinchen und Dreck klebten.

»Du armes Ding, wir werden dich erst einmal verarzten. Dass du es überhaupt herunter geschafft hast, ist ein Wunder.«

Ihre freundlichen Worte, der mütterlichwarme Körper der Frau, holten Anna aus ihrer Starre.

Mit einem vernichtenden Schlag war alles wieder da. »Mathis«, stammelte sie. »Meine Mutter!« Ihre schmutzstarrende Hand packte die erschreckt zurückzuckende Vevi am Halsausschnitt ihres Kleides. »Du musst jemanden hinaufschicken, Vevi. Bitte! Mama braucht Hilfe. Ich glaube, sie hatte einen Schlaganfall.« Annas durchnässter Körper begann krampfhaft zu zittern.

Die Frau legte die Arme enger um sie und drückte sie an sich. Darum brauchte sie einen Moment, um Annas in ihre Schürze gestöhnten Worte zu begreifen.

»Mathis ist tot.«

Vevis Kopf ruckte hoch. Sie warf ihrem Mann einen erschrockenen Blick zu und hielt das verzweifelt weinende Mädchen an sich gedrückt. Der Schattbauer war hereingekommen, Bini stand hinter ihm und hielt ein Kleiderbündel im Arm.

»Schick jemanden auf den Julianenhof hinauf, Peter! Die Marie braucht Hilfe. Sie hatte einen Schlaganfall.«

Er bückte sich und hob Anna hoch.

»Und sie sagt, der Mathis sei tot.«

Ihr Mann sah sie ungläubig an, fasste das Mädchen fester und trug es in die Wohnstube. Dann rief er seine Buben. Den einen hieß er an, Barbara zu holen, den anderen schickte er zum Oberndörfer. Der würde wissen, was zu tun war.

Basti muckte auf, schielte nach draußen und maulte: »Dade, ich hab mir grad erst trockene Sachen angezogen.« Der Schattner runzelte nur die Augenbrauen. Die beiden Jungen zogen wortlos die Ölhäute über und machten sich auf den Weg durch das Wetter. Marie und Mathis waren im Dorf angesehen und wohlgelitten; es war keine Frage, dass sie ihnen zur Hilfe eilten. In bösen Zeiten hielten die Dörfler zueinander wie Pech und Schwefel und der Schattner zögerte keine Sekunde. Das nächste Mal mochte es ihn treffen, dann war er froh um jede Hilfe.

Eine knappe Stunde später wimmelte es auf dem Julianenhof nur so von Menschen und Fahrzeugen. Das Gewitter war weitergezogen und die Augustsonne brannte wie zuvor. Die Luft war schwül, es hatte kaum abgekühlt. Nur die gebrochene Kiefer, abgerissenes Laub, umherliegende Äste und große Wasserpfützen zeugten von der Vehemenz des Orkans.

Das Haus war unversehrt, lediglich im oberen Stock hatte es durch ein offenes Fenster hereingeregnet. Einige herabgerissene Dachziegel lagen zerschmettert vor dem Haus.

Marie hatte man ins Spital gebracht. Barbara saß mit Anna, der Vevi und einer kummergebeugten Hannah Sittler in der stickigen Küche.

Das Mädchen hatte sich nicht davon abbringen lassen, mit hinaufzufahren. Gekleidet in Binis zu kurzem und zu engem Kittel wartete sie stoisch ruhig und blendete die fürsorgliche Betulichkeit der Frauen aus. Ihre weiß umwickelten Hände lagen reglos auf dem dunklen Rock. Unter dem unförmigen Verband hielt sie eine Schnitzerei. Eine kleine schwarze Katze.

Die Männer standen mit ernsten Mienen vor dem Stall. Soeben hatte man Mathis' Leichnam hinausgeschafft, nachdem der Gendarm eingetroffen war. Mit einem Blick hatte er das Geschehen erfasst; die offene Luke über ihnen, die Mistforke, die noch immer aus der Brust des Jungen ragte. Er hatte sich sogar die Mühe gemacht, auf die Tenne zu steigen und auch dort nichts Ungewöhnliches gefunden. Die Forke aus dem jungen Mann zu ziehen war das Schlimmste. Er tat es – weil es ja irgendeiner tun musste – mit einem schnellen Ruck. Das schmatzende Geräusch schauderte ihn; er stieß die blutige Mistgabel in einen Koben und ließ sie da liegen. Mit einem Wink gebot er den beiden Männern, dass sie die Leiche mitnehmen konnten. Wieder einmal waren es der Austätter und der Hilfinger, die diese Aufgabe erfüllten.

Als er aus dem Stall trat, wischte er sich mit dem Ärmel seiner Uniform die Stirn.

»Es war wohl ein Unfall«, stellte er abschließend fest und sein feistes Gesicht legte sich in traurige Falten. »Er muss das Gleichgewicht verloren haben, ist durch die Luke gestürzt und in die Forke gefallen.« Einer der Männer reichte ihm eine Flasche. Mit einem großen Schluck spülte er sich den grausigen Anblick hinunter. »Tragisch«, stellte er bedauernd fest und rülpste, »der Mathis war ein feiner Kerl.«

Die Männer schwiegen und reichten die Flasche weiter, während sie zusahen, wie der Wagen mit dem Leichnam vom Hof rumpelte und in den schmalen Weg zwischen den Bäumen einbog. Clemens Oberndörfer stützte sich schwer auf seinen Gehstock und zog den Hut. Die anderen taten es ihm nach. Sie senkten die Köpfe und ein jeder war froh, dass dieses Unglück nicht sein Haus getroffen hatte.

Der hochgewachsene Mann trat aus dem Schatten des Waldes und betrachtete die Szenerie unter sich. Dann drehte Roman sich um und ging zu der Stelle, an der er das Messer und sein Hemd vergraben hatte. Mit dem Bergstiefel trat er die schwammige braune Erde fest, bückte sich und legte den abgeflachten Stein zurück. Er stellte sich darauf und wippte ein wenig, registrierte befriedigt, wie der Stein unter seinem Gewicht ins Erdreich einsank. Er zog das rote Halstuch fester und spuckte aus. Mit der Linken schob er den Buckelsack auf seiner Schulter zurecht, straffte die Schultern und ging mit festem Schritt dem Julianenhof entgegen.

EPILOG

2004

Die Frau ließ den Stift neben das Silberauge fallen und barg den Kopf in den Händen. Sie weinte. Nach all den Jahren zerrte der Schmerz noch ebenso gewaltig an ihr wie damals, als sie vierzehn Jahre alt gewesen war. Mathis' Tod hatte eine Schneise in ihr Leben gerissen, die sie nie verwunden hatte.

Und immer noch vermisste Anna ihn jeden Tag. Seinen wilden braunen Haarschopf, den weder Kamm noch Wasser bändigen konnten; sein spontanes, mitreißendes Lachen, das tief aus seiner Brust herauszukollern schien, und wie seine blauen Augen sie voller Schalk anblitzten, wenn er sie foppte. Ihr fehlten seine schönen Geschichten und die Abende, an denen sie aneinander gelehnt am kleinen Felsen saßen, seine große Hand auf ihrer kleinen, während er erzählte. Am meisten jedoch vermisste sie seine ruhige Kraft, aus der sie scheinbar unermesslich hatte schöpfen können. Er hatte sie geliebt. Und sie ihn. In einer Zeit, in der eine solche Verbindung noch kaum denkbar war, teilten sie etwas sehr Kostbares miteinander. Und noch jetzt erschien es ihr unfassbar, dass er ihr nicht gegenüber saß und sie liebevoll neckte, während seine langen, kräftigen Finger ein Holzstück drehten, der Maserung entlangfuhren und mit dem Schnitzmesser eine zierliche, fast lebensechte Figur daraus schufen.

Eine Träne tropfte zwischen ihren Fingern herunter und zerplatzte auf der Tinte. Das letzte Wort zerfloss und das weiße Papier wellte sich ein wenig darunter. Sie bemerkte es nicht. Völlig in der Vergangenheit verloren, durchlebte sie noch einmal diesen furchtbaren Tag und weinte abermals bittere Tränen – wie vor fünfzig Jahren. Ihre Hand glitt unbewusst auf ihren Bauch und blieb flatternd darauf liegen. Er war leer, für einen Moment erstarrte sie. Dann kam die Gegenwart zurück und sie krallte die knochigen Finger in das weiche, unnütze Fleisch. Es war tot. Tot wie die Kinder in ihr und leer wie ihr Herz – genauso tot wie Mathis.

Mit einem wehmütigen Laut schlug sie die vollgeschriebene Kladde zu. Was war es nur für eine irrige Idee gewesen, all das aufzuschreiben. Es brachte nur den alten Kummer zurück und riss vernarbte Wunden auf. Und all das war nur der Anfang gewesen, ein bitterer Vorgeschmack dessen, was danach kam.

Anna drehte den breiten Goldring an ihrer linken Hand und betrachtete ihn. Aus einem Impuls heraus hob sie ihn und drückte ihre Lippen darauf. Sie schmeckte das Metall und die vertraute Präsenz dahinter. Mit einem Seufzen ergab sie sich und glitt hinüber …

Zu diesem Buch

Zunächst hoffe ich, dass diese Erzählung den Wunsch in Ihnen geweckt hat, zu erfahren, wie es mit Marie und Roman, Barbara und vor allem Anna weitergeht. Die Geschichte ist noch lange nicht zu Ende! Einige Knoten werden erst in den folgenden Bänden aufgelöst.

Eine stets wiederkehrende Frage während der Entstehung der Geschichte war: Warum gerade die Forstau? Ist es nicht sinnvoller, einen fiktiven Hintergrund zu erfinden?

Nun, es gibt eine einfache Antwort darauf. Gerade die Forstau passt unwahrscheinlich gut. Ich war viele Male da und die Örtlichkeiten bilden den realen Hintergrund, auf den ich WINTERTÖCHTER angelegt hatte. Das kleine Hochtal hat auch heute noch etwa dreißig Höfe und zählt ungefähr fünfhundert Einwohner. Und noch immer atmet es für mich die Atmosphäre einer vergangenen Zeit mit seinen uralten Höfen, die zwischen den Bergen eingebettet liegen. Natürlich ist vieles modernisiert worden; der Tourismus hielt auch da Einzug. Eine Skianlage wurde gebaut und die Fageralmen gehören zu den schönsten Wintersportgebieten überhaupt im Skiverbund Amadé. Vielleicht auch darum, weil man sehr behutsam modernisiert und früh erkannt hatte, dass gerade die ursprünglichen Almhütten den besonderen Zauber ausmachen. Ich mag jedem empfehlen, einmal auf der Zefferer Alm, der Premhütte oder bei Kathi auf der Trinkeralm einen Einkehrschwung zu machen. Dort bei einem heißen Jagertee zu sitzen, das atemberaubende Bergmassiv des Dachsteins vor Augen und die Skistiefel in den Schnee zu stemmen, ist das Schönste überhaupt.

Doch die Forstau ist nicht nur im Winter sehenswert, wenn sich der Schnee seitlich der Straßen und auf den Dächern türmt und man auf schnellen Brettern die Fageralmen heruntersaust. Im Frühjahr und Sommer ist es dort ebenso schön.

Wie Roman ging ich mit meinen Eltern und Schwestern auf Wanderschaft: auf die Almen, durchs Klamml zur Oberhütte, über den Winkl zur Vögei hinaus, zu den Giglach- und den Riesachseen. Es ist herrlich dort, völlig abgeschieden und ursprünglich – ein wunderschöner Flecken Erde und ein Geschenk Gottes an uns Menschen.

Juli Hohenwallner sagte einmal zu mir: »Es ist anstrengend und mühsam hier im Winter. Doch ich würde mit keinem Menschen tauschen wollen. Die Forstau ist meine Heimat.«

Der Haindlhof existiert tatsächlich und wurde, wie im Buch beschrieben, ungefähr 1400 erbaut. Er zählt zu den ältesten Anwesen im Dorf und ist im Besitz der Familie Hohenwallner.

Meine Familie und ich erlebten dort wunderbare Ferien; das schöne, alte Haus beflügelte schon immer meine Sinne. Der alte Stall wurde ungefähr 1990 abgerissen und durch einen Neubau ersetzt. Doch ich erinnere mich noch gut an das ältere Gebäude, die Stallkatzen mit dem braunroten Fell und die Kühe, die alle einen Namen trugen. An den dampfenden Misthaufen, den man über die schmale Planke erreichte und die Stallauffahrt. Das Leben richtete sich nach den Bedürfnissen der Tiere und nach dem Wetter. Genau wie Herbert Hohenwallner gewöhnten wir uns an, beim Betreten der Stube einen Blick aufs Barometer zu werfen. Wobei er das Wetter viel genauer vorhersagte …

Manches hat sich im Laufe der Jahre verändert. Und doch ist es im Grunde gleich geblieben. Weil die Menschen und ihre Gewohnheiten gleich geblieben sind? Oder weil mich beim Betreten des Hauses die vertrauten Gerüche und Geräusche förmlich anspringen? Weil der Haindlhof mit seinen knarrenden Böden und dem holzbefeuerten Eisenherd in der Küche noch immer einen Hauch Geschichte atmet? Obwohl daneben längst ein elektrischer Herd steht …

Die Szene mit Annas Auffinden der alten Tracht spiegelt eine meiner eindrücklichsten Erfahrungen wider. Genau wie sie war ich völlig hingerissen von dem Erlebnis, in die schöne Tracht der Theres Wallner mit ihren knisternden Stoffen schlüpfen zu dürfen. Sie passte mir nicht, war viel zu groß und dennoch fühlte ich mich königlich – anders eben. Sie trug mich in eine alte Zeit.

Der Haindlhof, Barbaras Refugium, ist also Realität. Es stand tatsächlich ein kleiner Bullerofen neben der Tür in jeder Kammer, der frühmorgens von Juli angefeuert wurde, während wir uns noch verschlafen in die dicken Kissen einkuschelten. Auch die gekalkten Wände mit den gemalten Ranken, die sich oben an den Wänden entlangzogen, gab es. Das Brauchtum des Räucherns während der Raunächte erlebte ich mehrmals selbst mit. All das sind wahre Erinnerungen, die in die Erzählung einflossen.

Für den Julianenhof diente eine nahegelegene Alm als Vorlage. Sie passt aufgrund ihrer exponierten Lage perfekt in die Geschichte. Ich verlebte in einem Winter eine wunderbare Woche in dem kleinen, urigen Anwesen hoch über dem Ort. Brunnen und Stall stehen genau da, wie es im Buch beschrieben ist. Der Käsekeller im Fels ist erfunden und den Abtritt gibt es auch nicht – nicht mehr – wer weiß das schon …

Der steinige Vorplatz, mit dem Bänkchen unter dem Fenster, ist groß und weit; er öffnet das Auge für die Schönheit der Bergwelt. Der Ausblick auf das Dachsteinmassiv ist phänomenal. Man kann noch immer an der Felskante sitzen und die Beine baumeln lassen …

Warum also sollte ich etwas erfinden, das es schon gibt?

Es war mir wichtig, die historischen Hintergründe realistisch darzustellen und einigermaßen authentisch in die Erzählung einzubinden. Wo sie abweichen, ist es der Geschichte geschuldet.

Die Forstau blieb vom Zweiten Weltkrieg nicht verschont, trotz ihrer abgeschiedenen Lage. Das Gefangenenlager mit französischen Zwangsarbeitern existierte tatsächlich; es lag am Bach, gegenüber des Gleimingerhofs. Etwa siebzig Kriegsgefangene, Männer und auch einige Frauen, darunter auch eine Deutsche, wurden im Bundesforst beim Wegebau eingesetzt oder den Höfen als Arbeitskraft zugeteilt, da die einheimischen Bauern zum Kriegsdienst eingezogen waren. Und wirklich vernagelte man die Fenster ihrer Kammern mit Brettern.

Der Absturz des amerikanischen Bombers in den letzten Kriegstagen ist – fast – so geschehen. Ich habe mir lediglich erlaubt, das schreckliche Ereignis drei Monate weiter und in den Vormittag zu rücken sowie das Geschehen in die Dorfmitte zu verlegen. Aus verschiedenen persönlichen Berichten setzt sich in etwa Folgendes zusammen: Die viermotorige amerikanische Maschine kam am 24. Februar 1944, bereits angeschossen und brennend, über Radstadt-Löbenau herübergeflogen und stürzte in der Nähe der Ellmaualmen, in Richtung Fallhausalm, ab. Zuvor warf sie noch einige Bomben ab. Augenzeugen berichten, dass sie Krater rissen, in denen ein Haus Platz gehabt hätte. Die Besatzung konnte sich mit dem Fallschirm retten. Da der Absturz in der Nacht und außerhalb des Dorfes geschah, kam niemand zu Schaden.

Es ist mir ein großes Anliegen und ich betone an dieser Stelle ausdrücklich: Eine Abwertung der Roma, gleich welcher Art, lag nie in meiner Absicht! Ich versuchte lediglich ein Bild der damaligen Ablehnung der Volksgruppe zu zeichnen. Der Holocaust, den die Nationalsozialisten an den österreichischen Roma und Sinti verübten, kostete zehntausend Menschen das Leben. Eine unsägliche Zahl. Sie birgt ein unvorstellbares Leid.

Vielleicht haben Sie sich gefragt, was es mit Annas Gabe auf sich hat. Selbstverständlich – und das nehme ich mir als Schreibende heraus – ist es erst einmal fiktiv.

Doch wussten Sie, dass es so etwas Ähnliches wie »Ich schmecke und sehe, was dahinter ist« gibt? Ich gestehe, ich hatte keine Ahnung, nur die vage Idee. Tatsächlich ist das Phänomen bekannt. Man nennt diese besonderen Menschen Synästhetiker. Das Wort gründet in dem altgriechischen ›Mitempfinden‹ oder ›zugleich wahrnehmen‹. Es bezeichnet die Kopplung zweier oder auch mehrerer physisch getrennter Bereiche der Wahrnehmung. Diese Menschen verbinden also beispielsweise Farben mit Temperatur. Das können wir fast alle, ein »warmes Rot« ist uns durchaus geläufig und vertraut. Doch da gibt es einige wenige, die weit über diese einfache Konstellation hinausgehen. Diese Hochsensiblen verbinden Töne, Musik, Räumlichkeiten mit Farben oder Zahlen und erfahren damit eine erweiterte Wahrnehmung. Ihr Gehirn arbeitet auf anderen Ebenen; durch die Reizung eines Sinnesorgans wird ein anderes quasi miterregt und angeschoben. Auf einfachste Weise heruntergebrochen: Sie verleihen Zahlen Farben und machen Musik sichtbar. Es gibt sogar einen Zusammenschluss Betroffener, den Verband der Deutschen Synästhetiker. Warum sollte es also nicht möglich sein, den Geschmacksinn mit anderen Wahrnehmungen zu verknüpfen? Von da war es nur ein kleiner Schritt, meiner Protagonistin diese besondere Fähigkeit mitzugeben. Interessant fand ich, dass Synästhesie zu einem überaus hohen Prozentsatz familiär gehäuft auftritt. Und somit ist Anna keine Ausnahme.

Zuletzt wünsche ich mir, dass Sie, liebe Leserin und lieber Leser, diese Geschichte ebenso mitempfinden konnten, wie ich es genossen habe, sie aufzuschreiben. Vielleicht verschaffte sie Ihnen einen kleinen Einblick, wie es sich in den Bergen während der Jahre zwischen 1940 und 1954 gelebt hat, als es weder Mobiltelefone noch Computer gab. Und – im besten Fall – sind Marie, Barbara und Anna vor Ihrem inneren Auge lebendig geworden. Sie stehen für tausende Frauen, die in einer harten Zeit einer nicht weniger harten Welt trotzten. Einzig, weil sie nicht aufgaben, und ihr Wissen weitertrugen.

Zu den Menschen

Es bleibt mir nur zu danken. Wieder sind es viele Menschen, die mir ihre Unterstützung und Hilfe gaben. Am Ende dieses Buches steht eine große Freude in mir.

Ohne meine Familie könnte ich diese Arbeit nicht tun. Nicht stundenlang sitzen und alles um mich herum vergessen. Nur, um mir Geschichten auszudenken und sie aufzuschreiben. Wenn ich ›im Fluss‹ bin, findet daneben kaum etwas anderes Raum. Danke, dass ihr das akzeptiert und mich so großartig unterstützt! Innigen Dank an meinen Mann, der mir über die Schulter schaut, jeden Abend gespannt mitliest und manchmal auch alleine zu Bett geht, weil ich kein Ende finde.

Danke Katha Kaufmann und Harmonia Mozzi. Nichts war umsonst …

Ich danke Silke Boger und Ihrem Team vom pinguletta Verlag von Herzen für die wunderbare Zusammenarbeit. Es ist eine großartige Erfahrung mitzuerleben, wie aus einem Manuskript ein gedrucktes Werk entsteht, in alle Schritte miteingebunden sein zu dürfen. Ich erhielt eine einzigartige Chance – das ist mir bewusst.

Danke, Elsa Rieger! Autoren sind Mimöschen. Dass ausgerechnet eine Österreicherin diese Erzählung lektorierte, ist mein persönlicher Segen. Ich habe die fruchtbare Zusammenarbeit mit Dir sehr genossen.

Ganz besonders danke ich der Familie Hohenwallner. Sie erlaubte mir, einen Teil der Geschichte im Haindl anzusiedeln und den Klarnamen ihres Hofes zu verwenden. Mit vielen Hintergrundinformationen trug sie dazu bei, dass diese Erzählung ein wenig authentisch sein darf. Herbert, Josef und

Kornelia: Ihr hütet das Vermächtnis des Haindlhofs auf eine wunderbare Weise. Danke, dass ich ein Teil davon sein darf!

Ich danke der Familie Sieder vom Draxlerhof und Herrn Seppei Buchsteiner sehr herzlich für ihre freundliche Hilfsbereitschaft. Sie beantworteten alle Fragen und teilten einen schier unermesslichen Erfahrungsschatz, gruben alte Erinnerungen und auch manche persönlichen Erlebnisse aus. (Den Draxlerhof sollten Sie unbedingt aufsuchen, wenn Sie in Forstau sind. In der gemütlichen Hanglbar einen Skitag ausklingen zu lassen, gehört einfach dazu. Ich empfehle – aus Erfahrung – zu Fuß durch den Wald herunterzugehen. Und wenn es nur darum wäre, in der dunklen Nacht die Bäume um sich rauschen zu hören, während man mit dem Schlitten in einer Schneewehe landet.)

Ich danke Herrn Ertl vom Gemeindeamt Forstau für seine großartige Unterstützung. Für die dicken Packen Informationsmaterial und Karten der Umgebung, seine Zeit bei der Beantwortung meiner Mails und die persönlichen Telefonate. Und vor allem für den Vertrauensbonus. Möge Gott seine schützende Hand über Forstau und alle ihre Bewohner halten!

Meiner Mam, Gudrun Warth, lege ich hier mein Herz zu Füßen. Ohne sie und ihre unermüdliche Recherche hätte ich es unendlich viel schwerer gehabt. Was die Internetsuchmaschinen nicht fanden, grub sie aus. Sie ist ein echter Findefuchs – eine Nachricht mitten in der Nacht, weil da eine Frage auftauchte, bei der ich keine Zeit hatte, mich festzubeißen. Und wenige Minuten später – die erhellende Antwort. Während ihres Urlaubs im Frühsommer 2017 arbeitete sie akribisch die ToDo-Liste ab, die ich ihr mitgegeben hatte, und besuchte alle die Orte, an denen meine Geschichte spielt. Sie ging für mich auf Spurensuche und kontaktierte ihre Freunde; interviewte sie und brachte Informationen und persönliche Erinnerungen mit, die auf keiner Internetseite stehen. Ihre Verbundenheit zur Forstau und ihren Menschen ist das Rückgrat für WINTERTÖCHTER.

Die letzten Worte sind Juli Hohenwallner gewidmet – wie dieses Buch. Sie war und ist die Seele des Haindlhofs. Ich kann nicht über Forstau schreiben, ohne an Juli zu denken. Sie war alles andere als melancholisch; gleicht keiner der Personen in meiner Geschichte. Und doch floss ihr Geist überall mit ein. Sie war pragmatisch und lebensfroh wie Barbara, manchmal ebenso nachdenklich wie Marie und innerlich stark wie Anna. Am meisten ähnelt sie im Charakter wohl Juliana, Annas Ahnfrau. Von Anfang an stand fest, dass der Julianenhof ihren Namen tragen würde – er ist eine Hommage an sie.

Juli Hohenwallner war zunächst einfach die Pensionswirtin, die uns lächelnd empfing, als wir 1977 das erste Mal vor dem Haindlhof eintrafen, um dort Urlaub zu machen. Ohne mit der Wimper zu zucken, quartierte sie die lautstarke zwölfköpfige Gruppe ein; bot uns ihr Haus und ihre Freundschaft an. Wir kamen immer wieder. Die Familie Hohenwallner wuchs uns ans Herz und es entstand eine innige Freundschaft. Immer nahm sie uns als einen Teil der Familie auf.

Juli war ein ganz besonderer Mensch und sie war es auch, die mir ihre kleine Welt nahe brachte. Wir liebten sie sehr, jeder auf seine Weise. Als sie im März 2015 unerwartet starb, riss ihr Tod eine schmerzhafte Lücke in unsere Herzen. Meine Mam verlor eine enge Vertraute. Ich verlor eine mütterliche Freundin, an die ich unzählige schöne Erinnerungen knüpfe. Das Haindl verlor seine Seele.

So mag dieses Buch die Erinnerung an Juli in uns wachhalten. Ich glaube fest daran, dass sie uns auf der anderen Seite erwartet. Mit dem ihr eigenen warmem Lächeln, ihrem liebevollen Blick, die Arme abwartend vor der Brust verschränkt. So, wie sie uns immer erwartete.

MIGNON KLEINBEK

Literaturhinweise und Quellen:

Hartes Brot, Barbara Passrugger, Heyne Verlag

Steiler Hang, Barbara Passrugger, Heyne Verlag

Mein neues Leben, Barbara Passrugger, Böhlau Verlag Wien

Ein Leben zwischen Anfang und Ende,
Max Aufmesser, Novum Verlag

Ein Jahr geht über die Berge,
Hannes Broer, Eigenverlag Hannes Broer, Schladming

Das war unsere Zeit! Eine Generation im Pongau erinnert sich..., Salzburger Bildungswerk

Der Totenstein / Der Pilkenschimmel.
Aus einer Gemeinschaftsarbeit der Schüler und Lehrer der Volkschule Forstau. Mit freundlicher Genehmigung von Herrn Ertl, Gemeindeamt Forstau.

http://www.geschichte-oesterreich.com/1938-1945/

http://www.springermedizin.at/artikel/52216-ns-euthanasie-in-oesterreich-von-1938-1945-teil-1

http://www.erinnern.at/bundeslaender/oesterreich/gedaechtnisorte-gedenkstaetten/katalog/schloss_hartheim

https://www.profil.at/home/die-wurzeln-hitler-kults-oesterreich-waren-oesterreicher-nazis-241512

http://www.salzburg.com/wiki/index.php/Pongauer_Tracht

http://www.heilkraeuter.de/lexikon

Die erfolgreiche Wintertöchter Trilogie

Eine Romanserie wie ein Sog!

von
MIGNON
KLEINBEK

HALLO.
Wir sind pinguletta.

**Mehr
Lesestoff
von
pinguletta.**

Wintertöchter. Die Forstau Saga

Die Bestseller Trilogie – Spannung mal drei! In der letzten Raunacht des eisigen Winters 1940, irgendwo in der kargen Bergwelt Österreichs, wird Anna Hohleitner geboren. Sie wächst auf in einer unwirtlichen Welt, die ihr wenig Liebe schenkt – weder ihre verschlossene Mutter Marie noch der jähzornige Stiefvater Roman scheinen sie zu mögen. Nur bei Ihrer Ziehtante Barbara, Hebamme und frühe Homöopathin, findet das wissbegierige Mädchen Zuwendung und Anregung. Und noch etwas verbindet die zwei: Beide tragen die »Gabe« in sich – durch Schmecken können sie hinter die Geschichte von Gegenständen blicken. Eine ungewöhnliche Fähigkeit, die sie durch Zeiten wandern und ihren eigenen Ahnen begegnen lässt. Und so begleiten wir Anna bei ihrer Entwicklung vom stillen Mädchen zur selbstbewussten Frau, lesen von ihren Qualen, ihrer Liebe, ihren Kindern und den vielen unerfüllten Träumen – aufgezeichnet in zwei Tagebüchern.

Heidelberg, Winter 2004: Annas Zwillinge Helena und Christina sind längst erwachsen, als ihnen eben diese Tagebücher zugespielt werden. Und plötzlich kommen unbequeme Wahrheiten ans Licht, Geständnisse aus längst vergangenen Zeiten ändern alles. Der Jahreswechsel beschert den beiden Schwestern wenig besinnliche, sondern vielmehr aufregende Festtage. Mit Begegnungen, die ihr bisheriges Leben gehörig auf den Kopf stellen – und bald ist nichts mehr, wie es war. In Teil 3 finden wir die Antwort auf die vielen offenen Fragen aus den vorangegangenen Bänden: Was geschah mit Annas Töchtern? Wird die wundervolle Gabe in einer von ihr weiter bestehen? Wie kann Ziehtante Barbara mit ihrer Schuld leben? Und vor allem: Wo ist Roman Wojtek geblieben – konnte er sich den Anfeindungen auf sein Leben entziehen?

Die Saga macht von Beginn an vor allem eins – sie zieht ihre Leser:innen sofort und bedingungslos in ihren Bann: Wer den ersten Teil »Wintertöchter. Die Gabe« gelesen hat, wird auch den zweiten Band »Wintertöchter. Die Kinder« verschlingen, um endlich in Teil drei »Wintertöchter. Die Frauen« zu erfahren, wie alles zusammenhängt. **Eine Geschichte wie ein Sog!**

Mignon Kleinbek. Roman-Trilogie

 Teil 1 Die Gabe
Teil 2 Die Kinder
Teil 3 Die Frauen
 E-Books
 Hörbucher

Tipp: Die Gesamtausgabe im edlen Schuber.

Wintertöchter. Die Gabe Teil 1

 Taschenbuch
365 Seiten
 E-Book
 Hörbuch
715 Minuten

Wintertöchter. Die Kinder Teil 2

 Taschenbuch
342 Seiten
 E-Book
 Hörbuch
687 Minuten

Wintertöchter. Die Frauen Teil 3

 Taschenbuch
480 Seiten
 E-Book
 Hörbuch
715 Minuten

Das Vermächtnis der Meda von Trier

Oberlothringen zu Beginn des 12. Jahrhunderts: Das
Reich Kaiser Heinrichs V. wird noch immer von Kämpfen
erschüttert, und Gero muss sich am Mittelrhein gegen
neue Feinde behaupten. Zudem stellt seine Familie ihn
vor große Herausforderungen. Seine älteste Tochter Ida
gerät in ein ungleiches Kräftemessen, geschürt durch
Hass und Rachsucht. Eine neue Generation auf Burg
Rheinsporn zwischen Vergeltung und Liebe an einer
Zeitenwende. **Die mit Spannung erwartete Fortsetzung
der Meda von Trier Saga!**

Christine Rhömer. Historischer Roman

Taschenbuch
516 Seiten

E-Book

Der Pinguin.
Sympathischer Bewohner
der Südhalbkugel.
Unser Maskottchen.

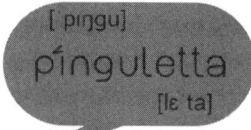

La Lettera.
Italienisch für Buchstabe
oder Schreiben.
Unsere Leidenschaft.

BUCHstaben
zum Anhören.
Der pinguletta Podcast.

QR-Code einscannen -
und ab geht's zum
pingu-Podcast.

pínguletta

pinguletta Verlag
Durlacher Str. 32
75210 Keltern
Deutschland
Tel. 07236 932471
verlag@pinguletta.de
www.pinguletta.de

A11 F12_2024 2025-12-07